Meurtre dans les vignes

*

Otage de la montagne

DENISE N. WHEATLEY

Meurtre dans les vignes

Traduction française de
CHRISTINE BOYER

BLACK ROSE

HARLEQUIN

Collection : BLACK ROSE

Titre original :
HOMICIDE AT VINCENT VINEYARD

HARPERCOLLINS FRANCE
83-85, boulevard Vincent-Auriol, 75646 PARIS CEDEX 13
Service Clients — www.harlequin.fr
ISBN 978-2-2804-9820-3 — ISSN 1950-2753

Édité par HarperCollins France.
Composition et mise en pages Nord Compo.
Imprimé en février 2024 par CPI Black Print (Barcelone)
en utilisant 100% d'électricité renouvelable.
Dépôt légal : mars 2024.

FSC www.fsc.org MIXTE Papier issu de sources responsables FSC® C159065

Pour limiter l'empreinte environnementale de ses livres, HarperCollins France s'engage à n'utiliser que du papier fabriqué à partir de bois provenant de forêts gérées durablement et de manière responsable.

1

Ella Bowman sortit son smartphone de sa poche et composa le numéro de Jake Love.

— Qu'est-ce que tu fais ? demanda-t-elle lorsqu'il prit l'appel. Je t'attends.

Pour le guetter, elle s'était postée à l'entrée de l'Autumn Harvest Festival, le festival d'automne de Clemmington, en Californie. Une bande d'adolescents turbulents apparut. En riant, ils sautèrent en l'air pour tenter d'attraper les feuilles des vignes suspendues au portail en fer forgé. Mais Jake n'était nulle part en vue.

— Je ne vais plus tarder, chérie, répondit-il. Je quitte le poste de police dans un instant ! Promis !

Son enthousiasme la fit rire. Ils sortaient ensemble depuis peu mais elle avait l'impression de le connaître depuis des années. Ils avaient fait connaissance au Nevada lorsque Miles, le frère de Jake, et Charlotte, la sœur d'Ella, avaient capturé le Numeric Serial Killer. Ella avait eu une aventure avec ce sinistre individu avant de rencontrer Jake et avait eu besoin de temps pour se remettre de cet épisode.

Peu après l'arrestation, elle s'était mise en congé de son travail d'infirmière itinérante, avait quitté River Valley et emménagé temporairement à Clemmington pour se rapprocher de Jake et de Charlotte.

— Tu sais, poursuivit-il, maintenant que je suis le chef de la police de Clemmington, tu as de la chance que j'aie la possibilité de venir à cette fête.

— Je m'en rends bien compte. Ton dévouement et ton sens du devoir forcent l'admiration. Mais je suis certaine que même l'ancien chef de la police comprendrait que tu t'accordes une petite pause de temps en temps.

Elle faisait référence à Kennedy Love, le père de Jake, qui avait pris sa retraite après avoir recommandé son fils aîné pour lui succéder.

— Bien sûr, chérie. Je plaisantais. Et c'est moi qui ai de la chance. Je suis si heureux que tu sois ici avec moi !

— Et moi, je me félicite tous les jours de t'avoir rejoint à Clemmington, assura-t-elle, touchée par ces mots qui témoignaient de son amour pour elle. Passer du temps avec toi, Charlotte et son bébé m'a vraiment aidée à tourner la page. Toute ta famille m'a si chaleureusement accueillie et entourée !

— Les Love seront toujours là pour toi, n'en doute pas.

— Merci, chéri.

Un brusque coup de vent plaqua ses longs cheveux noirs sur son visage. Tout en les repoussant en arrière, elle se fraya un chemin à travers la foule des festivaliers. Son téléphone collé à l'oreille, elle observa au passage les attractions diverses et, plus particulièrement, les manèges colorés qui tournaient près d'elle. Des parfums de pop-corn, de barbe à papa et de cidre chaud flottaient dans l'air. S'y mêlaient des odeurs de hot-dogs, de merguez et de churros. Mais ce fut celle des frites, plus alléchante que les autres, qui la fit saliver.

Incapable d'y résister, elle se détourna des carrousels pour suivre ces délicieux arômes.

— Les stands de restauration me mettent l'eau à la bouche, d'autant que je n'ai rien pris depuis le petit déjeuner, dit-elle. Je voulais t'attendre mais je meurs de faim et j'ai de plus en plus de mal à résister à la tentation.

— Ne m'attends pas, mon cœur. Régale-toi de tout ce qui te fait plaisir. Profite de la fête et des attractions si tu en as envie et, surtout, arrête-toi au stand de Sofia. Tous les visiteurs ont droit à une dégustation de ses vins dont tu me diras des nouvelles. Elle propose un peu de tout. Du blanc, du rouge, du sucré, du pétillant... Tu vas adorer. Dès que je quitte le poste, je t'envoie un texto. Je n'en ai plus pour longtemps.

— D'accord, Jake chéri. À plus tard.

Elle s'approcha du Pauline's Potato Pit Stop qui proposait des pommes de terre cuisinées sous toutes les formes : écrasées à l'ail, en robe des champs, en gaufre ou en salade... Elle avait l'embarras du choix. Elle acheta une barquette de frites et, tout en se régalant, entreprit d'explorer les attractions du festival.

— Ella !

Reconnaissant la voix, elle se tourna et vit l'agent de police Underwood qui attendait son tour à la grande roue.

— Bonjour ! poursuivit-il. Le chef n'est pas avec vous ?

— Il est encore au bureau, répondit-elle. Mais il sera bientôt là.

— Jake est un bourreau de travail. J'espère vous croiser tous les deux, un peu plus tard.

— Bien sûr, à tout à l'heure. Et en attendant, amusez-vous bien !

Alors qu'elle remontait l'allée principale, le temps commença à se rafraîchir et elle tira sur le col de sa veste en regardant le ciel. La nuit tombait sur le vaste domaine. De gros nuages sombres recouvraient l'horizon. Le soleil s'enfonçait lentement dans les champs de maïs alentour et les éclairait d'une lueur pourpre qui plongeait les lieux dans une atmosphère étrange.

L'enclos des animaux de la ferme était vide. Les chèvres, les moutons, les poneys et les ânes qui avaient amusé les enfants toute la journée avaient déjà été conduits ailleurs pour la nuit. Les diseuses de bonne aventure avaient remballé leurs cartes de tarot et leurs boules de cristal, et déserté leurs tentes. La charrette et le tracteur qui transportaient les festivaliers dans les vignobles et les vergers avaient été abandonnés dans un coin après avoir déchargé le dernier groupe de la journée.

J'espère qu'ils sont tous rentrés chez eux sains et saufs, pensa Ella.

Jake lui avait dit un jour que quinze mille personnes disparaissaient chaque année au cours des balades en charrettes à foin organisées par des festivals aux États-Unis.

— Bonjour, jeune femme, croassa quelqu'un derrière elle.

Elle sursauta, se retourna et découvrit un grand type efflanqué qui lui sourit, révélant une rangée de dents mal rangées.

— Aimeriez-vous tenter votre chance et essayer de sortir vivante de l'incroyable labyrinthe de maïs d'Abel ?

À la fin de l'été, quand les plants étaient au plus haut, certains champs de maïs se transformaient en labyrinthes géants.

Ella observa son interlocuteur. Il avait la peau grêlée, les joues creusées et, sous son chapeau de paille, elle aperçut de longs cheveux blancs. Il était si maigre que son corps frêle flottait dans sa salopette miteuse. Derrière lui, un panneau indiquait :

ENTREZ ET CHERCHEZ LA SORTIE… AU RISQUE DE VOUS PERDRE
ET DE MOURIR EN TENTANT DE LA TROUVER.

La scène semblait sortir tout droit d'un film d'horreur.

— Je… euh, non, balbutia-t-elle en s'éloignant. Peut-être plus tard.

— Allez ! insista-t-il en faisant un pas vers elle. Qu'avez-vous à perdre ? Ce labyrinthe est le plus facile de toute la Californie. Même les enfants arrivent à en sortir tout seuls.

À peine les mots avaient-ils franchi ses lèvres qu'un groupe de gamins accourut. Ils fourrèrent leurs billets dans sa main squelettique avant de se précipiter à l'intérieur.

— Ces gosses sont des habitués, dit-il. C'est la troisième fois qu'ils le traversent aujourd'hui. Oh ! j'allais oublier le principal : si vous arrivez de l'autre côté, vous gagnerez un chocolat chaud de Beatrice's Bakery ou un verre de vin de Sofia's Winery. Ce sera à vous de choisir…

Ella entendait les rires surexcités des enfants dans le champ.

Tu as déjà parcouru des labyrinthes de maïs à River Valley, se dit-elle. *Et tu ne t'en es pas si mal sortie...*

Elle jeta un coup d'œil à sa montre. Elle avait encore du temps à tuer en attendant l'arrivée de Jake.

— Eh bien, d'accord, dit-elle. Un verre de vin ne serait pas de refus.

— Voilà qui fait plaisir à entendre ! En principe, le prix d'entrée pour les adultes est fixé à dix dollars. Mais pour vous, ce sera gratuit. Cadeau de la maison. Essayez de ne pas vous perdre dans ce dédale truffé de fausses pistes. Je vous attendrai à la sortie. Enfin, j'espère...

— Vous êtes bon acteur, vous savez. Vous finissez presque par m'inquiéter et par me faire hésiter à me lancer. *Presque...*

Il lui adressa un clin d'œil qui la fit frissonner.

— « La seule chose à craindre est la peur elle-même », disait Franklin D. Roosevelt. Il ne me reste plus qu'à vous souhaiter bonne chance, dit-il.

Ignorant le malaise qui s'emparait d'elle, Ella pénétra dans le champ de maïs. Participer à un tournoi de fléchettes aurait peut-être été plus rassurant. Mais elle n'avait jamais été du genre à refuser un défi. Ou un verre de vin gratuit.

Dès qu'elle atteignit le chemin de terre, elle eut l'impression d'être happée par les ténèbres. Sans doute avait-elle sous-estimé la hauteur des tiges de maïs qui se balançaient au-dessus de sa tête. Tandis qu'elle avançait, des feuilles frôlaient son visage et ses mains. Elle sortit son smartphone et activa l'application « Torche » pour s'éclairer.

— Dans quoi me suis-je embarquée ? marmonna-t-elle.

Un gros « boum » la surprit et, par réflexe, elle s'accroupit.

Comme elle se redressait lentement, elle vit un épouvantail qui se dressait au-dessus d'elle. Vêtu de noir, il avait un faciès de zombie totalement effrayant.

Un peu plus loin, un faux corbeau croassait, perché sur un gibet en bois. Ses yeux rouges brillaient dans l'obscurité.

Tout est fait pour terrifier les participants, songea-t-elle. *Abel n'avait pas précisé que ce labyrinthe était hanté...*

Elle bondit sur ses pieds et reprit sa marche. Elle avait soudain hâte d'atteindre la sortie. Elle tourna à droite et leva son téléphone en l'air, à la recherche de signes indiquant le chemin.

Il n'y en avait pas.

Elle courut jusqu'au bout du sentier. Les semelles de ses bottes glissaient sur des monticules de terre recouverts de paille. Mais quand elle atteignit le bout de l'allée, elle s'aperçut qu'il s'agissait d'une impasse.

— Merde !

Gagnée par une brusque panique, elle revint sur ses pas. Le souffle court, elle parvint à un croisement. Mais rien ne permettait de deviner quelle voie menait à la sortie.

Arrête-toi. Calme-toi. Écoute les voix.

Elle resta immobile et tendit l'oreille, guettant les cris et les rires de ses compagnons de labyrinthe. Mais elle n'entendit rien d'autre que le bruissement des feuilles sous la brise.

Continue, s'ordonna-t-elle, un peu perdue.

Ignorant les tiges de maïs qui la griffaient sur son passage, elle se mit à courir.

— Vous faites fausse route ! cria quelqu'un.

Surprise, elle heurta une pierre et s'étala de tout son long en poussant un cri de douleur.

Un peu sonnée, elle leva les yeux. Sa vision se brouillait et la pénombre grandissante n'arrangeait rien. Elle distingua pourtant un homme corpulent, vêtu d'une chemise à carreaux en lambeaux, qui se faufilait entre les plants de maïs.

— Vous avez dû vous faire mal ! lança-t-il en ricanant.

Il se pencha sur elle pour lui tendre une main secourable, mais elle refusa de la prendre.

— Éloignez-vous de moi ! cria-t-elle.

— Hé ! Je suis chez moi, vous êtes sur mon territoire, madame. Et sans mon aide, je vous garantis que vous ne sortirez pas d'ici vivante. Parce que Abel ne viendra certainement pas vous sauver !

Après avoir proféré ces mots menaçants, il s'enfuit en poussant un hurlement. Dès qu'il fut hors de sa vue, Ella se releva et fonça dans la direction opposée. Tout en courant, elle attrapa son smartphone et pressa une touche.

— Siri, appelle Jake !

— J'appelle Jake.

À son grand désarroi, elle tomba aussitôt sur sa messagerie vocale. Elle coupa la communication et ralentit pour essayer de se repérer.

Ne te précipite pas. Respire à fond. Tout va bien. Il s'agit d'un jeu. Pas de quoi s'affoler. Continue jusqu'à ce que tu retrouves ton chemin…

Elle s'avança et s'aperçut vite qu'il s'agissait encore d'un cul-de-sac. Mais cette fois, elle ne paniqua pas. Elle s'arrêta, se laissa tomber sur une botte de foin et essaya de nouveau de joindre Jake.

« Vous êtes sur la boîte vocale du chef de police Jake Love. Merci de… »

Elle raccrocha.

Pourquoi as-tu laissé ce vieillard t'entraîner là-dedans ? se demanda-t-elle en prenant conscience qu'un verre de vin, fût-il excellent, ne valait pas cette angoisse. *Maintenant, tu vas finir au JT… « Une femme a disparu dans le labyrinthe de maïs, une autre victime de cette attraction… »*

Elle hésita à composer le 911, le numéro des secours. Mais la crainte du ridicule l'en empêcha. Si des enfants avaient réussi à s'extraire de ce dédale, elle aussi y parviendrait.

Allez. Lève-toi et trouve le moyen de sortir d'ici.

Elle se mit debout, prit une profonde inspiration. Mais au moment où elle atteignait le bout de l'allée, la pointe d'une fourche lui piqua le dos.

— Aïe ! cria-t-elle. Écoutez, mon vieux, ce n'est pas drôle !

Elle se retourna, s'attendant à tomber nez à nez avec le fermier déguisé en clown. Mais elle ne vit personne.

— Cela ne m'amuse pas, poursuivit-elle. J'en ai assez. Sortez, espèce de bouffon ! Montrez-moi votre visage.

Silence.

Peut-être avait-elle été simplement heurtée par une feuille de maïs poussée par le vent.

Continue d'avancer.

Soudain, quelqu'un attrapa sa veste et la fit tomber.

— Ça suffit ! cria-t-elle. Abel ! Sortez-moi d'ici !

Elle se remit en marche. Des tiges brisées lui égratignaient la peau. Elle s'en fichait. S'échapper de ce labyrinthe infernal était tout ce qui lui importait.

Mais alors qu'elle cherchait désespérément la sortie, une silhouette, toute de noir vêtue, émergea des plants.

Non !

— Au secours, à l'aide ! cria-t-elle.

— Mademoiselle ! cria une voix au loin. Où êtes-vous ?

— Je suis...

L'ombre s'avança et lui couvrit la bouche d'une main gantée.

— Ferme-la !

Après l'avoir immobilisée en passant un bras autour de son cou, son agresseur tenta de l'entraîner dans les maïs.

— Lâchez-moi ! Au secours !

Elle se débattit, lui donna des coups de pied dans les jambes. En vain. Elle voulut continuer de crier. Mais il la bâillonnait et l'étranglait à petit feu.

— Qui êtes-vous ? balbutia-t-elle d'une voix sifflante. Pourquoi faites-vous ça ?

Sans répondre, il la tira plus profondément dans le champ.

Défends-toi. Bats-toi ! s'ordonna-t-elle en enfonçant les talons dans la terre.

Elle aperçut soudain des faisceaux lumineux au fond de l'allée.

— Madame ! cria quelqu'un qui courait dans sa direction.

— Tu as de la chance, salope, lui chuchota son agresseur en la jetant sur le côté avant de disparaître dans les plants de maïs.

Un agent de sécurité apparut.

— Tout va bien ?

Le souffle court, elle se tourna vers lui.

— Non, j'ai été attaquée !

— Attaquée ? répéta-t-il en l'aidant à se relever. Par qui ?

— Je n'en ai aucune idée. Au début, j'ai cru qu'il s'agissait d'une blague, prévue par l'attraction. Mais ce n'était pas le cas. Cet homme n'avait pas de costume. Il était habillé tout en noir et cherchait à me faire du mal.

— Avez-vous vu par où il a filé ?

— Par-là, répondit-elle en désignant les plants de maïs.

L'agent de sécurité considéra le champ sombre d'un air las.

— Un gamin a sans doute voulu vous jouer un mauvais tour. Je suis sûr qu'il est parti depuis longtemps. Pourquoi ne pas sortir d'ici et appeler les autorités ?

Ella ne prit pas la peine de lui dire qu'elle connaissait personnellement le chef de la police de Clemmington. Son seul objectif était de quitter au plus vite ce maudit labyrinthe.

Peut-être avait-il raison. Peut-être s'agissait-il d'une blague de gamin ...

Son téléphone émit un bip.

Jake, enfin !

Elle regarda l'écran. Elle avait hâte de le retrouver et de lui raconter sa mésaventure.

Mais ce n'était pas Jake. Elle venait de recevoir un texto envoyé depuis un numéro anonyme.

Le cœur battant, elle ouvrit le message.

Tu as réussi à t'échapper du labyrinthe, mais tu ne sortiras pas vivante de Clemmington. Surveille tes arrières. Parce que je sais ce que tu as fait...

2

Jake s'efforçait de garder son sang-froid. Il fusilla du regard le jeune type que ses hommes avaient arrêté. Ils le soupçonnaient d'avoir attaqué Ella durant le festival d'automne. Et la façon dont leur suspect semblait se désintéresser de l'affaire finissait par l'exaspérer.

Respire à fond et calme-toi, s'ordonna-t-il.

La pièce empestait la peinture fraîche. Les travaux de rénovation du poste de police de Clemmington traînaient en longueur et Jake les supportait de moins en moins bien.

Avant de prendre sa retraite, son père avait tenu à faire installer dans le bâtiment un laboratoire médico-légal à la pointe du progrès. Une sorte de présent d'adieu pour son équipe, mais qui ressemblait de plus en plus à un cadeau empoisonné. En effet, entre la présence des ouvriers, le bruit, la poussière et les câbles électriques qui serpentaient dans les couloirs, leur lieu de travail était devenu invivable.

Les mâchoires serrées, Jake lança d'un ton dur :

— Vous reconnaissez que vous vous trouviez au festival d'automne hier soir ?

— Oui, j'y étais. Mais je n'ai attaqué personne.

— Pourtant, vous sillonniez le labyrinthe de maïs et vous vous amusiez à harceler les participants. Je me trompe ?

Sans répondre, son interlocuteur se mit à se balancer sur sa chaise tout en l'observant par en dessous.

— Veuillez répondre à la question, monsieur Montero, coupa Miles qui avait tenu à participer à l'interrogatoire avec son aîné.

« Je sais à quel point Ella compte pour toi, vieux, lui avait-il dit avant de le suivre dans la salle. Te retrouver en face de l'homme qui l'a peut-être agressée n'est pas anodin pour toi. Mais tu es le chef de la police, à présent, et tu n'as plus droit à l'erreur. Je préfère être là pour m'assurer que tout se passe bien. »

Jake avait finalement accepté qu'il soit présent.

Mais après deux heures à cuisiner leur suspect, les deux frères n'avaient toujours pas obtenu d'aveux.

— Des témoins affirment vous avoir vu foncer à travers ces plants de maïs, insista Jake.

— Ils ont peut-être vu quelqu'un, mais ce n'était pas moi.

Jake jeta un coup d'œil au miroir sans tain. Ella et Charlotte se tenaient de l'autre côté. L'idée d'échouer devant elles lui était insupportable. Ella avait vécu assez d'épreuves. Quelques mois plus tôt, elle avait été attaquée par son ex-petit ami, qui avait finalement été arrêté peu après. Cette agression supplémentaire aurait pu suffire à la faire basculer dans la folie. Heureusement, elle était solide et n'avait pas laissé une mauvaise plaisanterie la briser.

— Nous tournons en rond, marmonna Miles à l'oreille de Jake. Il ne lâche rien.

— Peut-être, mais je ne suis pas encore prêt à le libérer.

Il reporta son attention sur le jeune homme.

— Monsieur Montero, vous savez qu'il y a des caméras de surveillance un peu partout sur le site du festival, n'est-ce pas ?

Le suspect eut l'air surpris. Il baissa les yeux et considéra ses ongles sales.

— Non. Je ne le savais pas.

— Eh bien, je vous l'apprends. En clair, quoi que vous ayez fait, nous le verrons. Nous attendons les images de vidéosurveillance d'un instant à l'autre.

— De plus, renchérit Miles, les témoins déposeront des déclarations officielles, les agents de sécurité présents sur les lieux aussi. Nous procéderons également à une séance d'identification. Bref, tôt ou tard, nous découvrirons ce que vous nous cachez. Vous avez donc intérêt à tout nous dire maintenant. Qu'espériez-vous en...

Leur interlocuteur tapa la table métallique du poing.

— J'en ai assez. Je vois bien que je ne parviendrai pas à vous convaincre de mon innocence. Je refuse de répondre à la moindre question supplémentaire. Je veux parler à un avocat. Tout de suite !

Jake se laissa aller en arrière sur sa chaise. Au moment où il attrapait son dossier, quelqu'un frappa à la porte.

— Va donc voir de quoi il s'agit pendant que je garde un œil sur lui, dit Miles.

— Que voulez-vous dire par « garder un œil sur lui » ? répliqua le suspect. Je ne suis pas en état d'arrestation, n'est-ce pas ? Je peux partir quand je veux, non ?

Sans répondre, Jake ouvrit la porte.

Charlotte apparut.

— Puis-je te parler un instant ? chuchota-t-elle.

— Bien sûr. Qu'y a-t-il ?

Il sortit et referma la porte derrière lui. À la vue de ses lèvres serrées, il comprit qu'elle n'allait pas lui annoncer de bonnes nouvelles.

— D'après Ella, le type que vous êtes en train d'interroger n'est pas le bon. Ce n'est pas lui qui l'a agressée.

— Vraiment ? Il faisait sombre dans ce champ de maïs. Je pensais qu'elle ne l'avait peut-être pas bien vu.

— Elle n'a pas bien distingué les traits de son visage. Mais elle dit que son assaillant était moins trapu que ce type. Et plus grand.

Jake se frotta les tempes.

— Elle en est sûre ? Parce que nous avons des témoins qui l'ont aperçu en train de courir dans le labyrinthe de maïs et de tourmenter les participants.

— Elle en est certaine. L'homme que vous interrogez est plus petit et beaucoup plus corpulent que son agresseur.

Jake poussa un long soupir.

— D'accord. C'est bon à savoir, d'autant plus que ce type vient d'exiger un avocat. Je vais donc le renvoyer chez lui. Bref, nous sommes revenus à la case départ.

— Les organisateurs du festival vous ont fait parvenir les images de vidéosurveillance ?

— Pas encore.

— Eh bien, quand ils le feront, je serai contente de les visionner avec toi, Miles et Ella. Même si je ne travaille plus pour la police de River Valley, je n'ai pas renoncé à mes fonctions de sergent. Je tiens à participer à l'enquête. Il n'est pas question de laisser ma sœur se faire attaquer sans réagir.

— Je suis d'accord. Cela dit, j'espère que toute cette histoire se résume à une sale blague d'adolescents. J'ai entendu dire que des lycéens avaient colonisé le festival hier. Je m'en veux. J'aurais dû être avec elle. Rien ne lui serait arrivé.

Charlotte lui tapota le bras d'un geste rassurant.

— Ne te reproche rien. Ce n'est pas ta faute. Qui aurait imaginé qu'un imbécile s'amuserait à faire peur aux gens ? Ella comprend bien que tes nouvelles responsabilités t'interdisent d'être tout le temps à ses côtés. Tes hommes vont se charger de l'enquête et, tôt ou tard, ils captureront le mauvais plaisant, j'en suis sûre. En attendant, allons nous assurer qu'elle va bien.

Jake redressa les épaules.

— Tu as raison. Je veux surtout que ta sœur sache que nous prenons cette attaque au sérieux.

— Crois-moi, Ella n'en doute pas. Elle sait aussi que les

investigations prennent du temps et ne se concluent pas du jour au lendemain.

— Mais est-ce qu'elle se sent assez protégée ? demanda-t-il alors qu'ils remontaient le couloir. Au départ, elle est venue à Clemmington pour y être en sécurité. Et en paix. J'étais censé le lui garantir.

— Nous sommes tous concernés, Jake. Et nous allons redoubler de vigilance pour qu'elle soit bien.

Lorsqu'ils entrèrent dans la salle d'observation, Jake se dirigea droit vers Ella et la prit dans ses bras.

— Comment ça va ?

— Bien. Je ne pensais pas revenir si vite dans un poste de police. Et pourtant, je suis là.

Elle semblait au bord des larmes et il l'étreignit plus fort.

— Je suis vraiment désolé, chérie. Charlotte m'a dit que tu ne pensais pas que ce type était ton agresseur. Mais ne t'inquiète pas. Les images de vidéosurveillance du festival nous aideront à avancer. Les dépositions des témoins et des agents chargés de la sécurité du site aussi. Et j'enverrai mes hommes patrouiller dans les rues de la ville. On ne sait jamais. Tôt ou tard, nous appréhenderons le coupable.

— Espérons-le. Comme tu l'as dit, peut-être ne s'agit-il que d'une farce stupide.

Il déposa un baiser sur son front.

— Pour parler d'autre chose, j'ai une grande nouvelle à vous annoncer, à toi et à ma famille. Une chose à laquelle je pense depuis que j'ai pris mes fonctions de chef de la police. Je vous en parlerai ce soir, pendant le dîner chez mes parents.

Charlotte prit la main d'Ella.

— Pourquoi ne retournerions-nous pas chez moi pour attendre que Jake ait fini son travail ?

— Le mieux, intervint-il en jetant un coup d'œil à sa montre, serait que vous nous retrouviez toutes les deux chez mes parents.

Miles et moi en avons encore pour un moment, je le crains. Cela te va, Ella ? demanda-t-il.

— Bien sûr, murmura-t-elle en posant la tête contre son torse.

— Allez, viens, dit Charlotte. Sortons d'ici.

Jake leur ouvrit la porte, en espérant que l'incident du festival se résumait à des plaisanteries d'adolescents et rien de plus grave...

— Comment vous sentez-vous, ma pauvre Ella ? lui demanda Betty. Vous vous remettez de vos émotions ?

Depuis leur arrivée, la mère de Jake, Miles et Lena ne cessait de s'inquiéter pour elle.

— Elle va bien, maman, répondit Jake qui devinait la gêne d'Ella. Viens donc t'asseoir avec nous et te régaler du délicieux repas que tu nous as préparé.

— Oui, chérie, renchérit son mari, Kennedy. Les plats refroidissent.

Lena tira une chaise.

— Installe-toi, maman. Je vais te préparer une assiette. Tu en as assez fait.

Avec un soupir, Betty prit place à table.

— D'accord. Des petites quantités, surtout. Je surveille ma ligne.

Comme si elle n'avait pas entendu, Lena la servit généreusement de rôti de bœuf, d'épis de maïs grillés et d'asperges.

— Tu ne m'écoutes pas, Lena, marmonna Betty.

— Alors, maman, déclara Miles qui se régalait visiblement, à quoi devons-nous ce fabuleux dîner ?

— Eh bien, je crois que ton frère a de bonnes nouvelles à nous annoncer, commença-t-elle en posant la main sur son verre pour empêcher sa fille de le remplir de vin. Et je ne connais pas de meilleure façon de fêter les heureux événements qu'un bon repas avec un crumble aux pommes pour le dessert.

— Un crumble aux pommes ? Génial ! s'écria Jake.

Comme toujours dans la famille Love, l'ambiance à table était chaleureuse et festive. Même Ella semblait plus détendue.

— Alors, fiston, lança Kennedy. Ne nous fais pas languir. Le suspense a assez duré. Quelle est donc cette grande nouvelle que tu avais tellement envie de partager avec nous ?

Après avoir pris une gorgée de vin, Jake s'éclaircit la voix.

— Tu te souviens de Don Vincent, le propriétaire du domaine viticole Vincent Vineyard, qui a été assassiné l'année dernière ?

Kennedy posa sa fourchette.

— Bien sûr que je m'en souviens. Comment l'oublier ? Don était un homme formidable et un ami. Un pilier respecté de la communauté de Clemmington. Sa générosité envers les plus démunis a permis à de nombreux enfants issus de familles défavorisées de recevoir des cadeaux à Noël pour les plus jeunes, de poursuivre leurs études à l'université pour les plus âgés et de mettre un peu de beurre dans les épinards pour tous...

Il s'interrompit, submergé par une vague d'émotion.

— Tout va bien, chéri, dit Betty en lui prenant la main.

— Non. Tout ne va pas bien. Je regretterai ma vie durant de n'avoir pas réussi à élucider son meurtre et d'avoir dû classer l'affaire sans suite...

Le regard las de Kennedy se tourna vers Jake.

— Excuse-moi, fiston. Continue, s'il te plaît. Que voulais-tu dire au sujet de Don ?

— Eh bien, maintenant que j'ai pris mes fonctions de chef de la police, j'ai décidé de rouvrir l'enquête. Et de voir si nous parvenons à démasquer son meurtrier.

Kennedy joignit les mains.

— Jake. Je... je ne sais pas quoi dire, balbutia-t-il d'une voix étranglée. Je... Je ne m'y attendais pas du tout. Résoudre le meurtre de Don serait merveilleux pour la famille Vincent et pour toute la communauté de Clemmington. Mais je dois te prévenir : les investigations seront difficiles. Lors de l'enquête initiale, nous avons suivi de nombreuses pistes. En vain, malheureusement. Par où vas-tu commencer ?

— Nous replonger dans tes anciens dossiers me semble une bonne base de départ. Tu as compilé des tonnes d'informations. Tes hommes et toi avez interrogé plusieurs suspects, examiné les images de vidéosurveillance du domaine. Tes fiches contiennent aussi les entretiens que vous avez eus avec les employés et les membres de la famille. Je prévois également de faire réexaminer les indices recueillis sur les lieux du crime.

— Cette idée me plaît, intervint Lena qui était revenue à Clemmington après avoir travaillé pour la police de Los Angeles et dirigeait à présent la police technique et scientifique. Maintenant que nous disposons d'un laboratoire d'analyses criminalistiques, je pourrai réexaminer les indices et voir si quelque chose apparaît qui aurait échappé aux enquêteurs.

Le sourire de Kennedy s'élargit.

— J'adore ce plan d'action. Si nous capturions enfin le meurtrier de Don, ce serait un événement majeur.

— Attends, attends, intervint Betty, les sourcils froncés. Tu viens de dire « nous » ? J'espère avoir mal entendu… Parce que, excuse-moi de te le rappeler, tu ne travailles plus pour la police de Clemmington. Ce ne sera donc pas toi qui élucideras cette affaire. Laisse-la à notre nouveau chef et à son équipe. D'ailleurs, tu seras trop occupé à profiter de tes vacances et de notre première petite-fille pour avoir le temps d'enquêter.

Un silence gêné tomba la pièce. Kennedy le dissipa en se mettant à rire.

— La maîtresse de maison a parlé. Néanmoins, Jake, j'espère que l'équipe et toi parviendrez à résoudre l'affaire. Et si vous avez besoin d'aide ou de conseils, vous savez où me trouver…

Le regard noir de Betty l'empêcha de continuer. Il agita sa serviette blanche en signe de capitulation.

— Merci, papa, dit Jake.

Il se tourna vers David Hudson, l'un des inspecteurs de police de Clemmington et le petit ami de Lena.

— Qu'en penses-tu, Dave ? Tu as joué un rôle important lors de la première enquête. D'après toi, qui devrait être interrogé en premier ?

— Je te conseille de commencer par Claire, la femme de Don. Elle était tout en haut de notre liste de suspects lorsque nous avons enquêté sur le meurtre, la première fois.

— Et pourquoi était-elle si bien placée ? s'enquit Miles, un sourire sarcastique sur les lèvres. Parce qu'elle entretenait une liaison avec Alan Monroe ou parce qu'elle vidait consciencieusement le compte en banque de Don sans réellement travailler au domaine ?

— Pour toutes ces raisons cumulées.

— Qui est Alan Monroe ? demanda Charlotte. Cette affaire excite ma curiosité, maintenant. Ella, pourquoi ai-je l'intuition que nous allons toutes les deux nous impliquer dans cette enquête ?

Comme Ella restait silencieuse, Jake lui donna un petit coup de coude.

— J'adorerais que tu sois à mes côtés dans cette affaire, chérie.

— On verra, marmonna-t-elle en jouant avec ses asperges du bout de sa fourchette.

Certain que son manque d'enthousiasme était dû à la dure journée qu'elle avait connue, Jake ne s'en formalisa pas et se pencha vers Charlotte.

— Pour répondre à ta question, Alan est le propriétaire du domaine viticole de Creekside Winery.

— Il est surtout le principal concurrent de Vincent Vineyard, ajouta Miles.

— Exactement. Son exploitation se trouve à une dizaine de kilomètres d'ici et, à en croire les rumeurs, Alan a commencé à entretenir une liaison avec Claire, la femme de Don, il y a plusieurs années. Ils s'étaient rencontrés à San Francisco, lors d'un congrès sur l'œnologie.

— Ce serait scandaleux si c'était vrai, s'exclama Charlotte, outrée. Tu ne trouves pas ? ajouta-t-elle en se tournant vers sa sœur.

Les yeux rivés sur son assiette, Ella hocha vaguement la tête.

Jake fronça les sourcils.

— Ça va, chérie ? lui murmura-t-il à l'oreille.

— Oui… mais je me sens un peu migraineuse, tout d'un coup.

Miles leva une main pour intervenir dans la discussion.

— Mais Claire n'était pas notre seule suspecte. N'oubliez pas ses deux fils, Tyler et Greer !

Une quinte de toux les fit tous sursauter. Ils se tournèrent vers Ella qui était en train d'avaler à la hâte un peu d'eau.

Jake lui frappa doucement le dos.

— Tout va bien ?

— Je… Oui, oui… J'ai avalé de travers, rien de grave.

— Mais tu n'étais pas en train de manger quoi que ce…

Il s'interrompit brusquement en remarquant le regard noir qu'elle lui lançait.

Quelque chose n'allait pas, se dit-il. Était-ce lié à l'attaque dont elle avait été victime au festival ? Cette agression avait-elle ravivé des mauvais souvenirs ? Ou s'agissait-il de quelque chose de plus profond ?

— Excusez-moi, dit-elle. Miles, je t'en prie, continue.

— Je rappelais simplement à tous l'existence de Tyler et de Greer. À la mort de leur père, ils ont repris l'exploitation. D'après les rumeurs, ils ne seraient pas étrangers au meurtre.

— J'ai toujours pensé que l'un d'eux était impliqué dans ce drame, renchérit Kennedy. Je soupçonnais surtout l'aîné, Tyler.

— Moi aussi, dit Jake. Tyler et moi avons fréquenté le même lycée autrefois. Nous n'avons jamais été dans la même classe, mais je le croisais dans la cour. Je me souviens qu'il était particulièrement arrogant. Depuis qu'il est devenu vice-président du domaine, son ego n'a cessé de gonfler.

— C'est vrai, reconnut Kennedy. Et lorsque j'enquêtais sur la mort de Don, j'ai vite compris que les deux frères étaient en compétition avec leur père. Surtout Tyler.

— Pourquoi cela ? demanda Charlotte. Est-ce que les fils de Don essayaient de reprendre la direction de l'exploitation ?

— Sans doute, répondit Jake. Tyler et Greer sont tous deux vice-présidents. Mais aucun d'eux n'entretenait de bonnes relations avec Don. Ils voulaient faire passer Vincent Vineyard à un niveau supérieur. Leur objectif était de suivre les tendances actuelles et de concurrencer Creekside Winery sur son propre terrain.

— Laisse-moi deviner, dit Lena. Don n'était pas d'accord avec eux.

— C'est exactement ça, répondit Kennedy. Il n'était pas d'accord et défendait bec et ongles son point de vue, au grand dam de ses fils. En enquêtant sur le meurtre, j'en ai beaucoup appris en matière de vins et de vignobles. J'ai compris que les deux frères voulaient diversifier les cépages, intégrer les nouvelles technologies pour la fabrication des vins et se servir plus largement du marketing numérique pour développer les ventes. Ils poussaient également leur père à construire un espace visiteurs pour organiser des dégustations et des visites de groupes. Mais Don était très réticent. Pour lui, ses méthodes « à l'ancienne » étaient les seules valables. Il avait réussi en développant des vins de qualité en quantités limitées, produits à partir de cépages soigneusement sélectionnés. Et il ne voyait pas l'intérêt de changer ce qui fonctionnait très bien.

— Pauvre homme, murmura Betty. Son refus de s'adapter à l'évolution du marché et de moderniser son exploitation lui a peut-être coûté la vie.

Kennedy se cala sur sa chaise.

— Nos soupçons portaient essentiellement sur certains

membres de la famille Vincent qui avaient intérêt à voir disparaître Don. D'ailleurs, les employés du domaine aussi les suspectaient. Dommage que nous n'ayons jamais réussi à identifier qui l'a tué. Mais le nouveau chef de la police y parviendra, je n'en doute pas. Merci d'avoir rouvert cette enquête, fiston.

— Je me sens en confiance. Surtout maintenant que nous avons une arme secrète dont nous ne disposions pas l'année dernière. J'ai nommé Lena et son laboratoire.

— Nous avons une confiance totale en toi, lui assura Kennedy.

— Et à présent, il est temps de sortir mon crumble, dit Betty en commençant à débarrasser la table. Puis nous parlerons de sujets plus agréables, d'accord ?

— Avec plaisir, marmonna Ella en s'emparant des plats vides pour les emporter.

Inquiet, Jake fronça les sourcils.

— Laisse-moi t'aider, dit-il en se levant.

— Non, je m'en occupe ! répliqua-t-elle sèchement en se précipitant à pas vifs vers la cuisine.

— Que se passe-t-il ? demanda Miles, surpris par cette sortie.

— Je ne sais pas, mais je vais me renseigner, dit Charlotte en repoussant sa chaise. Jake, détends-toi et finis ton dîner.

— Mais oui, dit Betty en lui tapotant le bras. Ella est sans doute encore secouée par l'attaque au festival. Sans parler de son ex-petit ami. Il n'a pas dû être simple pour elle de prendre conscience que son fiancé était un tueur en série...

— Toute cette violence bouleverserait n'importe qui, renchérit Kennedy. Cette conversation sur le meurtre de Don l'a probablement remuée, fiston. N'en fais pas un drame.

— D'accord.

Il jeta un coup d'œil à la porte, en se demandant s'il devait aller trouver Ella. Ce comportement ne lui ressemblait pas.

— Et à propos de l'agression, reprit Lena, as-tu déjà un suspect ?

— Non, malheureusement.

Le bruit des sanglots étouffés d'Ella dans la cuisine l'interrompit. Cette plainte le remua profondément.

— Mais je vais le trouver. Fais-moi confiance.

3

Assise sur le siège passager de la voiture de Jake, Ella jouait nerveusement avec ses bagues. Tous deux se rendaient à Vincent Vineyard pour une dégustation de vin. Quand elle avait quitté cette propriété, des années plus tôt, elle avait cru ne jamais la revoir. Pourtant, elle revenait à présent dans cet endroit maudit. Jake espérait en effet recueillir au cours de la soirée de nouveaux éléments utiles aux investigations. Il n'avait pas encore annoncé officiellement la réouverture de l'enquête sur le meurtre de Don Vincent.

En apprenant, à la fin du repas de famille, qu'il avait accepté l'invitation des Vincent, elle avait failli tomber de sa chaise. Pour elle, les liens avec les Vincent avaient été définitivement rompus depuis longtemps. Elle n'avait donc pas dit qu'elle les connaissait.

Malheureusement, le passé la rattrapait…

Lorsque Jake s'engagea dans le domaine viticole, elle sentit son ventre se nouer. La grande demeure était nichée sur un flanc de colline, au milieu des vignobles. D'inspiration toscane, elle était magnifique avec ses murs blanchis à la chaux et ses tuiles en terre cuite.

Quand elle avait découvert la propriété pour la première fois, il y avait bien longtemps, elle avait été fascinée par le charme des lieux. Maintenant, ils la dégoûtaient.

— C'est beau, non ? demanda Jake.

— Très, répondit-elle à contrecœur.

Imaginer quelle serait la réaction de la famille Vincent en la voyant la plongeait dans un abîme d'angoisse.

Arrête. Tu vas y arriver.

La gorge serrée, elle considéra le portail en bois sculpté. Un domestique vint ouvrir sa portière et lui tendit la main pour l'aider à descendre de la voiture. Au lieu de la prendre, elle se recroquevilla sur son siège.

— Tu es prête ? demanda Jake, manifestement déstabilisé par son attitude.

— Oui, oui, mentit-elle.

— Écoute, j'apprécie beaucoup que tu aies accepté de m'accompagner, ce soir. Mais si tu n'as pas envie de participer à cette enquête, rien ne t'y oblige. Je sais à quel point tu aimais aider Charlotte quand elle menait des investigations à River Valley. De plus, puisque pour le moment tu ne travailles plus comme infirmière, je me disais que tu serais contente de t'occuper. Mais si tu...

— Absolument. Je suis très heureuse de te donner un coup de main.

Le regard perplexe de Jake la gênait. Elle avait l'impression qu'il devinait qu'elle lui mentait. L'envie de tout lui raconter, de se décharger de ce qui la tracassait, la torturait. Mais elle se l'interdit. Ce n'était pas le moment.

Il la serra contre lui alors qu'ils gravissaient les marches en pierre.

— Je me souviens à quel point il a été difficile pour ma sœur de ne rien faire lorsqu'elle a pris un congé après une agression, poursuivit-il. Elle est retournée chez les parents à Clemmington. Elle s'ennuyait tellement à tourner en rond à longueur de journée qu'elle a commencé à enquêter seule sur l'affaire des Heart-Shaped Murders. Ce qui a failli la tuer.

— Je ne ferai jamais rien d'aussi dangereux pour m'occuper, ne t'inquiète pas. Et encore une fois, je suis ravie de t'aider.

— Super, murmura Jake en capturant ses lèvres pour un long baiser. Je ne peux pas te dire à quel point cela me touche.

— Si je comprends bien, tu m'embrasses uniquement pour me remercier de te faire profiter de mes talents d'enquêtrice, c'est bien ça ? lança-t-elle sur le ton de la plaisanterie.

— Non ! Bien sûr que non. Mais avoir la femme que j'aime à mes côtés compte beaucoup pour moi. Avant toi, je n'avais pas eu de relation sérieuse depuis des années. C'est un gros changement.

— Pareil pour moi. D'autant que les hommes de mon passé n'étaient pas vraiment des cadeaux...

Ils entrèrent dans l'immense hall de la belle demeure. De nombreuses personnes y étaient déjà rassemblées et bavardaient tout en sirotant du vin rouge et en grignotant des morceaux de fromage.

Ella huma avec délice les parfums des cépages. Ces fragrances lui rappelèrent sa première visite au domaine. À l'époque, l'élégance des boiseries en noyer, des fauteuils en cuir et des peintures à l'huile accrochées aux murs l'avait impressionnée.

Comme toujours pour ce genre de réception, les invités étaient tous sur leur trente et un, mais pour sa part, elle avait opté pour un look discret : une robe fourreau noire rehaussée d'un foulard, un chignon sage et un maquillage léger. Elle ne voulait surtout pas attirer l'attention. Mais au milieu de ces femmes habillées par les plus grands couturiers, elle se démarquait par la simplicité de sa tenue.

Une hôtesse les accueillit d'un sourire commercial et leur tendit une carte.

— Bienvenue à Vincent Vineyard, leur dit-elle. Voici le détail des vins qui vous seront servis ce soir. N'oubliez pas de participer à la tombola. Elle vous permettra peut-être de gagner une bouteille de notre nouveau cabernet sauvignon.

Jake la remercia et entraîna Ella à l'écart avant de sortir son smartphone de sa poche.

— J'envoie un texto à Miles pour lui demander vers quelle heure il compte arriver avec Charlotte.

Les yeux rivés sur le magnifique parquet, Ella s'efforçait de passer inaperçue et veillait à éviter tout contact visuel avec quiconque. Elle se demandait si l'un des Vincent avait déjà remarqué sa présence. Discrètement, elle promena le regard dans la salle mais n'aperçut aucun visage familier.

— Miles t'a répondu ? demanda-t-elle en se détournant de la foule.

— Pas encore. Mais les voilà !

Miles et Charlotte entraient en effet dans le hall. Charlotte portait une robe bustier rouge ajustée et était chaussée de talons aiguilles assortis. Miles et Jake semblaient s'être donné le mot parce qu'ils portaient tous les deux un blazer, une chemise bleu pâle et un pantalon bleu marine.

Soulagée de les voir, Ella agita la main pour leur faire signe de les rejoindre.

Elle sauta au cou de sa sœur.

— Je suis tellement contente que tu sois là !

— Pourquoi ? Nous nous sommes vues tout à l'heure, non ?

Charlotte ignorait pourquoi sa simple présence était un soutien moral pour Ella. Et pour le moment, celle-ci n'avait pas l'intention de lui donner d'éclaircissements.

— J'apprécie de passer cette soirée avec toi. Voilà tout.

Un serveur s'approcha, chargé d'un plateau rempli de verres de vin et de charcuteries à grignoter.

— Bonsoir à tous. Aimeriez-vous goûter l'un de nos vins rouges ?

— Avec plaisir, lui dit Jake. Que nous proposez-vous ?

— D'abord, notre tout nouveau cabernet sauvignon, un vin plutôt charpenté, corsé, tanique, un merveilleux mélange de cerises et d'épices. Mais si vous aimez les vins plus ronds, soyeux et enveloppés, les saveurs riches et fruitées, vous adorerez notre merlot. Quant à notre pinot noir, il est l'un de mes préférés.

Il offre une diversité d'arômes qui le rend unique, allant des fruits rouges frais comme le cassis ou la cerise aux notes épicées comme le poivre et la cannelle. Enfin, nous avons un malbec de toute beauté. Très aromatique, il livre des notes de fruits noirs et de violette, de cerise à l'eau-de-vie, de mûre, d'épices fines et de réglisse. Tous les cépages utilisés pour produire ces vins proviennent des vignobles du domaine. Goûtez à tout et, quand vous aurez décidé lesquels vous préférez, n'oubliez pas de nous commander quelques bouteilles. Bonne dégustation.

Dès que le serveur fut hors de portée de voix, Jake marmonna :

— Il met le paquet pour écouler la marchandise !

— Peut-être est-il seulement passionné par ses vins, répondit Miles.

— N'oublions pas pourquoi nous sommes ici, poursuivit Jake. Miles, as-tu repéré nos suspects ?

— Absolument. Charlotte, Ella, vous avez toutes les deux vu des photos des Vincent. Mais pour vous rafraîchir la mémoire, je vais vous indiquer où ils se trouvent dans la salle. Il y a un portrait à l'huile de Don Vincent, notre victime, accroché au-dessus de la cheminée. Sa femme, Claire, est en dessous.

Ella se pencha vers Jake.

— La quinquagénaire vêtue d'un tailleur Chanel ? demanda-t-elle, comme si elle ne le savait pas.

— Exactement, répondit-il. Et les deux hommes à qui elle parle sont ses fils. L'aîné, Tyler, porte le costume Burberry. Son frère Greer, plus petit et plus trapu, se tient derrière lui, en polo blanc et pantalon noir.

— Ces deux-là sont aussi différents que le jour et la nuit, remarqua Charlotte. Et je parie qu'ils s'opposent sur tous les sujets.

— Exactement, confirma Miles. Ils n'étaient d'accord que pour affronter leur père lorsqu'il était encore en vie.

Jake but une gorgée de cabernet sauvignon.

— Apparemment, nos hôtes ont remarqué notre présence,

chuchota-t-il. Essayez de rester naturels. Comportez-vous comme si vous étiez là uniquement pour le vin et les amuse-gueules.

Comme Ella suivait son regard, ses yeux se posèrent sur Claire qui les observait de loin. Le souffle court, elle se détourna en priant pour ne pas avoir été repérée.

Jake remarqua sa nervosité et lui caressa l'épaule d'un geste rassurant.

— Tout va bien, chérie, dit-il. Ce n'est pas parce que Miles et moi travaillons dans la police que nous n'avons pas le droit de nous détendre et de boire un peu de vin de temps en temps.

Il prit un verre de pinot noir sur le plateau d'un serveur et le lui tendit. Tout en sirotant le délicieux breuvage, elle jeta discrètement un coup d'œil vers la cheminée. Claire n'y était plus.

— Alors, revenons aux Vincent, poursuivit Jake. Non sans mal, les fils de Don avaient convaincu leur père d'organiser des visites du domaine et des soirées de dégustation ouvertes au public. Et donc de créer une zone réservée aux visiteurs pour permettre à ces derniers de passer un bon moment avec du vin, de la charcuterie, du fromage et un peu de musique. Mais Don a vite regretté de leur avoir cédé.

— Pourquoi donc ? s'enquit Charlotte.

— Je pense avoir vu la réponse à cette question dans le dossier, intervint Ella. Peu de temps avant sa mort, Don a autorisé un bus rempli d'amateurs de vins à venir au vignoble. Mais ces derniers se sont mal conduits. Ils ont trop bu et la soirée a dégénéré pour finir en énorme bagarre.

— Cerise sur le gâteau, ajouta Miles, certains de ces visiteurs indélicats, non contents de s'être soûlés, se sont promenés dans les bureaux. Don s'est confronté à eux. Il était persuadé qu'ils cherchaient à voler des secrets de fabrication.

— Comment tout ça s'est-il terminé ? demanda Charlotte.

— Don a appelé la police et deux agents se sont aussitôt rendus sur les lieux. Mais l'enquête n'a rien donné. Les gars qui s'étaient promenés dans les bureaux ont affirmé s'être perdus en cherchant les toilettes.

Ella vida son verre et résista difficilement à l'envie d'en prendre un autre.

— Étant donné que Don a été tué peu de temps après cet incident, sans doute faudrait-il réinterroger ces visiteurs.

Jake hocha la tête et affirma :

— Crois-moi, je compte bien le faire.

Le petit orchestre qui jouait en sourdine dans un coin se tut soudain et un silence tomba dans la salle. Tous les yeux se tournèrent vers le haut de l'escalier. Deux femmes se tenaient sur le palier, derrière la balustrade, mais une seule attirait tous les regards.

Jada Vincent.

Ella se raidit à sa vue. La superbe épouse de Tyler, dont le style était tout aussi flamboyant que celui de son mari, descendit les marches comme une star en faisant claquer ses talons aiguilles. Sa robe Gucci était somptueuse. Des bagues en diamant brillaient à ses doigts ornés de faux ongles.

Faith, la femme de Greer, se tenait derrière elle. Non seulement elle était plus petite et plus forte que sa belle-sœur, mais sa robe grise et ses ballerines ne la mettaient pas en valeur.

— Rappelle-moi qui sont ces deux-là, Ella, dit Charlotte.

— As-tu seulement jeté un coup d'œil aux dossiers que Jake nous a confiés ?

— Hé, quand tu seras devenue, toi aussi, mère d'une petite diva exigeante qui veut téter en permanence et dont il faut changer les couches sans arrêt, on en reparlera !

— D'accord, d'accord, répondit Ella qui venait de remarquer les cernes sous les yeux de sa sœur. Je comprends. Alors, écoute : la blonde en Gucci est Jada Vincent, l'épouse de Tyler et la directrice commerciale de Vincent Vineyard. Et derrière elle se cache

Faith Vincent, la femme de Greer. Elle est responsable des ventes et du marketing du domaine.

— Il s'agit vraiment d'une entreprise familiale, alors. En tout cas, les deux frères ont vraiment trouvé chacun sa moitié. Jada, avec sa tenue branchée, est parfaitement assortie à Tyler. Et le look discret de Faith va de pair avec l'aspect simple et effacé de Greer.

Jake dégusta quelques amuse-gueules et reprit :

— Maintenant que les épouses ont fait leur entrée, je vous propose de nous séparer pour bavarder avec les uns et les autres. En prêtant une oreille attentive à ce qui se raconte pour tenter de glaner des informations.

— Et par « les uns et les autres », précisa Miles à Ella et Charlotte, Jake désigne les membres de la famille Vincent.

— Exactement. Miles et Charlotte, je vous charge du côté gauche de la salle pendant qu'Ella et moi irons faire des mondanités à droite. Nous nous retrouvons ici dans, disons, une demi-heure ?

— Parfait, chef, répondit Miles en prenant la main de Charlotte. À tout à l'heure !

L'angoisse qui avait noué le ventre d'Ella à leur arrivée revint la tourmenter.

— On y va ? demanda Jake en lui offrant son bras.

Elle le serra plus fort que nécessaire mais s'obligea à le suivre.

— Tu vois le grand brun à qui parle Claire ? lui murmura-t-il à l'oreille en désignant la terrasse.

— Oui. Il travaille dans la propriété, non ?

— Tout à fait. Il s'appelle Manuel Ruiz et c'est le régisseur du domaine. À en croire les rumeurs, Claire s'est déchargée de toutes ses responsabilités sur lui. Il connaît donc mieux que personne les rouages de l'exploitation. Mais quand nous l'avons interrogé après le meurtre de Don, l'année dernière, il s'est montré extrêmement discret.

— Tu le soupçonnes du crime ?

— Pas du tout. Mais je pense qu'il en sait bien plus que ce qu'il nous a dit. Il sera l'un des premiers que je convoquerai pour le réinterroger.

Comme Claire s'avançait vers eux d'un pas nonchalant, Ella sentit son cœur cesser de battre dans sa poitrine.

Je vous en prie, ne dites rien...

Mais l'élégante quinquagénaire tendit la main à Jake, sans lui prêter la moindre attention.

— Chef Love, quel plaisir de vous voir ici, minauda-t-elle. La dernière fois que nous nous sommes croisés, vous n'étiez encore qu'inspecteur de police. Félicitations pour votre promotion. Devenir chef de la police à la suite de votre père a dû vous faire plaisir.

— En effet, merci, madame Vincent. Je suis également heureux de vous voir. Comment allez-vous ?

Elle battit des paupières, lourdement ornées de faux cils.

— On fait aller. Certains jours sont meilleurs que d'autres. Savoir que l'assassin de Don est toujours en liberté me met très mal à l'aise, vous vous en doutez...

Sa voix se brisa et elle s'interrompit, manifestement incapable de continuer. Manuel s'approcha et passa un bras réconfortant autour d'elle.

— Tout va bien, madame Vincent. Maintenant que la police de Clemmington a un nouveau chef, espérons que ce crime odieux ne restera plus très longtemps impuni.

Manuel semblait bouleversé et, devant son émotion, Ella sentit sa gorge se serrer. Un bref instant, elle en oublia ses propres préoccupations. Mais quand Claire reporta son attention sur elle, elle se crut perdue.

— Mille excuses, intervint Jake en prenant conscience qu'il avait négligé les présentations. Pardonnez ma grossièreté. Madame Vincent, monsieur Ruiz, voici ma petite amie, Ella Bowman, ajouta-t-il en passant son bras autour de sa taille.

Avec nervosité, Ella tendit la main à Claire, en espérant que celle-ci ne se souviendrait pas d'elle.

— Ravie de faire votre connaissance, madame.

— Tout le plaisir est pour moi, ma chère.

La poignée de main de Claire n'était pas très convaincue et Ella se prépara au pire.

Que dirait Jake quand il comprendrait qu'elle lui avait menti ?

Mais au lieu de dire qu'elles se connaissaient déjà, Claire se contenta de lui décocher un sourire lointain avant de lâcher sa main.

Ella comprit que Claire ne savait pas du tout qui elle était.

Soulagée, elle eut du mal à réprimer un cri de joie. Personne ne l'avait reconnue. Du moins pour le moment...

— Un, deux, trois... Tout le monde m'entend bien ?

La foule se tourna vers Tyler, qui se tenait près de la cheminée, un micro à la main. De nouveau, le petit orchestre, qui interprétait une chanson de Sinatra, s'interrompit.

— Jada, mon amour, pourrais-tu me rejoindre ? lança Tyler.

Sa femme traversa la pièce en gloussant comme une collégienne. Greer la regarda faire d'un air agacé avant de chuchoter quelque chose à l'oreille de Faith.

Manuel se pencha vers Claire et marmonna suffisamment fort pour que Jake l'entende :

— Manifestement, Greer est contrarié de ne pas être associé au discours.

— Qu'ils se débrouillent entre eux ! Je refuse de m'en mêler.

— Je suis désolé, madame, répliqua-t-il, mais je ne suis pas d'accord. Avec tout le respect que je vous dois, c'est à vous d'arranger les choses entre eux et de vous décider enfin. Il vous revient de choisir lequel de vos fils reprendra les rênes de l'exploitation.

Jake tendit l'oreille. Ella à son bras, il se rapprocha sans en avoir l'air pour écouter la réponse de Claire.

— Oui, dit-elle avec un gros soupir. Je vais devoir me prononcer sur cette question avant qu'ils s'entretuent pour décrocher le poste.

— Mesdames et messieurs ! lança Tyler. Merci beaucoup

d'être venus si nombreux, ce soir. Ma famille et moi sommes très honorés de votre présence. Depuis la mort de mon père, diriger Vincent Vineyard n'a pas été facile pour moi, vous vous en doutez. Mais mon amour pour ce domaine ainsi que le soutien de la communauté de Clemmington m'ont aidé à prendre sa suite.

Le régisseur leva les yeux au ciel.

— Pourquoi s'exprime-t-il comme s'il se chargeait des vignobles et de la production des vins tout seul ? Alors qu'il ne fait qu'y parader ?

— Je vous en prie, Manuel, siffla Claire en fronçant les sourcils. Ce n'est pas le moment. Nous évoquerons le sujet lundi, lors de notre réunion hebdomadaire. Inutile de gâcher cette soirée en en parlant maintenant.

— Vous laissez depuis trop longtemps votre fils aîné faire n'importe quoi, madame. Tyler devient de plus en plus incontrôlable. Vous devez le recadrer avant qu'il…

— Ça suffit ! s'exclama Claire, si fort que plusieurs invités se tournèrent vers elle.

Elle s'excusa d'un sourire puis se pencha vers Manuel.

— Nous poursuivrons cette conversation plus tard, en privé, dans mon bureau.

— Bien, madame.

— Au fil du temps, poursuivait Tyler, j'avais réussi à convaincre mon père de s'ouvrir aux idées nouvelles, certain qu'elles contribueraient à promouvoir nos marques et à développer nos ventes. Peu avant son décès, il avait même accepté la venue de visiteurs et la construction d'une terrasse extérieure afin de les accueillir pour des dégustations inoubliables.

— Avant son décès ? répéta Manuel avec colère. Il en parle comme d'une mort naturelle alors que Don a été assassiné !

Claire le fusilla du regard et il se tut.

Tyler se dirigea vers le centre de la pièce tout en essuyant des larmes imaginaires au coin de ses yeux.

— Don n'est plus là, mais il n'était pas question que cette tragédie m'empêche de perpétuer l'œuvre de mon père. Je suis fier d'avoir repris le flambeau et j'espère être digne de cet héritage. Nous nous sommes réunis ici ce soir pour célébrer le nouveau cabernet sauvignon de Vincent Vineyard. Il a été fabriqué à partir de l'un de nos cépages les plus récents, qui… qui, euh…

Il hésita et se tourna vers sa femme.

— Jada, veux-tu nous en dire un peu plus sur ce vin ?

Elle s'approcha du micro en faisant crisser ses talons aiguilles.

— Eh bien, euh… en tout cas, il est délicieux, c'est une certitude ! Et nous l'apprécions particulièrement à cause de… parce que…

Une vague de murmures consternés parcourut l'assistance. Les invités se regardèrent, surpris par ces propos confus.

Sans doute conscient qu'elle se ridiculisait, Greer se fraya un chemin dans la foule.

Avant qu'il arrive à leur hauteur, Tyler arracha le micro des mains de Jada et le tendit à son cadet.

— Je ne voudrais pas avoir l'air de tirer la couverture à moi, dit-il avec un sourire crispé. Mon frère, Greer, a contribué à l'élaboration de ce vin spectaculaire. Je le laisse donc vous expliquer en quoi il est exceptionnel.

Les yeux rivés au sol, Greer se balança un moment d'un pied sur l'autre, visiblement mal à l'aise. Sans regarder personne, il saisit le micro.

— Je… euh… Bonjour, tout le monde, bégaya-t-il.

— Seigneur, gémit Claire. Je vous en prie, Manuel, intervenez.

— Donnez-lui un instant, répliqua le régisseur. Vous le connaissez. Il a toujours besoin d'un peu de temps pour se ressaisir.

Greer s'éclaircit la gorge.

— Comme mon frère l'a dit, nous sommes honorés de fêter avec vous ce nouveau cabernet sauvignon. D'origine française, ce cépage se plaît beaucoup en Californie, dont l'ensoleillement lui réussit. Il a demandé des années de vieillissement en fûts de chêne pour parvenir à maturité. Mais nos efforts en valaient la peine. C'est un vin fruité, charpenté, aux taux d'alcool élevé. À consommer avec modération !

Un sourire se dessina sur le visage de Claire. Elle porta sa main à sa bouche et chuchota à Manuel :

— Un bon point pour Greer !

— Je vous l'avais dit. Il maîtrise très bien son sujet et mérite de prendre la direction de Vincent Vineyard. J'ai deviné depuis longtemps que Tyler était votre préféré bien qu'il n'y connaisse rien. Mais je refuse de cautionner ce choix.

Ella n'en revenait pas de l'audace du régisseur. Elle retint son souffle, attendant la réponse de Claire. Mais celle-ci resta silencieuse et reporta son attention sur Greer.

— Nos serveurs vont vous apporter des verres de ce vin unique, poursuivait-il. Je ne doute pas qu'il vous plaira. Merci de laisser vos commentaires dans le livre d'or et n'hésitez pas à acheter une bouteille ou deux avant de partir.

— Ou une caisse ! cria Tyler.

— Merci encore d'être venus, continua Greer, ignorant l'interruption de son frère. Si vous avez des questions, sentez-vous libres de les poser. Nous nous efforcerons de vous répondre. Je vous souhaite une excellente soirée.

Il baissa la tête alors que la foule applaudissait. Un sourire radieux aux lèvres, Tyler leva les mains, comme si c'était lui que l'assistance acclamait.

— Il devrait avoir honte, marmonna Ella.

Elle se tourna vers la sortie en se demandant si elle parviendrait à quitter la dégustation sans croiser les autres membres de la famille Vincent.

Comme cette pensée lui traversait l'esprit, Tyler et Jada s'avancèrent vers eux. Elle se sentit blêmir.

Mais le couple s'arrêta net quand le régisseur commença à frapper bruyamment dans ses mains.

— Bravo, Greer ! Merveilleux discours !

La foule fit chorus, ovationnant Greer de plus en plus fort. Tyler saisit Jada par la taille et revint avec elle près de son cadet. Il fit une révérence complète, puis leva les bras en l'air comme s'il venait de remporter une médaille olympique. Comprenant sans doute que les applaudissements ne lui étaient pas destinés, Jada recula lentement et rejoignit la femme de Greer qui se tenait timidement dans un coin.

Claire donna un coup de coude à Manuel.

— Maintenant, vous jouez les fauteurs de troubles !

— Pas du tout, madame. Greer mérite ces éloges. N'en êtes-vous pas consciente ? Vous devez prendre une décision et nommer l'un de vos fils président. Qui allez-vous choisir ? Tyler ou mon favori, Greer ?

Sans répondre, Claire prit deux verres de vin sur le plateau d'un serveur qui passait.

— Merci, dit Manuel en tendant la main.

— Les deux sont pour moi, rétorqua-t-elle avant de s'éloigner dans la foule.

— Je ferais mieux de profiter de ce moment, chuchota Jake à Ella au moment où Miles et Charlotte s'approchaient.

— Monsieur Ruiz, dit-il, puis-je vous parler un instant, s'il vous plaît ?

— Bien sûr, chef. Je dois m'assurer que nos invités VIP sont satisfaits de ce qui leur est servi. Mais j'ai un petit moment à vous accorder. Que puis-je faire pour vous ?

— J'ai feuilleté les dossiers de l'enquête sur le meurtre de Don Vincent. Mon père avait tenu à mener lui-même la plupart des interrogatoires parce que Don était un ami et que sa mort l'avait profondément affecté.

Le régisseur baissa la tête. Visiblement ému, il battit des paupières.

— Ça va, monsieur Ruiz ?

Manuel se redressa et balaya la pièce des yeux comme pour voir si quelqu'un les observait.

— Votre présence ici... me ramène à ce terrible jour où M. Vincent a été retrouvé poignardé et aux retombées qui ont suivi, aux accusations lancées, aux rumeurs... Depuis le drame, les affaires ont commencé à péricliter et la famille Vincent à se déchirer. Je me démène au milieu de ce désastre pour tenter de maintenir l'exploitation à flot mais...

— Je comprends. Et je suis désolé de l'entendre. Je m'apprête à rouvrir l'enquête sur le meurtre de Don Vincent. La famille mérite des réponses, tout comme vous et le reste de la communauté de Clemmington.

Manuel saisit un verre de vin sur un plateau et le vida d'un trait.

— La famille, répéta-t-il d'un ton persifleur. Je vous souhaite bien du courage avec eux.

Un brouhaha éclata brusquement de l'autre côté de la salle. Surpris, les gens s'approchèrent pour voir de quoi il retournait. Des agents chargés de la sécurité se précipitèrent et s'efforcèrent de calmer les esprits.

— Allons-y, dit Jake à Miles en se dirigeant vers la rixe.

— Non ! s'écria le régisseur pour les retenir. S'il vous plaît, je vous demande de ne pas intervenir et de laisser la sécurité gérer la situation. Je ne veux pas que nos invités voient les forces de l'ordre aux prises avec les deux frères.

— Les deux frères ? répéta Miles, interloqué.

Lorsque la foule s'écarta, Jake se rendit compte que Tyler et Greer avaient eu une altercation.

— Chef Love, reprit Manuel, je vais m'en occuper. Mais je tiens absolument à vous parler du meurtre de M. Vincent. Après sa mort, j'ai préféré garder pour moi certaines informations que je suis prêt à révéler maintenant. J'en ai assez de couvrir des gens dont la place est sans doute en prison.

Jake fouilla dans sa poche et en sortit une carte de visite.

— Appelez-moi. Dès que possible.

Claire s'approcha de ses fils.

— Je vous ordonne de vous calmer immédiatement, tous les deux ! cria-t-elle. Montez dans mon bureau. Tout de suite !

Le régisseur serra la main de Jake, puis recula lentement.

— Je dois y aller pour tenter de désamorcer la situation. Je vous appellerai bientôt, chef.

Jake rejoignit son groupe.

— Je pense que notre travail ici est terminé. Pourquoi ne pas retourner chez moi pour échanger nos impressions et discuter de la suite ?

Soulagée, Ella prit son bras et l'entraîna vers la sortie.

— Excellente idée.

— Charlotte et moi avons récolté beaucoup de renseignements en écoutant Jada et Faith, affirma Miles.

— Nous aussi, dit Ella par-dessus son épaule. Mais en écoutant Claire et Manuel Ruiz.

— Qui aurait cru que cette enquête commencerait à prendre forme lors d'une dégustation de vin ? plaisanta Jake.

Qui aurait cru que je réussirais à m'en tirer sans être reconnue ? pensa Ella, soulagée.

Et, baissant la tête, elle se précipita vers la sortie.

4

— Depuis combien de temps sommes-nous dans ce stade ? demanda Charlotte, le souffle court.

— Même pas vingt minutes, ma pauvre !

Ella et sa sœur couraient sur la piste d'athlétisme à six couloirs du lycée de Clemmington. Ella ne se donnait pas à fond pour permettre à sa sœur de la suivre. Depuis la naissance de son bébé, celle-ci rêvait de se débarrasser des kilos superflus accumulés pendant sa grossesse. Elle avait demandé à Ella d'être son coach mais la faire sortir de la maison s'était avéré difficile. Pour y parvenir, Ella avait dû l'appâter avec un smoothie à la banane et un grand latte.

— J'ai eu tort de boire ce café, reprit Charlotte d'une voix hachée. Maintenant, j'ai besoin d'aller aux toilettes.

— Encore ? Tu y es allée il y a cinq minutes !

Comme Charlotte se dirigeait à petites foulées vers les vestiaires, elle la rattrapa et la prit par le bras pour l'obliger à revenir sur la piste.

— Pas question. Je vois clair dans ton jeu. Tu cherches un prétexte pour faire une nouvelle pause. Lorsque nous aurons atteint la barre des cinq kilomètres, nous aviserons. Mais en attendant, accélère. Allez, du nerf !

— Tu n'es pas drôle.

— Écoute, c'est toi qui m'as demandé de t'aider à retrouver la forme, au cas où tu déciderais de faire ton retour dans la police.

— Si pour y réussir, je dois suivre un entraînement aussi intense, je préfère rester mère au foyer.

— Je n'en crois rien, répliqua Ella. Dès que tu te seras faite à l'idée de confier Ari à une nounou, tu auras hâte de retravailler. Et à ce sujet, serait-il envisageable que tu reprennes ton poste de sergent à River Valley tout en vivant à Clemmington puisque Miles y est inspecteur de police ?

— Je n'en suis pas là, tu le sais. Pour l'instant, je savoure les joies de la maternité. Je penserai à ma carrière, au mariage et à ce qu'il implique le moment venu. Après tout ce que nous avons traversé, Miles et moi, nous avons envie de profiter de la vie sans trop nous soucier de l'avenir. De toute façon, il va être occupé maintenant que Jake et lui rouvrent l'enquête sur le meurtre de Don Vincent. Mais assez parlé de moi. Tout se passe bien avec Jake ?

Un sourire radieux éclaira le visage d'Ella.

— Très bien. Sincèrement, je n'ai jamais été aussi heureuse en amour. Après tant de relations toxiques, cela fait du bien. Commencer par être amis nous a vraiment aidés à nous trouver. Pour nous donner toutes les chances, nous avons décidé de faire de la communication une priorité absolue. Nous nous efforçons d'être francs l'un avec l'autre...

Elle s'interrompit alors que mille pensées dérangeantes envahissaient son esprit. Ce qu'elle venait de dire n'était pas vrai. Ces derniers temps, elle avait été loin de se montrer sincère avec Jake. Et pas uniquement avec lui, d'ailleurs. Elle n'avait encore révélé à personne ses liens avec la famille Vincent.

— Qu'y a-t-il ? demanda Charlotte en lui donnant un coup de coude. Qu'est-ce qui ne va pas ?

Incapable de regarder sa sœur en face, Ella s'écarta, accéléra le rythme et frappa dans ses mains.

— N'essaie pas de me détourner de la mission que tu m'as

confiée ! Si tu n'es pas capable de parler en courant, continuons en silence.

Charlotte gémit derrière elle et accéléra pour la rejoindre.

— Tu me caches quelque chose, Ella ? demanda-t-elle, une fois revenue à sa hauteur. Parce que tu te comportes bizarrement depuis quelque temps. Comme si quelque chose te tracassait mais que tu le gardais pour toi.

— Non, pas du tout, répondit Ella un peu trop vite. Je ne te cache rien. Parfois, je ne peux pas m'empêcher de penser à Noël, mon ex. Découvrir que c'était un tueur en série n'a pas été simple, je te prie de le croire. Il a failli nous tuer. Mais je ne t'en parle pas parce que je ne veux pas ressasser cette histoire. J'essaie de tourner la page, mais parfois de mauvais souvenirs s'imposent à ma mémoire.

— Tu devrais te confier à un professionnel, ça t'aiderait certainement. Tu pourrais...

— Pour la millième fois, coupa Ella, je n'ai aucune envie de suivre une thérapie !

— D'accord, d'accord !

De nouveau, sa sœur perdait du terrain et se traînait derrière elle. Elle finit par s'arrêter pour se désaltérer à une fontaine à eau.

— J'ai besoin d'une pause, gémit Charlotte. Allons nous asseoir sur les gradins et parlons un peu.

Nous y voilà...

Ella prit son temps pour la rejoindre. La gorge serrée, elle songeait à toutes les questions que sa sœur était susceptible de lui poser.

— Viens t'asseoir, Ella, dit celle-ci en tapotant la place à côté d'elle.

Le ventre noué, elle obéit. Elle regarda droit devant elle et fit mine de s'intéresser aux autres coureurs. Elle redoutait la conversation qui l'attendait.

— Dis-moi, commença Charlotte, est-ce que l'enquête à propos de l'attaque au festival d'automne avance ?

— Non. Jake a montré des photos aux personnes qui ont affirmé avoir vu le suspect courir dans le labyrinthe de maïs, mais aucune d'elles n'a pu se prononcer de façon certaine. Quant aux images de vidéosurveillance, les agents de sécurité lui ont envoyé par erreur celles de la veille. Lorsque Jake a tenté de récupérer les bons enregistrements, il était trop tard. Ils avaient déjà été effacés.

— Tu plaisantes ?

— Malheureusement pas.

— C'est un coup dur, mais ne désespère pas. Jake s'investit beaucoup pour élucider l'affaire. La tienne et celle du meurtre de Don. D'ailleurs, je trouve formidable qu'il t'ait intégrée à l'enquête.

— Moi aussi. C'est gentil de sa part de me permettre de m'occuper pendant que je suis en congé professionnel. Il ne veut pas que je m'ennuie.

Charlotte posa une jambe sur les gradins et étira ses mollets.

— À ton avis, que se passe-t-il vraiment entre les frères Vincent ? Leurs relations semblent étranges.

— Non seulement étranges, mais surtout destructrices. Cela dit, nous savons pourquoi. Ils sont tous les deux en lice pour ce poste de président et semblent prêts à tout pour l'obtenir.

— Tu crois qu'ils iraient jusqu'à tuer pour prendre la tête de l'entreprise ? demanda Charlotte.

— Je le crois. Surtout vu la façon dont ils...

Tais-toi ! Tu parles trop !

— Et leurs femmes ne valent pas mieux, poursuivit-elle, changeant rapidement de sujet. Cette Jada me paraît aussi imbuvable que Tyler.

— Miles et moi l'avons entendue discuter avec des invités lors de la dégustation de vin. Elle est très superficielle. Elle se vantait de la nouvelle décapotable Maserati que Tyler vient de lui offrir, de leur maison au bord du lac Tahoe et du jet privé qu'ils cherchent à acheter. Pendant ce déballage, elle ne cessait d'agiter sa main gauche pour que tout le monde voie bien le diamant de sa bague de fiançailles. Il doit faire une vingtaine de carats !

— Et que penses-tu de Faith, la femme de Greer ? Elle a l'air un peu effacée. Mais pas désagréable.

Charlotte hocha la tête.

— Contrairement à sa belle-sœur, elle ne cherche pas à se mettre en avant. Mais quand il s'agit de Vincent Vineyard, elle connaît son affaire. Je l'ai écoutée discuter œnologie avec certains invités et sa conversation était passionnante. Elle parlait des vins obtenus à partir des différents cépages, de l'entretien des vignes mais aussi de l'importance des cuves. Elle expliquait que les fûts en bois, par exemple, permettent au vin de « respirer », c'est pourquoi ils ont leur préférence. Ils plébiscitent également les cuves ovales. Bref, j'ai appris beaucoup de choses intéressantes en l'écoutant. Et en partant, j'avais l'impression d'en savoir autant qu'un sommelier !

— Et qu'as-tu pensé du discours de présentation de Tyler ? Il semblait très assuré, s'exprimait comme s'il dirigeait seul l'exploitation, mais au fond, il n'avait rien à dire. Son petit discours n'était que du vent. Greer a dû intervenir pour lui épargner de se ridiculiser.

— Et au lieu de lui en être reconnaissant, il a commencé à se battre avec lui. La façon dont Tyler cherche en permanence à tirer la couverture à lui et à se donner un rôle qu'il n'a pas est insupportable. Greer ne la ramène pas, mais il semble infiniment plus compétent. C'est la même chose pour Jada. Elle est directrice des ventes mais semble totalement incapable. Alors que Faith, à son poste inférieur de représentante, maîtrise son sujet.

Ella se leva et appuya son pied contre le banc, pour s'étirer.

— Greer et Faith auraient intérêt à s'imposer davantage. Greer me semble plus apte à diriger l'exploitation. Mais Jake et moi avons entendu leur mère parler avec le régisseur. Nous avons compris qu'elle n'avait pas envie de choisir entre ses deux fils. Manuel essayait de lui faire entendre raison et de la convaincre que Greer était le meilleur pour le poste. Mais elle refusait de l'écouter.

— Heureusement pour nous, gémit Charlotte en se traînant hors des gradins, nous n'avons pas à conseiller Claire à propos de la gestion de l'entreprise familiale. Il faut juste qu'on aide nos chéris à démasquer l'assassin de son mari. Si tu veux mon avis, je parie sur la culpabilité de Tyler. Ses dents rayent le parquet. Il ferait n'importe quoi pour arriver au sommet de la boîte, qu'il ait ou non la capacité de la diriger.

— Et sa femme semble très motivée pour le pousser à atteindre cet objectif. Elle cherche sans doute à remplir leur compte bancaire… qu'elle videra ensuite avec le même enthousiasme.

Elle repartit en petites foulées.

— Allez, on y retourne. Encore deux tours de piste.

Charlotte la suivit en soupirant.

— Et que vas-tu m'offrir en échange de ces derniers tours ?

— Que dirais-tu d'une salade de poulet au Dearborn Grill ?

— Voilà qui me donne des ailes !

Charlotte accéléra et courut aux côtés d'Ella à un bon rythme.

— Donc, d'après toi, qui est derrière le meurtre de Don ?

— Claire, répondit Ella sans hésiter.

— Vraiment ? Et pourquoi donc ?

— C'est elle qui avait le plus à y gagner. Le domaine lui appartient en totalité, maintenant. Peu importe qui prend la présidence, elle détient le capital, donc le pouvoir. Sans parler du fait qu'elle avait une liaison. La mort de Don lui permet de poursuivre cette relation amoureuse en paix, sans se soucier des menaces de divorce. De plus, je ne peux pas expliquer pourquoi, mais quand elle parlait au régisseur lors de la dégustation, quelque chose dans son attitude m'a dérangée.

Partager son secret sur les Vincent brûlait les lèvres d'Ella mais elle se l'interdit. Elle n'était pas prête à faire face à un interrogatoire. Ni au jugement qui suivrait.

— Merci encore pour le déjeuner, sœurette, déclara Charlotte alors qu'elles sortaient du Dearborn Grill. La prochaine fois, c'est moi qui t'invite.

— Je préférerais organiser tes séances d'entraînement sans avoir à les assortir d'une récompense. Que celle-ci soit un bon repas ne semble pas très cohérent avec ton objectif de perte de poids et...

Elle fut interrompue par le smartphone de Charlotte qui bipa pour signaler l'arrivée d'un texto.

Pendant que sa sœur consultait son téléphone, elle jeta un coup d'œil alentour en se demandant si elle devait retourner chez Jake ou rentrer avec Charlotte et attendre qu'il passe la prendre après le travail.

Avec l'arrivée de l'automne, les rues de Clemmington semblaient plus charmantes que d'habitude. Les arbres se paraient déjà de pourpre, d'or et de mauve. Des citrouilles, des courges et de petites meules de foin ornaient les porches et les balcons. Les passants avaient troqué leurs débardeurs et leurs T-shirts contre des pulls torsadés. Elle aimait s'imprégner de l'ambiance chaleureuse de cette saison, surtout avec Jake.

— Tu m'écoutes ? demanda Charlotte.

Ella se retourna en prenant conscience qu'elle n'avait pas entendu un mot de ce que lui disait sa sœur.

— Non, désolée. Tu disais ?

Charlotte posa les poings sur ses hanches.

— Que se passe-t-il à la fin ? Tu es tout le temps dans la lune. Tu es sûre que tout va bien ?

— Oui, oui, très bien. Je mesurais ma chance, en fait. Je suis très heureuse d'être ici à Clemmington. De profiter de ma saison préférée, d'être avec l'homme que j'aime...

— Et avec ta sœur et ta nièce aussi, j'espère ?

— Bien sûr ! Alors, que disais-tu ?

— Je te demandais si tu voulais venir chez moi pour attendre que Jake vienne te chercher. Tu pourras voir Ari et la couvrir de baisers...

— Voilà un programme très tentant. Mais ce sera pour une autre fois, si ça ne t'ennuie pas. J'ai envie de rentrer chez moi à pied et de profiter des odeurs de l'automne.

— Rentrer à pied ? Mais le loft de Jake est au moins à trois kilomètres. Je peux te reconduire, si tu veux.

Ella prit Charlotte dans ses bras et l'embrassa.

— Merci, mais je suis capable de parcourir cette distance. Je t'appelle en arrivant.

— Tu es vexante ! Dis tout de suite que notre séance d'entraînement ne t'a pas suffi parce que je te ralentissais et que tu as besoin de continuer à brûler des calories... Tu cherches à me culpabiliser, c'est ça ?

— Je n'y pensais pas, mais maintenant que tu le dis...

À la vue de l'air contrarié de sa sœur, elle ajouta en riant :

— Je plaisante, Charlotte !

— Oui, je le sais. Mais... rentrer toute seule ne t'ennuie pas ? Tu es sûre que tout ira bien ?

Des flash-back de l'attaque dans le labyrinthe de maïs traversèrent l'esprit d'Ella.

Arrête de t'angoisser pour si peu. Ce n'était qu'une mauvaise blague.

— Bien sûr, sergent Bowman. Ça ira.

— D'accord.

Charlotte lui adressa un petit signe de la main en guise d'au revoir, mais ne bougea pas de l'endroit où elle se tenait.

Tout en reculant lentement, Ella lui envoya un baiser.

— Je promets de t'appeler dès que j'arrive chez Jake.

Maintenant, cesse de t'inquiéter et rentre chez toi. Je suis sûre que tu manques à Ari.

— N'oublie pas de me téléphoner ! insista Charlotte avant de s'éloigner.

Ella sortit ses écouteurs et les connecta à son smartphone. Elle choisit sa playlist *Autumn on the West Coast* et se mit en marche au rythme de « September » de Earth, Wind and Fire.

Un léger parfum de vanille emplissait l'air. Comme elle parvenait au bout de la rue, elle décida de s'arrêter pour acheter de quoi préparer un bon dîner. Jake avait coutume de se faire livrer. Un petit repas maison leur ferait du bien, pour changer.

Parvenue au carrefour, elle hésita. Elle était déjà venue dans ce quartier, mais elle n'y avait pas encore ses repères. D'instinct, elle eut envie de tourner à gauche et de descendre Hollow Lane. Elle s'y engagea, en espérant qu'elle allait dans la bonne direction.

Pourquoi ne pas te servir de Google Maps ? se dit-elle soudain. *Ce serait plus simple.*

Elle ouvrit l'application et rechercha Fox & Sons Gourmet Market, une épicerie qui vendait des produits de qualité. Plusieurs itinéraires apparurent. Le magasin était à vingt minutes à pied.

Cela faisait une trotte… Le mieux était sans doute de rentrer à la maison et de se débrouiller avec ce qu'il y avait dans les placards et le réfrigérateur. Mais si sa mémoire était bonne, elle n'y trouverait que quelques œufs, une boîte de thon et des canettes de soda.

Elle avait envie de surprendre Jake avec des côtelettes d'agneau grillées, un gratin de pommes de terre, des carottes glacées, un cheesecake aux fraises pour le dessert, le tout arrosé d'une bonne bouteille.

— Allez, tant pis pour le détour. Je vais acheter de quoi nous régaler.

Elle reprit sa marche sur Hollow Lane qui était quasi déserte, contrairement à l'avenue commerçante Yellow Bell, toujours très fréquentée.

Alors que la nuit tombait, les réverbères étaient rares. Les cours et les jardins étaient vides. Il faisait plus frais, les enfants étaient rentrés.

Comme elle avançait, elle remarqua soudain une barrière dressée à l'angle d'une rue. Des panneaux de déviation étaient suspendus à chaque extrémité. Elle consulta son smartphone et fit apparaître les instructions détaillées.

Travaux. Pour les contourner, traversez Gateway Park.

Elle franchit les grilles du parc. Un étroit chemin entouré d'herbes folles apparut. Manifestement, l'endroit n'était pas bien entretenu. Le parc paraissait désert. Elle cliqua sur l'onglet audio dans Google Maps.

— Continuez tout droit, ordonna la voix de synthèse. Dans huit cents mètres, tournez à droite.

— Dans huit cents mètres ! s'exclama-t-elle. Ce n'est pas possible !

Bon, soit tu continues, soit tu rebrousses chemin. Mais ne reste pas là, plantée au milieu de nulle part.

Finalement, elle s'élança droit devant elle. Le regard rivé à l'autre extrémité du parc, elle veillait à inspirer par le nez, à expirer par la bouche, pour ne pas risquer un point de côté. Heureusement, elle était très sportive. Si quelqu'un voulait la rattraper, il avait intérêt à être bien entraîné.

Soudain, elle trébucha et se tordit la cheville. Refusant de se laisser abattre, elle se redressa et poursuivit sa course.

Le vent avait forci et menaçait d'arracher ses écouteurs. Elle les retira et les enfonça dans sa poche. Des ombres aux formes étranges envahissaient le chemin mais elle continua de courir.

Bientôt, des bruits de pas qui résonnaient derrière elle l'inquiétèrent.

— Ne te retourne pas, s'ordonna-t-elle en s'efforçant d'accélérer.

Malheureusement, l'idée d'être à nouveau attaquée pétrifiait ses muscles et la ralentissait.

Une sourde terreur s'emparait d'elle. Mais elle ne voulait pas céder à la peur.

Plus vite !

Elle se lança dans un sprint effréné et faillit crier de joie quand elle aperçut la grille de sortie.

— Ouf ! cria-t-elle. Merci !

Elle sortit du parc en courant, puis se retourna rapidement pour voir qui la suivait.

Un homme, âgé d'au moins quatre-vingts ans, apparut à l'angle de la rue. Courbé sur sa canne, il avait visiblement du mal à marcher. Il fit signe à Ella.

— Jolie foulée, mademoiselle ! À une époque, j'étais capable de courir comme vous, tandis que maintenant, je suis juste heureux que mes jambes fonctionnent encore !

— Merci !

Intensément soulagée, elle leva le pouce avant de s'effondrer contre un mur de briques.

Tout va bien. Tu dois arrêter de laisser libre cours à ton imagination débordante.

— Continuez tout droit, reprit la voix artificielle de Google Maps. Dans cinquante mètres, vous serez arrivée à destination.

Elle s'étira et se dirigea vers la boutique.

Une fois arrivée, elle envoya un SMS à Charlotte pour lui dire qu'elle avait fait un détour par l'épicerie et lui demander de venir la chercher en voiture.

Pas question que je retourne chez Jake à partir d'ici, songea-t-elle. *Assez d'émotions pour la journée.*

Un instant plus tard, son téléphone bipa. Elle s'attendait à trouver une réponse de sa sœur. Mais à la place, elle découvrit un mail émanant d'une adresse inconnue : anonyme@anonyme.com.

Perplexe, elle ouvrit le message.

En découvrant le titre du mail, « Sale garce », elle faillit lâcher son appareil. Elle s'obligea pourtant à lire.

Le texte, écrit en gras et en majuscules, la glaça.

TU AS D'ABORD EU L'AUDACE DE TE RENDRE AU DOMAINE VINCENT VINEYARD. ET MAINTENANT, TU AS LE CULOT DE VENIR MARCHER DANS MON QUARTIER !

DANS MON PARC ? TOUTE SEULE ?

TU AS DE LA CHANCE QUE CE VIEIL HOMME SOIT SORTI DE NULLE PART. IL T'A SAUVÉ LA VIE. COMME LE GARDE DE SÉCURITÉ DANS LE LABYRINTHE DE MAÏS, L'AUTRE JOUR.

MAIS FAIS-MOI CONFIANCE. LA PROCHAINE FOIS, TU NE M'ÉCHAPPERAS PAS.

JE T'AURAI, ELLA BOWMAN !

TU N'ES PLUS AU NEVADA.

TU ES À CLEMMINGTON, SUR MON TERRAIN. TU N'AS AUCUNE CHANCE DE T'EN TIRER.

AUCUNE !

5

Jake entra sur des chapeaux de roues dans le parking du domaine Vincent Vineyard et se gara près de la belle demeure.

— Nous sommes en retard, dit-il à Miles.

— Aucune importance. De toute façon, venir ici est une erreur. Nous aurions dû interroger Tyler au poste de police. Pas chez lui, pas sur son territoire où il sera dans son élément.

— Ça dépend, répliqua Jake en descendant de la voiture. Nous sommes sur les lieux où son père a été assassiné, ce qui le rendra peut-être nerveux. S'il est mêlé de près ou de loin au meurtre de Don, il sera mal à l'aise... surtout lorsqu'il comprendra que nous sommes sur le point d'obtenir un mandat de perquisition.

— C'est vrai. En tout cas, j'espère que cet interrogatoire nous apportera des réponses.

Un domestique vint leur ouvrir et ils entrèrent dans l'immense hall. Tyler et Jada les attendaient, vêtus de tenues Louis Vuitton assorties.

— Ils sont ridicules, marmonna Miles dans sa barbe.

— Messieurs ! s'exclama Tyler en s'approchant d'eux, les bras grands ouverts. Soyez les bienvenus à Vincent Vineyard. Puis-je vous apporter quelque chose à boire ? Un verre de merlot, peut-être, ou de pinot noir ? À moins que vous préfériez notre fabuleux cabernet sauvignon !

— Merci, répondit Jake, mais l'inspecteur Love et moi sommes en service.

— Et alors ? répliqua Tyler en haussant les épaules. Personne n'en saura rien. Nous sommes entre amis, non ? Tu n'es pas d'accord avec moi, ma chérie ? ajouta-t-il en se tournant vers Jada.

— Tout à fait, répondit-elle en dévoilant des dents d'une blancheur trop éclatante pour être naturelle. Alors, dites-moi ce qui vous ferait plaisir.

— Merci, mais non, répéta Miles. Monsieur Vincent, y a-t-il un endroit où nous pourrions parler ? En privé ?

L'enthousiasme exagéré de Tyler parut retomber comme un soufflé.

— Allons dans mon bureau. Jada, merci de nous excuser un moment.

— Bien sûr. Mais avant que vous partiez, êtes-vous sûrs que je ne peux pas vous offrir un verre de…

— Jada ! cria Tyler, ce qui la fit sursauter. N'insiste pas, s'il te plaît. Je te rejoindrai plus tard.

Ils virent ses lèvres trembler. Très vite, elle se détourna et partit en faisant crisser ses talons aiguilles.

— Tu rayes le parquet ! tonna Tyler. Lève les pieds, bon sang !

Manifestement agacé, il fit craquer ses jointures.

— Messieurs, suivez-moi jusqu'à mon bureau.

En chemin, il se tourna vers Jake.

— Alors, chef Love, vous avez été plutôt vague au téléphone à propos de cet entretien. De quoi avez-vous envie de me parler exactement ?

— Nous souhaiterions revenir sur les circonstances du meurtre de votre père. Comme c'est vous qui avez découvert son cadavre, nous aimerions que vous nous racontiez ce qui s'est passé.

— À l'époque, j'ai dit tout ce que je savais à votre père, quand il enquêtait sur l'affaire.

— Nous en sommes bien conscients, répondit Miles. Mais

un an après les événements, le choc provoqué par cette brutale disparition s'est dissipé. Et vous vous souvenez peut-être de détails qui vous ont échappé lors de l'enquête initiale.

Tyler s'arrêta au bas de l'escalier.

— Je vous garantis que la situation est tout aussi traumatisante pour moi aujourd'hui qu'elle l'était alors.

Miles hocha lentement la tête.

— Je comprends.

— Cependant, je suis prêt à vous parler de cette terrible journée.

Alors que Tyler s'apprêtait à monter les marches de l'escalier, Jake retint Miles et lança :

— Monsieur Vincent ? Au lieu de nous raconter les événements, accepteriez-vous de nous les faire revivre ?

— Que voulez-vous dire ?

— Seriez-vous d'accord pour nous conduire dans les vignobles, nous montrer où vous avez trouvé le corps de votre père et retracer ce qui s'est passé ensuite ?

Un silence gêné emplit la cage d'escalier. Tyler regarda tour à tour Jake et Miles, puis la porte d'entrée, comme s'il hésitait à s'enfuir en courant.

— Écoutez, si cela vous semble trop compliqué, reprit Jake, nous...

— Non, non, coupa Tyler en redescendant les marches. Ce n'est pas ça. Mais ce que vous demandez est douloureux pour moi.

Il se redressa et réajusta le revers de son blazer parfaitement coupé.

— Mais je suis partant. Allons-y.

Il les entraîna sur la terrasse. Jake le suivit en humant les parfums de la terre. Des rayons de soleil tentaient de percer les couches de brouillard venues de l'océan Pacifique. Les immenses rangs de vignes étaient à peine visibles sous la brume.

— C'est magnifique, dit Miles. Quelle est la superficie de votre vignoble ?

— Une trentaine d'hectares, répondit Tyler. Mon père était très fier de ce qu'il avait bâti. Le vin était son domaine. De la récolte du raisin à la mise en bouteille, il savait tout faire. Il aurait pu diriger l'exploitation tout seul, s'il l'avait fallu. D'ailleurs, après l'avoir achetée, il l'a fait pendant un court laps de temps...

La voix de Tyler trembla et Jake posa une main sur son épaule.

— Je suis vraiment désolé. Nous pouvons parler dans votre bureau si vous préférez.

— Non, ça va aller. Allons-y.

Les deux frères le suivirent le long des rangées de vignes. Les chaussures impeccables de Tyler seraient sans doute bonnes à jeter après cette marche champêtre mais il ne semblait pas s'en soucier.

— J'ai trouvé le corps de mon père ici, marmonna-t-il en désignant une zone. Au milieu de ses plants de pinot noir. Cette variété de raisins lui causait beaucoup de soucis, l'année dernière. Les grains commençaient à pourrir. La finesse de leur peau en était la cause, d'après Greer. Je n'arrêtais pas de dire qu'il fallait laisser tomber ce cépage qui nous faisait perdre des sommes folles. Mais il était déterminé à continuer à en produire. Tout cela parce que Alan Monroe en fabriquait et engrangeait beaucoup de bénéfices avec son pinot.

Jake hésita à lui demander pourquoi les rendements de l'exploitation viticole semblaient davantage le préoccuper que la mort de son père. Mais il préféra s'en abstenir, se promettant d'y revenir plus tard.

— À quelle heure êtes-vous arrivé au domaine, ce jour-là, monsieur Vincent ? demanda-t-il.

— Euh... vers 11 heures.

— L'heure habituelle pour vous ?

— Oui. En général, mon père était sur place dès 7 heures. Et Greer débarquait peu de temps après.

— Je poserai la question à Greer quand nous lui parlerons, dit

Miles. Mais pour quelle raison n'a-t-il pas trouvé le corps de votre père le premier puisqu'il était ici plusieurs heures avant vous ?

Jake se gratta la tête, l'air confus.

— Greer avait passé cette matinée dans la distillerie pour superviser l'installation du nouveau pressoir. C'est en tout cas ce qu'il a *prétendu*, j'ignore si c'était vrai.

— C'est bien noté, déclara Jake en prenant soin de reporter ces propos avec exactitude sur son smartphone. Et c'est donc à cet endroit précis que vous avez retrouvé le cadavre ?

Tyler baissa la tête, ferma les yeux et murmura un « oui » douloureux.

De nombreuses photos de la scène du crime figuraient déjà dans le dossier, mais Jake en prit d'autres.

— Dans quelle position était-il ?

— Il, euh... il était allongé sur le côté, me tournant le dos. J'ai couru vers lui, pensant qu'il était peut-être simplement tombé, terrassé par un coup de chaleur ou une crise cardiaque. Mais quand je l'ai retourné, je me suis aperçu qu'il baignait dans une mare de sang. Quand j'ai vu ça, je me suis demandé s'il avait été attaqué par un coyote ou s'il s'était empalé accidentellement sur l'un des poteaux en bois. L'idée que mon père ait été tué par quelqu'un me semblait inconcevable.

— Il ne vous a donc pas traversé l'esprit qu'un couteau aurait pu faire ces dégâts ? Ou même une balle ?

— Non, dit Tyler, impassible.

Pourtant, sa paupière gauche tremblait de façon incontrôlable.

— Qu'avez-vous fait ensuite ?

— J'ai appelé à l'aide. Je n'avais pas mon smartphone sur moi, malheureusement, et j'ai dû hurler. Au bout d'un moment, j'ai compris que personne ne pouvait m'entendre de si loin. Cela m'ennuyait de laisser mon père seul. Mais je devais prévenir les secours. Je suis donc retourné en courant à mon bureau et j'ai appelé les autorités.

Miles sortit un petit bloc-notes de la poche de son blazer et en feuilleta plusieurs pages.

— D'après le dossier, lorsque votre femme a été interrogée, elle a donné une autre version des faits. Elle a déclaré que vous aviez débarqué dans son bureau en annonçant avoir trouvé le corps de votre père. D'après ces notes, c'est elle qui a composé le 911.

Tyler sortit un mouchoir de sa poche et tamponna son visage couvert de sueur.

— C'est possible, je n'en suis pas sûr, inspecteur. Cela fait si longtemps… Vous ne vous attendiez pas à ce que je me souvienne de chaque détail, tout de même ?

— Non, répondit Jake. Bien sûr que non. Le problème est qu'il ne s'agit pas d'un détail. Le fait d'être incapable de vous rappeler que ce n'est pas vous qui avez prévenu les secours est assez troublant…

— Attendez, interrompit Tyler. Êtes-vous venus ici pour tenter d'en apprendre davantage sur les circonstances du drame ou pour m'accuser du meurtre ? Parce que si c'est le cas, je vais vous prier de partir et je refuserai de vous parler sans la présence de mon avocat.

Son attitude défensive déclencha une sirène d'alarme dans le cerveau de Jake.

Désamorce la situation avant qu'il demande à son avocat d'intervenir…

— Personne ne vous accuse de quoi que ce soit, monsieur, assura-t-il. Notre seul objectif est de recueillir autant d'éléments que possible pour avancer dans notre enquête et rendre justice à votre famille.

— D'accord, grommela Tyler. Je regrette de vous rappeler que nous en sommes là parce que, à l'époque, la police de Clemmington a été incapable d'identifier l'assassin de mon père. Alors, s'il vous plaît, abstenez-vous de vous adresser à moi sur ce ton accusateur et de poser des questions qui m'incriminent.

— Encore une fois, ce n'était nullement mon intention…

— Vous êtes le nouveau chef de la police et cette promotion vous monte manifestement à la tête, je le comprends bien. Mais n'imaginez pas que vous avez tous les droits si vous ne voulez pas vous retrouver très vite à gérer la circulation.

Jake se raidit et serra les poings.

Tyler consulta sa montre.

— Désolé de devoir abréger cette conversation... ou devrais-je dire cet interrogatoire ?

— Non, répondit Miles d'un ton catégorique. Il s'agissait d'un simple échange.

— D'accord, eh bien, désolé d'être obligé de l'écourter mais je dois à présent me rendre à une réunion. Un grand distributeur de vins veut me rencontrer et cela m'ennuierait de le faire attendre. Si je laissais Greer le recevoir – Dieu m'en garde –, il serait capable de tout faire rater avant même le début de la négociation. Voilà entre autres pourquoi j'aurais dû être nommé président de Vincent Vineyard depuis longtemps...

Avant que l'un des frères Love puisse répondre, Tyler tourna les talons et s'éloigna à grands pas vers la maison.

— Quel type odieux !

Jake posa la main sur l'épaule de Miles.

— Garde ton sang-froid, vieux. Tyler est tellement orgueilleux qu'il finira par avouer sa culpabilité sans même s'en rendre compte.

Ils le regardèrent monter les marches quatre à quatre tout en tapotant sur son smartphone.

— Et maintenant, que fait-on, chef ? demanda Miles.

— Nous devons parler à Greer.

6

Ella referma le dossier concernant l'affaire Don Vincent dans lequel elle avait été plongée tout l'après-midi et le rangea dans la bibliothèque. Elle jeta un coup d'œil à l'horloge. Il était plus de 18 h 30. Jake n'allait plus tarder.

Elle ouvrit la porte du four, vérifia la cuisson des coquelets. Une bonne odeur de viande rôtie flottait dans l'air, mêlée à celles des poivrons, des champignons blancs et des petits oignons qui rissolaient dans le plat. Après avoir baissé la température, elle mit rapidement le couvert.

Jake vivait dans un loft de deux pièces situé dans un ancien bâtiment industriel réhabilité où on fabriquait autrefois du matériel médical. Les hautes fenêtres laissaient entrer beaucoup de soleil. Les briques apparentes, le plancher en noyer et les poutres donnaient à l'endroit une note masculine particulièrement sexy. L'immense cuisine et la salle de bains étaient à des années-lumière du minuscule studio d'Ella à River Valley. Ici, elle avait l'impression de baigner dans le luxe.

Et c'est très agréable, avait-elle pensé en découvrant les lieux.

Depuis la réouverture de l'enquête sur le meurtre de Don, le loft de Jake s'était transformé en cellule de crise. Des cartons, des dossiers, des photos et des rapports s'entassaient partout. Elle avait fini par en avoir assez du bazar. Elle avait réussi à tout rassembler dans le bureau et la bibliothèque, pour maintenir un semblant d'ordre tout en participant aux investigations.

Mais à présent, le rangement était devenu le cadet de ses soucis. Après la frayeur qu'elle avait ressentie au parc et le mail menaçant qu'elle avait reçu, elle se demandait comment en parler à Jake. Plus elle attendait, plus se confier lui semblait compliqué. L'enquête de Don battait son plein. Toute la famille s'y impliquait, corps et âme. La communauté de Clemmington aussi. La nouvelle avait d'ailleurs fait la une du *Daily Herald*.

Le titre résumait tout :

> *Le nouveau chef de la police rouvre l'enquête que son père n'avait pas pu élucider.*

Le titre était un peu vexant pour Kennedy, car il donnait l'impression qu'il avait échoué dans sa mission. Le journaliste semblait avoir oublié les nombreux succès qu'il avait engrangés en trente-cinq ans de carrière. En tout cas, depuis cette publication, la pression pour résoudre cette affaire ne cessait de croître pour Jake. Ella devinait son stress. Il en perdait l'appétit et le sommeil. Se replonger en permanence sur les mêmes données dans l'espoir d'y découvrir un détail qui leur aurait échappé l'année précédente n'arrangeait rien.

Si elle lui révélait son secret maintenant, il le prendrait mal et mettrait probablement fin à leur relation. Cette simple idée la désespérait.

N'en parle pas. Du moins pas pour le moment...

Au milieu de cette folie ambiante, elle avait réussi à mettre le doigt sur une piste qui semblait prometteuse. Elle avait trouvé, enfouie sous une pile de photos de la scène du crime, une note manuscrite qui résumait un événement survenu au domaine peu avant la mort de Don. Kennedy avait d'ailleurs évoqué cet épisode au dîner. Quelques touristes s'étaient battus à Vincent Vineyard lors d'une visite-dégustation. La note précisait les noms des hommes impliqués dans cette bagarre. Elle avait donc effectué une recherche en ligne sur ces individus. Et découvert que l'un d'eux, Ben Foray, avait des antécédents criminels...

Quelques mois avant cette rixe, Foray avait en effet été arrêté à San Diego pour faux, usage de faux, vol et séquestration. Mais la personne qui l'accusait – dont l'identité n'avait pas été révélée – avait finalement retiré sa plainte. Ben était donc sorti libre de sa garde à vue.

Cinq mois après cette bagarre, il avait de nouveau été arrêté et accusé de coups et blessures sur conjoint. Un article de presse plus récent rapportait qu'il était actuellement en liberté sous caution et en attente de son procès. Creuser cette piste serait peut-être une bonne idée.

En entendant le bruit des clés de Jake dans la serrure, Ella se rua vers la porte. Dès qu'il entra, elle se jeta à son cou pour l'accueillir avec un long baiser.

— Bienvenue à la maison, chéri, murmura-t-elle.

— Salut, toi ! À quoi dois-je cette démonstration d'amour ?

— Tu es l'homme que j'aime. Voilà tout.

Il mêla leurs doigts et jeta un coup d'œil dans le loft.

— Waouh ! Cet endroit a fière allure. Tu as fait appel à un service de nettoyage ou tu as engagé une femme de ménage ? Et cela sent drôlement bon, dis donc !

— D'abord, non, je n'ai pas engagé de femme de ménage. J'ai rangé moi-même parce que voir traîner ces cartons et ces classeurs partout me déprimait. Et je t'ai préparé un bon repas maison parce que tu travailles très dur et qu'un petit remontant te fera sans doute du bien.

— C'est sûr, mon amour. Merci mille fois.

Comme Jake promenait les doigts le long de son dos, elle sentit une douce chaleur l'envahir et elle se blottit contre lui. Il l'étreignit pour l'embrasser plus profondément. Mais quand il tenta de l'entraîner vers la chambre, elle l'arrêta et secoua la tête.

— Oh ! non, pas maintenant ! protesta-t-elle. Nos ébats de ce matin ne t'ont donc pas suffi ?

— À ton avis ? répliqua-t-il en riant. En fait, je ne suis jamais rassasié de toi. Mais bon, si tu n'as pas envie de me combler au lit, régale-moi au moins les papilles. Que nous as-tu cuisiné ?

— Des coquelets rôtis aux champignons et aux poivrons, du fromage et une salade de roquette au parmesan.

— J'en ai l'eau à la bouche.

Il la suivit dans la cuisine et leur servit deux verres de vin. Les articles de presse qu'elle avait imprimés jonchaient encore la table. Il les parcourut des yeux.

— De quoi s'agit-il ?

— D'une nouvelle piste. Du moins, je l'espère.

— Vraiment ? Dis-m'en plus, inspecteur Bowman.

— En me plongeant dans les dossiers, je suis tombée sur une pile de photos de la scène du crime. Et dessous se trouvaient des notes prises après l'incident au vignoble dont ton père nous a parlé. L'un des types impliqués s'appelait Ben Foray. Ce nom te dit quelque chose ?

Jake regarda sa photo et secoua la tête.

— Non, je l'avoue. Mais à l'époque, nous avons interrogé ces hommes très brièvement. Personne n'avait été blessé lors de la bagarre et aucun dommage n'avait été causé dans les vignobles. Don avait envie de porter plainte, mais Tyler et Greer l'avaient convaincu de ne pas le faire. Surtout Tyler. Ni lui ni Greer ne voulaient de ce genre de publicité. Claire avait pris le parti de ses fils. Alors Don avait finalement laissé tomber.

— Bien, qu'en penses-tu ? À en juger par les nombreuses accusations portées contre ce Ben ces derniers mois, il ne semble pas très net. Cela vaudrait la peine de le faire revenir pour un nouvel interrogatoire, non ?

— Absolument. Merci. Formidable découverte. Et c'est tellement incroyable...

— Que veux-tu dire ?

— J'ai appelé Manuel pour lui demander quand nous pourrions parler du meurtre de son ancien patron. Il a dit qu'il préférait venir au poste de police. Il n'a pas envie de discuter de l'affaire dans la propriété, cela se comprend. Le problème est qu'il est très occupé. Il aide Greer à assurer le bon fonctionnement de l'exploitation.

— Rien de surprenant. Claire et Tyler sont manifestement trop focalisés sur leurs ambitions personnelles pour lever le petit doigt.

— Exactement. Bref, Manuel et moi sommes donc en train de chercher un moment pour un rendez-vous. Mais en attendant, je lui ai demandé de m'envoyer les images de vidéosurveillance du jour où cette fameuse bagarre a éclaté. Il me les a fait parvenir par mail. J'ai été tellement occupé que je n'ai pas encore eu le temps de les visionner.

— Attends, tu as déjà ces images en ta possession ?

— Absolument.

— C'est super ! Pourquoi ne pas y jeter un coup d'œil pendant le dîner ?

— Bonne idée, dit Jake en sortant son ordinateur portable de sa sacoche en cuir.

Ella se précipita pour préparer leurs assiettes avant de se concentrer sur l'écran de l'ordinateur. Elle retint son souffle pendant que Jake ouvrait sa boîte mail.

— Je n'arrive pas à croire que je fais réellement partie de cette enquête, dit-elle. Officieusement, bien sûr, mais quand même. Je suis tout excitée. C'est mal ?

— Non, pas du tout. Mener des investigations est exaltant, c'est normal d'être excité. Voilà pourquoi travailler dans la police est si gratifiant.

Il tourna l'écran de l'ordinateur dans sa direction et ouvrit le message du régisseur.

— C'est parti.

Elle parcourut le mail des yeux.

— D'accord… alors Manuel désigne les hommes sur la vidéo en se fondant sur leurs coiffures et leurs tenues. Ben Foray a des cheveux bruns qui lui tombent sur les épaules et porte un polo vert bouteille, Mitch Wilkerson a une chemise blanche et des cheveux blonds, coupés court. Quant à Dylan Lee, il est chauve et vêtu d'un T-shirt noir. C'est bien ça ?

— Tout à fait.

Deux vidéos étaient jointes au message. Jake double-cliqua sur la première. La caméra filmait le premier étage du bâtiment principal de la propriété des Vincent. Très vite, trois hommes surgirent de l'escalier.

— Nos coupables ont fait leur entrée, dit Jake.

— Regarde-les. Ils ouvrent toutes les portes des bureaux, jettent un coup d'œil à l'intérieur. Ils ne manquent pas de culot…

Ils virent ensuite les intrus s'approcher d'une porte au bout du couloir.

— D'après le rapport de police, Don a surpris ces gars dans son bureau, confirma Ella. Je me demande si c'est celui-ci.

— Si c'est le cas, il devrait arriver d'un instant à l'autre.

Deux minutes passèrent avant que Don apparaisse dans le champ de la caméra. Le régisseur était à ses côtés, suivi d'un homme coiffé d'une casquette et vêtu d'un blazer.

— Le type qui accompagne Don et Manuel est le chauffeur du bus des touristes, précisa Jake.

Ella se pencha vers l'écran pour mieux voir le régisseur ouvrir chaque porte du couloir. Lorsqu'il atteignit le bureau du coin, Don y pénétra le premier. Manuel le suivit tandis que le chauffeur restait sur le pas de la porte.

— Oh ! oh, dit-elle en écarquillant les yeux. J'ai presque peur de voir la suite.

À peine prononçait-elle ces mots que les trois visiteurs sortirent en trombe du bureau. Le chauffeur essaya de les arrêter mais ils l'écartèrent et foncèrent dans le couloir. Au moment où Ben sortait du cadre, une enveloppe glissa de sa poche. Il la ramassa rapidement avant de s'enfuir. Puis l'écran s'éteignit.

— As-tu vu ce que je viens de voir ? s'écria Ella.

— Bien sûr.

— Je me demande ce que contenait cette enveloppe.

— Crois-moi, ce sera l'une des premières choses que je demanderai à Ben quand je l'interrogerai.

Jake cliqua sur la seconde vidéo. Cette fois, la caméra avait filmé le côté est du domaine, là où se trouvait la zone réservée aux visiteurs. Un immense auvent beige ondulait au-dessus d'un bar en pierre. Des meubles en acajou bordaient le périmètre. Plusieurs personnes y étaient installées. Des serveurs chargés de plateaux remplis de verres à vin et de planches de charcuterie slalomaient entre les tables.

Bientôt, Mitch et Dylan apparurent dans le champ de la caméra et entrèrent discrètement sur la terrasse. Mitch baissait la tête en marchant, Dylan avait les mains enfoncées dans les poches de son pantalon. Lorsque Ben refit surface, il agitait les bras en l'air. Il faisait signe à Don et Manuel.

— Ce Ben est un problème, n'est-ce pas ? demanda Ella.

— Le mot « problème » est sans doute un euphémisme. À en juger par ces images et ce que tu as découvert sur ses antécédents criminels, je dois l'interroger au plus vite. Le rapport de police n'incluait pas tous ces détails.

— Tyler et Greer ont peut-être minimisé les événements parce qu'ils ne voulaient pas porter plainte. Ils préféraient donner une image positive de l'exploitation, tu ne crois pas ?

— Apparemment, oui.

Jake finit son assiette et s'essuya les lèvres.

— Ce repas était fantastique, chérie.

— Merci. Je suis contente que tu l'aies apprécié. Attends, regarde !

Elle rapprocha l'ordinateur alors que Ben pointait un doigt menaçant vers Don.

— Il y a de l'action. La bagarre va éclater dans cinq, quatre, trois, deux…

Avant d'arriver à un, elle vit Don tordre le bras de Ben. Ce dernier leva le poing, prêt à le frapper. Manuel s'interposa à temps et bloqua le coup avant qu'il atteigne la mâchoire de Don.

— Où diable étaient Tyler et Greer ? s'exclama Jake avant que les deux frères arrivent enfin.

Tyler ceintura Ben et aida le régisseur à le retenir pendant que Greer entraînait son père vers le bâtiment principal. Le chauffeur de bus s'efforçait de maintenir Mitch et Dylan à distance l'un de l'autre alors que les autres visiteurs les regardaient d'un air horrifié.

Ella secoua la tête.

— Qui aurait imaginé ce genre de scène dans un si bel établissement ?

— Il faut s'attendre à tout lorsque des criminels et leurs copains débarquent dans une propriété. Voilà peut-être pourquoi Don ne voulait pas accueillir de visiteurs.

Dès que les frères Vincent et Ben sortirent du cadre, la vidéo s'interrompit.

— Je vais ajouter quelques suspects supplémentaires à ma liste, déclara Jake en sirotant son vin. Ma chérie, je ne te remercierai jamais assez d'avoir retrouvé ces notes, d'avoir effectué des recherches sur Ben, et d'avoir visionné cette vidéo de surveillance avec moi. C'était une bonne soirée. J'en avais vraiment besoin.

— Nous en avions besoin tous les deux.

Le sourire sur le visage de Jake s'envola. Il regarda dans le salon, son esprit errant clairement dans les brumes d'un territoire plus sombre.

— Et le dîner n'est pas fini, ajouta-t-elle avant de ramasser les assiettes. Attends de voir ce que j'ai préparé pour le dessert.

— Tu es mon dessert préféré, mon amour.

— Je garde celui-là pour plus tard. En attendant, que dirais-tu de goûter à une tarte à la citrouille meringuée ?

— Miam ! Comment sais-tu que j'ai une passion pour la fameuse tarte à la citrouille de Rita ?

— Grâce à Miles, bien sûr. Je sais que tu travailles beaucoup depuis que tu as rouvert l'enquête sur le meurtre de Don. Alors, je voulais te servir quelque chose de spécial ce soir.

— Et c'est réussi. Merci.

Il s'approcha d'Ella et lui caressa la nuque de ses lèvres.

— Mmm, ça chatouille, gémit-elle.

Il l'attrapa par la taille et murmura :

— Gardons la tarte pour plus tard. J'ai faim d'une sucrerie bien plus savoureuse. Tout de suite.

— Montre-moi le chemin, chuchota-t-elle en riant avant de le suivre jusqu'à la chambre à coucher.

Quand ils atteignirent la porte, Jake s'arrêta.

— Au fait, il va falloir que tu te procures une robe de cocktail. Si tu n'en as pas déjà une.

— Vraiment ? Pour quelle occasion ?

— J'ai reçu une invitation à un gala de charité organisé par la famille Vincent. Et tu m'y accompagneras, bien sûr.

— Attends. Tu as reçu quoi ?

— Une invitation à une collecte de fonds, lancée par les Vincent. Il s'agit de soutenir les étudiants défavorisés qui n'ont pas les moyens de financer leurs études supérieures. Je m'y rends tous les ans. Vu la façon dont les choses se sont déroulées lorsque Miles et moi avons interrogé Tyler, je ne m'attendais pas à y être convié. Claire était sans doute chargée de dresser la liste des invités.

Ella entendit à peine ce que Jake disait. La perspective de devoir affronter à nouveau la famille Vincent la glaçait.

7

Ella considéra son reflet dans le grand miroir accroché derrière la porte de la chambre. Sa robe bustier bordeaux épousait à la perfection chaque courbe de son corps. Elle avait relevé ses cheveux en un élégant chignon, s'était légèrement maquillée – un peu de blush rehaussé par un rouge à lèvres profond. Mais le clou de sa tenue était son masque orné de plumes rouges et noires et parsemé de paillettes.

Lorsque Jake lui avait parlé pour la première fois du gala de charité organisé par les Vincent, il avait tellement hâte de l'entraîner dans leur chambre qu'il avait oublié l'essentiel. Il ne lui avait pas précisé qu'il s'agirait d'un bal masqué. Un détail qui changeait tout. En effet, grâce à son masque, elle aurait la possibilité de se fondre dans la foule et d'observer la famille Vincent sans être reconnue.

— Ella ! cria Jake depuis le salon. Tu es prête, chérie ? Nous allons finir par être en retard. Cela m'ennuierait de manquer la vente aux enchères. Je tiens à faire une offre pour les billets du match des Lakers et avoir une chance d'assister à cette rencontre qui promet d'être historique.

— J'arrive !

Après un dernier coup d'œil dans le miroir, elle saisit sa pochette en satin noir et quitta la chambre.

Dès qu'elle entra dans le salon, Jake siffla, visiblement ébloui.

— Tu es magnifique ! J'ai bien envie de renoncer à cette sortie et de te ramener directement dans notre chambre. En plus, tu es tellement sublime que je me sens un peu minable, avec ce costume noir tout simple.

— Minable ? Tu plaisantes, j'espère. Tu seras le plus bel homme de la soirée, je te le garantis. Cela dit, si nous pouvions participer à cette vente en envoyant un chèque plutôt que de nous y rendre, j'en serais ravie.

Jake se mit à rire, sans comprendre qu'elle parlait sérieusement.

— Il n'en est pas question, dit-il. Je tiens à m'afficher avec la plus belle fille du monde à mon bras. Que tout Clemmington voie à quel point ma chérie est magnifique.

Sa réponse emplit Ella de terreur.

Tu as ton masque. Personne ne te reconnaîtra, se dit-elle pour se rassurer.

Mais un détail continuait à l'inquiéter.

Toute la ville était au courant qu'elle sortait avec Jake. Quand il apparaîtrait, les gens sauraient qui l'accompagnait, d'autant que lui avait refusé de porter un masque.

Tu veilleras à rester discrète, à faire profil bas...

Elle se glissa dans la voiture et baissa la vitre, espérant que l'air frais de la nuit la calmerait. Lorsque Jake alluma la radio et qu'un air de jazz emplit l'habitacle, elle ferma les paupières et se balança doucement au rythme de la musique.

Ne t'inquiète pas pour ce soir. Tout ira bien.

Comme ils passaient sur un nids-de-poule, elle rouvrit les yeux. Jake venait de tourner à droite au lieu de s'engager sur la route qui menait chez les Vincent.

— Où vas-tu ? Vincent Vineyard se trouve dans la direction opposée, non ?

— C'est exact, mais le gala n'a pas lieu là-bas. Nous sommes attendus au Hidden Treasure Casino.

— Vraiment ? Je ne me rappelle pas que tu me l'aies dit.

Jake lui prit la main et entrelaça leurs doigts.

— Désolé. Ça m'était sorti de la tête. L'enquête sur le meurtre de Don m'occupe tellement l'esprit que j'ai parfois du mal à me rappeler où j'habite.

Avec un soupir de soulagement, Ella s'enfonça dans son fauteuil. Dans un casino, les gens s'éparpilleraient autour des différentes tables de jeu. Il lui serait donc plus facile de passer inaperçue que dans la demeure des Vincent.

Ils approchaient du casino qui brillait dans la nuit. Jake ralentit et se glissa dans la longue file d'attente composée de Rolls, de Porsche et de Bentley.

— Manifestement, les Vincent ont convié tout le gratin de Clemmington, dit-elle à la vue des invités qui se pressaient à l'entrée.

— Ils organisent ce gala chaque année. Attendre que le voiturier s'occupe de nous va prendre une éternité. Je ferais mieux d'aller me garer dans le parking à étages. Mais je vais d'abord te déposer devant le casino. Tes talons aiguilles sont super sexy mais ça m'ennuierait que tu aies mal aux pieds avant même d'entrer.

— C'est gentil de ta part d'y penser. Mais ces chaussures sont assez confortables. Je t'accompagne. Je préfère marcher avec toi.

— En es-tu sûre ?

— Sûre et certaine.

Jake se dirigea vers le parking et remonta la rampe jusqu'au cinquième et dernier étage.

— Il y a du monde, ce soir. Tant mieux. Plus il y aura de participants, plus les dons seront importants.

— Sans doute.

Elle l'écoutait à peine, submergée par une nouvelle vague d'angoisse à l'idée d'être reconnue.

Après s'être garé et l'avoir aidée à sortir de la voiture, Jake recula d'un pas, pour l'examiner de la tête aux pieds.

— T'ai-je dit à quel point tu es ravissante, ce soir ?

— Oui. Et merci encore.

Elle remarqua soudain qu'il jouait avec un morceau de satin noir.

— Que tiens-tu à la main ?

Il déroula le tissu, le plaça sur son visage, le fixa derrière ses oreilles et se tourna vers elle.

— Mon masque de héros de cape et d'épée !

— Je croyais que tu n'avais pas envie d'en porter un !

— L'idée ne m'emballait pas, c'est vrai. Mais là, c'est pour la bonne cause. Et comme je suis chef de la police, me plier aux règles d'un événement est sans doute un minimum.

— J'en suis très contente. Il te va bien, dit-elle avec sincérité en lui prenant le bras. Tu sais quoi ? Tu devrais le garder quand nous rentrerons à la maison tout à l'heure.

— Oh ! voilà qui me plaît...

Elle mit son masque à son tour avant de le suivre dans l'ascenseur. Lorsque les portes s'ouvrirent au rez-de-chaussée, ils se frayèrent un chemin sur le trottoir bondé.

— L'endroit est impressionnant, dit-elle en regardant l'immense entrée qui étincelait sous les lumières des projecteurs. Ce casino me fait penser à Las Vegas.

Par association d'idées, évoquer sa ville d'origine lui rappela le message menaçant qu'elle avait reçu en sortant de Gateway Park.

Tu n'es plus au Nevada. Tu es à Clemmington, sur mon terrain. Tu n'as aucune chance de t'en tirer...

Elle serra plus fort le bras de Jake. D'instinct, il glissa sa main sur la sienne et mêla leurs doigts. La chaleur de son contact la rassura.

Des photographes se tenaient devant le casino pour mitrailler les invités alors qu'ils franchissaient les portes tournantes. Des haut-parleurs diffusaient une chanson de Frank Sinatra.

Dès qu'ils entrèrent dans l'immense salle de jeux, la musique fut noyée par les sonneries des machines à sous, le brouhaha des conversations et les acclamations des joueurs. Les tables de black jack, de roulette et de poker rencontraient beaucoup de succès. La soirée battait son plein. Les croupiers distribuaient les cartes, les barmans confectionnaient des cocktails et les serveurs circulaient entre les petits groupes pour offrir des verres de vin de Vincent Vineyard.

— Qu'aimerais-tu boire ? demanda Jake.

Avant qu'elle puisse répondre, un couple les aborda.

Ella s'arrêta si brusquement qu'elle trébucha sur la moquette. Si elle n'avait pas tenu le bras de Jake, elle serait tombée. Elle considéra ses pieds pour ne pas avoir à regarder leurs interlocuteurs dont les visages étaient cachés derrière des masques vénitiens.

La panique la saisit. S'agissait-il de Tyler et Jada ? Ou peut-être de Greer et Faith ?

— Seigneur ! s'exclama Jake. Vous êtes superbes ! Si un prix récompense les meilleurs masques, vous le remporterez haut la main.

— Et s'il nous permet de gagner une caisse de vin, répondit une voix familière, nous l'embarquerons avec joie !

— Pourquoi restes-tu plantée derrière Jake, Ella ? As-tu oublié les règles de la politesse ?

Ella leva les yeux et sourit en reconnaissant enfin Charlotte et Miles.

— Oh ! pardon ! dit-elle en serrant sa sœur dans ses bras. Je ne vous avais pas reconnus. J'adore ta robe. Et ces masques sont incroyables. Où les avez-vous dénichés ?

— Sur Internet. Ils viennent d'une petite boutique de La Nouvelle-Orléans spécialisée dans les bals costumés.

— Eh bien, ils sont très réussis.

Elle se tourna vers Jake. Elle avait l'impression que tout le monde les regardait.

— Et si nous allions boire un verre ? proposa-t-elle. Ou bien jouer aux machines à sous ou, soyons fous, nous asseoir à une des tables de black jack ?

— J'ai envie de tout essayer, répondit-il. Charlotte, Miles, voulez-vous vous joindre à nous ou préférez-vous aller d'abord jouer à la table de craps dont Miles me rebat les oreilles depuis des jours ?

— J'aimerais bien boire un verre, d'abord, dit Charlotte. Miles aura ensuite toute la soirée pour perdre notre argent au craps. Ne l'encourageons pas à nous ruiner trop vite.

Tous quatre se dirigèrent vers un bar au fond de la salle qui n'avait pas encore été pris d'assaut. Tout en marchant, Ella balayait la pièce des yeux, à la recherche des Vincent. Elle ne vit aucun d'entre eux.

— Alors, quel est ton plan pour ce soir, Jake ? reprit Charlotte. Allons-nous nous séparer pour tenter de sonder le plus de gens possible comme la dernière fois ? Ou suivre le vieil adage qui veut que le nombre fasse la force et rester ensemble ?

— Pourquoi ne pas en décider au fil des événements ? répondit-il. Voyons comment se comportent les Vincent et, à partir de là, nous aviserons.

Miles hocha la tête pour donner son accord.

— Parfait. En tout cas, maintenant que tout le monde en ville sait que nous avons rouvert l'enquête sur le meurtre de Don, nous avons sans doute intérêt à nous montrer plus discrets que lors de la dégustation de vin.

— C'est vrai.

Jake désigna une table dans un coin.

— Je vais commander à boire. Pendant ce temps-là, servez-vous au buffet et allez vous asseoir là-bas, d'accord ? Je vous rejoins tout de suite.

— Ça marche, chef.

Miles, Charlotte et Ella remplirent des assiettes de tartare de saumon, de viande froide, de poivrons farcis et de fromage. Dès qu'ils furent installés, Jake revint avec une bouteille.

Il les servit puis leva son verre.

— J'aimerais porter un toast. À nous quatre. Je nous souhaite d'élucider cette affaire afin de rendre justice à Don et à toute la communauté de Clemmington.

— À la nôtre ! s'exclamèrent-ils à l'unisson.

Soudain, la musique qui jouait en arrière-plan s'arrêta, remplacée par « Celebration » de Kool & the Gang. Les rideaux de scène en velours rouge s'écartèrent lentement.

Claire, Manuel, Greer et Faith apparurent, accueillis par un tonnerre d'applaudissements.

Claire et Greer s'avancèrent sur le podium en saluant la foule. De grands sourires aux lèvres, le régisseur et Faith les suivaient.

À la vue de la famille Vincent, Ella sentit sa gorge se serrer. Elle but une gorgée de vin pour tenter de se détendre.

— Je me demande bien pourquoi Tyler et Jada ne sont pas sur scène, dit Charlotte.

Ella haussa les épaules mais préféra ne pas répondre.

Claire leva la main pour faire taire l'assistance. Vêtue d'une robe smoking argentée et couverte de bijoux, elle brillait de mille feux sous la lumière des projecteurs. Son visage lisse témoignait des talents de son chirurgien plasticien.

— Bonjour à tous, roucoula-t-elle dans le micro. Merci d'être venus aussi nombreux, ce soir. Don en serait très heureux. La plupart d'entre vous savent à quel point ce gala de charité lui tenait à cœur. Pour lui, l'éducation était essentielle. Il la considérait comme la base de l'égalité des chances, et il voulait permettre à tous les bons élèves, quel que soit leur milieu d'origine, d'entrer à l'université. Votre présence ce soir signifie beaucoup pour moi, pour ma famille et surtout pour les étudiants qui, grâce à votre générosité, auront la chance de poursuivre des études supérieures. Je regrette que Don ne soit pas avec nous pour fêter ce joyeux événement. Mais il est présent par l'esprit. Nous lui dédions cette soirée. Merci encore pour...

Un remue-ménage éclata à l'autre bout de la salle et toutes les têtes se tournèrent vers l'escalier qui menait aux jeux à roulettes du premier étage. Tyler et Jada apparurent en haut des marches, Tyler en costume rose fuchsia, Jada dans une minirobe moulante, taillée dans le même tissu.

— Qu'est-ce que…, balbutia Charlotte.

Tyler se tourna vers le DJ, leva le pouce et aussitôt « Welcome to the Jungle » de Guns N'Roses retentit dans les haut-parleurs. Le couple descendit l'escalier en saluant l'assistance et en envoyant des baisers. Ils faisaient leur show comme des artistes de comédie musicale, bien loin du comportement attendu des organisateurs d'un gala de charité.

Quelques invités sifflèrent et crièrent de joie. Mais la plupart des gens les regardaient dans un silence atterré.

Le tapotement d'une main contre le micro ramena l'attention de l'assistance vers la scène où Greer se tenait toujours.

— Excusez-moi, cria-t-il. Comme le disait ma mère, nous voulons vous remercier d'être là, et…

— Oui ! renchérit Tyler, couvrant la voix de son frère. Merci à tous d'être venus si nombreux !

Il enlaça Jada par la taille et tous deux se pavanèrent jusqu'au centre de la salle. Les photographes se bousculaient pour les mitrailler.

— Ils sont ridicules, grommela Ella.

À la fin de leur « moment paparazzis », Tyler prit la main de Jada pour la faire tournoyer avant de monter avec elle sur le podium.

Faith, qui s'était tenue à l'écart pendant leur show et avait tout observé de loin, fondit en larmes et s'enfuit. Claire secouait la tête avec dédain mais ne semblait pas choquée, loin de là. Quant à Greer, il s'efforçait toujours d'attirer l'attention. Mais comme tous les regards restaient rivés sur son frère et sa belle-sœur, il finit par reposer le micro sur son socle avec un soupir résigné.

— Clemmington, charmante ville de Californiiiie ! cria Tyler en s'emparant du micro laissé par Greer. Comment allez-vous, ce soir ?

Après un moment d'hésitation, une salve d'applaudissements traversa la foule.

— Mes chers amis, ma femme, Jada, et moi sommes très heureux d'être ici. Certes, cette soirée a été organisée pour une noble cause. Mais elle nous donne également la possibilité de sortir parés de nos plus beaux atours, de nos bijoux les plus précieux, au volant de nos voitures les plus luxueuses, et de nous mêler aux personnes les plus en vue de la ville. Sans oublier que vous sirotez le meilleur vin du pays. Que dis-je ? Du monde ! Ai-je raison ?

Il se pencha en avant et glissa un doigt derrière son oreille.

— Je n'ai pas bien entendu : Ai-je raison ?

— Ouiiiiiiii ! rugit le public.

Ella saisit sa pochette et le fouilla en vain pour trouver son smartphone.

— J'aurais voulu les filmer. Personne ne nous croira, sinon.

Un autre brouhaha se fit alors entendre, venu de l'arrière de la scène. Le régisseur apparut.

En le voyant, Claire se précipita vers lui et l'entraîna à l'écart, non loin de leur table.

— Je sais ce que vous vous apprêtez à dire, Manuel, mais...

— Je vous en prie, madame Vincent, écoutez-moi. Vous devez faire quelque chose, empêcher Tyler de se donner ainsi en spectacle. Il passe les bornes !

— Je parlerai à mon fils quand je le jugerai bon. Et vous vous trompez, Manuel. Regardez autour de vous. Les gens sont captivés. Il sait y faire, ajouta-t-elle avec un sourire rusé.

— Avec tout le respect que je vous dois, madame Vincent, si vous le croyez, vous délirez.

— Vous avez peut-être raison. Mais je m'en moque. Vous savez, je suis riche grâce à Tyler. Depuis qu'il a pris plus d'importance dans l'entreprise, le chiffre d'affaires s'est envolé. Alors si jouer les vedettes l'amuse, qui suis-je pour l'arrêter ?

— La propriétaire du domaine Vincent Vineyard, voilà qui vous êtes. Et la mère de Tyler, de surcroît. Il doit faire preuve de respect, madame Vincent...

— Avez-vous fini ? l'interrompit-elle. Parce que j'aimerais aller saluer mes invités, maintenant. Vous aussi devriez faire preuve d'un minimum de politesse. Il nous faut remercier nos généreux donateurs pour leur soutien.

— Une dernière question avant de vous laisser, madame Vincent. Était-ce bien Alan Monroe que j'ai aperçu dans l'assistance ?

— Oui, rétorqua Claire, les lèvres pincées. Pourquoi ?

— Cela ne me regarde peut-être pas, mais avoir convié à ce gala l'homme avec qui beaucoup pensent que vous avez trompé votre mari semble... déplacé, non ?

— Vous avez raison, Manuel. J'invite qui je veux et cela ne vous regarde pas.

Le régisseur leva la main pour protester. Mais Claire s'était déjà éloignée, happée par la foule. Il resta là, à la regarder d'un air las.

— Pauvre homme, murmura Charlotte. Je ne sais pas comment il peut continuer à travailler pour elle.

— Sa loyauté envers Don le pousse sans doute à demeurer au domaine, répondit Ella. Mais quelque chose ne tourne pas rond chez cette femme. Son chagrin semble artificiel, forcé. Elle aussi donne l'impression de jouer une comédie.

— Quel est le pire ? demanda Jake. Qu'elle ait invité son amant à cette soirée ou qu'elle offre les rênes de l'entreprise au plus insupportable de ses fils ?

Miles finit son verre de vin puis réajusta son masque.

— Vous savez, Tyler et sa femme me rappellent ces télé-vangélistes qui en font des tonnes pour attirer l'attention des masses et qui derrière des discours empreints de générosité et de spiritualité sont surtout avides d'argent...

— Ils trompent des personnes trop crédules, ajouta Ella.

Du coin de l'œil, elle vit le régisseur se diriger vers leur table. Il les observait avec attention, comme s'il cherchait qui se cachait derrière ces masques. Il ne lui fallut pas longtemps pour reconnaître les frères Love et pour s'approcher.

— Chef Love, inspecteur Love, je suis heureux de vous voir ici, ce soir, déclara-t-il avant de saluer d'un signe de tête Ella et Charlotte. Mesdames, vous êtes ravissantes toutes les deux. Merci à tous les quatre d'être venus.

Sans attendre de remerciements, il reporta son attention sur Jake et Miles.

— Pourrais-je vous parler un instant, s'il vous plaît ? En aparté ?

— Bien sûr, dit Jake en posant son verre et en attrapant son smartphone. Nous vous suivons.

Avant de s'éloigner, il se pencha et embrassa Ella.

— Ce qu'il a à dire m'intéresse, mais je ne serai pas long. Je reviens tout de suite.

Dès qu'ils furent hors de portée de voix, Charlotte lui attrapa le bras.

— C'est la meilleure émission de téléréalité que j'aie jamais vue et elle n'était même pas filmée ! dit-elle en riant. Qui aurait pensé qu'une petite ville comme Clemmington produirait un tel show ?

— À propos de filmer, dit Ella en fouillant à nouveau dans sa pochette, je ne trouve plus mon smartphone. J'ai dû le laisser dans la voiture. Et cela m'ennuie. Je tiens à garder des images de ce désastre.

— Tu as raison, dit Charlotte.

Elle se tourna vers la scène, où Tyler et Jada dansaient maintenant langoureusement sous les yeux ébahis de la foule.

— Ces deux-là se prennent pour des stars. Ils sont grotesques à se trémousser dans ces tenues roses et ils ne s'en rendent même pas compte, poursuivit-elle. La minirobe de Jada couvre à peine ses cuisses. Et… attends, où vas-tu ?

— Au parking, lui dit Ella en agitant le porte-clés de la voiture de Jake. Tu n'as qu'à venir avec moi et…

— J'arrive. Oh ! flûte ! gémit Charlotte.

— Que se passe-t-il ?

— Regarde, murmura-t-elle en désignant sa poitrine.

— Oh ! non, gémit Ella à la vue de deux taches sur sa robe. Tu aurais dû porter des coussinets d'allaitement plus épais. Tu as une paire de rechange ?

— J'ai oublié d'en mettre ! Quelle idiote ! Mais j'étais pressée, je n'y ai plus pensé. Je cours aux lavabos pour tenter d'arranger les choses.

— As-tu besoin d'aide ? demanda Ella en la suivant.

— Non, merci, ça devrait aller !

Tant mieux pour toi, pensa Ella.

Elle parcourut la salle des yeux. Tyler et Jada avaient finalement quitté le podium. Ils étaient maintenant au milieu de la foule, avec Claire. Faith n'avait pas réapparu après avoir quitté la scène, en larmes. Greer n'était nulle part en vue. Sans doute était-il parti la consoler. Sans son téléphone, sans Jake et sans sa sœur, Ella se sentait seule. Et vulnérable.

Elle se tourna vers l'entrée. Des gens entraient et sortaient en permanence. Son masque était bien en place et, en principe, personne ne la reconnaîtrait.

Tout ira bien, se dit-elle avant de partir.

Lorsqu'elle se retrouva sur le trottoir, elle se rendit compte qu'il y avait peu de circulation aux alentours du casino. Au fur et à mesure qu'elle s'éloignait de l'établissement, les réverbères semblaient moins nombreux. Et le parking lui avait paru beaucoup plus proche à leur arrivée.

Monte vite au cinquième, récupère ton téléphone et dépêche-toi de retourner à l'intérieur…

Pas très rassurée, elle accéléra le pas.

Quand elle atteignit le parking à étages, elle ouvrit la porte vitrée et appela l'ascenseur. Un petit moment s'écoula avant que les portes de la cabine s'ouvrent. Un groupe de personnes en sortit. Elle fut réconfortée de constater que l'endroit était toujours animé.

— Vous êtes magnifique ! lui dit l'une des femmes en lui souriant.

— Merci, répondit-elle en se précipitant dans l'ascenseur et en pressant le bouton du cinquième étage.

Les portes se refermèrent mais l'ascenseur ne bougea pas.

Elle appuya de nouveau sur le bouton. Après quelques instants, la cabine se mit enfin à monter. Mais elle s'immobilisa brusquement et cala. Les lumières clignotèrent.

Affolée, Ella agrippa la rambarde et écrasa d'un doigt fébrile le bouton d'alarme.

— Comment puis-je vous aider ? lança une voix guillerette à travers le haut-parleur.

— Je suis à l'intérieur de l'ascenseur du parking du Hidden Treasure Casino et il est bloqué entre deux étages !

— Je suis vraiment désolée, madame. Nous avons des problèmes avec cet ascenseur depuis plus d'une heure maintenant.

— Pourquoi ne pas avoir mis l'appareil hors service ?

— Nous manquons de personnel ce soir, madame. Mille excuses. J'appelle tout de suite notre centre de maintenance pour voir dans combien de temps quelqu'un...

Un bip retentit dans l'ascenseur, noyant la voix de l'opératrice. Les lumières s'éteignirent et la cabine tomba de quelques centimètres. Paniquée, Ella se recroquevilla dans un coin en hurlant de peur.

— Mademoiselle ! cria l'opératrice. Vous allez bien ?

— Non ! répondit-elle au moment où les lumières se rallumaient.

La cabine se remit en marche et grimpa jusqu'au cinquième étage.

Lorsque les portes se rouvrirent, Ella arracha son masque et aspira une énorme bouffée d'air.

— Pouvez-vous me dire ce qui se passe ? s'enquit l'opératrice.

— Apparemment, l'ascenseur fonctionne à nouveau. Du moins pour le moment.

— Merveilleux. J'envoie quelqu'un dès que possible. En attendant, prenez l'escalier pour redescendre.

— J'en avais bien l'intention, balbutia Ella en tirant la porte qui menait au parking.

À la vue des rangées de voitures, elle plissa les yeux à la recherche de celle de Jake.

Comme d'habitude, elle n'avait pas prêté attention à l'endroit où ils s'étaient garés. Elle pressa le bouton de la commande automatique des portières, dans l'espoir d'entendre un bip ou de voir les feux arrière clignoter. En vain.

Seul le claquement de ses talons aiguilles sur le ciment résonnait entre les murs. Elle parcourut plusieurs allées. Son cœur battait fort dans sa poitrine. Elle n'était pas encore remise de sa panique dans l'ascenseur défectueux.

Des ombres inquiétantes apparurent sur le côté, des ombres qui se déplaçaient avec elle. La gorge serrée, elle finit par s'arrêter pour s'adosser contre un pilier. Et elle comprit. Ces ombres n'étaient que son propre reflet sur les vitres ou les carrosseries des voitures.

Ella ferma les paupières et prit une profonde inspiration.

Ton imagination te joue des tours. Calme-toi. Trouve la voiture de Jake. Et retourne au casino.

Elle se dirigea vers l'avant-dernière rangée de véhicules. Comme elle pressait de nouveau le petit boîtier accroché aux clés, des phares s'allumèrent.

— Merci, mon Dieu ! hurla-t-elle.

Par miracle, elle réussit à ne pas se tordre la cheville en fonçant vers la voiture.

Elle se pencha à l'intérieur. Le téléphone n'était pas sur le siège passager, mais elle finit par le trouver dessous.

Alors qu'elle refermait la portière, elle sentit la peur s'emparer d'elle à nouveau. Maintenant, elle devait redescendre. Seule. Par la cage d'escalier.

Appelle Jake. Demande-lui de te retrouver ici et attends-le dans la voiture.

D'un doigt tremblant, elle composa son numéro.

— Réponds, s'il te plaît...

Elle pressa le téléphone contre son oreille. Elle avait hâte d'entendre sa voix. Un long moment s'écoula avant que trois bips retentissent.

Elle fixa l'écran.

Pas de réception.

— Merde !

Ella se retourna, en espérant voir arriver l'agent de sécurité. Pas de chance, il n'était pas encore là. Un panneau de sortie clignotait dans un coin. Elle prit donc cette direction.

— Hé ! aboya quelqu'un au loin.

Ella s'arrêta, pivota sur elle-même. Il n'y avait personne.

Un frisson glacé lui parcourut l'échine.

Continue !

Elle pressa le pas vers la sortie.

— Hé, vous ! cria la voix d'un ton autoritaire. La femme dans la robe bordeaux. Arrêtez-vous !

Une silhouette sombre émergea de derrière une camionnette. Ella pria pour que ce soit l'un des invités au gala et qu'il soit accompagné d'une femme. Mais l'individu était seul.

Cesse de regarder par-dessus ton épaule. Fais demi-tour et rejoins la cage d'escalier en vitesse !

Elle s'efforça de se dépêcher. Des pas résonnaient derrière elle. Plus elle courait, plus ils se rapprochaient.

Elle atteignit la porte, attrapa la poignée et la tira. Elle se jeta dans l'escalier en agrippant la rampe pour ne pas se tordre les chevilles.

Elle sursauta quand la porte grinça derrière elle.

— Tu imaginais que personne ne te reconnaîtrait derrière ce masque ? cria la voix. Ma pauvre fille. J'ai su qui tu étais dès que tu as franchi les portes du casino !

— Laissez-moi tranquille ! cria Ella.

— Oh ! je le ferai. Dès que tu auras foutu le camp de Clemmington !

C'est un cauchemar. Je n'aurais jamais dû venir ici. Je dois parler à Jake...

Des larmes se mirent à couler sur son visage. L'escalier n'en finissait pas, mais elle continua à dévaler les marches, déterminée à s'échapper.

Les lanières de ses chaussures lui transperçaient la peau. Elle ignora la douleur en voyant qu'elle était arrivée au deuxième étage.

Elle y était presque.

Vite, vite ! Plus vite !

Son poursuivant se rapprochait. La sortie aussi. Elle accéléra jusqu'à ce que finalement, la porte du rez-de-chaussée apparaisse.

— Yesss ! cria-t-elle en l'ouvrant.

Boum !

Elle percuta quelqu'un qui se tenait de l'autre côté et poussa un hurlement. Comment l'homme avait-il fait pour la dépasser ?

Comme elle tentait de le repousser, il lui agrippa les bras puis la tint debout avant qu'elle s'effondre.

— Ella ! cria-t-il. Que se passe-t-il ?

Elle se figea et leva les yeux.

C'était Jake.

Ella se retourna pour voir si son assaillant arrivait. Il avait disparu.

Ressaisis-toi. Tout de suite !

— Je… je suis montée pour prendre mon téléphone dans la voiture, balbutia-t-elle en lissant sa robe. Mais l'ascenseur fonctionnait mal et j'ai dû redescendre par l'escalier.

— Oui, Charlotte m'a prévenu. Comme elle s'étonnait que tu ne sois pas revenue, je m'apprêtais à monter à ta rencontre. Tout va bien, chérie ?

— Oui, mentit-elle. Tout va bien.

Il garda un bras autour de ses épaules sur le chemin du retour au casino.

— Je dois te raconter ce que le régisseur nous a dit à propos de Tyler. Tu ne vas pas être déçue.

— J'ai hâte d'entendre ça, marmonna-t-elle, tout en se demandant quand elle aurait le courage d'avouer la vérité à Jake.

8

Assis l'un en face de l'autre dans l'une des salles du poste de police, Jake et Miles attendaient l'arrivée de Greer. Ils avaient choisi de l'interroger ici et non au domaine pour lui permettre de s'exprimer librement.

— Ne l'excluons pas trop vite de la liste des suspects sous prétexte que sa mère et son frère semblent avoir des mobiles plus facilement identifiables, dit Jake.

— Oh ! je n'exclus personne. Les Vincent forment une étrange famille. Et j'ai hâte d'entendre ce que les épouses des deux frères auront à dire, elles aussi.

— La femme de Tyler le soutiendra sans doute. Sa loyauté à son égard ne fait aucun doute.

— Je suis d'accord, répondit Miles. Ces deux-là sont en parfaite adéquation. Et, manifestement, Faith et elle n'ont qu'un seul objectif en tête : voir leurs maris respectifs prendre la présidence de Vincent Vineyard.

— Au point qu'il est possible que l'une d'elles ait été complice du meurtre de Don. En dehors des Vincent, il y a aussi les hommes qui ont fait irruption dans les bureaux de l'entreprise pendant cette visite-dégustation. As-tu du nouveau à leur sujet ?

— J'ai informé Mitch et Dylan que nous aimerions leur parler au plus vite. J'attends qu'ils me rappellent. Quant à cette brute de Ben Foray, j'ai du mal à le localiser. La police de San Diego a promis de nous aider à le retrouver puisque son dernier lieu de résidence connu était dans cette ville.

Il tapota son stylo contre la table en relisant ses notes.

— J'aurais voulu obtenir plus de renseignements du régisseur lorsqu'il est venu nous parler au gala de charité. Mais il n'a pas eu le temps de nous dire grand-chose. Comme il fallait s'y attendre, Tyler nous a très vite interrompus.

— Je n'en ai pas été surpris non plus. Tyler sait sans doute que Manuel détient les éléments qui nous permettront de résoudre le meurtre de Don. Il a également compris que le régisseur n'avait pas apprécié son petit show lors du gala. Voilà pourquoi il a surgi pour l'empêcher de tout déballer. Il s'agissait d'une tactique d'intimidation.

Miles déchira un sachet de sucre et le versa dans son mug de café.

— Et ça a marché. Après l'interruption de Tyler, Manuel n'a plus dit un mot sur l'affaire. Je ne serais pas étonné que Claire et Tyler aient monté le coup ensemble, qu'ils aient conspiré pour tuer Don.

— Je n'écarte pas cette hypothèse, mais il nous faut des preuves.

Un bip le prévint de la réception d'un SMS. Il venait d'Ella.

Salut, chéri. J'espère que ta journée se passe bien. Charlotte et moi allons déjeuner. J'irai ensuite chez elle. Pourras-tu passer m'y chercher quand tu auras fini ton travail ? Je t'aime.

Il répondit aussitôt :

Avec joie, mon amour. Je t'aime. À ce soir.

— À en juger par ce sourire niais sur ton visage, grommela Miles, je parie que c'est Ella qui t'a envoyé ce SMS, non ?

— Tu ne manques pas de toupet. La façon dont tu ris bêtement chaque fois que Charlotte te regarde devrait t'inciter à te taire.

Miles roula en boule une serviette en papier et la lança sur son frère.

— Je plaisantais, vieux. Pas besoin de te vexer !

Jake rattrapa la serviette avant qu'elle l'atteigne puis consulta une nouvelle fois sa montre. Greer avait déjà une bonne demi-heure de retard.

— Je me demande pourquoi il met tant de temps à arriver. J'espère que Tyler n'a pas tout fait pour le convaincre de ne pas nous accorder cet entretien.

— Cela ne me surprendrait pas de lui.

Miles sirota une longue gorgée de café avant de poursuivre.

— Que s'est-il passé avec Ella, le soir du gala ? Quand vous êtes revenus du parking, elle semblait secouée.

Jake poussa un gros soupir.

— Je ne sais pas trop. Lorsque je suis arrivé, j'ai vu que l'ascenseur était en panne. J'ai donc décidé d'emprunter l'escalier et, à la seconde où j'ai ouvert la porte, je suis tombé sur elle. Elle s'est jetée à mon cou, elle paraissait complètement perdue.

— Tu penses qu'il lui est arrivé quelque chose à l'intérieur du parking ?

— Je n'en sais rien. Elle m'a dit qu'elle s'était retrouvée coincée dans l'ascenseur en montant et qu'elle avait eu peur en redescendant par la cage d'escalier. Mais plus je lui posais de questions, plus elle se renfermait. Alors j'ai fini par la laisser tranquille. Mais j'ai trouvé tout ça bizarre.

— Il n'est pas étonnant qu'elle soit nerveuse et s'inquiète pour un rien. Cette attaque dans le labyrinthe de maïs l'a terrifiée. Sans parler de son ex-petit ami. Mets-toi à sa place !

Jake se frotta les tempes.

— Oui… J'ai essayé de la convaincre de suivre une thérapie, mais jusqu'à présent elle refuse d'en entendre parler.

— Vraiment ? J'en suis surpris. D'autant qu'elle est infirmière. Après tout ce qu'elle a traversé, j'aurais pensé qu'elle comprendrait à quel point les conseils d'un professionnel lui seraient bénéfiques.

Un petit coup à la porte les interrompit.

— Enfin, le voilà, marmonna Jake avant de crier : Entrez !

Lena ouvrit la porte et passa la tête à l'intérieur.

— Désolée de vous interrompre. Greer n'est toujours pas là ?

— Non, répondit Miles. Et il ne nous a pas prévenus de son retard, ajouta-t-il en consultant son smartphone.

— Je vais lui envoyer un message pour lui demander s'il a une idée de son heure d'arrivée, déclara Jake. Espérons surtout que Tyler ne l'a pas dissuadé de venir.

Miles s'aperçut soudain que Lena tenait un carton dans les mains.

— Qu'est-ce que c'est ? demanda-t-il.

— J'ai finalement retrouvé les indices découverts sur la scène du crime de Don que nous cherchions depuis un moment. Notre père les avait mis au fond du placard dans lequel il rangeait ses effets personnels. Sans doute les avait-il laissés là-bas pour s'assurer qu'ils ne soient pas égarés.

— As-tu trouvé quelque chose qui mérite d'être analysé à nouveau ? demanda Jake.

— Absolument. J'ai trouvé les vêtements que portait Don au moment de sa mort, des échantillons du sol entourant la zone où son corps a été retrouvé, un sécateur et un couteau à raisin.

Jake sursauta et regarda à l'intérieur du carton.

— Attends ! Tu as parlé d'un couteau à raisin ?

— Oui. Pourquoi ?

— Je me demandais seulement s'il ne pourrait pas s'agir de...

— De l'arme du crime ? l'interrompit Lena. J'y ai évidemment pensé.

Miles les considéra d'un air sceptique.

— Si c'était l'arme utilisée pour tuer Don, le labo l'aurait découvert à l'époque grâce aux analyses ADN, non ?

— Peut-être, répondit Lena. Mais qu'avons-nous à perdre à refaire une recherche pour voir ce qui en sortira ? Après tout, la technologie de notre laboratoire est plus avancée que la leur.

— Je suis d'accord, dit Jake. Si cela donne quelque chose, tiens-nous au courant.

Alors que Lena s'apprêtait à sortir, elle fut arrêtée par Lucy, l'auxiliaire administrative du poste de police.

— Oups, désolée, dit Lucy en s'écartant. Chef Love, inspecteur Love, Greer Vincent est arrivé.

— Merci, Lucy, répondit Jake.

Il aperçut Greer qui jetait un coup d'œil à l'intérieur de la pièce et l'appela.

— Entrez, monsieur Vincent, dit-il. Asseyez-vous.

Greer franchit le seuil de la salle en traînant des pieds. Il était très pâle et des cernes creusaient son regard. Une barbe de plusieurs jours couvrait son visage et ses cheveux auraient eu bien besoin d'être coupés.

Il prit place en bout de table.

— Merci d'être venu nous parler, monsieur Vincent. Et félicitations pour ce gala de charité très réussi. Je suis sûr que les fonds récoltés permettront à beaucoup d'étudiants de poursuivre leurs cursus, cette année.

Greer émit un grognement. Il se tordait les mains tout en fixant la table.

— Oui. Merci. Mais je n'ai vraiment pas envie de parler du gala. Vous m'avez sans doute convoqué pour une autre raison. Que puis-je faire pour vous ?

Son ton résigné sentait la défaite. Jake avait pitié de lui. Il se sentait presque mal de devoir l'interroger.

Pas de sentiment. Mets-lui la pression et essaie de découvrir ce qu'il a dans le ventre.

— Comme vous le savez, la police de Clemmington a rouvert l'enquête sur la mort de votre père. Cette fois, nous sommes déterminés à identifier son meurtrier et nous espérons que vous accepterez de nous aider. Pourriez-vous nous faire part de vos réflexions sur le drame ?

Un silence gêné tomba la pièce. Greer n'avait toujours pas établi de contact visuel avec Jake ou Miles.

— Monsieur Vincent, tout va bien ? demanda ce dernier. Aimeriez-vous un verre d'eau ou...

— M. Vincent était le nom de mon père. Je vous en prie, appelez-moi Greer. Et non, merci, je n'ai besoin de rien.

Il leva enfin les yeux et les posa sur Jake.

— Que comptez-vous faire exactement pour trouver le meurtrier ? L'année dernière, les investigations de votre père n'ont rien donné, malgré toute son expérience. Surtout, en rouvrant l'enquête, souhaitez-vous vraiment rendre justice à ma famille ? Ou prouver à tous que vous n'avez pas usurpé votre poste de chef de la police ? La rumeur prétend que d'autres candidats auraient été plus qualifiés que vous, mais que votre père s'est arrangé pour les écarter à votre profit. Une forme de népotisme, si vous préférez.

L'envie de lui envoyer quelques remarques désobligeantes tourmenta Jake. Mais il réprima les paroles blessantes qui lui brûlaient les lèvres. Il refusait de s'abaisser au niveau de Greer. Aussi se contenta-t-il d'ouvrir son calepin.

— Monsieur Vinc..., excusez-moi, Greer, à votre avis, comment était votre père au moment de sa mort ? Quelle existence menait-il ? Vous semblait-il déprimé, se sentait-il menacé ou avait-il croisé quelqu'un qui l'aurait perturbé ?

Greer émit un gémissement avant de fondre en larmes.

— Je ne peux pas faire ça !

Miles lui tendit une boîte de mouchoirs.

Cette réaction inattendue transforma l'irritation de Jake en inquiétude. Lorsque la tête de Greer heurta la table, il posa une main amicale sur son épaule.

— Je n'arrive pas à croire que ce soit arrivé, balbutia Greer. Qui a pu faire ça ? Pourquoi l'a-t-on tué ?

— C'est ce que nous tentons de comprendre, lui assura Jake. Ma sœur Lena, qui est experte en criminalistique, analyse à nouveau, en ce moment même, les indices découverts sur la scène du crime.

— Nous comptons également convoquer tous les suspects potentiels pour de nouveaux interrogatoires, ajouta Miles. Y compris les types qui ont fait irruption dans le bureau de votre père lors de cette visite-dégustation du vignoble.

Ces mots poussèrent Greer à redresser la tête.

— Bien, dit-il avant de se moucher. La présence de ces individus m'a toujours semblé louche. Mais votre père ne les considérait pas comme des suspects sérieux. Il était convaincu que le meurtrier de mon père était un proche.

Jake hocha lentement la tête.

— Cette hypothèse ne paraît pas absurde. Si le meurtre était en effet l'œuvre d'un Vincent, qui, selon vous, l'aurait commis ?

Greer ricana.

— Écoutez, cela m'ennuie d'enfoncer mon propre frère, mais Tyler me semble être le seul à avoir pu le tuer. C'est à lui que sa disparition rapportait le plus.

— J'espère ne pas être irrespectueux, intervint Miles, mais qu'en est-il de votre mère ?

— Elle aussi avait évidemment beaucoup à y gagner.

— Vous pensez donc qu'il est possible qu'ils aient, l'un ou l'autre - ou tous les deux -, quelque chose à voir avec le meurtre ?

Greer mit du temps à répondre.

— En réalité, pour être honnête, je ne pense pas que ma mère soit impliquée. Que mon père soit vivant ou mort, elle avait de toute façon remporté le jackpot en l'épousant. Une belle propriété, une grande maison, des voitures de luxe, des vêtements de marque et des bijoux coûteux, sans parler de son statut de vice-présidente de Vincent Vineyard. Et comme, en plus, elle avait un amant…

— Attendez, l'interrompit Miles qui prenait des notes. La liaison de votre mère était donc de notoriété publique ?

— Oui et non. Du vivant de mon père, elle ne s'affichait évidemment pas au bras de ce type. Mais les rumeurs couraient depuis longtemps. Le pire est qu'Alan Monroe et mon père étaient concurrents depuis des années. Ma mère le savait. De tous les hommes sur qui elle aurait pu jeter son dévolu, elle l'avait choisi, lui. Le pire.

Greer essuya quelques larmes d'un revers de main.

— Mon père parlait parfois de divorce, mais elle savait qu'il ne la quitterait jamais. Elle ne prenait donc pas ses menaces au sérieux.

— D'après vous, elle n'avait donc aucune raison de vouloir tuer votre père ?

— À mon avis ? Non.

— D'accord. Revenons alors à Tyler.

Une expression de colère assombrit le visage de Greer.

— Pourquoi ? Je n'ai aucune envie de parler de lui.

— D'après vous, il avait le plus à gagner à la mort de votre père. Dites-nous pourquoi.

— Vous étiez à la dégustation, non ? Vous l'avez vu se ridiculiser devant toute l'assistance, à tenter de faire croire qu'il connaît quelque chose au vin ou aux vendanges, ou aux affaires en général. Il n'y comprend rien. Il aime juste être sous les projecteurs et avoir le pouvoir. Il veut régner sur Vincent Vineyard. Mais Tyler n'a ni les connaissances ni les compétences nécessaires pour diriger une entreprise viticole. En revanche, il sait charmer ma mère. Et nos employés. Et les mécènes. Toute la communauté, en fait.

Greer s'interrompit, vida sa bouteille d'eau avant de sauter de sa chaise pour en prendre une autre sur l'étagère. Il commença alors à arpenter la pièce.

— Quant à la femme de Tyler, elle est encore pire que lui. Jada est vénale, arriviste, superficielle, froide... Je pourrais parler d'elle toute la journée. C'est bien simple, je ne comprends pas comment Faith arrive à la supporter. Toutes deux sont aussi dissemblables que le jour et la nuit.

— Outre le fait qu'elles sont belles-sœurs, répondit Miles,

votre femme est-elle proche de Jada ou leurs relations sont-elles uniquement d'ordre professionnel ?

Greer se laissa tomber sur sa chaise et regarda le plafond.

— Oh ! elles se voient hors du travail. Pour une raison incompréhensible, Faith la considère comme l'une de ses meilleures amies. Alors que Jada ne sait que profiter d'elle. Elle se décharge de son travail sur mon épouse. Elle l'a même obligée à suivre des cours d'informatique pour lui servir d'experte en technologie. Tyler, qui est radin comme pas deux, refusait d'embaucher un consultant. Faith se charge de toutes ces responsabilités sans toucher la moindre rémunération supplémentaire.

— Compris. Mais tout cela est lié au travail. Quelles relations personnelles entretiennent-elles ?

— Des relations à sens unique, grommela Greer avec mépris, c'est le moins qu'on puisse dire. Chaque fois que Tyler fait quelque chose qui contrarie Jada, elle va pleurnicher dans les jupes de Faith. Qui est toujours là pour la consoler. Ensuite, Tyler offre à Jada un cadeau coûteux pour se faire pardonner, Jada est à nouveau heureuse et envoie balader Faith. Puis il l'énerve à propos d'autre chose et elle revient en courant. Jada ne se soucie que de Tyler et Tyler ne s'intéresse qu'à lui. En attendant, l'exploitation de Vincent Vineyard repose sur ma femme, sur Manuel et surtout, bien sûr, sur moi.

Son air résigné émut Jake. Il savait à quel point Greer avait été proche de son père. Endurer sa disparition, dans des circonstances aussi effroyables, puis avoir affaire à une mère, un frère et une belle-sœur qui s'en moquaient bien devait être difficile.

— C'est certainement dur pour vous, Greer, dit Jake. Je compatis.

— Moi aussi, ajouta Miles.

— Merci. J'apprécie. Et, euh… désolé pour ma colère mais…

Jake leva les mains.

— Ne vous excusez pas, nous la comprenons très bien. Vous avez traversé beaucoup d'épreuves. J'apprécie votre franchise.

Tant de gens entrent ici sans exprimer aucune émotion, de peur de paraître coupables, même s'ils ne le sont pas...

— J'espère que ma déposition vous en aura au moins un peu appris sur les rouages du domaine.

— C'est le cas et je vous en remercie.

Jake s'éclaircit la gorge, tapant son stylo contre sa paume.

— Greer, où étiez-vous au moment du meurtre de votre père ?

— J'étais dans la distillerie, en train de superviser l'installation de nouveaux équipements.

Tout comme Tyler l'avait dit.

— D'accord, répondit Jake. Nous allons donc en rester là pour le moment...

Il s'interrompit quand Greer recula sa chaise et croisa les jambes.

— Vous savez, chef, il y a quelque chose dont je me sens obligé de vous parler. Si vous m'y autorisez.

— Bien sûr. Je vous en prie.

— Je ne voudrais pas que les bouffonneries de mon frère vous induisent en erreur. Tyler est peut-être un clown qui adore jouer à la star, mais quand il s'agit de Vincent Vineyard, il se donne à fond. Certes, il n'a pas inventé l'eau chaude et il est loin d'être le mari idéal. Évidemment pas. Nous sommes très souvent en désaccord, lui et moi. Mais je mets nos bisbilles sur le compte de notre relation de grand frère à petit frère, si vous voyez ce que je veux dire. J'en suis sûr, étant donné que vous êtes vous-mêmes frères.

Jake jeta un coup d'œil à Miles, dont l'expression était tout aussi perplexe que la sienne.

— Désolé, Greer, mais je ne vois pas où vous voulez en venir.

— Laissez-moi vous l'expliquer. En toute honnêteté, depuis la mort de mon père, diriger Vincent Vineyard a été beaucoup plus facile que de son vivant. Plus agréable. Plus efficace. Plus rentable. Plus... plus tout. Nous n'avons plus besoin de mendier, de nous justifier, de supplier pour obtenir quelque chose. Si je présente une idée qui a toutes les chances d'accroître la capacité de production ou d'augmenter notre marge bénéficiaire, j'obtiens un accord immédiat. Et, gardez-le pour vous, j'avais convaincu Tyler de planter secrètement de nouveaux cépages dans le vignoble il y a quelques années, alors que mon père refusait d'élargir la gamme de nos vins.

Un grand silence tomba dans la salle.

Fais attention où tu mets les pieds, s'ordonna Jake, l'esprit confus. *Voilà peut-être la nouvelle piste que tu cherchais...*

— Comment avez-vous réussi à le faire dans le dos de votre père ? Ne surveillait-il pas ses vignobles de près ?

— De très près. Mais je savais que Tyler avait d'importantes économies à sa disposition, alors je l'ai poussé à payer les ouvriers de la vigne pour effectuer des heures supplémentaires. Ils travaillaient tard le soir, quand mon père était rentré chez lui. Il n'a malheureusement jamais eu la chance de voir à quel point ces nouvelles variétés étaient rentables.

Jake sentit un profond malaise s'emparer de lui. Le changement de comportement de Greer était inquiétant, tout comme sa relation d'amour/haine avec son frère. Mais rien de tout cela ne suffisait pour l'accuser d'un crime.

— Quelle a été la réaction de votre mère lorsqu'elle a découvert votre secret ? demanda Miles.

— Découvert ? Elle était dans la confidence depuis le début. Contrairement à mon père, elle a un sens commercial aiguisé. Elle se moquait bien des traditions de Don et de sa façon de faire à l'ancienne. Elle ne s'intéresse qu'au profit.

— Manuel était-il au courant de ces plantations de nouveaux cépages ?

— Bien sûr que non. Notre régisseur était bien trop fidèle à mon père. S'il l'avait su, il serait allé directement le trouver pour nous dénoncer. Et Dieu seul sait ce qui se serait passé.

Greer jeta un coup d'œil à sa montre.

— Sur ce, je dois vous laisser. J'ai rendez-vous avec un distributeur de vins et je ne veux pas être en retard. Laisser Tyler le gérer tout seul ferait capoter l'affaire. Avec toutes ses vantardises et ses fausses promesses, il tuerait dans l'œuf la moindre négociation. Dieu m'en garde. Encore une autre raison pour laquelle j'aurais dû être nommé président depuis longtemps...

Il reprenait les mots que Tyler avait utilisés pour parler de lui. À présent, Greer leur paraissait tout aussi impitoyable que son frère.

Peut-être n'est-il pas aussi franc qu'il aimerait le paraître...

Greer se leva, s'étira comme s'il venait de se réveiller d'une longue sieste et se dirigea vers la porte.

— Bonne fin de journée, messieurs.

Et il sortit.

Jake et Miles regardèrent la porte, puis se dévisagèrent un long moment en silence.

Miles finit par secouer la tête.

— Cet interrogatoire a pris une tournure que je n'avais pas vue venir. Mais le plus déstabilisant, c'est que j'ai eu l'impression que Greer avait plusieurs personnalités. Pas toi ?

— J'en ai perdu le compte. Il me semble complètement à côté de la plaque. Nous devons convoquer Manuel ici dès que possible. C'est lui qui nous donnera un aperçu réel de la situation.

— Tu ne l'as pas encore contacté ?

Jake se rassit et soupira.

— Si, bien sûr, mais il est soi-disant trop occupé pour venir. Sans doute craint-il de dire quelque chose qui nuirait à Claire puisque sa loyauté se porte désormais sur elle.

— Eh bien, s'il ne veut pas venir vers nous, nous devons aller vers lui.

— Ne t'inquiète pas. Je vais le faire venir ici. En attendant, j'ajoute le nom de Greer à notre liste de suspects, tout à côté de celui de Tyler.

9

Assise dans le salon, Ella communiquait avec sa psychologue dont le visage apparaissait sur l'écran de son ordinateur portable. Si Mme Lane avait largement dépassé la soixantaine, elle avait gardé un air juvénile. Son sourire chaleureux, ses longs cheveux blonds qui tombaient en voile sur ses épaules et ses yeux pétillant d'intelligence en étaient peut-être la cause. Sa douceur et ses paroles apaisantes mettaient Ella à l'aise et lui permettaient de s'ouvrir d'une manière qui ne cessait de l'étonner.

— Alors, Ella, expliquez-moi pourquoi vous n'avez pas dit à Jake que vous suiviez une thérapie.

Ella considéra son clavier et soupira. En parler à Jake signifierait mettre le doigt dans un engrenage, commencer à évoquer ce qu'elle lui cachait, au risque de provoquer une catastrophe. Elle ne se sentait toujours pas prête à révéler son secret. Pas même à sa psy. En revanche, elle avait besoin de cette dernière pour l'aider à gérer le traumatisme de son passé et des attaques subies dernièrement.

— Je ne sais pas, madame. Jake traverse une période compliquée, en ce moment. Son travail n'est pas simple. Il rouvre une enquête et doit tout réexaminer à la loupe. Sans doute n'avait-il pas bien mesuré au départ l'ampleur de la tâche. Mais maintenant qu'il l'a annoncé officiellement, Clemmington s'attend à une arrestation. Dans les meilleurs délais. C'est un lourd fardeau à porter, d'autant qu'il n'est chef de la police que depuis peu. Donc, pour répondre à votre question, je n'ai pas envie de lui donner d'autres sujets de préoccupation.

— Le fait que vous soyez en thérapie est une bonne chose, Ella. Pas un sujet de préoccupation. Jake vous aime. Il souhaite que vous surmontiez toutes les épreuves que vous avez traversées. Vous êtes importante pour lui, prioritaire, au même titre que son enquête mais dans un genre différent. De plus, ne vous a-t-il pas demandé lui-même de consulter quelqu'un ? Cela prouve qu'il se soucie de vous. Si vous saviez combien de mes patientes ont dû affronter les réactions négatives de leur conjoint ! Certains leur interdisaient de suivre une thérapie.

Ella poussa un soupir.

Elle ne comprend pas. Personne ne comprend. Parce que personne ne sait la vérité...

— Écoutez, poursuivit Mme Lane, je suis consciente de l'impact psychologique que ces attaques ont laissé sur vous. Nous y travaillons. Mais ce secret qui vous hante et que vous craignez tant de partager provoque des dégâts, lui aussi. Et tant que je ne sais pas de quoi il s'agit, je ne peux pas vous aider à les surmonter.

Ella hocha la tête. Elle n'osait pas répondre tant elle craignait d'exploser en sanglots si elle ouvrait la bouche. Comme Mme Lane restait tranquillement assise, attendant une réponse, elle finit par balbutier :

— Je ne suis pas prête à en parler. Je finirai par le faire, mais pas maintenant.

— Très bien, je respecte ce choix. Sachez en tout cas que, lorsque vous aurez envie de vous confier, je serai là. En attendant, vous êtes-vous entraînée aux différentes techniques dont nous avions discuté lors de votre dernière séance, ces techniques utiles pour apprendre à gérer votre anxiété ?

— Absolument. Je médite le matin et tout au long de la journée, chaque fois que... je commence à me sentir angoissée.

Pour me relaxer, je prends le temps de respirer lentement et profondément. Et j'écris de nouveau un journal, pour analyser les émotions auxquelles je suis confrontée. Si je suis triste, je laisse ma tristesse m'envahir. Si j'ai envie de pleurer, je pleure.

Mme Lane applaudit.

— Formidable, Ella. Lorsque je vous avais suggéré de tenir un journal, vous étiez tout à fait contre, au départ. Vous faites du bon travail. Remarquez-vous une différence ? Vous sentez-vous mieux ?

— Tout à fait. Plus je laisse mes émotions s'exprimer, plus vite elles se dissipent. Jamais complètement, cela dit. Mais je progresse.

Après avoir consulté l'heure, la psychologue joignit les mains.

— Quelques progrès valent mieux que pas de progrès du tout, ma chère. Maintenant, nous arrivons à la fin de notre séance. Y a-t-il autre chose que vous aimeriez partager avec moi, ou sur quoi vous avez envie de vous concentrer au cours de la semaine à venir ?

— J'ai lu un article qui démontrait que l'alimentation et l'entraînement physique contribuaient à réduire le stress. Bien sûr, je le savais. Je l'avais appris lors de mes études d'infirmière. Mais je n'avais jamais envisagé sérieusement de me nourrir autrement ou de pratiquer un sport de façon régulière. J'ai donc intégré ces deux éléments dans ma routine quotidienne et je constate déjà un apaisement.

— C'est merveilleux, Ella. Une alimentation saine et un peu d'exercice vous aideront certainement à diminuer votre anxiété. Et qu'en est-il de votre participation à l'enquête ? Avez-vous discuté avec Jake de la nécessité de mettre fin à votre implication qui a tendance à entretenir vos angoisses ?

Ella se mordit les lèvres, résista à l'envie de mentir.

Elle n'avait pas encore dit à Jake qu'elle avait besoin de s'éloigner de l'affaire pour préserver sa santé mentale. Pour elle, ce n'était pas un problème. Mais sa psy était persuadée du contraire.

L'enquête était intéressante et l'occupait toute la journée, mais en réalité, elle devinait qu'il y avait un fond de vérité dans la suggestion de Mme Lane. Renoncer à prendre part aux investigations serait peut-être une bonne chose. Parce que ce meurtre lui rappelait en permanence ses liens avec la famille Vincent, l'attaque dont elle avait été victime et les menaces dont elle faisait l'objet.

Le bourdonnement du smartphone de la psy la tira de ses pensées.

— C'est l'heure, Ella. Nous continuerons d'en parler la semaine prochaine. Êtes-vous toujours d'accord pour ce rendez-vous hebdomadaire ?

— Oui, merci. Nos entretiens me font beaucoup de bien, assura-t-elle. À plus tard...

Un bruit dans la serrure la fit sursauter.

Jake arrivait.

— Je serai également très contente de vous retrouver, Ella.

Il fallait mettre fin à cet entretien avant l'irruption de Jake dans l'appartement mais Mme Lane leva un doigt en l'air.

— Oh ! attendez ! Encore une chose. N'oubliez pas de consulter vos mails pour les exercices de cette semaine.

Ella pressa plusieurs fois le bouton de volume de l'ordinateur jusqu'à ce qu'il devienne pratiquement silencieux.

— Bien sûr, je le ferai, dit-elle, les yeux rivés sur l'embrasure de la porte.

Mais Mme Lane continuait :

— Je vais vous envoyer une série d'exercices qui vous seront utiles pour maîtriser votre anxiété. Je pense en particulier à une technique de projection mentale très efficace. Le principe est le suivant : lorsque des images angoissantes remontent à votre mémoire – par exemple, le moment où vous avez été attaquée dans le labyrinthe de maïs ou pourchassée dans le parc ou traquée dans le parking – ou si vous pensez aux menaces que vous avez reçues, vous vous ordonnez de vous en détacher. Immédiatement. Et vous les remplacez par une image paisible. Vous vous représentez un endroit dans lequel vous vous sentez bien. Détendue. Une plage ensoleillée, par exemple, ou un chalet dans la montagne ou…

— Madame Lane, l'interrompit-elle au moment où la porte s'ouvrait, toutes ces informations sont-elles incluses dans votre mail ?

— Oui, bien sûr. Et merci de m'avoir arrêtée. Je viens de prendre conscience que mon prochain patient est déjà là et m'attend. Je vous enverrai les exercices dès que j'aurai fini avec…

— D'accord, d'accord. Merci encore pour aujourd'hui !

Elle referma l'ordinateur d'un coup sec et se précipita dans le salon.

— Salut, chéri ! Comment s'est passée ta journée ?

Avec un soupir, Jake lui donna un baiser si rapide qu'il effleura à peine ses lèvres.

— Ma journée a été totalement ubuesque, pour le dire vite. Greer est venu nous parler. Ce qu'il nous a raconté était tellement stupéfiant que nous n'en revenons pas. Seule certitude : nous nous étions totalement trompés sur son compte. Nous le trouvions effacé, un peu écrasé par son frère et sa mère. Ce n'était qu'une comédie.

Il s'arrêta, pencha la tête en arrière et huma l'air.

— Ça sent bon ! Que nous as-tu préparé ?

— Des pintades farcies.

— Waouh ! s'exclama-t-il en la suivant dans la cuisine. Ça m'a l'air top. Dis-moi, tu te donnes à fond pour me cuisiner de bons petits plats, non ? Essaies-tu de te faire passer la bague au doigt ?

— Peut-être, répondit-elle en riant. Mais j'essaie surtout de nous garder en forme et en bonne santé.

— Tu as raison. Et qu'y a-t-il pour accompagner les pintades ?

— Une salade Cobb. C'est un mélange de pousses d'épinards et de laitue romaine, d'œufs durs, de tomates cerises, de concombres, d'oignons rouges, avec un peu de fromage bleu.

Appuyé contre le comptoir, Jake la dévorait des yeux. Son sourire comme son expression tendre et aimante déclenchèrent une pointe de culpabilité qui tortura le cœur d'Ella.

Tu finiras par tout lui dire. Mais pas aujourd'hui.

— J'adore tes salades, dit-il en mettant une tomate dans sa bouche. J'ai besoin de plus de légumes dans ma vie. Quoi d'autre ?

— Seulement la salade.

— Tu veux m'affamer ou quoi ? Pouvons-nous au moins ajouter des macaronis au fromage ou des patates douces, un risotto crémeux...

— Pas question ! Le nouveau chef de la police de Clemmington se doit d'être en pleine forme pour poursuivre les criminels, lui rappela-t-elle.

— Bon, d'accord. Mais ne le prends pas mal si je mets une pizza surgelée au four pendant la nuit, dit-il en se lavant les mains au-dessus de l'évier.

— Tu n'as pas intérêt !

Elle cogna sa hanche contre lui en riant et sursauta lorsque son smartphone vibra.

Il se sécha les mains et prit l'appareil.

— Ah, enfin ! s'exclama-t-il en regardant l'écran.

— De bonnes nouvelles ?

— Excellentes. C'est un texto de Manuel, le régisseur de Vincent Vineyard. Il est prêt à passer au poste de police. Vu le ton de son message, il semble déterminé à parler.

Penchée par-dessus son épaule, Ella parcourut le SMS des yeux.

— C'est formidable. Mais je ne comprends rien à ce qu'il dit à propos de Greer.

— Apparemment, quand Greer a quitté le poste de police

tout à l'heure, il est retourné au domaine et Manuel l'a entendu parler à Faith. Greer lui expliquait qu'il pensait avoir atteint son objectif et « neutralisé les actions de la police ». Il lui a dit qu'il s'était arrangé pour incriminer toutes les personnes proches de l'enquête afin de noyer le poisson.

— Quoi ? Pourquoi ferait-il quelque chose comme ça ?

Jake parcourut à nouveau le message.

— Je n'en ai pas la moindre idée. Tu sais, il se comportait très bizarrement quand nous l'avons interrogé. Mais il ne m'était jamais venu à l'esprit qu'il complotait contre nous. Comme c'est triste que le propre fils de Don préfère se perdre dans des manigances au lieu de collaborer avec la police pour faire arrêter l'assassin de son père !

— Greer est peut-être le tueur, ce qui expliquerait tout. En tout cas, c'est moche. Don mérite mieux. D'après ce que tu m'as dit, c'était un homme droit et généreux avec toute sa famille. Et comment l'en ont-ils remercié ? En le poussant dehors pour prendre le contrôle de l'entreprise qu'il avait bâtie. Et en se moquant bien de lui rendre justice.

— Attends, intervint Jake alors qu'il continuait à faire défiler le texto. Écoute ça. Manuel a également entendu Faith dire à Greer qu'il aurait dû désigner directement la personne qu'il suspectait du meurtre, même s'il s'agissait de sa propre mère.

Sidérée, Ella laissa échapper la cuillère qu'elle tenait.

— Greer pense que Claire a tué Don ?

— J'en ai bien l'impression.

Alors que Jake répondait au texto, Ella commença à être assaillie par des images angoissantes. Elle se revoyait poursuivie dans la cage d'escalier du parking.

Elle ferma les yeux et se remémora les mots de sa psychologue. *Détache-toi de ce souvenir. Immédiatement.*

Elle s'obligea à imaginer une plage ensoleillée. Elle marchait sur du sable doux, des milliers de grains massaient la plante de ses pieds nus. Elle se sentait en sécurité, calme, en paix...

—... et j'ai hâte d'entendre ce que ce type a à dire, conclut Jake en attrapant les couverts pour se servir.

— Attends, je suis désolée. Qui donc as-tu hâte d'entendre ?

— Ben Foray. Je t'en prie, ne me dis pas que tu ne m'as pas écouté !

Ella tourna la tête, évitant le regard curieux de Jake alors qu'elle remplissait deux verres de vin blanc.

— Désolée, chéri. Répète-moi tout ça, s'il te plaît.

— Je t'expliquais que Miles a reçu un appel de Mitch Wilkerson. Tu te souviens de lui ? L'ami de Ben qui était lui aussi entré par effraction dans le bureau de Don ?

— Oui. Et alors ?

— Il a accepté de nous parler. Et il a confié que Ben n'était pas à San Diego. Il se cache chez Mitch, ici même, à Clemmington, depuis quelques semaines. Mitch pense qu'il va filer bientôt. Nous devons le coincer avant qu'il quitte la ville.

— C'est génial, chéri, déclara Ella. Malgré le comportement étrange de Greer, vous faites de grands progrès.

— Merci. Dès que j'aurai parlé avec le régisseur, les morceaux du puzzle devraient commencer à se mettre en place. En tout cas, je l'espère.

— Moi aussi. Le pauvre doit en avoir assez. Et maintenant que le premier anniversaire de la mort de Don approche, j'ai l'impression que la situation s'intensifie au domaine.

Jake jouait avec son verre de vin qu'il faisait tourner entre ses doigts.

— Prions pour que Manuel ne nous laisse pas tomber. Parce que, comme je l'ai dit à Miles, il détient la clé de cette affaire, j'en suis certain.

10

Jake ouvrit la porte du bar Hole in the Wall et, avant même d'entrer, une odeur de sueur, de tabac froid et de marijuana les prit à la gorge.

— Quelle horreur, grogna Miles en agitant sa main devant son nez. Cet endroit est immonde.

Un nuage de fumée planait au-dessus des têtes des clients. Un vieux juke-box installé dans un coin diffusait de la musique country. Au fond de la salle, quelques hommes penchés au-dessus d'un billard disputaient une partie animée. Les chopes de bière se remplissaient et se vidaient à un rythme effréné.

L'endroit était loin d'être idéal pour interroger un suspect, mais Mitch avait appelé Jake plus tôt dans la journée pour le prévenir qu'il y viendrait avec Ben. Comme Jake tenait à s'entretenir avec ce dernier avant qu'il quitte la ville, ils n'avaient pas trop le choix. Ils avaient décidé de faire semblant de tomber sur eux par hasard.

— Pourquoi ai-je l'impression de découvrir cet établissement comme s'il venait de sortir de nulle part ? cria Miles.

— Eh bien, pour commencer, nous ne venons jamais dans ce quartier. Et surtout, en effectuant quelques recherches en ligne, j'ai découvert que ce bar avait fait l'objet d'une fermeture administrative pendant plusieurs mois, à la suite d'un contrôle sanitaire. L'hygiène laissait à désirer.

— Je n'en suis pas du tout surpris, plaisanta Miles en s'avançant derrière son frère. Il a l'air crasseux.

Le bar était bondé et ils eurent du mal à se frayer un chemin dans la foule.

— Mitch t'a dit où Ben et lui seraient assis ? demanda Jake.

— Au fond de la salle, près de la cuisine.

— Je n'arrive pas croire qu'ils servent des repas ici, dit Miles en avisant les assiettes sur les tables. Les clients risquent l'intoxication alimentaire à chaque bouchée.

Jake repéra deux hommes, attablés dans un coin, qui s'efforçaient manifestement de passer inaperçus. L'un d'eux était blond, l'autre avait de longs cheveux bruns noués en queue-de-cheval et une paire de lunettes de soleil plantée sur le haut de son crâne.

— Ils sont là, dit Jake à Miles. Allons-y.

Il s'approcha de la table d'un pas nonchalant, tapa l'épaule de Mitch et lui tendit la main. Il avait prévenu ce dernier qu'ils feraient en sorte de rester décontractés pour ne pas inquiéter Ben.

— Tiens, vous êtes là, Mitch ? Quoi de neuf ?

— Comment ça va, chef Love ?

— Il est chef ? balbutia nerveusement Ben, en tentant de se lever. Chef de quoi ?

— Chef de la police. De Clemmington, pour être exact, répondit-il en lui prenant le bras pour l'aider à se rasseoir. Je suis Jack Love et voici mon frère, l'inspecteur Miles Love.

Ben ignora la main tendue de Jake et fusilla du regard Mitch, assis en face de lui.

— Qu'est-ce que ça veut dire ? Tu m'as piégé ou quoi ?

— Quoi ? Bien sûr que non. Je ne savais même pas qu'ils venaient déjeuner ici.

— Mais oui, mais oui… Prends-moi pour un imbécile !

— Écoutez, intervint Miles. Le chef Love et moi étions dans le coin, nous avons fini notre service et nous avons eu envie d'une bonne bière. D'ailleurs, j'aimerais bien vous offrir une tournée. Qu'en dites-vous ?

Ben saisit son téléphone portable et commença à en tapoter les touches.

— Non, merci. Une boisson venant de vous pourrait être empoisonnée.

Jake comprit que la manière subtile n'allait pas fonctionner et décida de changer de registre.

— Au cas où vous ne le sauriez pas, dit-il, la police de Clemmington a rouvert l'enquête sur le meurtre de Don Vincent. Vous êtes au courant de cette affaire, n'est-ce pas ?

Mitch regarda tour à tour les policiers puis Ben qui restait silencieux, les yeux rivés sur son téléphone.

— Euh... oui, j'en ai entendu parler. Je suis surpris que vous n'ayez jamais attrapé le meurtrier.

— Nous aussi. Don Vincent a été tué quelques jours après votre visite au domaine. Pour une tournée de dégustation avec un groupe...

— Et alors ? l'interrompit Ben. Qu'insinuez-vous exactement ?

— Nous avons visionné des images de vidéosurveillance enregistrées ce jour-là. Très intéressantes. En compagnie de votre ami Dylan, vous êtes entrés par effraction dans le bureau de M. Vincent. Ben, je crois bien que c'était vous, vous avez laissé tomber une enveloppe de votre poche. Cela vous ennuierait de nous dire ce qu'elle contenait ?

Ben attrapa sa chope de bière, la vida et émit un rot sonore.

— Oui, ça m'ennuierait. Et maintenant, quoi ?

Miles se rapprocha pour lui chuchoter quelque chose à l'oreille.

— Nous pouvons poursuivre cette conversation au poste de police, si vous pensez être plus à l'aise dans une salle d'interrogatoire. À vous de voir.

Ben se redressa soudain et s'essuya les yeux.

— Non, je suis très bien ici. Je me souviens d'être allé visiter cette propriété viticole, oui. Mais pas d'être entré par effraction dans un bureau. On vous a mal renseignés. Je vais vous dire ce qui s'est passé. Mon pote Mitch, ici présent, m'a entraîné dans une partie privée de la maison et je l'ai suivi en pensant que cela faisait partie de la visite.

Tous trois se tournèrent vers Mitch qui était resté bouche bée.

— N'est-ce pas, Mitch ? ajouta Ben entre ses dents serrées.

Comme il n'obtenait pas de réponse, il reporta son attention sur Jake.

— Écoutez, où voulez-vous en venir exactement ? À l'époque, la police nous a interrogés. Rien n'en est sorti et nous avons été renvoyés chez nous sans être inquiétés. Le propriétaire du domaine n'a même pas porté plainte. Alors pourquoi venir me chercher des poux un an plus tard ?

— Parce que, encore une fois, peu de temps après cet incident, Don Vincent a été retrouvé poignardé à mort au milieu de ses vignes. Comme vous vous êtes battus avec lui quelques jours avant le meurtre, vous comprenez que nous ayons envie de vous réinterroger...

À ce moment, le smartphone de Ben vibra si fort qu'il faillit tomber de la table. Jake aperçut l'écran avant que celui-ci s'empare de l'appareil. Le nom qui apparut le sidéra.

Jada Vincent.

— Quoi de neuf, ma puce ? cria Ben dans le téléphone. Non, je t'avais dit de me répondre par SMS, pas d'appeler. Pourquoi ? Comment ça, pourquoi ? Parce que ça chauffe ici, évidemment ! Oui, ça chauffe grave !

Miles se pencha vers Jake.

— Il ne fait évidemment pas allusion à la température ambiante du bar ni à celle des plats servis.

— J'avais compris. Il parle de nous. Et tu ne devineras jamais à qui il s'adresse.

Comme Ben le regardait, Jake sortit son smartphone et envoya un texto à Miles.

Il échange avec Jada Vincent !

Miles eut du mal à cacher sa stupéfaction en découvrant le message. Il hocha la tête et répondit :

Nous verrons ça en temps voulu. Pour l'instant, tenons-nous-en au scénario initial.

Ben continuait de fulminer au téléphone.

— Je ne sais pas ce qu'ils comptent faire ! Mais s'ils décident de m'arrêter, j'appelle mon avocat.

Après quelques instants de silence, il cria :

— Non ! Blackman.

Blackman & Associates était l'un des cabinets d'avocats les plus importants du coin.

— Écoute, je dois y aller, poursuivit Ben. Oui, je te tiens au courant. Veille simplement à faire ce que je t'ai dit.

Il claqua son téléphone contre la table, attrapa la chope de Mitch et la vida d'un trait.

— Vous avez terminé votre appel ? demanda Jake. Pouvons-nous poursuivre notre conversation ?

— Bien sûr, chef. Poursuivez.

— Alors, que contenait cette enveloppe que vous avez volée dans le bureau de Don Vincent ?

Le smartphone de Ben sonna à nouveau. Le nom de Charles Blackman, de Blackman & Associates, apparut sur l'écran.

— Désolé, messieurs, déclara Ben en bondissant sur ses pieds. Je dois absolument prendre cet appel. Mitch, tâche de les occuper jusqu'à ce que je revienne, ajouta-t-il avant de s'éloigner vers la cuisine. *Si* je reviens.

Dès que Ben fut hors de portée de voix, Mitch se tourna vers eux :

— Chef Love, inspecteur Love, je suis vraiment désolé. Je savais que Ben ne serait pas un client facile, mais je ne me doutais pas qu'il réagirait aussi brutalement.

— Ce n'est pas votre faute, lui dit Jake. Je vous remercie de nous avoir informés qu'il serait là ce soir.

— Pour que vous le sachiez, je n'ai aucune idée de ce que contenait l'enveloppe que Ben a volée. Lorsque nous avons été expulsés du domaine et renvoyés chez nous, il s'est assis à l'arrière du bus sans dire un mot. Et autre chose. C'est lui qui nous avait invités à cette visite-dégustation, ce qui était étonnant, parce qu'il ne boit jamais de vin. Il n'aime que la bière et les bars crasseux comme celui-ci.

— Attendez, s'écria Miles. Se rendre à la tournée-dégustation de Vincent Vineyard était l'idée de Ben ?

— Oui. Et pareil pour la petite « visite » dans le bureau de Don. Dylan et moi ignorions qu'il s'apprêtait à y commettre un cambriolage. Ben nous a dit qu'il avait des liens avec la famille Vincent et que l'un d'eux lui avait demandé d'y aller et de lui rapporter ces papiers.

— A-t-il mentionné de quel membre de la famille il s'agissait ?

— Non, pas que je me souvienne.

Jake essuya la sueur qui perlait à son front avec sa serviette en papier. Une vague de fatigue le submergeait soudain, alors que l'atmosphère enfumée finissait par devenir étouffante.

— Apparemment, Ben vous a invités tous les deux pour que vous lui serviez de boucs émissaires.

— Et nous sommes tombés dans le panneau. Mais je ne devrais pas en être surpris. Ce type est un escroc...

Mitch se tut brusquement quand Ben sortit de la cuisine.

— Désolé pour l'interruption, mes amis !

— Vous semblez de bien meilleure humeur qu'avant cet appel téléphonique, remarqua Miles.

— Je le suis. Voulez-vous savoir pourquoi ? Parce que c'est mon avocat qui m'appelait. Et il m'a conseillé de ne plus vous dire un mot.

Il se tourna vers Mitch, assis de l'autre côté de la table.

— Rien ne nous oblige à parler à la police, vieux. Nous avons le droit de refuser de répondre à leurs questions et d'exiger la présence de nos avocats !

Jake le regarda avec dégoût s'emparer de sa chope de bière et la vider d'un trait. Il claqua le pichet vide sur la table et se leva.

— Je vais nous en chercher d'autres...

Il fit un pas et s'écrasa au sol après avoir tenté de se retenir à la table. Au lieu de l'aider à se relever, Jake adressa à Miles un hochement de tête pour lui signaler qu'ils s'en allaient.

— Mitch, dit Jake en lui tendant la main, c'était sympa de tomber sur vous.

— De même, marmonna-t-il en jetant un coup d'œil à Ben.

Ce dernier était toujours sur le sol, incapable de se remettre debout malgré ses efforts.

Jake et Miles l'enjambèrent et se dirigèrent vers la sortie.

— Nous devons le mettre sous surveillance, suggéra Miles. Et le convoquer au poste pour qu'il soit interrogé. S'il ressent le besoin de venir accompagné de son avocat, très bien.

— Je suis d'accord. Puisqu'il semble être soudain devenu amnésique, je ne manquerai pas de lui montrer les deux séquences vidéo. Le fait de se voir chassé du bureau de Don avec cette enveloppe à la main lui rafraîchira peut-être la mémoire. Pendant que j'y suis, je vais convoquer Jada pour l'interroger demain matin. J'ai fini de jouer avec ces gens-là.

— Parfait, chef, déclara Miles en lui tapant dans la main. Mais petite question : et si Jada refuse de venir ?

— Elle ne refusera pas. Surtout quand elle découvrira que je suis au courant de ses liens avec Ben.

Avant qu'ils aient atteint la voiture, le smartphone de Jake bipa.

Un SMS de Manuel apparut et il tapota l'écran pour ouvrir le message.

Chef, je ne sais pas ce qui se passe mais Jada a perdu la tête. Elle criait et courait dans les couloirs en disant qu'elle allait mourir. Je l'ai entendue mentionner votre nom. Tyler a réussi à la calmer et maintenant, ils sont enfermés dans la salle de conférences pour discuter. Manifestement, être convoquée au poste l'inquiète…

— Les choses commencent à bouger, dit Jake à Miles avant de répondre.

Je viens de rencontrer Ben Foray et Mitch Wilkerson. Pour info : Ben et Jada sont liés. J'ai besoin de savoir jusqu'à quel point. Avez-vous une idée de ce que contenait l'enveloppe que Ben a volée dans le bureau de Don ?

Le régisseur répondit presque aussitôt.

— Oui. Je voulais vous en parler en tête à tête. Il s'agissait d'un codicille, une modification apportée par Don à son testament. Il y indiquait qu'il voulait que Greer prenne sa suite en tant que président du domaine, s'il lui arrivait malheur. J'étais le seul à connaître l'existence de ce document. Ou du moins, je le pensais…

Jake poussa l'épaule de Miles.

— Regarde ça, dit-il en tournant l'écran vers lui avant de taper une réponse.

J'ai besoin que vous veniez au plus vite au poste de police. J'aimerais enregistrer votre déposition. Je comprends votre loyauté envers la famille Vincent, mais les informations que vous détenez sont susceptibles d'élucider ce meurtre. Vous devez à Don de dénoncer son assassin.

Le régisseur répondit aussitôt :

Je sais. Je viendrai avant la fin de la semaine. Vous avez ma parole.

Les deux frères levèrent un pouce vainqueur avant de monter à l'intérieur de la voiture.

— Tu avais raison, déclara Miles. Manuel ne nous a pas tout dit.

— Je suis content qu'il soit prêt à parler. Cette sombre histoire va enfin être résolue.

11

Ella fit glisser sa main sur la nappe en lin et prit celle de Jake, attablé en face d'elle.

— Merci, murmura-t-elle.

— Merci ? Mais pour quoi ?

— Pour cette soirée. Merci pour ce délicieux dîner dans cet excellent restaurant. J'en avais besoin. Et toi aussi.

— Je suis bien d'accord. Tu n'as pas à me remercier, ma chérie. Cela me fait plaisir.

La semaine avait été longue et n'était pas finie, loin de là. Entre l'entrevue mouvementée de Jake avec Ben au Hole in the Wall et le refus de Jada, signifié par l'intermédiaire de son avocat, de se rendre au poste de police pour y être interrogée, les frustrations s'accumulaient. Ella ne sortait presque plus du loft tant elle craignait une nouvelle attaque. Et maintenant que Charlotte était retournée à River Valley pour rendre visite à leurs parents avec sa fille, elle passait ses journées à enquêter sur l'affaire et à pratiquer les techniques de relaxation recommandées par sa psychologue.

— L'établissement est sympa, non ? reprit Jake en jetant un coup d'œil dans la salle.

Il l'avait invitée dans un restaurant gastronomique français, le Château. Les hauts plafonds, les lustres en cristal, l'immense cheminée de pierre et la porcelaine dégageaient indéniablement une atmosphère royale. Des serveurs en smoking servaient des plats raffinés et des vins qui ne l'étaient pas moins.

— Cet endroit est magnifique.

— Tu es une reine, il nous fallait donc un cadre à ta hauteur.

Le petit sourire sexy de Jake et sa façon de la dévorer des yeux la firent rougir.

— Pourquoi me regardes-tu ainsi ?

— Je réfléchissais.

— À quoi ?

— À nous. Et à notre avenir. Je sais qu'au départ, tu étais venue en Californie pour t'éloigner de River Valley et de ce que tu y as vécu. Mais il me semble que tu te plais bien à Clemmington. Non ?

— Tout à fait. J'avais vécu à River Valley toute ma vie. Même si j'avais souvent dû me déplacer aux quatre coins de l'État pour le travail, je ne connaissais vraiment que cette ville. Et indéniablement, murmura-t-elle en admirant la fontaine dans le patio par les baies vitrées, j'apprécie beaucoup la vie à Clemmington.

Jake lui caressa la main du bout du pouce.

— Tant mieux. Notre relation est très importante pour moi, *tu* es très importante pour moi, Ella. Tu sais combien je t'aime, et j'ai l'impression que mes sentiments sont partagés.

— C'est le cas, je te le confirme, assura-t-elle en souriant.

— J'ai envie de m'engager avec toi. Nous sommes tous les deux assez mûrs pour savoir à quoi ressemble le bonheur et pour vouloir le garder quand il nous tombe dessus. De plus, j'ai appris que l'hôpital de Clemmington embauchait. Plusieurs services ont besoin d'infirmières.

— Très bien mais... où veux-tu en venir exactement ? demanda-t-elle en souriant.

— J'ai envie d'avancer, de me marier, de fonder une famille. Et je ne me vois pas le faire avec quelqu'un d'autre que toi.

« Moi non plus », voulut répondre Ella.

Mais les mots refusaient de franchir ses lèvres. Parce qu'elle n'avait pas encore tout dit à Jake. Et quand il connaîtrait son secret et comprendrait ce qu'elle lui avait caché, peut-être n'aurait-il plus envie de rien du tout…

Inconscient de son malaise, il leva son verre.

— Allez, trinquons. J'aimerais porter un toast. À nous deux. Puisse notre relation continuer à grandir, à prospérer pour atteindre de nouveaux sommets. Je te suis très reconnaissant d'être là, avec moi. Devenir chef de la police, puis prendre en charge le plus gros dossier de ma carrière n'était pas si facile… Sans toi, je ne sais pas si j'aurais réussi à assumer tant de responsabilités. Alors merci. D'être là, de me soutenir et, surtout, de m'aimer.

Ella essuya du bout des doigts les larmes qui débordaient de ses yeux.

— Merci à toi, mon amour. Tes mots me touchent au cœur. Je suis heureuse d'être ici à tes côtés, de t'aider de toutes les manières possibles et de vivre cette aventure avec toi. Et j'espère que tu es conscient que, sans toi, je n'aurais pas survécu à tout ce que j'ai traversé. Tu m'as sauvée, Jake. Alors, continuons à nous aimer, à nous épauler et à nous protéger l'un l'autre.

— À nous et à notre amour !

Alors qu'ils sirotaient leurs verres, elle regarda Jake. L'amour qu'elle voyait briller dans ses yeux la mettait mal à l'aise. Elle avait l'impression de le tromper en prétendant l'aimer alors qu'elle n'était pas complètement honnête avec lui.

— Ella, dit-il. Tout va bien ?

— Oui, oui, mentit-elle.

Sa joie d'être aimée par l'homme qu'elle aimait se muait en inquiétude.

— Tu en es sûre ? Parce que tu viens de faire quelque chose que tu fais beaucoup ces derniers temps.

— De quoi parles-tu ?

— J'ai souvent l'impression que tu t'éloignes de moi pour te perdre dans de sombres pensées.

— Vraiment ? répondit-elle en feignant la confusion. Je n'en avais pas conscience.

Elle découpa un morceau de magret de canard poêlé et le porta à ses lèvres pour éviter toute autre explication.

Une vague de soulagement la souleva lorsque le serveur s'approcha, les cartes des desserts à la main.

— J'espère que vous avez apprécié votre dîner.

— Tout à fait, lui dit Jake. Nous nous sommes régalés.

— J'en suis ravi. Aimeriez-vous terminer votre repas par une note sucrée ?

Bien qu'elle ait déjà suffisamment mangé, Ella consulta la carte. Tout semblait délicieux et lui faisait envie, de la tarte au citron vert au cheesecake à la noix de coco en passant par le soufflé aux framboises.

— Quel dessert nous recommandez-vous ?

— Tout est un régal mais si je devais en choisir un, je prendrais un classique : la crème brûlée à la vanille et aux agrumes.

— Très bien, dit-elle. J'adorerais finir mon dîner ainsi.

— Alors deux crèmes brûlées, commanda Jake.

— Bien, monsieur. Je vous les apporte tout de suite. Oh ! mille excuses, j'ai oublié de mentionner que vos desserts étaient offerts.

— Vraiment ? répondit Jake. C'est très gentil de la part du chef. Remerciez-le pour nous.

— Ce n'est pas un cadeau du chef, ni de la maison, mais de vos amis... Tyler et Jada Vincent.

Ella sentit son ventre se nouer. Elle pivota sur sa chaise et chercha le couple des yeux.

— Eh bien, nous ne manquerons pas de les remercier avant de partir, dit Jake en regardant autour de lui. Où se trouve leur table ?

— À l'étage. Dans notre salon privé. Vous ne pouvez pas les voir, mais eux le peuvent. Je reviens tout de suite avec vos crèmes brûlées.

— Merci.

Jake attendit qu'il s'éloigne pour chuchoter à Ella :

— Intéressant. Et un peu stressant, non ? Nous ne pouvons pas les voir mais eux le peuvent... Tu crois que Tyler et Jada nous observent depuis notre arrivée ?

— C'est certain. Ils nous espionnent. Je me sens exposée.

— Allons. Ne les laisse pas exercer un tel pouvoir sur toi.

Facile à dire, pensa-t-elle.

Savoir que le couple les avait épiés était très perturbant. Cette prise de conscience ravivait ses souvenirs de l'attaque dans le labyrinthe de maïs, dans le parc et à l'intérieur du parking à étages...

Tu recommences. Chasse ces images de ton esprit. Respire à fond. Pense à une plage, à un sentier dans la montagne, à des pistes enneigées...

— Nous devrions sans doute demander où se trouve cette salle privée, reprit Jake, et monter les remercier pour les desserts.

— Pourquoi ?

— Pour qu'ils voient que le refus de Java de parler à la police ne me perturbe pas plus que cela.

Un frisson glacé parcourut l'échine d'Ella à l'idée de se retrouver face à eux.

Fais semblant d'être malade, pensa-t-elle. *Demande au serveur d'emballer les desserts pour partir d'ici au plus vite.*

Jake se leva.

— J'ai besoin d'aller aux toilettes, dit-il. Excuse-moi un instant. Je reviens tout de suite.

Elle sentit à peine le doux baiser qu'il planta sur sa joue avant de quitter la table. Dès qu'il s'éloigna, elle regarda discrètement l'étage du restaurant. Un escalier de verre y menait. Le salon privé devait se trouver de l'autre côté, derrière les baies vitrées teintées.

Mais il n'y avait pas de porte.

Étrange...

— Mademoiselle...

Ella tressaillit au son de la voix du serveur.

— Oui ?

— Voici vos crèmes brûlées...

— Je suis désolée, l'interrompit-elle en tendant la main avant qu'il les pose sur la table. Jake et moi devons partir. Cela vous ennuierait de les emballer pour nous permettre de les emporter ?

— Pas du tout. Je m'en occupe et je reviens tout de suite avec vos desserts et l'addition.

Ella fouilla dans son sac à main et en sortit sa carte de crédit.

— Voici. J'aimerais la régler maintenant. Merci.

— De rien. J'ai aussi...

Il tira de sa veste une enveloppe blanche.

— Quelqu'un a laissé ce mot pour vous à l'entrée, mademoiselle Bowman.

Comment connaissait-il son nom ?

Stupéfaite, elle constata qu'il était écrit sur l'enveloppe.

— Savez-vous qui me l'a adressé ? demanda-t-elle.

— Non, désolé. J'étais en cuisine lorsque la personne l'a déposé. Je sais que vous êtes pressés, mademoiselle. Je reviens très vite avec vos desserts emballés.

Elle hocha la tête et, le cœur battant, déchira l'enveloppe.

Tu ne manques pas d'audace. De quel droit es-tu venue dîner ce soir dans l'un des restaurants préférés de la famille Vincent ?

Tes jours sont comptés. Profite du dessert. Tu vas bientôt déguster... Attends de voir ce que je te prépare... et c'est moi qui me régalerai.

Bienvenue en enfer, sale garce !

La vision d'Ella se brouilla alors qu'elle relisait la lettre.

— Les desserts ne sont pas encore arrivés ? demanda Jake en s'approchant.

Elle bondit de sa chaise si brusquement qu'elle le heurta au menton.

— Aïe !

— Jake ! s'écria-t-elle en s'agrippant à lui. Je suis désolée. Je ne t'ai pas vu revenir. Tu... tu m'as surprise.

— Je voulais t'embrasser et j'ai failli me faire assommer !

Alors qu'il remuait sa mâchoire, le serveur se précipita vers lui.

— Tout va bien, monsieur ? Avez-vous besoin de soins ?

— Non, non, ce n'est rien.

— Tant mieux. Voici votre reçu. Merci encore d'avoir honoré notre établissement de votre présence. Nous avons hâte de vous revoir. En attendant, je vous souhaite une excellente fin de soirée.

— Mon reçu, répéta Jake avec perplexité. Mais je n'ai pas encore payé l'addition. Et nous n'avons pas pris de dessert.

— Ce soir, c'est moi qui t'invite, lui dit-elle en enfonçant rapidement l'addition au fond de son sac. Et j'ai un peu mal à la tête. J'ai donc demandé que les desserts soient emballés pour les emporter.

— Ah, bon. Merci, mon amour.

— Je t'en prie. Maintenant, rentrons pour que je puisse prendre quelques cachets d'aspirine...

— Attends ! l'interrompit Jake en se tournant vers le serveur. Avant de partir, cela vous dérangerait de nous montrer le salon privé où dînent Tyler et Jada Vincent ?

Merde !

— Désolé, monsieur, mais M. et Mme Vincent sont partis il y a un petit moment.

— Tant pis, dit Jake. Nous les remercierons une prochaine fois, alors.

Ella avait envie de danser alors qu'elle marchait, main dans la main avec Jake. Soudain, l'idée de tomber sur Tyler et Jada lui traversa l'esprit.

Arrête. Ils doivent avoir rejoint leur voiture maintenant.

Néanmoins, elle savait que le passé se rapprochait d'elle. Il lui faudrait bientôt avouer la vérité à Jake.

À ce stade, ce n'était plus seulement leur relation qui était en danger.

Mais sa vie.

12

Jake se mordillait l'ongle du pouce, tout en tapant du pied contre le sol. Il consulta une nouvelle fois sa montre. Le régisseur avait promis de venir au poste de police en tout début de matinée, avant de commencer sa journée de travail au domaine Vincent Vineyard, mais il avait presque une heure de retard.

Exaspéré, il se tourna vers Miles.

— Décidément, même Manuel n'est pas fiable. Hier soir, il m'a envoyé un mail pour me donner sa parole qu'il se présenterait ici à la première heure, ce matin. Que fabrique-t-il ? J'espère que les Vincent n'ont pas fait pression sur lui pour lui interdire de répondre à nos questions.

— Ce serait compréhensible. Après tout, ce sont ses employeurs. Il leur doit ses moyens de subsistance. Sans parler de sa loyauté.

— Et sa loyauté envers Don, alors ?

Avec un soupir, Miles regarda le plafond comme si les réponses s'y trouvaient.

— Tu veux que je te dise, au risque de paraître cynique ? Don n'est plus là. Par conséquent, la loyauté de Manuel s'est reportée sur celui qui lui verse sa paie.

— C'est triste.

— Peut-être, mais c'est sans doute vrai.

Un petit coup à la porte interrompit leur échange.

— Enfin, dit Jake en sautant sur ses pieds pour aller ouvrir la porte.

Seule Lucy, leur auxiliaire administrative, apparut. Elle était très pâle.

— Lucy, que se passe-t-il ?

— Gina Ruiz est ici, balbutia-t-elle. La femme du régisseur.

— Bien, répondit Jake en sortant dans le couloir. Il est avec elle ?

— Non. C'est la raison de sa venue. Elle dit qu'il a disparu.

— Disparu ? Comment ça, disparu ?

Sans attendre la réponse, il se précipita hors de son bureau, Miles sur les talons. Lorsqu'ils atteignirent le hall, il s'immobilisa à la vue de Gina. Elle parlait à deux policiers et avait les yeux rouges et gonflés.

— Mais ce n'est pas du tout son genre ! leur disait-elle en sanglotant. Depuis vingt-six ans que nous sommes mariés, Manuel n'a jamais passé une seule nuit loin de moi. Il lui est arrivé quelque chose, c'est sûr. Et je suis certaine que ces maudits Vincent ne sont pas étrangers à sa disparition !

— Madame Ruiz, intervint Jake, je suis le chef Love. Votre mari devait venir me parler ici, au poste de police, ce matin. Le saviez-vous ?

— Non, il ne me l'avait pas dit. Depuis le meurtre de M. Vincent, il me cache beaucoup de choses…

Sa voix se brisa et Jake lui tendit la main.

— Je vous en prie, suivez-moi dans la salle de conférences où nous pourrons discuter en privé. Aimeriez-vous un café, un thé, un verre d'eau ?

— Je ne vous demande qu'une seule chose : retrouver mon mari. S'il vous plaît. Ramenez-le-moi sain et sauf.

Une fois dans la pièce, Jake lui offrit une chaise et posa devant elle une bouteille d'eau et une boîte de mouchoirs. Une sourde terreur lui nouait le ventre. Son instinct ne l'avait jamais trompé.

Quelqu'un avait dû avoir vent de l'entretien du régisseur avec la police et s'était arrangé pour l'empêcher de s'y rendre.

Il prit un calepin dans le placard et s'assit en face de Gina.

— Madame Ruiz, quand avez-vous parlé pour la dernière fois à votre mari ?

— Hier soir. Vers 18 h 30. Il m'a dit qu'il devait voir Mme Vincent pour une réunion et qu'il rentrerait à la maison dès qu'ils auraient terminé.

— Par Mme Vincent, vous voulez dire Claire Vincent ? demanda Miles.

— Oui. Claire, confirma-t-elle d'un ton dédaigneux.

— Est-ce que Mme Vincent et vous aviez des..., commença Jake avant de s'interrompre au milieu de sa phrase.

Il s'intéresserait aux problèmes éventuels entre les deux femmes plus tard. Dans l'immédiat, sa priorité était de retrouver Manuel.

— Pourquoi n'avez-vous pas appelé la police pour signaler la disparition de votre mari dans la soirée ?

Mme Ruiz recula sur sa chaise.

— Parce que je... j'ai pensé qu'il avait peut-être fini par céder aux charmes de Mme Vincent et passé la nuit avec elle.

Un grand silence tomba dans la pièce.

— Êtes-vous en train de dire que vous croyez que votre mari entretenait une... un genre de liaison avec Mme Vincent ?

La malheureuse mit du temps à répondre. Elle pressa son mouchoir contre son nez et ses joues rouges.

— Peut-être. Je n'en ai aucune preuve. Mais ils sont devenus très proches depuis le meurtre de M. Vincent.

— Bon, avant toute chose, nous devons retrouver votre mari. Nous allons commencer par nous rendre au domaine et voir si l'un des employés ou des membres de la famille serait au courant de ses dernières allées et venues. Ensuite, nous...

La sonnerie du smartphone de Gina l'interrompit.

Elle sortit l'appareil de son sac à main et déverrouilla l'écran d'un doigt frénétique.

— Oh ! mon Dieu ! s'écria-t-elle.

— Qu'y a-t-il, madame Ruiz ?

— C'est mon fils, Daniel. Son frère Mateo et lui ont utilisé les applications de géolocalisation de leurs téléphones pour essayer de retrouver leur père. Ils disent qu'il est quelque part près de Cypress Creek !

Les dents serrées, Jake bondit de sa chaise et se précipita vers la porte.

— Madame, s'il vous plaît, attendez-nous ici. L'inspecteur Love et moi partons immédiatement avec mes hommes.

— Non ! répliqua-t-elle en s'élançant derrière lui. Je viens avec vous, je veux voir mon mari !

— Mieux vaut ne pas nous accompagner là-bas, madame. Je vais demander à Lucy de venir s'asseoir avec vous.

La pauvre femme s'effondra contre le mur, plongea la tête dans ses mains et éclata en sanglots. Jake sortit dans le couloir. Il fit signe à Lucy d'aller s'occuper d'elle. Puis, avec l'aide de Miles, il mit rapidement l'équipe au courant des événements.

— Appelle les ambulanciers, dit Jake à Underwood. Dis-leur de se rendre à Cypress Creek dès que possible !

Alors que les autres couraient vers leurs voitures de patrouille, Jake frappa à la porte du laboratoire. Lena vint lui ouvrir. Elle portait un masque et des lunettes de protection.

— Que se passe-t-il ? demanda-t-elle.

— Manuel Ruiz n'est pas venu à l'entretien que nous avions programmé, ce matin. Sa femme est ici et ses fils l'ont localisé quelque part près de Cypress Creek. J'y vais avec Miles et l'équipe. Pourquoi ne nous accompagnerais-tu pas avec David ? Apporte ton matériel. Nous allons très probablement tomber sur une scène de crime.

— J'arrive.

Jake arrêta la voiture dans une clairière, non loin du sentier de randonnée de Cypress Creek. Miles et lui bondirent sur le sol, sortirent du coffre des gants en latex et des chaussons bleus puis ils se dirigèrent à grands pas vers la petite rivière.

Plusieurs agents avaient commencé à dérouler de la rubalise pour interdire l'accès au périmètre. Il faisait sombre dans la forêt. L'épais feuillage filtrait les rayons du soleil. Leurs pieds s'enfonçaient dans le sol humide du sous-bois. Ils entendaient à proximité le coassement des grenouilles, le bourdonnement des insectes et le gazouillis des oiseaux.

— J'ai l'impression de marcher dans la jungle, dit Miles.

— Oui et voilà pourquoi je suis soulagé que Mme Ruiz ait accepté de rester au poste. Elle n'avait pas sa place ici. Surtout si nous finissons par retrouver le corps de son mari.

Ils s'approchèrent d'un groupe de policiers qui fouillaient les abords du cours d'eau.

— Avez-vous trouvé quelque chose ? demanda Jake à David.

— Rien pour le moment. Nous cherchons tout ce qui serait susceptible de nous mettre sur une piste. Une chaussure, une paire de lunettes, un téléphone portable... ce qui pourrait nous mener à M. Ruiz.

Jake promena un œil circulaire autour de lui.

— Où est Lena ? Elle était censée venir avec toi, non ?

— Elle est là. Mais elle a préféré rester dans la voiture. Entre nous, je pense qu'après tout ce qu'elle a traversé au cours de l'enquête sur les Heart-Shaped Murders, elle craint un peu l'ambiance des scènes de crime. Elle n'est pas à l'abri d'une crise de panique. Je lui ai dit que nous l'appellerions si nous avions besoin d'elle.

— Très bien. Mais j'espère que nous ne...

Des cris déchirants retentirent au loin.

— Au secours ! À l'aide !

Jake et ses hommes s'élancèrent.

— Qui êtes-vous ? Et où êtes-vous ?

— Daniel et Mateo Ruiz ! Nous sommes à l'extrémité ouest de la rivière !

Miles désigna un endroit devant lui.

— Par ici !

Comme ils se rapprochaient, les hurlements des garçons devinrent plus forts.

Jake sentit un profond malaise peser sur sa poitrine.

Ils continuèrent de courir, en écartant les branches basses sur leur passage.

— Dois-je appeler Lena et lui dire de venir ? demanda David.

— Oui ! cria Jake au moment où la sonnerie de son smartphone retentissait.

L'appel émanait du poste de police.

— Chef ! C'est Lucy.

Il l'entendait à peine avec tous les bruits en arrière-plan.

— Parle plus fort, Lucy !

— M'entendez-vous maintenant ?

— Oui ! Que se passe-t-il ?

— Les fils de Mme Ruiz viennent de lui téléphoner. Ils ont retrouvé le corps de leur père flottant dans le cours d'eau ! Où êtes-vous ?

— Nous allons à leur rencontre, là. Dis à Mme Ruiz que je la contacterai dès que nous en saurons plus.

— OK, compris.

Jake aperçut sur la rive deux jeunes hommes qui semblaient à peine sortis de l'adolescence.

Il accéléra, malgré les crampes qui cisaillaient ses jambes.

Lorsque les fils du régisseur remarquèrent leur présence, ils coururent vers eux.

— Il est ici !

Daniel et Mateo les entraînèrent jusqu'à la rivière et pointèrent du doigt un corps flottant sur le ventre non loin du rivage.

— Oh ! mon Dieu, gémit Miles en se couvrant la bouche.

Les épais cheveux noirs de Manuel ondulaient dans le courant. Sa chemise blanche était remontée jusqu'au cou, exposant son dos pâle. Des marques de morsure, infligées par des charognards, couvraient sa peau. De grosses mouches bourdonnaient au-dessus de son cadavre.

L'un des fils de Manuel s'élança dans l'eau. Il atteignait presque le corps lorsque Jake cria :

— N'y touchez pas ! Sortez de la rivière.

Il rejoignit les deux frères sur le sable.

— Je sais que c'est difficile, poursuivit-il. Mais laissez-nous faire notre travail pour déterminer ce qui s'est passé. Je suis Jake Love, le chef de la police. Je vais me charger de l'enquête.

— Qui lui a fait ça ? s'écria le plus jeune. Pourquoi un fou a-t-il tué notre père ?

— C'est ce que nous allons découvrir. En attendant, j'aimerais que vous vous rendiez tous les deux au poste de police avec l'agent Underwood. Votre mère y est et elle a besoin de vous. Je vous contacterai sous peu. D'accord ?

Ils hochèrent la tête et s'appuyèrent l'un sur l'autre tandis qu'Underwood les entraînait loin de la scène du crime.

Miles posa une main amicale sur l'épaule de Jake.

— Je viens d'appeler le bureau du légiste. Il est en route.

— Bien, merci.

Jake demanda à deux des policiers de continuer à boucler la zone et rappela à tous de ne pas toucher au corps. Au moment où l'inspecteur Campbell commençait à photographier la scène, Lena et David arrivèrent.

Sa sœur secoua la tête en regardant la victime.

— Penses-tu que quelqu'un avait découvert que Manuel s'apprêtait à parler à la police et a voulu l'empêcher de venir ?

— Je le crains, en effet, répondit-il.

— Bon, je ferais mieux de commencer à analyser la scène et à recueillir des indices. Si je trouve quelque chose d'intéressant, je te préviens. Miles, tu disais que le légiste était en route, c'est bien ça ?

— Oui, il ne devrait plus tarder.

— Très bien.

Lena sortit de sa trousse plusieurs sacs en papier brun et un scalpel métallique.

— Je descends au bord de l'eau pour prélever des échantillons de sol. Dès que le médecin légiste aura remonté le corps, j'examinerai les vêtements de Manuel ainsi que toutes les traces biologiques que je pourrai trouver... Coupures d'ongles, sang, blessures, marques de morsures...

Jake s'empara du mouchoir blanc monogrammé que son père lui avait donné pour lui porter chance et s'essuya le visage.

— Parfait. De mon côté, je vais faire le tour de la zone. Fais-moi signe si tu as besoin de moi.

Lena leva le pouce avant de partir vers la rivière.

— Je croise les doigts pour trouver des indices exploitables. Nous en avons besoin. D'autant que la seconde analyse de ceux découverts sur la scène du crime de Don n'a rien donné.

— Oui, espérons que tu découvriras quelque chose, grommela Jake, déçu par cette nouvelle.

Il trouva un endroit calme, loin du chaos, et appela Ella. Elle décrocha à la première sonnerie.

— Salut, chéri. Comment ça s'est passé avec le régisseur ?

Il ouvrit la bouche pour parler. Mais les mots ne sortaient pas.

— Allô ? Jake, tu es toujours là ? Je ne t'entends plus.

— Oui, je suis toujours là.

— Cela n'a pas l'air d'aller. Qu'y a-t-il ? Ne me dis pas qu'il n'est pas venu.

— Il n'est pas venu. Parce qu'il est...

— Attends, l'interrompit-elle, laisse-moi deviner. Il a voulu, lui aussi, prendre un avocat, c'est ça ? Je n'arrive pas à croire que ces gens essaient d'éviter...

— Non, tu n'y es pas. Il ne s'est pas présenté parce que... parce qu'il est... mort.

Un lourd silence tomba à l'autre bout de la ligne. Jake attendit qu'Ella réponde quelque chose. Mais elle restait silencieuse.

— Ella ?

— Je... je suis là, balbutia-t-elle. C'est... irréel. Manuel est mort ? Que se passe-t-il ? J'ai l'impression de revivre un cauchemar. D'être retombée dans l'affaire du Numeric Serial Killer.

Jake serra les mâchoires.

Tu as eu tort de l'appeler pour lui balancer cette terrible nouvelle à froid. Tu aurais dû attendre d'être rentré chez toi. Pour la lui annoncer en face.

Mais il savait que les médias seraient vite au courant de la mort du régisseur. Il préférait qu'Ella l'apprenne par lui plutôt que par un journaliste.

— Écoute, dit-il. Ne te stresse pas avec cette histoire. Je voulais seulement te l'annoncer. Nous ne savons pas encore ce qui lui est arrivé. Mais son cadavre a été retrouvé flottant dans la rivière Cypress Creek. Par ses fils, malheureusement. Nous attendons l'arrivée du légiste. Dès qu'il sera là, j'en saurai plus.

— Charlotte est au courant ?

— J'en doute. Miles est occupé à examiner la scène du crime avec Lena et je suis à peu près sûr que les médias n'ont pas encore diffusé l'info.

— Alors, quelle est la prochaine étape, Jake ? Comment allez-vous démasquer le tueur ? C'est évidemment une personne en lien avec Vincent Vineyard. Mais qui ?

— C'est ce que nous cherchons à découvrir. Je l'ai déjà dit mais je le répète. J'ai fini de jouer au gentil flic avec les Vincent. Je ne prendrai plus de pincettes avec eux. Je mènerai désormais les interrogatoires au commissariat sous le contrôle d'un détecteur de mensonges. Et je vais obtenir un mandat de perquisition qui me donnera un accès complet au vignoble. Si Manuel a bien été assassiné, espérons que le tueur a laissé son ADN derrière lui…

— Chef ! cria Lena. Viens ! J'ai quelque chose !

— J'arrive !

Ella gémit dans le téléphone.

— Fais attention à toi, chéri. Et s'il te plaît, tiens-moi au courant des avancées de l'enquête. En attendant, je vais appeler Charlotte pour la prévenir.

— Merci. Je t'aime.

— Je t'aime aussi.

Regonflé, Jake se précipita vers le bord de l'eau. Comme il s'accroupissait à côté de Lena, il remarqua la petite enveloppe qu'elle tenait à la main.

— Qu'as-tu là ? demanda-t-il.

— Des douilles. Quatre. Tirées d'un calibre vingt-deux.

Jake regarda l'intérieur de l'enveloppe et en étudia le contenu.

— Tu penses que Manuel a été abattu d'une balle ?

— Peut-être. Ou il s'est noyé. Le légiste nous en apprendra davantage et, en attendant son expertise, je vais analyser ces douilles pour y chercher de l'ADN.

— Comment faites-vous ça ? demanda un policier derrière eux avec curiosité.

— Grâce à la microdissection laser, répondit Lena. C'est une technique relativement récente qui repose sur l'utilisation d'un laser infrarouge. Celui-ci capture les cellules en les fixant sur un film plastique pour préserver l'intégrité de l'ADN. J'entrerai ensuite le résultat dans les fichiers automatisés des empreintes génétiques pour une comparaison. On ne sait jamais. Il correspond peut-être à un ADN prélevé sur une autre scène de crime et permettra alors d'identifier un suspect.

— Ce serait formidable, dit Jake. Et comme ces douilles sont en laiton, tu parviendras peut-être à relever des empreintes dessus, non ?

— C'est exact.

Elle se tourna vers la rivière et reporta son attention sur le cadavre du régisseur.

— Entendre les résultats de l'autopsie sera sûrement instructif. À propos, que fabrique le légiste ? J'aimerais vraiment commencer à recueillir des indices sur le corps.

À peine les mots étaient-ils sortis de sa bouche que le Dr Lynn arriva. Il passa sous le ruban jaune et noir des scènes de crime.

— Chef Love, Lena, je suis heureux de vous voir tous les deux, même si je regrette les circonstances, bien sûr.

— Bonjour, docteur, dit Jake en lui serrant la main. Suivez-moi.

— La victime a-t-elle déjà été identifiée ?

— Il s'appelle Manuel Ruiz. Le corps n'a pas été bougé. Lena vient de trouver plusieurs douilles sur la rive, pas très loin du cadavre.

— C'est bon à savoir. Dès que nous l'aurons retiré de l'eau, je réussirai peut-être à comprendre comment il a perdu la vie. Je vais rechercher des marques de ligatures, des coups, de blessures par lames et par balle… Vous connaissez la procédure. J'en saurai évidemment davantage une fois que le cadavre sera transféré à l'institut médico-légal et qu'une autopsie complète aura été effectuée.

— Très bien. Je vous laisse travailler. Lena vous épaulera si nécessaire. Si l'un de vous a besoin de moi, je reste à proximité. S'il vous plaît, tenez-moi au courant de toute découverte pertinente.

— Bien sûr.

Lena lui sourit d'un air rassurant. Il la remercia d'un hochement de tête, puis regarda le Dr Lynn qui se mettait au travail.

Les assistants du médecin légiste sortirent de leur mallette un sac mortuaire en vinyle noir, des rouleaux de ruban adhésif et des sacs en papier brun.

Une fois que le légiste eut fini d'enregistrer les premières constatations, son équipe l'aida à tirer le cadavre de Manuel hors de l'eau. Ils l'allongèrent sur le dos. L'estomac de Jake se noua à la vue de son visage enflé et mutilé. En dessous d'une marque de morsure particulièrement profonde sur le côté gauche de sa poitrine se trouvaient deux petits trous rouges.

Miles approchait et Jake lui montra les blessures.

— Lena a trouvé plusieurs douilles près du corps de Manuel. Et il semble y avoir des blessures par balle dans sa poitrine.

— Hum. L'intrigue se corse...

— Et tous les chemins mènent aux frères Vincent. Il nous reste à déterminer lequel d'entre eux est allé jusqu'à tuer pour prendre la tête du domaine.

13

Charlotte s'arrêta devant l'hôpital de Clemmington et demanda à Ella :

— Tu es sûre que tu ne veux pas que je vienne avec toi ?

— Sûre et certaine. Ça ira. Me conduire ici m'a déjà bien facilité la vie. Mille mercis.

— Eh bien, je t'attendrai ici quand tu auras fini.

Mais alors qu'Ella s'apprêtait à sortir de la voiture, elle la rattrapa par le bras.

— Attends, tu penses vraiment que retravailler si vite est une bonne idée ? Tu as déjà traversé tellement d'épreuves... Accepter un emploi à temps plein est peut-être prématuré, tu ne crois pas ?

Ella poussa un gros soupir.

— Pour la dixième fois, Charlotte, non, ce n'est pas prématuré. Retravailler me fera du bien, au contraire. J'en ai besoin. Je ne vais pas rester enfermée éternellement dans le loft de Jake, à lire encore et encore les mêmes dossiers à la recherche de nouvelles pistes. Les soins aux nouveau-nés sont ma passion. Mon métier va me préserver de la folie ambiante. D'ailleurs, ma psy m'a...

Elle s'interrompit brusquement, en se souvenant qu'elle n'avait pas dit à Charlotte qu'elle suivait une thérapie.

— Je veux dire, m'occuper de nourrissons est une forme de thérapie pour moi. Et me fera du bien.

— Alors explique-moi. Si retourner au travail est tellement

nécessaire à ta vie, pourquoi n'as-tu pas parlé à Jake de ce rendez-vous avec la directrice de l'hôpital ?

— Tu ne cesses de me reposer cette question comme si tu espérais que je finisse par me trahir. Je ne fais pas partie des suspects, Charlotte. Excuse-moi de te le rappeler. Et comme je te l'ai déjà dit, j'ai envie de surprendre Jake avec la nouvelle lorsque j'aurai décroché le poste. Je lui ai déjà confié mon désir de m'installer pour de bon à Clemmington et d'y travailler. Ce sera ma façon de lui montrer qu'il ne s'agissait pas de paroles en l'air.

— D'accord, d'accord. Tu sais, Ella, tu te comportes de façon vraiment bizarre, ces derniers temps. Comme si tu ne me disais pas tout. Es-tu sûre de ne rien me cacher ?

Sans répondre, Ella tourna la tête et considéra les murs en briques rouges de l'hôpital. Mentir à sa sœur n'avait jamais été facile. Plus elles vieillissaient, plus cela lui coûtait.

— Non, Charlotte. Je ne te cache rien. Bon, maintenant, j'aimerais y aller avant d'être en retard.

— Vas-y. Pendant ce temps-là, je cherche une place près de l'entrée pour que tu ne me manques pas quand tu sortiras. Bonne chance, infirmière Bowman.

— Merci, sœurette.

Elle bondit de la voiture et courut vers les portes vitrées de l'hôpital. Le soulagement d'être loin du regard trop perçant de Charlotte fut vite éclipsé par un accès de culpabilité.

Tu dois parler de ton secret à quelqu'un.

Pourquoi pas à ta propre sœur ?

Mais plus le mystère de l'affaire de Vincent Vineyard s'épaississait, moins elle avait envie de discuter de son passé avec qui que ce soit. Y compris avec Charlotte. Après le meurtre de Manuel, toute la ville était en émoi. Les gens craignaient d'avoir un autre tueur en série sur les bras. Ella, cependant, refusait de se morfondre dans la peur en se demandant tous les matins si elle serait la prochaine victime. Elle avait envie de continuer à vivre. Être enfermée seule entre quatre murs devenait insupportable.

Concentre-toi sur le moment présent et bats-toi pour décrocher le poste, pensa-t-elle en s'approchant de la réception.

— Bonjour, lui dit une quinquagénaire sans lever les yeux de son écran d'ordinateur. Comment puis-je vous aider ?

— Bonjour, madame. Je m'appelle Ella Bowman. J'ai rendez-vous avec la directrice de l'hôpital, Bernadette Stevens.

Les ongles en acrylique de son interlocutrice cliquèrent sur son clavier.

— En effet, mademoiselle Bowman. Voici un passe visiteur. Les ascenseurs sont derrière vous, sur votre droite. Le bureau de Mme Stevens est situé au troisième étage. Une fois arrivée, merci de prévenir sa secrétaire que vous êtes là pour votre entretien de 10 heures.

— Très bien. Merci.

Tout en se dirigeant vers les ascenseurs, elle jeta un coup d'œil autour d'elle. Des aquarelles égayaient les murs d'un blanc immaculé. Des plantes artificielles ornaient le hall. Le personnel semblait sympathique, souriant. Et tout le monde se saluait, des collègues aux visiteurs, lorsqu'ils se croisaient. L'ambiance lui parut décontractée.

Lorsque la cabine arriva, elle y monta et pressa le bouton du troisième étage. Dès que les portes s'ouvrirent, une jeune blonde l'accueillit avec un grand sourire :

— Bonjour ! Ella Bowman ?

— Oui ! s'exclama-t-elle.

Elle se reprocha son enthousiasme sans doute un peu incongru, mais la secrétaire était si chaleureuse que son énergie était contagieuse.

— Ravie de faire votre connaissance, Ella ! Mais...

Elle s'interrompit et poussa un soupir.

— J'ai une mauvaise nouvelle, ajouta-t-elle d'un ton tragique.

— Oh non ! Ne me dites pas que le poste d'infirmière en néonatalogie est déjà pourvu ?

— Non, non, rien de tout cela. Mais Mme Stevens a été appelée pour une urgence familiale et elle vient de partir.

La secrétaire se laissa tomber sur sa chaise à roulettes, attrapa un post-it sur son écran d'ordinateur et le lut lentement.

— Mme Stevens s'excuse de ce contretemps. Elle vous remercie d'avoir postulé en ligne et vous enverra bientôt un mail pour reprogrammer au plus vite ce rendez-vous.

Une pointe de déception traversa Ella. Le poste au sein de l'unité néonatale était à pourvoir immédiatement. Elle avait espéré le décrocher et commencer dès que possible. Dès le lendemain peut-être.

— D'accord, alors, marmonna-t-elle en reculant vers l'ascenseur. Merci, et je... euh... j'attendrai donc le message de Mme Stevens...

— Attendez ! cria son interlocutrice. J'ai une idée. Puisque vous êtes là, pourquoi n'iriez-vous pas jeter un coup d'œil à l'unité de soins néonatale ? Comme ça, vous ne serez pas venue pour rien.

Cette suggestion remonta un peu le moral d'Ella.

— J'aimerais beaucoup. Merci. Où se trouve-t-elle ?

— Au quatrième, à l'étage au-dessus. Je vous emmènerais bien moi-même, mais nous manquons de personnel et je suis un peu débordée. Mais tout ira bien. Je vais appeler ma collègue pour la prévenir que vous arrivez.

— Formidable. Merci encore.

Ella entra dans l'ascenseur et monta au quatrième. La secrétaire était au téléphone, mais elle lui fit signe de pousser la lourde porte coupe-feu pour accéder au service.

Elle fit quelques pas dans le couloir, heureuse de retrouver les bruits familiers des moniteurs, des couveuses et des alarmes qui sonnaient à droite à gauche. Les murs vert pomme et le plancher en bois semblaient plus accueillants que le hall de l'hôpital. Le décor de l'étage avait sans doute été conçu pour soutenir les parents en détresse.

Elle jeta un coup d'œil à l'intérieur des box des petits patients. Son cœur se serra à la vue des incubateurs abritant les prématurés. S'il n'était pas drôle, cet univers avait sur elle un effet cathartique, réconfortant, parce qu'elle savait pouvoir y être utile. Et il lui rappelait où était sa place.

Pour étouffer le claquement bruyant de ses talons, elle remonta le couloir sur la pointe des pieds. Tout le monde à l'étage parlait à voix basse. Elle surprit l'échange joyeux entre deux infirmières qui chuchotaient devant une chambre.

— Comme je suis contente ! disait l'une d'elles. La petite Melinda respire toute seule maintenant et va être transférée au cinquième, à la nurserie du service maternité.

Ella leur sourit et poursuivit sa visite jusqu'à la cage d'escalier.

Maintenant, elle avait envie de monter à la nurserie pour voir les bébés.

Cela ne dérangera personne, se dit-elle.

Elle se considérait déjà comme une employée et, sans se poser davantage de questions, elle poussa la porte coupe-feu et grimpa quatre à quatre l'escalier.

Parvenue au cinquième, elle entrouvrit la porte, passa la tête à l'intérieur et jeta un coup d'œil dans le service avant d'entrer. Il semblait très animé. Des médecins et des infirmières se hâtaient dans les couloirs, des visiteurs chargés de fleurs cherchaient les chambres des nouvelles mamans.

Ella s'approcha de la nurserie et fondit, attendrie à la vue de tous les nourrissons enveloppés dans des couvertures.

Ils sont trop mignons, se dit-elle, le front appuyé contre la vitre.

— Ils sont adorables, n'est-ce pas ? demanda quelqu'un.

Surprise par la question, elle sursauta et se retourna, le cœur battant. Quand elle comprit que son interlocutrice avait tout d'une charmante grand-mère, elle se détendit.

— Ils le sont tous, oui, répondit Ella. Je suis infirmière, j'espère trouver un emploi ici, dans l'unité néonatale. J'aime tellement les nourrissons !

La vieille dame s'approcha et désigna du doigt un bébé emmailloté dans une couverture rose.

— Laissez-moi vous présenter ma petite-fille. Bonnie. C'est une bonne nature. Elle ne pleure jamais, se nourrit bien, dort bien… Pas comme sa mère, qui avait des coliques et qui n'a fait ses nuits qu'à neuf mois !

— Eh bien, au moins, vous aurez une expérience différente cette fois-ci. Félicitations à vous.

— Merci. Je ferais mieux de retourner dans la chambre de ma fille. Bonne chance avec votre futur travail d'infirmière.

En la regardant s'éloigner, Ella se souvint soudain que Charlotte l'attendait dehors.

Elle s'engagea dans le couloir à la recherche des ascenseurs. La cage d'escalier du couloir de l'aile ouest apparut et elle décida finalement de l'emprunter pour redescendre au troisième. Avant de partir, elle tenait à remercier la secrétaire de Mme Stevens.

Tout en poussant la porte coupe-feu, elle se félicita de sa décision de reprendre le travail. Soudain, le claquement de ses talons résonna sur les marches en béton et ce bruit lui rappela sa peur à l'intérieur du parking à étages du casino.

Non ! se dit-elle, s'interdisant immédiatement de commencer à s'alarmer.

Pour chasser ces pensées angoissantes, elle se remémora les bébés de la nurserie. Les souvenirs émouvants des nouveau-nés l'accompagnèrent jusqu'à ce qu'elle atteigne le troisième étage. Mais quand elle saisit la poignée et tira la lourde porte, celle-ci ne s'ouvrit pas. Elle essaya à nouveau, un peu plus fort, cette fois. Elle ne bougea pas.

Que se passe-t-il ?

Après deux ou trois tentatives supplémentaires qui s'avérèrent aussi vaines, elle renonça et remonta au quatrième. Mais là encore, la porte coupe-feu était verrouillée. Elle sentit un frisson glacé la parcourir et sa respiration s'accélérer.

Pas de panique, s'ordonna-t-elle. *Reste calme...*

Elle sortit son smartphone et appela Charlotte.

Trois bips retentirent dans son oreille.

Échec de l'appel.

Elle regarda autour d'elle. Les plafonds, les sols et les murs étaient en ciment. Il n'y avait pas de fenêtres. Elle n'avait pas plus de couverture réseau dans cette cage d'escalier qu'à l'intérieur d'un abri antiaérien.

Elle s'aperçut alors que la porte coupe-feu était peinte en gris, et non en blanc comme celle qu'elle avait vue en montant au cinquième. L'autocollant porteur du numéro d'étage était, lui aussi, différent.

Elle comprit alors son erreur. Pour monter du troisième au quatrième puis au cinquième, elle avait emprunté l'escalier de l'aile est. En revanche, elle était redescendue dans une autre aile, par le mauvais escalier.

Ça va, se dit-elle en s'efforçant d'ignorer l'angoisse qui lui nouait le ventre. *Ce n'est pas grave.*

Elle tambourina à la porte, en priant pour que, de l'autre côté, une infirmière ou des visiteurs l'entendent.

— Il y a quelqu'un ? cria-t-elle.

Pas de réponse.

Elle réessaya, plus vigoureusement cette fois.

— Il y a quelqu'un ?

Elle frappa le battant métallique à coups redoublés, de plus en plus fort au fur et à mesure que sa panique augmentait.

Mais n'obtint aucune réponse...

Elle finit par descendre l'escalier, certaine que la porte du rez-de-chaussée serait ouverte.

Elle ne l'était pas.

— Hé ! hurla-t-elle en cognant dessus de toutes ses forces. Je suis enfermée dans la cage d'escalier ! Quelqu'un m'entend ?

Toujours pas de réponse.

Elle se pencha par-dessus la rambarde et découvrit que l'escalier ne s'arrêtait pas là. Il menait aux sous-sols de l'hôpital.

Elle dévala les marches. En arrivant tout en bas, elle fit une rapide prière avant de saisir la poignée de la porte coupe-feu.

— Mon Dieu, faites que celle-ci soit déverrouillée.

Et, miracle, le battant s'ouvrit.

Elle poussa un soupir de soulagement.

— Merci !

Elle fit quelques pas, incapable de distinguer quoi que ce soit dans l'obscurité. Comme la porte se refermait derrière elle, elle plissa des paupières pour ajuster sa vision.

Plusieurs couloirs sombres apparurent. Le sol en béton était recouvert de poussière et du ruban balistique rouge et blanc était accroché aux portes. Il y avait des pancartes « Entrée interdite » et « Zone de construction » partout.

Un panneau indiquant la sortie brillait au loin, au-dessus d'une porte. Elle courut dans cette direction.

Soudain, elle entendit une porte claquer dans son dos et elle se pétrifia.

Elle attendit.

Silence.

Elle se retourna. La gorge serrée, elle guetta une présence, un mouvement. Il n'y en eut pas.

Va-t'en d'ici, vite !

Le cœur battant, elle fonça vers la sortie.

— Excusez-moi ! Madame ? lança une voix étrange derrière elle.

Ne t'arrête pas. Tu y es presque !

— Madame ! Tout va bien ? J'ai entendu des appels au secours dans la cage d'escalier, mais quand j'ai ouvert la porte du deuxième, vous descendiez déjà au sous-sol.

Elle ralentit un peu pour jeter un œil par-dessus son épaule. Une silhouette courait vers elle, vêtue d'une blouse blanche, d'un calot de chirurgien, d'un masque et de gants.

Un médecin ! Mon Dieu, merci ! pensa-t-elle en s'adossant contre le mur, le souffle court.

— Je me suis retrouvée enfermée dans la cage d'escalier et j'ai paniqué. Alors je suis descendue jusqu'ici. J'essaie en vain de sortir de l'hôpital.

— Ma pauvre, murmura le médecin en se rapprochant. Je suis désolé, vous avez dû avoir peur. Cette zone étant bloquée, toutes les portes sont verrouillées. Venez avec moi. Je vais vous montrer la sortie. Elle n'est pas ici. Ce sous-sol est en travaux et interdit au public.

— Merci beaucoup, dit-elle en essayant de distinguer les traits de son interlocuteur.

La voix du médecin était cassée, comme s'il venait de subir une opération à la gorge, et sa blouse blanche beaucoup trop grande pour lui. Bizarrement, ses yeux bruns derrière les lunettes lui semblaient familiers.

— Suivez-moi, répéta-t-il.

Elle hésita. Un vieil instinct déclencha une alarme dans sa tête. Quelque chose n'allait pas.

Le médecin se retourna.

— Vous venez ? lança-t-il. Ou vous préférez rester ici à attendre de vous faire dévorer par le loup ?

Son rire sinistre la glaça jusqu'à la moelle.

— Désolé, dit-il. C'est une blague entre mes enfants et moi. Elle m'est sans doute revenue à l'esprit car Halloween approche à grands pas.

— Vous savez quoi ? dit-elle en reculant lentement. Je vais essayer de partir par là au lieu de remonter. Le panneau au-dessus de la porte indique qu'il s'agit d'une sortie, alors je vais tenter ma chance et voir où cela me mène.

Sans attendre sa réponse, elle tourna les talons. Elle s'efforçait de marcher à un rythme normal pour ne pas paraître effrayée.

— Comme vous voudrez ! lança-t-il.

Elle entendit des bruits de pas derrière elle.

Mais ils n'allaient pas dans la direction opposée. Ils venaient vers elle !

— Ellaaa, chantonna le médecin. Tu ne m'échapperas pas, cette fois !

Paniquée, elle s'élança dans un sprint effréné.

Son agresseur suivait chacun de ses mouvements, comprit-elle. Il était même parvenu à la traquer à l'intérieur de l'hôpital.

Vais-je m'en tirer vivante, cette fois ?

La porte n'était qu'à quelques mètres. Elle tendit la main vers la poignée.

Mais avant de réussir à l'atteindre, elle sentit le faux médecin l'attaquer par-derrière. Il la frappa pour la faire tomber.

Elle heurta le sol en béton avec un cri de douleur.

— Au secours ! S'il vous plaît, aidez-moi !

— Tais-toi ou je te tranche la gorge ! dit-il en pressant une lame contre sa peau.

— Pourquoi faites-vous ça ? balbutia Ella. Que voulez-vous ?

— Je veux que tu foutes le camp de Clemmington avant que je révèle à tout le monde ton vilain petit secret.

Il la fit basculer sur le dos et lui empoigna le cou.

— À moins que tu préfères finir comme Manuel…

— Non !

Avec un hurlement, Ella se débattit. Mais l'étau se resserrait sur sa gorge. L'air lui manquait. Elle étouffait.

Son agresseur l'immobilisa entre ses cuisses musclées et serra de plus en plus fort ses doigts glacés sur sa trachée.

À peine capable de bouger, elle tenta pourtant avec l'énergie du désespoir de riposter. Mais ses poings ne réussirent pas à l'atteindre. Elle frappait l'air, consciente de gaspiller ses dernières forces.

Sa respiration s'amenuisait. Elle n'allait plus tarder à perdre connaissance.

La porte s'ouvrit brusquement et la lumière du jour se déversa dans le sous-sol faiblement éclairé. Un ouvrier du bâtiment, vêtu d'un gilet jaune et coiffé d'un casque blanc, apparut dans l'embrasure de la porte.

— Hé ! cria-t-il. Que faites-vous ici, tous les deux ? Cette zone est interdite au public. Vous n'avez pas vu les panneaux ?

L'agresseur d'Ella bondit et recula.

— Cette femme a fait un malaise cardiaque et je m'efforçais de la réanimer. Elle semble aller mieux, maintenant.

Non ! voulut crier Ella. Mais sa voix était trop enrouée.

— Je vous laisse, mes patients m'attendent ! reprit le faux médecin avant de partir en courant.

— Hé, docteur ! cria l'ouvrier du bâtiment. Sortez plutôt par ici.

Mais l'autre s'était déjà engouffré dans la cage d'escalier.

Le souffle court, Ella roula sur le côté en se tenant le cou.

— Madame, vous allez bien ?

— Non, murmura-t-elle. Mais ça va aller.

Il l'aida à se relever. Comme elle s'effondrait de nouveau contre le mur, il lui prit le bras et l'aida à se stabiliser.

— Avez-vous besoin que je vous escorte jusqu'aux urgences ?

— Non, je vais bien. Pourriez-vous simplement me montrer le chemin vers le parking ?

— Bien sûr, dit-il. C'est par ici.

Il la soutint jusqu'à un quai de chargement où des ouvriers empilaient des planches de bois à l'arrière de camionnettes.

Elle hésita à se jeter à son cou pour le remercier de lui avoir sauvé la vie. Mais elle n'en avait plus l'énergie.

— Vous êtes sûre que ça va ? demanda-t-il, une fois de plus. Voulez-vous que je vous raccompagne jusqu'à votre voiture ?

— J'apprécie votre aide mais inutile de vous inquiéter. Tout va bien.

Il désigna une porte en acier entrouverte.

— Sortez par là. Le parking sera sur votre gauche.

— Merci encore.

Elle s'efforça de se redresser et de paraître normale alors qu'elle cherchait la voiture de Charlotte. Au souvenir de ce qui venait de se passer, elle avait envie d'exploser en sanglots. Mais elle réprima ses larmes.

Il n'était pas question que sa sœur la voie aussi bouleversée.

Dès qu'elle atteignit la berline, elle ouvrit la portière et se laissa tomber sur le siège passager.

— Alors ? s'exclama Charlotte. Comment ça s'est passé ? Ça a dû marcher du tonnerre, vu le temps qu'a duré ton entretien. Raconte. Attends ! Avant de commencer, permets-moi de te présenter mes excuses. Je n'avais pas à te demander si tu étais prête ou non à retourner au travail. Toi seule peux prendre cette décision. Pas moi, ni personne d'autre, d'ailleurs. Donc, je suis désolée. Maintenant continue. Je t'écoute.

Ella se tourna vers sa sœur et fondit en larmes.

— Oh ! chérie, qu'est-ce qui ne va pas ? demanda Charlotte en la serrant fort contre elle. Tu n'as pas obtenu le poste ?

— Non, ce n'est pas ça. Tu te souviens de ce que tu m'as dit tout à l'heure… Tu avais l'impression que je te cachais quelque chose ?

— Oui. Et alors ?

— Tu avais raison, marmonna Ella. J'ai beaucoup de choses à te dire.

14

— Vous vous appelez Jada Vincent ? demanda le technicien chargé du polygraphe.

— Oui.

— Êtes-vous le président des États-Unis ?

— Non.

— Avez-vous déjà volé quelque chose ?

— Je... non... euh... Attendez. Oui.

Depuis la salle d'observation, Jake regardait Jada subir un test au détecteur de mensonges dans la salle d'interrogatoire. L'examinateur lui avait déjà demandé trois fois d'arrêter de gigoter. Mais elle continuait de remuer ses doigts recouverts d'électrodes.

— Elle est nerveuse, remarqua Miles. Elle semble incapable de rester immobile et ne cesse de plier et déplier ses jambes. Elle ne se rend sans doute pas compte que ses mouvements affectent les résultats.

— Elle n'a pas l'air de prendre cet examen très au sérieux. Elle ne se doute pas qu'elle est sur la liste des suspects. Je suis surpris que son avocat ait même accepté un interrogatoire sous polygraphe.

— Il paraît convaincu de son innocence. Sans doute n'a-t-elle rien à se reprocher.

Jake reporta son attention sur l'écran d'ordinateur de l'examinateur. Il étudia les lignes mesurant la fréquence respiratoire, l'activité électro-dermique et la fréquence cardiaque. Jusqu'à présent, elles indiquaient toutes que les réponses étaient sincères.

— Avez-vous quelque chose à voir avec la mort de Manuel Ruiz ? poursuivit l'examinateur.

— Non.

— Êtes-vous née un 10 novembre ?

— Oui.

— Connaissez-vous un dénommé Ben Foray ?

Jada resta silencieuse. Le technicien leva le nez. Il attendait une réponse. Les ondulations des lignes sur l'écran varièrent de façon importante. Manifestement, la question avait provoqué une augmentation de la tension artérielle de Jada, de sa respiration et de sa transpiration.

— Connaissez-vous un dénommé Ben Foray ? répéta l'examinateur.

— Euh... non.

— Elle ment, souffla Miles en se frottant les tempes. Je n'arrive pas à le croire. Que cache-t-elle ?

— Je ne sais pas mais j'espère que nous allons le découvrir.

Jada remua sur sa chaise.

— Avez-vous quelque chose à voir avec le meurtre de Don Vincent ?

— Non.

— Vous trouvez-vous actuellement dans l'État de Californie ?

— Oui.

— Savez-vous qui a tué Don Vincent ?

— Non.

Jake gardait les yeux rivés sur l'écran de l'ordinateur.

Les lignes régulières indiquaient que Jada disait la vérité.

— Madame Vincent, l'examen est terminé, déclara l'employé. Veuillez ne pas bouger pendant que j'éteins l'appareil.

Elle s'affaissa sur sa chaise.

— Dieu merci, c'est fini, dit-elle avec un gémissement.

Dépêchez-vous de m'enlever ces trucs ! Alors ? Ai-je réussi ? Mais qu'est-ce que je dis ? Je connais déjà la réponse. Bien sûr que j'ai réussi !

L'examinateur décolla les disques en caoutchouc de sa poitrine et de son ventre.

— Je dois d'abord en parler aux policiers. Je vous ferai connaître les résultats ensuite.

— Puis-je au moins m'entretenir avec mon avocat ?

Sans attendre la réponse, elle sauta de sa chaise et ouvrit la porte.

— Nick ? Nick ! Venez. J'ai fini !

Jake se précipita dans la salle d'interrogatoire.

— Madame Vincent, vous verrez votre avocat plus tard. Venez, dit-il à l'examinateur, suivez-moi jusqu'à la salle de conférences. Nous discuterons là-bas.

Une fois dans la salle, Jake et Miles s'assirent en face du technicien.

— Alors, dit Miles, qu'en concluez-vous ?

L'homme ouvrit son ordinateur portable et afficha les résultats.

— Eh bien, elle n'a jamais menti en répondant aux questions.

— Vraiment ? s'exclama Jake, surpris. Mais j'ai vu les lignes onduler de manière significative sur l'écran lorsque vous lui avez demandé si elle...

— ... si elle connaissait Ben Foray. J'y venais. C'est la seule réponse pour laquelle le résultat n'est pas concluant.

— Pas concluant ? Mais pour vous, le mensonge n'était pas probant non plus ?

— En effet, il ne l'était pas.

— Intéressant...

Jake se tourna vers Miles.

— Pourquoi ne pas aller chercher Mme Vincent ? Pour voir ce qu'elle a à dire à ce sujet ?

— Très bien.

À l'instant où Jake atteignit le couloir, il entendit Jada crier derrière la porte fermée de la salle d'interrogatoire.

— Écoutez-moi, Nick ! Je suis terrifiée ! Pendant toute la durée de l'examen, mon cœur battait la chamade ! Ils vont me juger coupable, c'est certain. Pourquoi les avez-vous autorisés à me faire subir cet interrogatoire ?

Jake retint son souffle en attendant la réponse de l'avocat.

— Parce que vous êtes innocente, madame. Vous avez réussi le test, je n'en doute pas un instant.

— Oh ! je vous en prie. Cessez de vous moquer de moi. Je ne vous paye pas cinq cents dollars de l'heure pour me brosser dans le sens du poil. Mais pour me sauver !

Jake en avait assez entendu. Il ouvrit la porte et passa la tête à l'intérieur.

— Madame Vincent, maître Blackman, le technicien spécialiste du polygraphe est prêt à vous donner ses conclusions. Suivez-moi, s'il vous plaît.

Jada se leva et se tourna vers son avocat.

— J'espère pour vous que ces résultats sont bons. Parce que s'ils ne le sont pas, que cette ville l'apprend et commence à répandre des rumeurs sur mon compte et à me considérer comme une tueuse, je vous jure que vous me le...

— Madame, l'interrompit son avocat, pourquoi ne pas laisser le chef Love nous les communiquer pour vous permettre de retourner rapidement chez vous ? Je crois avoir compris que vous aviez rendez-vous avec... avec, euh...

Alors qu'il se dirigeait vers la porte, Jada lui lança un regard haineux.

— Un rendez-vous ? De quoi parlez-vous ? Je n'ai pas de rendez-vous !

Manifestement, elle n'avait pas compris qu'il lui tendait une perche.

En entrant dans la salle de conférences, Jada jeta son sac Chanel sur la table et croisa les bras.

— Alors, monsieur le spécialiste. Le suspense a assez duré. Dites-nous tout. Quel est le résultat de l'examen ?

— Eh bien, comme je l'ai indiqué aux policiers, la majorité de vos réponses n'ont révélé aucun mensonge.

— Yesss ! Attendez... ça veut dire quoi ? demanda-t-elle à son avocat.

— Que vous avez réussi le test.

— Yesss ! répéta Jada en se mettant à danser.

— Il y avait pourtant une question, poursuivit l'examinateur, pour laquelle les résultats n'ont pas été concluants.

Elle s'immobilisa brusquement et se tourna une fois de plus vers son avocat.

— Traduction, s'il vous plaît ?

— Un résultat non concluant se produit lorsqu'il n'est pas possible de déterminer si la réponse était sincère ou mensongère.

— Cet homme prétend donc que je n'ai pas obtenu 100 % au test, c'est bien ça ? Sur quelle question ai-je échoué ?

— Quand je vous ai demandé si vous connaissiez un dénommé Ben Foray.

Jake observait avec attention la réaction de Jada.

Elle se couvrit la bouche des mains.

— Nick, partons, dit-elle précipitamment avant de saisir son sac et de foncer vers la porte. Maintenant !

— Attendez, madame, dit l'examinateur. Vous pouvez toujours refaire le test et voir ce que donne votre réponse, la prochaine fois...

— Je ne recommencerai rien, répliqua-t-elle. Nick, je suis prête à m'en aller !

Son avocat se précipita derrière elle alors qu'elle remontait déjà le couloir à grands pas.

— Suivons-les, dit Jake à Miles. Je ne veux pas manquer un mot de leur échange.

Jada semblait hors d'elle.

— Comment se fait-il que Faith ait réussi son test au détecteur de mensonges et pas moi, Nick ? Sans parler de Tyler... Il se débrouille toujours pour que je me retrouve mouillée dans ses combines.

— Nous en discuterons plus tard, madame Vincent. De préférence à l'extérieur du poste de police.

— Je me fous de savoir où nous sommes. Je suis furieuse ! C'est ma réputation qui est en jeu. Si ça continue, les magouilles de Tyler vont nous mener tous les deux en prison...

— Ça suffit, madame ! Je vous conseille de garder le silence si vous ne voulez pas vous retrouver très vite derrière les barreaux.

Alors que Nick entraînait Jada vers la sortie, Jake et Miles se regardèrent avec perplexité.

— Venons-nous d'être témoins d'aveux ? demanda Miles.

— Malheureusement pas. L'explosion de colère de Jada nous donne des éléments intéressants, mais rien de suffisant pour porter des accusations contre qui que ce soit. C'est la partie la plus frustrante de cette enquête. Les allées et venues des uns et des autres pendant le temps où le régisseur a disparu ont été vérifiées. Claire et Alan étaient l'alibi l'un de l'autre, Tyler et Jada ont affirmé qu'ils avaient passé ensemble la journée et la nuit. Greer et Faith aussi. Les emplois du temps des autres employés de l'exploitation viticole ont également été vérifiés.

— Pourtant, quelqu'un ment.

— Je suis d'accord. Mais qui ?

— C'est la question à un million de dollars. Que faisons-nous, maintenant, chef ?

— Je vais rappeler le juge Pierce et lui demander quand il prévoit d'émettre ce mandat de perquisition. Nous devons retourner au domaine Vincent Vineyard et fouiller les locaux au peigne fin. Cela devrait nous apporter des réponses.

15

La famille Love s'était réunie sur la terrasse de Kennedy et Betty pour célébrer l'anniversaire de cette dernière. Des guirlandes lumineuses multicolores scintillaient dans les branches des arbres et un énorme bouquet de roses rouges trônait au centre de la table.

Pour l'occasion, le restaurant préféré de Betty, The Spicy Cajun Kitchen, avait confectionné et livré plusieurs de ses spécialités : une soupe « gombo », du jambalaya, un bouillon d'écrevisses, le tout servi avec des petits pains français. Et pour le dessert, une tarte aux noix de pécan et au sirop d'érable.

Si le cadre était parfait et la cuisine délicieuse, l'ambiance restait sombre. Ils avaient tous promis à Betty qu'il ne serait pas question de l'enquête pendant la soirée. Mais, tourmentés par cette affaire, ils ne pouvaient s'empêcher d'y penser et d'y faire allusion.

— Miles t'a-t-il dit que nous avions reçu les résultats de l'autopsie de Manuel cet après-midi ? demanda Ella à Charlotte.

— Non, nous n'avons pas vraiment eu l'occasion de parler. J'ai emmené Ari chez le pédiatre pour ses vaccins. Qu'a conclu le légiste ?

— Que le régisseur a reçu deux balles dans la poitrine. Ce n'est pourtant pas la cause de son décès, aucune balle n'ayant touché un organe vital ou une artère.

— Alors, de quoi est-il mort ?

— Il s'est noyé. La présence de mousse autour des narines et de la bouche l'atteste. De plus, il avait une quantité importante d'eau dans l'estomac.

— Oh ! le pauvre homme.

Charlotte se tourna vers l'autre côté de la terrasse où Jake, Miles, Lena et David chuchotaient dans un coin.

— Comment va Jake ? Il doit être stressé. Crois-moi, je suis bien placée pour le savoir.

— Il est au-delà du stress. Cette affaire l'obsède. Il y pense vingt-quatre heures sur vingt-quatre. Il n'en dort plus, s'abreuve de café et ne cesse de s'interroger sur ce qu'il faut faire.

— Attends, cesse d'en parler un instant, dit Charlotte en voyant Betty s'approcher.

— Mesdames, l'une de vous aimerait-elle un autre morceau de gâteau ? Si oui, vous feriez mieux de vous resservir maintenant, avant que mon mari et mes fils lui fassent un sort.

Ella sourit et secoua la tête.

— Merci. Cette tarte était délicieuse mais je ne peux plus rien avaler.

— Moi non plus, ajouta Charlotte. Je me suis régalée mais je suis repue.

Dès que Betty fut hors de portée de voix, le sourire de Charlotte s'envola.

— Qu'ont donné les indices recueillis sur la scène du crime de Manuel ? Lena a-t-elle déjà des résultats ?

— Oui et, malheureusement, elle n'en a rien tiré d'exploitable.

— Rien du tout ?

— Rien du tout, confirma-t-elle en reportant son attention sur Jake.

Même de loin, elle voyait son désarroi gravé sur ses traits.

— Toutes les traces d'ADN ont été détruites par l'eau. Il n'y avait aucune empreinte digitale sur les douilles et les numéros de série ne correspondent à aucun de ceux stockés dans les fichiers. Les échantillons de terre recueillis près du corps du régisseur contenaient des traces de sang… Mais il s'agissait du sien, exclusivement.

Charlotte regarda le jardin et soupira.

— C'est drôle, la vie. Après l'arrestation du Numeric Serial Killer, nous pensions que le pire était derrière nous. Nous avons quitté River Valley et sommes venues nous installer dans un autre État. En espérant que ce nouveau départ nous apporterait un peu de paix. Au lieu de quoi, nous sommes de nouveau plongées au cœur d'une autre enquête sur un meurtre tout aussi violent.

S'il te plaît, ne le dis pas, pensa Ella qui devinait où sa sœur voulait en venir.

— Puisque cette enquête piétine, continua Charlotte, ne serait-ce pas le bon moment pour toi de parler à Jake de ton secret ?

— Non, murmura Ella. Sûrement pas. Je lui en parlerai le moment venu, comme je te l'ai déjà dit. Maintenant, s'il te plaît, laisse tomber. Surtout ici.

— Bon, bon. Mais je m'en voudrais de ne pas te redemander de lui…

— Tais-toi !

Ella lui attrapa le bras, soulagée de ne lui avoir confié qu'un seul secret : le fait qu'elle voyait une psy. Charlotte était loin de se douter qu'elle lui cachait quelque chose de bien plus important.

Après l'attaque à l'hôpital, elle avait été à deux doigts de tout lui avouer. Mais très vite, elle avait paniqué.

Elle n'était pas prête à affronter la réaction de Charlotte, sans parler de la pression que sa sœur aurait exercée sur elle pour qu'elle se confesse à Jake.

Il n'était pas question d'en parler à ce dernier. La nouvelle aggraverait son stress et risquerait, de ce fait, de mettre l'enquête en péril. La famille Love en avait assez enduré, sa sœur et elle aussi. Ella refusait de leur porter un coup supplémentaire qui ne pouvait qu'être dévastateur.

Le gros soupir de Charlotte la tira de ses pensées.

— D'accord, lui glissa-t-elle avant que Jake et Miles les rejoignent. J'abandonne. Pour l'instant...

Ella articula le mot « Merci » au moment où Jake enroulait un bras autour de sa taille.

— Vous faites des messes basses, toutes les deux ?

— Nous discutions sans doute de la même chose que vous deux avec Lena, répliqua Charlotte. De l'enquête sur Vincent Vineyard.

— Oui, soupira Miles. Difficile de parler d'autre chose.

Il écarta tendrement quelques mèches de cheveux des yeux de Charlotte.

— Je n'ai même pas eu l'occasion de te donner les dernières nouvelles de l'enquête.

— Ella vient de le faire. Elle m'a appris que l'autopsie de Manuel et les analyses ADN des indices recueillis sur les lieux du crime n'avaient rien donné.

Tout le monde se tourna vers Jake, qui était trop occupé à consulter son téléphone pour remarquer leurs regards inquiets.

— Voilà où nous en sommes aujourd'hui, dit Miles en envoyant à son frère une bourrade rassurante. Mais cette affaire est sur le point d'aboutir, je n'en doute pas.

— C'est sûr, répondit Jake, en agitant son smartphone en l'air. Surtout maintenant que le juge Pierce a enfin signé le mandat de perquisition. Nous irons fouiller Vincent Vineyard demain matin à la première heure.

Le sourire de Jake remplit Ella d'allégresse. C'était le premier vrai sourire qu'elle voyait sur son visage depuis des semaines.

— C'est génial, chéri, dit-elle en se hissant sur la pointe des pieds pour l'embrasser. J'ai le sentiment que cette perquisition va tout changer. Une fois dans ces bureaux, dès que vous commencerez à consulter les dossiers, vous trouverez tout ce dont vous avez besoin pour procéder à une arrestation.

— Espérons-le. J'apprécie ta confiance, en tout cas, dit-il en levant son verre de gin. Portons un toast à nos succès à venir !

— À quoi trinquons-nous ? demanda Lena qui s'approchait avec David.

— Le mandat de perquisition de Vincent Vineyard a enfin été signé !

— Yesss ! s'écrièrent Lena et David.

— Hé ! cria Kennedy depuis la porte coulissante en verre. Je ne veux plus vous entendre parler de... vous savez quoi. Ce soir, nous fêtons l'anniversaire de ma femme.

— Oh ! oh ! dit Jake. Nous ferions mieux de repousser cette conversation.

— Bien, dit Lena. Ne parlons donc pas à papa de ce mandat de perquisition.

— Et ne lui apprenons pas non plus que les travaux de rénovation au poste de police sont enfin terminés.

— Contentons-nous d'embrasser notre mère plus fort encore que d'habitude, conclut Miles.

Charlotte et David le suivirent vers la maison.

Dès qu'ils furent seuls, Jake resserra sa prise sur la taille d'Ella.

— Je t'ai déjà dit à quel point j'étais heureux que tu sois ici, à Clemmington, avec moi ?

— Non, mais je suis ravie de l'apprendre.

Il plaça un doigt sous son menton et lui fit lever le visage. Leurs lèvres se touchaient presque.

— Ella Bowman, je suis très heureux que tu aies quitté le Nevada pour venir vivre avec moi. Et puisque nous en parlons, as-tu pensé à t'installer ici de façon permanente ?

— Oui.

— Oh ! vraiment ? Et ?

— Et cette idée me plaît de plus en plus.

Jake l'étreignit si fort qu'elle en perdit presque le souffle.

— Tu parles sérieusement ?

— Très sérieusement ! dit-elle en riant.

Sa joie fut gâchée par une vague de honte. Son secret planait au-dessus de sa tête comme un nuage d'orage, tout comme les attaques et les menaces.

Elle cachait beaucoup de choses à l'homme qu'elle prétendait aimer.

Le sourire d'Ella s'envola. Elle savait qu'il n'y avait qu'une seule façon de résoudre le problème. Et cela n'avait rien à voir avec une thérapie, un nouvel emploi ou un retour à River Valley.

Tout se résumait à avouer la vérité à Jake...

16

Un mandat de perquisition à la main, Jake frappa du poing la porte du domaine de Vincent Vineyard. Il était entouré de toute la police de Clemmington. Comme il n'obtenait pas de réponse, il cogna plus fort.

— Tu fais trop de manières, dit Miles. Puisqu'ils ne viennent pas nous ouvrir, enfonçons la porte et finissons-en.

— Je suis d'accord, ajouta l'inspecteur Campbell.

Jake secoua la poignée et la porte qui n'était pas verrouillée s'ouvrit.

Il se tourna vers ses hommes.

— Allons-y !

Ils prirent le hall d'assaut.

— Police ! cria-t-il en brandissant son badge. Nous sommes ici pour fouiller les locaux et recueillir des indices concernant les meurtres de Don Vincent et de Manuel Ruiz. Si vous avez des questions, nous serons heureux d'y répondre.

Silence.

— Où diable sont-ils passés ? demanda Miles.

— Aucune idée. Je vais effectuer un bref tour des lieux pour voir si je les trouve. En attendant, monte au premier étage avec l'équipe et commencez par les bureaux. Embarquez tous les dossiers papier mais aussi les ordinateurs, les disques durs... tout ce qui est susceptible de contenir des informations.

— Ça marche.

Comme Miles entraînait ses collègues vers l'escalier, Jake entendit des acclamations et des applaudissements à l'extérieur. Il traversa le hall pour jeter un œil dans le jardin.

Claire, Tyler, Greer, Jada et Faith se tenaient sur la terrasse, derrière un bar, devant une foule de gens. Ils brandissaient chacun une bouteille de vin pendant que l'assistance prenait des photos.

Tyler s'inclina d'un geste théâtral devant ses hôtes.

— Merci à tous, merci. Comme vous le savez, nous vous considérons comme nos VIP de Vincent Vineyard. À ce titre, vous bénéficiez d'un accès privilégié à nos offres et à nos promotions. Vous avez été les premiers à goûter la dernière cuvée de notre cabernet sauvignon. Aujourd'hui, avec toute l'équipe du domaine, je suis heureux de vous présenter ce cabernet réservé aux desserts.

Il se tourna vers la cuisine et frappa dans ses mains.

— Serveurs !

Une dizaine d'hommes vêtus de chemises blanches, de gilets bordeaux et de pantalons noirs accoururent, chargés de plateaux couverts de verres à porto.

Jake observa les Vincent avec attention. Greer se tenait derrière Tyler, le visage sombre. Jada et Faith discutaient entre elles à voix basse tandis que Claire semblait plongée dans un état second. L'enquête avait visiblement laissé des traces.

Seul Tyler paraissait en pleine forme.

— Goûtez-moi ce nectar, mes amis, poursuivit-il en se promenant parmi ses hôtes. L'expérience que vous allez vivre est unique, un mélange de chocolat noir et de framboises mûres. Fermez les yeux. Imaginez-vous allongé avec votre moitié, dans un décor de rêve... Vous y êtes ? Voilà pour l'ambiance. L'atmosphère est à la passion. Mais au lieu de faire l'amour à votre partenaire, vous sirotez ce vin subtilement sucré.

— Je t'en prie, gémit Greer.

Inconscient de son ridicule, Tyler continuait :

— Vos papilles gustatives sont au septième ciel. Elles explosent de plaisir dans votre bouche...

— Monsieur Vincent, cela suffit ! l'interrompit Jake.

La foule se retourna, surprise de voir le chef de la police s'avancer sur la terrasse.

— Chef Love ? s'exclama Tyler. Que... que faites-vous ici ? Vous ne voyez pas que je suis en plein milieu d'une présentation ? Nous avons organisé un événement exceptionnel destiné à nos principaux distributeurs. Je ne me souviens pas que votre nom figurait sur la liste des invités.

Quelques rires parcoururent l'assistance. Mais la plupart des gens semblaient inquiets, tout comme Claire, Greer et Faith. Seule Jada se dirigea vers Tyler et glissa la main dans la sienne, comme pour afficher son soutien.

— La police de Clemmington a reçu un mandat pour perquisitionner les lieux, voilà la raison de notre présence...

— Un quoi ? l'interrompit Tyler.

Claire prit Greer par le bras et lui cria :

— Va appeler notre avocat ! Tout de suite !

Plusieurs personnes tournèrent leurs smartphones vers Jake et commencèrent à filmer.

— Vous êtes ici pour fouiller le domaine ? balbutia Tyler, abasourdi, en se précipitant vers Jake. J'aimerais voir ça. Montrez-moi ce mandat. Et d'abord, qui l'a signé ?

— Le juge Pierce, répondit-il froidement en lui tendant le document.

Greer arracha le papier de la main de Tyler.

— Vous ne pouvez pas faire ça. De quel droit ?

— Primo, pendant que nous parlons, mes hommes sont déjà dans vos bureaux en train de recueillir des indices, des preuves peut-être.

— Ils font quoi ? hurla Claire en tentant d'entrer, avant que Faith la retienne.

— Secundo, poursuivit Jake, la police de Clemmington a des raisons de croire qu'il existe ici des éléments liés aux meurtres de Don Vincent et Manuel Ruiz. Tertio, merci de rester à distance pour ne pas gêner mes hommes alors qu'ils s'efforcent de collecter lesdites preuves. Il s'agirait d'une entrave à la justice.

L'un des invités qui filmaient la confrontation donna un coup de coude à son voisin en disant :

— Qui se serait douté que nous aurions droit à une dégustation *et* à un spectacle ?

— Mesdames, messieurs, dit Jake en agitant les bras. L'événement est terminé. Merci de quitter la propriété dans le calme. Monsieur Vincent, auriez-vous l'obligeance de leur montrer une sortie qui ne les oblige pas à passer par la maison ?

— Vous n'avez pas le droit de faire ça, répéta Tyler.

— Chef Love, s'écria Claire, pourriez-vous au moins attendre l'arrivée de notre avocat pour commencer vos investigations ?

— Trop tard, maman, lui dit Greer, son téléphone collé à l'oreille. Et je n'arrive pas à joindre Blackman. Tyler, n'es-tu pas censé guider nos invités vers la sortie ?

— Au cas où tu ne l'aurais pas remarqué, je suis occupé à tenter de mettre un terme à cette... mauvaise plaisanterie ! Et tu devrais m'aider. De quel côté es-tu ?

— Du côté de Vincent Vineyard, évidemment. Mais la situation n'est pas brillante ! Fais sortir ces gens d'ici, bon sang ! Qu'attends-tu ?

— Surveille tes propos, petit frère. N'oublie pas qui dirige le domaine.

— Je ne risque pas de l'oublier ! C'est moi !

— Hé ! intervint Jake. Merci de pousser vos invités vers la sortie. Dès qu'ils seront partis, vous aurez tout le temps de discuter entre vous.

Et, ignorant leurs protestations, il rentra dans la belle demeure.

Avant de rejoindre son frère à l'étage, il envoya un de ses hommes surveiller l'évacuation.

— Chef ! appela Miles.

Jake s'élança vers lui.

— Que se passe-t-il ?

— Nous avons un problème. Le bureau de Manuel a déjà été vidé. Et son ordinateur a disparu.

— Non ! C'était justement ça que je cherchais à saisir. Que l'équipe fouille tous les bureaux de fond en comble, au cas où cet appareil aurait été dissimulé quelque part.

Jake jeta un coup d'œil par-dessus la balustrade et observa les Vincent qui continuaient à vociférer dans le hall.

— Je vais interroger les suspects à ce sujet. Pour voir si l'un d'eux sait où il se trouve.

Alors qu'il descendait l'escalier, il remarqua une agitation devant l'entrée principale. Une femme tentait de franchir le barrage policier et de pénétrer dans la maison.

— Je suis Lauren Downs et je vous dis que Tyler Vincent m'attend ! criait-elle d'un ton péremptoire.

Entourée de son équipe de tournage, Lauren Downs, animatrice d'une émission télévisée en vogue, n'avait jamais hésité à faire un esclandre.

— Tyler ! hurla-t-elle. Que se passe-t-il ? Ces types veulent m'interdire l'accès au domaine ! Pourquoi n'avez-vous pas prévenu la police qui filtre les entrées que je viendrais filmer votre dégustation pour mon émission ? Avez-vous oublié que je couvre cet événement ?

Pour la première fois, Jake vit Tyler perdre son sang-froid. Il repoussa les membres de sa famille et courut vers Lauren. Il transpirait abondamment.

Jake décida d'intervenir.

— Je suis navré, madame Downs, dit-il, mais je vais devoir

vous demander, à vous et à votre équipe, de partir. Le domaine est actuellement fermé au public.

— Au public, peut-être, répliqua Lauren. Mais certainement pas à moi ! Je ne suis pas n'importe qui, chef Love ! Je suis l'animatrice de l'émission de télévision la plus regardée de Californie et…

— Je sais très bien qui vous êtes, madame Downs. Mais encore une fois, Vincent Vineyard n'est pas ouvert pour le moment. Je vous remercie donc de le comprendre et de vous éloigner.

— Chef, intervint Tyler. S'il vous plaît, pourriez-vous vous détendre et me laisser les emmener sur la terrasse pendant quelques instants afin que je leur parle en privé ?

— Je regrette, monsieur Vincent, mais non. C'est totalement exclu.

L'un des hommes de l'équipe de Lauren lui chuchota quelque chose à l'oreille. Elle ouvrit de grands yeux, se tourna vers Tyler, puis vers Jake, puis vers son caméraman. Ce dernier comprit au quart de tour et commença à filmer.

— Bonjour, mesdames et messieurs, lança-t-elle face à la caméra. Je suis en direct du domaine Vincent Vineyard.

— Hé ! cria Tyler en se jetant sur le caméraman. Arrêtez tout de suite cette foutue caméra !

Mais l'homme esquiva le coup et continua à filmer.

Jake se plaça devant l'objectif.

— Arrêtez, s'il vous plaît !

Lauren poursuivait comme si de rien n'était.

— Le domaine viticole Vincent Vineyard fait actuellement l'objet d'une perquisition menée par la police de Clemmington, dit-elle en se déplaçant lentement vers la porte. Ils enquêtent sur les meurtres tragiques qui ont endeuillé la famille.

Claire se précipita.

— Sortez de ma propriété immédiatement avant que je…

— Maman ! cria Greer qui tentait de la retenir.

Tyler, perdant ses nerfs, essayait de faire tomber le caméraman au sol.

Deux policiers intervinrent pour maîtriser les Vincent pendant que Jake entraînait l'équipe de tournage vers la sortie.

— Pour la dernière fois, madame Downs, je vous prie de quitter les lieux. Immédiatement.

— Vous l'avez entendu ! hurla Claire. Foutez le camp !

La petite troupe prit son temps pour s'en aller. Tout en se dirigeant vers le parking, le caméraman continuait de filmer et Lauren de commenter en direct la situation.

— Comme vous le voyez, je suis au milieu d'un indicible chaos. La famille Vincent est dans tous ses états après la mort de Don Vincent et de Manuel Ruiz. Le pire est que je suis sans doute à proximité d'un tueur en série ! Chef Love, continua-t-elle en se tournant vers lui, votre père a travaillé pendant des mois sur le meurtre de Don Vincent avant de jeter l'éponge sans avoir réussi à élucider l'affaire. Vous, un chef débutant, avez récemment rouvert l'enquête. Pourquoi pensez-vous avoir des chances d'aboutir ?

Elle lui tendit le micro pour le forcer à répondre. Irrité, Jake prit une profonde inspiration et serra les mâchoires.

Fais attention à ce que tu dis, s'ordonna-t-il. *Tu passes en direct à la télévision...*

— Madame Downs, je ne répondrai à aucune question concernant l'enquête. Pour la dernière fois, je vous demande de partir. Si vous n'obéissez pas, je n'aurai d'autre choix que de vous mettre, votre équipe et vous, en garde à vue.

— Mesdames et messieurs, lança Lauren à la caméra, vous êtes témoins de la situation. Le chef Love nous menace, mon équipe et moi, alors que nous ne faisons que notre métier. Vous tenir au courant des avancées de l'enquête sur le tueur en série de Clemmington relève de mon devoir de journaliste.

Baissant son micro sur le côté, elle se pencha vers Jake pour lui lancer à voix basse :

— Vous n'avez pas fini d'entendre parler de moi...

Ne lui fais pas le plaisir de répondre, se dit-il, en résistant à l'envie d'envoyer la caméra au sol.

— Sortez de chez moi ! cria de nouveau Claire en chargeant vers la porte.

Ses yeux se remplirent de larmes devant la dizaine de journalistes qui se bousculaient dans l'allée.

— Il y en a de plus en plus ! D'où viennent-ils ?

— Tyler les avait invités, maman, lui rappela Greer. L'as-tu oublié ? Nous voulions enthousiasmer la ville avec notre nouveau porto. Nous ne pouvions pas nous douter que les flics se présenteraient avec un mandat de perquisition.

— C'est une catastrophe ! dit-elle en gémissant. Vincent Vineyard ne s'en remettra jamais.

Jake courut vers les journalistes en levant les mains en l'air.

— L'événement est annulé et le domaine, fermé. Merci de quitter les lieux immédiatement.

— Il ne semble pas qu'il soit fermé, répliqua l'un d'eux tout en continuant d'avancer. Que se passe-t-il ?

— La police fait une descente dans les locaux ! cria l'un des membres de l'équipe de Lauren. Ils recherchent l'assassin de Don Vincent et Manuel Ruiz !

Une bousculade s'ensuivit alors que les journalistes, armés de micros, bombardaient Jake de questions.

— Chef Love ! Quels nouveaux indices avez-vous trouvés qui vous ont amenés ici ? Selon vous, qui a commis les meurtres ? Soupçonnez-vous l'un des membres de la famille Vincent ? Êtes-vous prêt à procéder à une arrestation dans les heures qui viennent ?

Sans répondre, Jake se retourna vers le bâtiment. Il vit alors ses hommes qui en sortaient, chargés de cartons et de sacs.

— Mauvais timing, marmonna-t-il.

Il fallait que Miles et Underwood l'aident à boucler la zone.

— Reculez, s'il vous plaît, avertit bientôt Miles en écartant les micros et les caméras que les journalistes agitaient devant eux. Si vous continuez, je vous embarque.

Prudents, les journalistes s'écartèrent. Mais leurs caméras continuaient de tourner, ce qui signifiait que la perquisition et la saisie feraient la une des journaux télévisés.

— Je n'avais pas vu venir cet épisode, déclara Jake à Miles. Qui aurait cru que cette perquisition finirait en cirque médiatique ?

— C'est peut-être une bonne chose. Ce brusque regain d'intérêt pour le domaine pourrait encourager quelqu'un à livrer des informations.

— C'est vrai. Et n'oublions pas les éléments que nous avons recueillis. Quelque chose devrait finir par remonter à la surface.

Cela vaudrait mieux, pour le bien de cette ville et pour ma réputation…

17

Jake et Ella empruntèrent la Pacific Coast Highway, derrière Miles et Charlotte. Ils revenaient d'une fête d'anniversaire à Malibu, organisée par un vieil ami de lycée des frères Love. Avant que les festivités commencent à dégénérer, l'alcool aidant, tous quatre avaient décidé de reprendre la route. Il leur faudrait près de deux heures pour regagner Clemmington.

Avec un soupir de soulagement, Ella retira ses bottines en daim.

— J'ai trop dansé avec ces chaussures neuves. Pourquoi ne m'as-tu pas conseillé de m'asseoir un peu ?

— Parce que le DJ n'arrêtait pas de mettre mes chansons préférées. Il enchaînait tous les vieux tubes de mes années de lycée. Quand la musique est si bonne, je n'ai pas envie de m'asseoir.

— C'est vrai, reconnut Ella en se massant les pieds. J'ai peut-être les orteils en bouillie mais j'ai passé une soirée fantastique.

Émerveillée, elle regarda par la vitre, les nuages argentés qui dérivaient dans le ciel strié de lavande. Le soleil se couchait dans les eaux chatoyantes de l'océan. La beauté de ce spectacle la plongeait dans un profond sentiment de paix. La journée qui s'achevait avait été heureuse et elle savoura cette plénitude. Les bons moments étaient rares depuis que l'enquête sur le meurtre de Vincent Vineyard avait envahi leurs vies.

Non seulement elle luttait aux côtés de Jake pour l'aider à retrouver le tueur, mais elle devait en parallèle combattre ses propres démons intérieurs. Le temps pressait, alors que les menaces contre elle se multipliaient. Si l'ouvrier du bâtiment n'avait pas surgi dans le sous-sol de l'hôpital, elle serait morte à l'heure qu'il est. Sans le savoir, il lui avait sauvé la vie.

La prochaine fois, elle n'aurait peut-être pas autant de chance.

Il ne doit pas y avoir de prochaine fois. Tu dois tout dire à Jake. Maintenant.

— J'ai apprécié le fait que tout le monde remarque que nous étions habillés de la même manière, poursuivit-il. Ils pensaient que nous nous étions donné le mot pour mettre un jean, un T-shirt blanc et un blouson en cuir. Alors qu'il s'agissait d'une coïncidence.

— Oui...

Jake lui donna un coup de coude.

— Te voilà bien silencieuse, tout à coup. Que t'arrive-t-il ? Tu as trop dansé ? Trop bu de champagne ? Les deux ?

Il rit doucement – le genre de rire qui donnait envie à Ella de se glisser au plus vite sous la couette avec lui.

La journée à Malibu avait été parfaite. Elle avait rencontré les vieux amis de Jake, rougi quand tout le monde les avait surnommés le « couple idéal » et failli s'évanouir lorsqu'il avait publiquement affirmé haut et fort qu'il l'aimait. Pour la première fois depuis qu'elle le connaissait, elle ne se sentait plus comme une vague petite amie mais comme une compagne, presque comme sa femme.

Alors pourquoi tout gâcher avec des aveux ? Profite du reste de la nuit. Rentre chez lui, chez vous, et fais l'amour avec lui. Tu lui parleras demain...

Jake mêla leurs doigts.

— Tout va bien, ma chérie ?

Elle se tourna vers lui.

— Plus que bien. J'étais justement en train de penser à quel point la journée avait été formidable.

— Je suis d'accord. Et ce que j'ai préféré – à part ta présence, bien sûr –, c'est de ne pas avoir eu à parler de l'enquête une seule fois. Nous nous sommes consacrés à nous, au plaisir de retrouver de vieux amis. Nous en avions besoin. Il nous faut profiter davantage de la vie. Voilà pourquoi j'ai hâte d'élucider cette affaire afin de pouvoir me focaliser sur l'essentiel : la femme que j'aime et notre avenir ensemble.

Lorsqu'il porta sa main à ses lèvres pour l'embrasser, un tel bonheur, mêlé de tant d'amour, la submergea et elle faillit tout lui avouer. Mais elle se l'interdit à temps et pinça les lèvres. Des larmes jaillirent de ses yeux et coulèrent sur ses joues.

Jake la regarda avec inquiétude.

— Que se passe-t-il, ma chérie ? Pourquoi pleures-tu ? J'ai dit quelque chose qui t'a blessée ?

— Non. Pas du tout. Au contraire. Tes mots me touchent, ils me réchauffent le cœur.

Et me font prendre conscience que je ne te mérite pas.

— Je suis heureux de l'entendre. Attends de voir comme mes lèvres vont embraser ton corps dès que nous serons rentrés. J'enlèverai tes…

Il s'interrompit quand la sonnerie de son smartphone résonna.

— Et zut ! dit-il avant de répondre.

— Chef ! cria Lucy, l'auxiliaire administrative du poste de police.

— Oui. Que se passe-t-il ?

— Je viens de recevoir un appel de Claire Vincent. Vous devez vous rendre au domaine viticole. Tout de suite !

— Pourquoi ? Que se passe-t-il ? répéta-t-il.

— Greer est mort !

— Quoi ? balbutia-t-il en augmentant le son. Greer est quoi ?

— Il est mort !

Ella se couvrit la bouche pour réprimer le cri qui lui montait aux lèvres. Elle se tourna vers Jake. Les mains agrippées au volant, il semblait sous le choc.

— Je suis sur la route et j'y vais immédiatement, répondit-il avant de raccrocher pour appeler Miles.

Son frère décrocha presque aussitôt.

— Alors, frérot ? Ella et toi avez changé d'avis et décidé de venir prendre un dernier verre à la maison…

— Miles. Écoute-moi. Greer est mort. Retrouve-moi au domaine des Vincent. Maintenant !

Jake s'arrêta devant le perron de la maison des Vincent et bondit de la voiture, Ella sur les talons. Quelques instants plus tard, Miles et Charlotte les rejoignirent.

Alors que les deux frères couraient vers la scène du crime, Charlotte et Ella, qui n'avaient officiellement rien à y faire, restèrent sur le parking.

— Confirme-moi ce que j'ai compris de l'affaire, dit Charlotte. Le cadavre de Greer a été retrouvé dans la distillerie, c'est ça ?

— Oui.

— Flottant dans une cuve à vin ?

— C'est en tout cas ce que l'agent Underwood a dit à Jake. Il était le premier arrivé sur les lieux.

— Mon Dieu…

Les policiers avaient bloqué l'accès à la propriété pour ne laisser entrer et sortir que les personnes autorisées. Dans le hall d'entrée, Tyler soutenait sa mère, effondrée. Faith semblait inconsolable. Elle sanglotait dans les bras de Jada.

— Qui a fait cela ? ne cessait-elle de crier à Tyler. C'est toi qui l'as tué, non ? Je sais que c'est toi !

Tyler l'ignora. Il se focalisait sur sa mère tandis que Jada s'efforçait de calmer Faith.

Charlotte se détourna d'eux pour reporter son attention sur Ella.

— Et c'est Claire qui a trouvé le corps de Greer ?

— Claire et son amant, Alan Monroe.

— C'est horrible.

La peur envahit Ella. Elle rouvrit la portière de la voiture de Jake et se laissa tomber sur le siège passager. Submergée par une indicible terreur mêlée de lassitude, elle avait soudain l'impression de sombrer.

Je ne vais pas y arriver...

Elle aurait dû se confier à sa sœur depuis longtemps. Si elle l'avait fait, elle pourrait à présent lui révéler qu'après avoir appris la mort de Greer, elle avait reçu un SMS glaçant :

TU SERAS LA SUIVANTE !

Elle sursauta quand quelqu'un lui tapota l'épaule.

— Ce n'est que moi, dit Charlotte. Tout va bien ? Tu es toute pâle. Comme si tu étais sur le point de t'évanouir. Tu veux un verre d'eau ? Miles en a quelques bouteilles dans le coffre.

— Non, non, merci. Tout va bien.

Elle sentait sur elle le regard perplexe de sa sœur.

Celle dernière, qui la connaissait par cœur, devinait sans doute qu'elle mentait. Lorsque Charlotte reporta son attention vers la distillerie, elle poussa un soupir de soulagement.

— C'est bizarre qu'Alan Monroe, le principal concurrent de Vincent Vineyard, ait été présent sur les lieux du drame ce soir, tu ne trouves pas, Ella ? J'ai bien compris qu'il était l'amant de Claire, mais pourquoi l'avait-elle emmené dans la distillerie ? Le processus de vinification est un secret absolu, non ?

— En effet. Jake se posait la même question. Underwood lui a tout expliqué pendant que nous roulions vers le domaine. Quelle version de l'histoire veux-tu ? La longue ou la courte ?

— La longue, car j'ai l'impression que nous sommes ici pour un moment.

— D'accord. Tu te souviens du jour où la police de Clemmington s'est présentée au domaine avec un mandat de perquisition les autorisant à fouiller les lieux ?

— Oui, bien sûr.

— Lorsque Jake et ses hommes ont débarqué, les Vincent

avaient réuni sur la terrasse un groupe de distributeurs triés sur le volet pour une dégustation. Claire aurait voulu y inviter Alan, mais Tyler et Greer s'y étaient opposés. Ils estimaient que la présence du principal concurrent de Don – amant de leur mère, de surcroît – aurait été un manque de respect à la mémoire de leur père. Ils n'avaient déjà pas apprécié qu'elle convie dans leur dos cet Alan à la dégustation de cabernet sauvignon à laquelle nous avions assisté. De plus, ils craignaient qu'il ne leur vole leur idée et ne l'exploite lui-même.

Charlotte poussa un soupir.

— Je parie que Tyler et Greer étaient plus préoccupés par ce dernier point que par la mémoire de leur père. Mais je m'éloigne du sujet. Continue.

— Comme Alan n'avait pas été autorisé à assister à l'événement, Claire l'a fait entrer en douce, ce soir. Elle avait prévu de lui offrir une dégustation privée en toute discrétion. Alors qu'Alan tentait de remplir une bouteille directement à la sortie de la cuve, il y a eu un problème. Ils ont cru qu'elle était bouchée. Alan a grimpé pour voir ce qui se passait. Quand il a soulevé le couvercle, Greer était là, flottant sur le ventre à l'intérieur.

— Déjà mort ?

Ella hocha la tête, anéantie par le fait qu'un autre meurtre avait été commis. En frissonnant, elle se remémora la panique qui l'avait saisie quand, dans le sous-sol de l'hôpital, elle avait failli mourir étranglée sous les doigts du faux médecin. Et sa peur dans le labyrinthe de maïs. Sans parler de la course-poursuite terrifiante dans la cage d'escalier du parking à étages et les SMS menaçants…

— Arrête avec tes questions ! protesta-t-elle soudain en sautant hors de la voiture. Je n'en peux plus.

— Ella ! cria Charlotte en s'élançant derrière elle. Que t'arrive-t-il ? Parler de la mort de Greer est-il trop difficile pour toi ? Si c'est le cas, laissons tomber le sujet.

— Toute cette histoire est trop dure pour moi ! J'ai tout gâché, Charlotte. J'ai tout faux, sur toute la ligne.

— Pourquoi ? De quoi parles-tu ?

Avec un gros soupir, Ella fixa le sol en cherchant ses mots.

Reste simple. Commence depuis le début.

Elle regarda sa sœur et se sentit coupable en voyant l'inquiétude qui brillait dans ses yeux.

— Je suis vraiment désolée, Charlotte.

— Désolée... mais désolée de quoi ?

— De t'avoir caché quelque chose que je dois maintenant t'avouer.

— Allez, Ella. Dis-moi tout. Quoi qu'il arrive, je ne cesserai jamais de t'aimer, tu le sais. Je parie que tu dramatises et que ce que tu as fait n'est pas si grave.

— Détrompe-toi. C'est très grave.

— De quoi s'agit-il ?

Dis-le. Dis-le simplement...

— J'ai eu une aventure avec Tyler, lâcha-t-elle enfin.

Elle eut soudain l'impression que tout s'arrêtait autour d'elle. Sa vision se brouilla. Elle ne voyait plus sa sœur mais elle sentit sa main lâcher son épaule.

— Tu as eu quoi ?

— J'ai eu une aventure avec Tyler.

— Tyler qui ?

Ella se détourna en regrettant de ne pouvoir disparaître sous terre.

— Tyler Vincent.

Charlotte pressa les mains contre son visage en gémissant.

— Ella ! Ce n'est pas vrai ! Comment as-tu pu faire une chose pareille ? Quand est-ce arrivé ? *Pourquoi* est-ce arrivé ? Mon Dieu ! Ce n'est pas possible. C'est une blague ! Une mauvaise blague.

— Baisse la voix, veux-tu ?

Elle poussa Charlotte à l'intérieur de la voiture et claqua la portière, puis s'installa sur le siège du conducteur. Elle rêvait de démarrer et de s'en aller. Mais elle ne le pouvait pas.

Elle s'était tue assez longtemps.

Il était temps d'affronter la réalité.

— S'il te plaît, dis-moi que c'est une blague, répéta Charlotte.

— Ce n'est pas une blague. Mais je peux t'expliquer.

— Tu as intérêt, oui. Parce que c'est très grave, Ella. Surtout maintenant que l'enquête se corse.

Ella ferma les yeux.

— Tyler et moi nous sommes rencontrés il y a plusieurs années lors d'un festival du vin à Reno. Il n'était pas encore marié, juste fiancé. Cela dit, je l'ignorais parce que quand il s'est présenté, il a prétendu être célibataire.

— Bien sûr.

— À l'époque, je l'étais moi aussi. Je voyageais pour le travail et je passais un bon moment. Quand Tyler m'a invitée à prendre un verre avec lui, j'ai accepté. Ensuite, nous nous sommes promenés en ville, puis avons disputé quelques parties de black jack au casino de son hôtel. Nous sommes montés dans sa chambre pour un dernier verre et, de fil en aiguille...

— Eh bien, quoi ?

— Nous avons fini par coucher ensemble.

Avec une profonde inspiration, Charlotte secoua la tête en se tournant vers la vitre.

— Je n'arrive pas à le croire.

— Écoute, je ne me cherche pas d'excuses. Toute cette histoire était une erreur et elle m'a mise dans un pétrin absolu, je le sais. Mais...

— Une erreur ? Le mot me semble bien léger.

— Mais lorsque Tyler et moi avons fait connaissance, il n'était pas aussi arrogant que maintenant.

— J'ai du mal à l'imaginer autrement.

Ella s'interdit de répondre au sarcasme de sa sœur.

— Quoi qu'il en soit, nous avons finalement passé tout le week-end ensemble. Une fois le festival terminé, il est retourné à Clemmington et je suis restée à Reno. Nous avons gardé le contact et nous nous sommes revus chaque fois que nos emplois du temps respectifs le permettaient. Ce qui est intéressant c'est que, même à l'époque, Tyler m'expliquait déjà qu'il rêvait de diriger Vincent Vineyard. J'avais alors l'impression qu'il ne reculerait devant rien pour prendre les commandes du domaine.

— Eh bien, tu avais du flair. Parce qu'à ce stade, je suis persuadée que c'est lui qui a tué son frère pour obtenir la direction de l'entreprise viticole. Et comment as-tu découvert qu'il était fiancé ?

— Par hasard. Une collègue m'avait invitée à un événement caritatif organisé par Don au Vincent Vineyard, au profit de familles défavorisées. J'ai été tellement impressionnée par sa générosité que j'ai eu envie de soutenir le projet. J'avais décidé de m'y rendre sans en parler à Tyler. Pour lui faire une surprise. J'ignorais que c'était moi qui allais avoir la surprise de ma vie. Dès mon arrivée, j'ai entendu plusieurs invités discuter des fiançailles de Tyler avec Java et de leur prochain mariage.

— L'horreur, gémit Charlotte. Qu'a-t-il dit pour sa défense quand tu l'as confronté ?

— Rien. Je n'avais même plus envie de lui adresser la parole. Plus jamais. J'ai quitté le domaine sur-le-champ et lui ai laissé un message vocal pour lui dire que je savais tout. Il ne m'a jamais rappelée. Moi non plus.

Un silence de mort tomba dans l'habitacle alors que les deux femmes restaient assises, chacune perdue dans ses pensées.

Tu dois lui dire le reste...

— Et, euh... ce n'est pas tout, marmonna Ella.

— Seigneur ! Que peut-il y avoir de plus ?

— Depuis que je suis ici, je... je reçois des menaces.

Charlotte lui prit la main.

— Des menaces ? Quel genre de menaces, Ella ?

— Des SMS, des mails… Quelqu'un m'ordonne de quitter Clemmington dans les meilleurs délais. Ce soir, après avoir appris le meurtre de Greer, j'ai reçu un texto disant que je serais la prochaine…

— Quoi ? C'est dingue ! Pourquoi m'as-tu caché tout ça ? Je t'aurais aidée. Toute la police de Clemmington t'aurait aidée !

— Je sais. Mais il aurait fallu que je parle à Jake de Tyler et de moi. Je n'étais pas prête à affronter les conséquences d'un tel aveu.

— Y a-t-il autre chose que je devrais savoir ?

— Oui, murmura Ella en considérant ses mains tremblantes. Tu te souviens de cette attaque dans le labyrinthe de maïs ? Ce n'est pas la seule dont j'ai été victime depuis mon arrivée en Californie. J'ai été poursuivie par quelqu'un à Gateway Park et agressée par un faux médecin à l'hôpital, le jour où tu m'y as conduite pour l'entretien d'embauche…

— Je savais que quelque chose n'allait pas ce jour-là. Quand tu es revenue dans la voiture, tu étais livide. Pourquoi n'en as-tu pas parlé ? Pas même à moi ? Comment as-tu pu garder tout ça pour toi ?

— Jake venait d'être promu chef de la police. Je ne voulais pas le détourner de l'enquête avec cette histoire. Je craignais surtout de mettre notre relation en péril en lui apprenant que j'étais sortie avec l'un de ses principaux suspects. Je pensais aussi à toi, à Miles et à tout ce que vous aviez traversé pour attraper le Numeric Serial Killer. Je n'avais pas envie d'en rajouter.

— Comme si tu n'avais pas vécu l'enfer avec nous ! Tu as eu beaucoup de chance que ton ex-petit ami ne t'ait pas tuée.

Comme Charlotte lui serrait plus fort la main, Ella sentit tout l'amour de sa sœur pour elle. Son expression dévastée et ses yeux rouges de larmes déclenchèrent en elle un insupportable sentiment de culpabilité.

— Je suis contente que tu ailles bien, insista Charlotte. Et je veillerai à ce qu'il en soit toujours ainsi. Maintenant, je suis presque sûre que Tyler était derrière ces attaques. Il craint peut-être que tu ne ruines sa réputation en répandant la nouvelle dans toute la ville. Il serait tellement gêné ! De plus, tu sors avec le chef de la police, dont la priorité numéro un est d'élucider ces meurtres. S'il t'arrivait quelque chose, cela pourrait le déstabiliser et faire échouer l'enquête. Tu vois où je veux en venir ?

— Je crois.

— À propos du chef de la police, quand vas-tu te décider à lui dire...

Ella agita la main en l'air.

— S'il te plaît, ne commence pas. J'ai évidemment l'intention de lui en parler.

— Quand ?

— Quand le moment sera venu.

Un petit coup sur la vitre les fit sursauter.

— Jake ! cria Ella en baissant la vitre. Tu nous as fait peur !

— Désolé, chérie. Écoutez, on dirait que ça va prendre un moment. Je ne veux pas vous laisser sur le parking pendant des heures. Ella, pourquoi n'irais-tu pas chez Charlotte pour attendre mon retour là-bas ? Je viendrai te chercher dès que nous aurons fini.

Elle hocha la tête, tout en l'observant.

La joie qui éclairait son beau visage alors qu'ils revenaient de Malibu s'était envolée.

Et maintenant, tu es sur le point de lui briser le cœur en lui avouant ta liaison avec Tyler...

— Comment ça se passe là-dedans ? demanda Charlotte.

— Le médecin légiste est en train d'examiner le corps de Greer. Il a une blessure par balle à la tempe droite. Lena a trouvé deux douilles de calibre vingt-deux, du même type que celles qui se trouvaient sur scène du crime du régisseur – sous l'un des casiers à vin. Bizarrement, j'ai du mal à comprendre qui pourrait être derrière tout cela. Toute la famille est désemparée. Même Tyler, à sa manière.

— Chef ! cria l'un des policiers.

— J'arrive ! cria Jake par-dessus son épaule.

— Nous ferions mieux de te laisser travailler, lui dit Ella.

— Soyez prudentes, toutes les deux. Ella, envoie-moi un texto dès que vous serez arrivées.

— Ne t'inquiète pas, intervint Charlotte. Avec mon Glock dans mon sac, tout ira bien.

— Je sais que tu n'hésiteras pas à t'en servir.

Jake se tourna vers Ella.

— Je t'aime, murmura-t-il.

— Je t'aime aussi, marmonna-t-elle en l'embrassant.

Ses yeux se remplirent de larmes alors qu'elle le regardait partir à grands pas vers la distillerie.

— Allez, dit doucement Charlotte. Partons d'ici.

Ella démarra et sortit du parking dans un état second, en se demandant comment elle trouverait le courage de dire la vérité à Jake...

18

La police de Clemmington est incapable de protéger la ville.

Il est peut-être temps d'envoyer le FBI...

L'article, signé Lauren Dawns, faisait les gros titres du *Daily Herald*. Une note précisait qu'elle était chroniqueuse à WKMD-TV et avait longtemps enseigné la justice pénale à l'université Valley Oak Community College.

CLEMMINGTON – J'ai récemment été invitée à une dégustation de vin au domaine viticole Vincent Vineyard pour fêter la mise sur le marché de leur nouveau cabernet tawny, vieilli en fût.

Accompagnée de mon équipe de tournage, je me suis rendue au vignoble, certaine de vivre une expérience unique, réservée à quelques privilégiés.

Inutile de dire que ce ne fut pas le cas, loin de là.

Quelques jours avant ma venue, je m'étais entretenue avec Tyler Vincent, vice-président de Vincent Vineyard avec son frère, Greer. Nous avions discuté des modalités d'une interview en exclusivité qui serait diffusée sur

WKMD-TV. Il s'agissait d'annoncer cette nouvelle cuvée et d'autres projets à venir.

Mais à notre arrivée, rien ne s'est passé comme prévu.

En effet, je n'ai pas été accueillie par les Vincent mais agressée par la police de Clemmington – par le chef Jake Love, pour être précise. Il m'a informée que le vignoble était fermé au public et nous a priés, mon équipe et moi, de déguerpir. Sa requête était incompréhensible, étant donné qu'un grand nombre d'invités discutaient avec animation sur la terrasse.

Un indicible chaos a suivi. Des policiers sont sortis des bureaux, chargés d'ordinateurs et de cartons. Mon producteur a été le premier à comprendre que le domaine faisait l'objet d'une perquisition. Le meurtre récent de Manuel Ruiz, régisseur de Vincent Vineyard, en était évidemment la cause. D'autant que son fondateur et ancien propriétaire, Don Vincent, avait lui-même été poignardé à mort dans les vignes du domaine, l'année précédente.

C'est là que les choses deviennent intéressantes. Claire Vincent devait, dans les prochains jours, nommer l'un de ses fils président de Vincent Vineyard.

Il n'est un secret pour personne que, depuis la mort de leur père, les deux frères espéraient l'un et l'autre prendre sa suite à la tête de l'exploitation. Ironie du sort – ou coïncidence troublante –, Greer Vincent a été assassiné juste avant cette nomination. Quelques jours plus tard, un communiqué de presse a en effet atterri dans ma boîte mail pour m'annoncer que Tyler Vincent avait été nommé président de Vincent Vineyard.

Au lieu d'accepter dignement cette promotion tout en pleurant la mort de Greer, Tyler et sa femme, Jada, ont organisé une soirée extravagante pour fêter sa nomination.

Suis-je la seule à trouver gênant – pour ne pas dire suspect – un tel comportement ?

L'évidence saute aux yeux de la plupart d'entre nous. Mais manifestement pas de la police. Si dans le passé la famille Love a réussi à capturer bon nombre de tueurs en série (le Heart-Shaped Killer arrêté par Lena Love et le Numeric Serial Killer démasqué par Miles Love), l'assassin de Vincent Vineyard continue de leur échapper.

Les meurtres vont-ils s'étendre au-delà du domaine et se répandre dans la communauté ? Notre police sera-t-elle capable d'empêcher ces tragédies ? Malheureusement, il semble que non.

Le chef Love vient de prendre ses fonctions et a sans doute quelque chose à prouver. Mais le moment est peut-être venu pour lui de reconnaître que l'affaire le dépasse. Le meurtre de Don Vincent avait eu lieu pendant le mandat de Kennedy Love, à présent à la retraite. S'il n'a pas pu élucider ce crime, je doute fortement que son fils, Jake, le puisse.

Comment Clemmington peut-il obtenir justice pour ces victimes, leurs familles et toute notre communauté ? La réponse est simple :

Envoyez le FBI !

19

— Merci beaucoup ! dit Ella en quittant le Country Mart, l'épicerie fine de la ville.

Nancy, la propriétaire, la salua d'un vague geste de la main. Et ne lui fit même pas l'aumône d'un regard pour lui dire au revoir.

Depuis la parution de l'éditorial de Lauren Downs dans le *Daily Herald*, l'ambiance en ville avait radicalement changé. Un fossé s'était creusé entre la communauté et sa police. La famille Love, en particulier, sentait le mépris du public.

Jake s'efforçait de tenir bon dans la tempête. Il refusait toujours de faire appel au FBI pour obtenir de l'aide.

— La police de Clemmington n'a pas besoin des fédéraux, disait-il chaque fois que le sujet revenait sur le tapis lors des conférences de presse. Nous sommes tout à fait capables d'élucider nous-mêmes ces meurtres. Trois des nôtres ont réussi dernièrement à faire tomber deux tueurs en série. Mes hommes s'appuieront sur leurs compétences pour résoudre cette enquête.

Ella faisait des pieds et des mains pour soutenir le moral de Jake tout en se battant contre ses propres démons. Elle ne lui avait toujours pas parlé de sa liaison avec Tyler, alors qu'elle s'y était engagée auprès de Charlotte.

— Dis-le-lui avant qu'il soit trop tard ! ne cessait de lui répéter sa sœur.

— Je vais le faire ! répondait-elle chaque fois. J'attends le bon moment.

Mais elle finissait par comprendre qu'il n'y aurait jamais de « bon moment ». Quels que soient le jour, le lieu ou l'ambiance, lui avouer cette vieille relation serait difficile.

En tout cas, il était hors de question d'aborder le sujet ce soir. Ella avait décidé que la soirée serait chaleureuse et joyeuse. Il en avait besoin. Pour l'occasion, elle avait même acheté l'une des pizzas gourmandes de Nancy, dont Jake raffolait, et une bouteille de pinot gris.

Tant pis pour le régime « sain » et fait maison. Une entorse de temps en temps n'était pas très grave et l'important était de lui remonter le moral.

La boîte à pizza dans les mains, la bouteille sous le bras, elle traversa à grands pas le parking sombre. Sa jeep bleue apparut. Non sans mal, elle parvint à la déverrouiller à l'aide de la télécommande accrochée à son trousseau. Mais comme elle s'approchait de la voiture, elle s'aperçut que la portière était rayée. Elle déposa son chargement sur le capot et actionna la torche de son smartphone pour mesurer les dégâts.

De longues lignes blanches étaient gravées dans la peinture de la carrosserie. Les rayures allaient de l'avant aux portières arrière.

Quelqu'un avait sciemment vandalisé son véhicule. La gorge serrée, elle remarqua alors un morceau d'étoffe qui dépassait du dessous de la voiture.

D'une main tremblante, elle le saisit entre le pouce et l'index. Il s'agissait d'un simple carré en soie. Comme elle l'examinait à la lumière d'un réverbère, elle se demanda comment ce foulard à l'effigie d'un grand créateur avait atterri sous sa jeep.

Peut-être avait-il glissé du cou de quelqu'un. Elle décida de retourner chez Nancy pour le déposer. La personne qui l'avait perdu penserait sans doute à venir l'y chercher.

Elle distingua soudain des initiales brodées sur l'une des extrémités de l'étoffe.

— JV, lut-elle à haute voix en continuant à marcher.

Elle s'immobilisa soudain.

— JV, JV...

Et se figea.

Jada Vincent.

Des milliers de pensées assaillirent son esprit mais l'une s'imposa vite. Jada était l'assassin.

Il était temps de parler à Jake. De tout lui dire.

— C'est délicieux, Ella ! s'exclama Jake en se resservant. Mettre une pizza au menu de ce soir était une excellente idée. Voilà un moment que nous n'en avions pas mangé, cela me fait plaisir.

Assise en face de lui, elle se tortilla un peu sur sa chaise et commença d'un air gêné :

— Jake... euh... J'ai quelque chose à te dire.

Il sirota une gorgée de vin.

— Et j'apprécie également le fait que nous ne parlions pas de l'enquête. Au moins pour ce soir.

— M'as-tu entendue, Jake ? J'ai quelque chose à te dire.

— Désolé, chérie. Excuse-moi. Je t'écoute.

Dis-le simplement...

— Tu te souviens du jour où tu m'as conduite au domaine Vincent Vineyard pour la dégustation de vin ?

— Très bien, oui. Pourquoi ?

— C'est, euh... Ce n'était pas la première fois que j'y allais.

Jake fronça les sourcils, manifestement perplexe.

— Comment ça ? Que veux-tu dire ?

Elle repoussa son assiette. La vue de la pizza lui donnait soudain la nausée.

— J'avais déjà visité le domaine, il y a quelques années. Quelqu'un de la famille Vincent m'y avait invitée.

— Attends, dit-il en reposant sa part de pizza. L'un des Vincent t'avait conviée dans cette propriété ? Tu ne m'as jamais dit que tu connaissais l'un des membres du clan. Qui était-ce, d'ailleurs ?

Elle enfonça les ongles profondément dans ses cuisses.

Finissons-en ! Dis-lui !

— Tyler.

— Tyler ? Mais pourquoi ? Comment ? Vous ne vous connaissez même pas, tous les deux.

Mal à l'aise, elle ne répondit pas et s'absorba dans la contemplation de son assiette pour ne pas avoir à le regarder.

— Je ne comprends pas, Ella. Explique-moi.

Ça y est. Tu as tout gâché…

Elle releva la tête et lâcha :

— Tyler et moi avons eu une aventure.

Visiblement sidéré, il planta les yeux dans les siens et secoua la tête.

— Quoi ? Je crois que j'ai mal entendu. Tyler et toi avez eu quoi ?

— Une aventure. Et j'aurais dû t'en parler plus tôt, je sais. Mais je ne voulais pas qu'un conflit d'intérêts t'oblige à renoncer à l'enquête. Et encore moins mettre en péril notre relation.

Jake s'écarta de la table, le regard haineux.

— Tu as eu une liaison avec Tyler Vincent et tu ne m'as rien dit ? lança-t-il d'un ton glacial qui la fit frissonner.

— Attends. À l'époque, je ne te connaissais pas et il n'était pas marié. Je ne savais même pas qu'il était fiancé. Et de toute façon, j'avais l'intention de te le dire. Mais je n'arrivais pas à trouver le bon moment.

— Je n'y crois pas. Ça… ça n'a aucun sens. Es-tu toujours en contact avec lui ?

— Non ! Bien sûr que non.

Il se leva si brusquement que sa chaise se renversa.

— Je suis désolé. Ton attitude est inexcusable, dit-il en sortant de la pièce.

Elle tenta de le retenir mais il l'écarta avec brusquerie et se précipita vers la chambre.

— Tu vois ? lui cria-t-elle. Voilà exactement pourquoi je ne parvenais pas à t'en parler ! Je craignais cette réaction.

Bang !

Elle sursauta quand la porte de la chambre claqua.

— Et tu sais quoi ? ajouta-t-elle. Ta colère est insupportable !

Elle saisit ses clés et son smartphone qui traînaient sur le comptoir de la cuisine et prit la porte. Les larmes lui brouillaient la vue alors qu'elle dévalait l'escalier et gagnait la rue. Elle courut vers la maison de Charlotte.

L'air frais de la nuit giflait ses joues. Un épais brouillard enveloppait la ville et une légère bruine tombait du ciel. Elle regretta de ne pas avoir pris une veste.

Elle regrettait surtout d'avoir parlé.

Mon pire cauchemar est devenu réalité. Jake et moi, c'est fini...

Dans l'obscurité, elle heurta un pavé et faillit s'étaler sur le trottoir mais, ignorant la douleur, elle accéléra. Les sanglots déchiraient sa poitrine.

Des phares approchaient derrière elle. Elle se retourna. La berline sombre de Jake apparut au loin. Soulagée, elle essuya ses larmes d'un revers de main.

C'est bon. Il est venu me chercher...

La voiture ralentit, puis s'arrêta le long du trottoir.

Elle fit signe à Jake et courut vers lui.

— Je suis désolée ! cria-t-elle lorsque la portière s'ouvrit. J'ai eu tort de partir comme ça. J'aurais dû rester pour que nous puissions nous expliquer. Mais je suis tellement contente que tu sois là...

Sa voix s'éteignit lorsque le conducteur sortit de l'habitacle.

Elle ne distinguait pas bien ses traits dans la pénombre.

Une chose était pourtant certaine : il ne s'agissait pas de Jake.

Elle regarda la berline. Les phares avaient été éteints et elle ne parvenait pas à déchiffrer la plaque d'immatriculation.

— Jake ? C'est… c'est toi ?

Sans répondre, l'individu continuait de s'approcher.

Oh non. Oh ! non… Cours !

Au moment où elle reculait et s'apprêtait à prendre ses jambes à son cou, il se précipita vers elle.

— Au secours ! cria-t-elle avant d'être projetée au sol. Lâchez-moi !

Elle griffa son agresseur et s'efforça d'arracher la cagoule noire qui masquait son visage.

— Montre-moi qui tu es, espèce de lâche !

Un coup de poing à la mâchoire la réduisit au silence.

Le sang remplit sa bouche. Elle riposta et frappa son agresseur au visage.

Il poussa un cri et, galvanisée, elle lui envoya son pied dans l'entrejambe. Il s'effondra contre un tronc d'arbre, en gémissant.

Elle bondit alors sur ses pieds et se jeta sur lui.

— Montre-moi ton visage ! C'est toi, Tyler ?

Comme l'individu se dégageait et se retournait, elle vit briller la lame d'un poignard à la lumière d'un réverbère.

— Non ! hurla-t-elle en s'enfuyant dans la rue.

Il la poursuivit en slalomant derrière elle entre les voitures.

— Au secours, à l'aide ! cria Ella.

Elle força l'allure en se rendant compte qu'elle n'était qu'à deux pas de chez Charlotte.

Tu peux y arriver ! Fonce !

Mais le brouillard s'épaississait et le doute s'insinuait dans son esprit. La rue de sa sœur était-elle à droite ? Ou à gauche ?

L'assaillant profita de son hésitation pour se jeter à nouveau sur elle.

Elle s'écroula et heurta le bord du trottoir.

Elle voulut crier mais la main gantée de son agresseur la bâillonna pour la réduire au silence.

Avec l'énergie du désespoir, elle enfonça les pouces dans les yeux.

Il hurla et, les genoux plaqués sur ses bras, l'immobilisa au sol, puis il couvrit sa bouche d'une main, agrippa son cou de l'autre et serra, serra...

Elle chercha de l'air, tenta de l'écarter, de se défendre.

En vain.

Sa poitrine se souleva, son corps luttait pour avoir de l'oxygène.

Ça y est. Cette fois, je vais mourir...

Un moteur rugit au loin. Des phares s'approchèrent tandis qu'une sirène retentissait.

L'individu, surpris, relâcha momentanément sa poigne.

— Au secours ! hurla Ella. Je vous en prie, aidez-moi !

La voiture pila. Quelqu'un en bondit. Des pas précipités martelèrent l'asphalte.

L'agresseur essaya de s'échapper.

— Oh ! non ! s'écria Ella.

Elle l'attrapa par la cheville et le fit basculer au sol.

Il se défendit en lui envoyant un coup de pied à la tête et s'enfuit vers Gateway Park.

— Police ! Les mains en l'air !

Jake !

Ella roula sur ses genoux et se leva.

— Vas-y, cria-t-elle. Cours-lui après ! Rattrape-le !

Jake s'élança derrière l'individu alors qu'il tentait d'ouvrir la grille du parc. Elle était verrouillée. Comme il commençait à l'escalader, Jake le saisit par les jambes, le fit tomber et le plaqua au sol.

— Lâchez votre arme ! cria-t-il en le menottant. C'est fini.

Il le mit debout.

— Et maintenant, dit-il, le moment de vérité est venu. Nous allons enfin découvrir qui terrorise cette ville depuis plus d'un an.

Il lui arracha son masque et braqua sa lampe de poche sur son visage.

Médusés, Jake et Ella poussèrent un cri à l'unisson.

C'était Faith.

20

— Merci, docteur Allison, dit Jake au téléphone. C'est gentil de m'avoir prévenu qu'Ella était bien arrivée à l'hôpital. Oui, s'il vous plaît, rappelez-moi dès que vous aurez fini de l'examiner.

Tout en glissant son smartphone dans sa poche, il se précipita vers la salle où Miles interrogeait Faith.

Dans les couloirs, il croisa l'agent Underwood.

— Chef, Ben Foray s'est présenté spontanément au poste et a tenu à faire une déclaration.

— Oh ! vraiment ? Et qu'avait-il à dire ?

— Eh bien, lorsqu'il a appris que Faith avait été arrêtée...

— Attends, il était déjà au courant ? l'interrompit Jake. Les nouvelles vont vite dans cette ville.

— C'est sûr. Mais il voulait attester de manière officielle qu'il n'avait rien à voir avec aucun des meurtres. Il a admis qu'il connaissait Faith. Ils s'étaient rencontrés il y a quelques années lorsqu'il effectuait des travaux d'intérêt général à l'institut où elle suivait des cours d'informatique. Quand elle a découvert qu'il se livrait à des activités frauduleuses, elle l'a engagé pour qu'il se rende à la dégustation organisée par Vincent Vineyard et vole des documents dans le bureau de Don.

— Mais elle travaille au domaine. Pourquoi ne les a-t-elle pas pris elle-même ?

— Parce qu'elle ne voulait pas être filmée par les caméras de surveillance. Elle pensait que Ben parviendrait à s'emparer de ces papiers sans problème. S'il se faisait pincer, il prétendrait s'être perdu dans les couloirs. Cela n'a évidemment pas marché.

La voix stridente de Faith résonna dans le couloir.

— Je ferais mieux d'y retourner et de poursuivre cet interrogatoire, dit Jake. Ne laisse pas Ben s'en aller sans que je lui aie parlé.

— D'accord. Oh ! encore une chose. Ben a volé le codicille qui modifiait le testament de Don Vincent. Il l'a apporté. Faith voulait qu'il s'en empare pour que Vincent Vineyard revienne à Tyler.

Jake, qui s'éloignait déjà, s'arrêta brusquement.

— Je ne comprends pas... pourquoi Faith voulait-elle que l'exploitation revienne à Tyler plutôt qu'à son propre mari ? Tu dois confondre leurs noms.

— C'est ce que je pensais aussi au départ. Mais non, il n'y a pas d'erreur. Ce sont les mots exacts de Ben. Je les lui ai fait répéter trois fois. Il vous le confirmera quand vous aurez fini d'interroger Faith.

— Oui, parce que c'est vraiment étrange...

Jake entra dans la salle d'interrogatoire. Faith était assise en silence en face de Miles. Dans le contexte, le grand sourire qu'elle arborait semblait totalement incongru.

— Madame Vincent, commença Miles, pourriez-vous répéter au chef Love ce que vous venez de me dire ?

Elle se tourna vers Jake et battit des cils.

— Quoi ? Que j'ai eu une aventure avec Tyler ?

Sonné, Jake s'écroula presque sur sa chaise.

— Excusez-moi. Auriez-vous l'amabilité de répéter ?

Elle se pencha vers lui et cria :

— J'ai eu une liaison avec Tyler ! Tyler Vincent !

Un grand silence tomba. Jake resta muet. Il devinait que s'il ne réagissait pas, Faith continuerait de parler.

— Je sais, je sais, poursuivit-elle en agitant ses mains menottées en l'air. J'ai l'air trop gentille et trop prude pour être la maîtresse d'un tel homme, n'est-ce pas ? Comme quoi, il ne faut pas se fier aux apparences parce que ça marchait bien entre nous. Certes, Tyler n'a pas inventé l'eau chaude, mais j'avais assez d'intelligence pour deux. Et il sait représenter Vincent Vineyard et vendre ses produits comme personne. Ses qualités de commercial sont exceptionnelles. Il a la capacité de propulser le domaine au niveau des plus grands, bien au-delà de ses concurrents.

Jake prit une bouteille d'eau d'une main tremblante et en but plusieurs gorgées. Au cours de sa carrière dans la police, il avait vu et entendu beaucoup de choses. Mais rien de tel.

— Vous savez, dit-il après s'être un peu ressaisi, vous êtes une grande comédienne, madame Vincent. Je n'aurais jamais soupçonné que vous étiez derrière ces meurtres. Depuis combien de temps vous voyez-vous en cachette, Tyler et vous ?

Elle se rembrunit.

— Depuis plusieurs années. Croyez-moi, je n'avais pas prévu de me contenter aussi longtemps du rôle de maîtresse. Mais Tyler a du mal à tenir ses promesses. Il m'a donc fallu manœuvrer dans l'ombre pour l'inciter à quitter sa femme.

Miles, qui notait sa déclaration, s'interrompit pour demander :

— Par « manœuvrer dans l'ombre », vous voulez dire « commettre des meurtres » ?

— Félicitations, inspecteur Love ! Vous au moins, vous avez l'esprit vif, vous comprenez vite.

Elle se laissa glisser sur sa chaise et poursuivit, les yeux rivés au mur du fond :

— Tyler m'a poussée à faire des choses que je n'aurais jamais pensé faire. Nous poursuivions un double objectif : prendre la direction du domaine et vivre ensemble. Comme il ne passait pas à l'action, je m'en suis chargée. Je me suis arrangée pour atteindre les buts que nous nous étions fixés.

— Mais pourquoi tuer votre mari ? demanda Jake. L'idée de divorcer ne vous a jamais traversé l'esprit ?

Faith leva les yeux au ciel.

— Le meurtre est plus net, plus radical, plus propre, chef Love. Une fois mort, un individu... disparaît. C'est fini, il n'existe plus. Il n'y a pas de problème, pas de dispute, pas de discussion de marchands de tapis pour savoir qui gardera la maison ou la voiture ! Divorcer est compliqué, c'est un vrai cauchemar. Et ça prend du temps. Sans oublier que le divorce est encore mal vu au sein de la société. Si j'avais quitté Greer, j'aurais été traitée en paria. Tout le monde sympathise avec une veuve. Pas avec une divorcée. De plus, j'aurais perdu mon emploi. En effet, rien ne dit que Tyler aurait tout de suite quitté Jada.

— Comment avez-vous réussi à faire entrer le cadavre de Greer dans cette cuve à vin ? demanda Miles. Quelqu'un vous a aidée ?

— Bien sûr que non. Je ne suis pas stupide, inspecteur Love. J'ai toujours agi seule. Si vous ne voulez pas risquer qu'un secret soit éventé, personne ne doit être au courant. Personne. Greer est monté vérifier la cuve car je lui ai expliqué que le robinet était défectueux, ou que quelque chose devait coincer. Quand il l'a ouverte, je lui ai tiré une balle dans la tête. Il est tombé, je n'ai eu qu'à refermer le couvercle sur lui et voilà.

Un silence glacé s'abattit dans la pièce. Jake en avait assez entendu. Il mourait d'envie de la jeter en prison. Mais ils n'en avaient pas terminé.

Faith ricana en remarquant leur air sombre.

— Hé, pas la peine d'en faire un drame, vous deux ! Au moins, Greer est mort dans ce qu'il aimait le plus au monde : *le vin*. Et n'oublions pas que si j'ai été contrainte de le supprimer, Claire est la seule responsable. Elle était sur le point de le nommer à la tête de Vincent Vineyard. Il n'était pas question de laisser une telle catastrophe se produire. Greer n'avait pas la carrure pour le poste. Vous l'avez tous vu, l'autre soir, au casino. Il était gêné d'être sous les feux des projecteurs. Il me faisait honte. C'était moi qui aurais dû me pavaner sur scène, main dans la main avec Tyler. Pas Jada !

— À propos de Jada, intervint Jake, connaissait-elle Ben Foray ?

— Non. En tout cas, pas avant qu'elle écoute aux portes et me surprenne à lui expliquer comment entrer par effraction dans le bureau de Don. Dès que j'ai compris qu'elle m'avait entendue, j'ai essayé d'obtenir sa complicité. Je pensais la convaincre facilement, d'autant que son mari prendrait alors la tête du domaine. Mais elle a refusé, cette idiote. Cependant, je lui avais fait jurer de garder le secret et elle a tenu parole.

— Elle ne s'est pas demandé pourquoi vous vouliez que Tyler devienne président au lieu de votre mari ?

— Bien sûr que non. Jada est peut-être une sombre imbécile, mais elle n'est pas aveugle. Greer n'avait pas le charisme nécessaire pour diriger un vignoble et une cave de renommée mondiale. De plus, elle ignorait que Tyler la quitterait pour moi.

Sans doute parce qu'il n'était pas décidé à le faire, songea Jake.

Mais il s'abstint de le dire.

Lorsque la voix de Faith se brisa, il pensa qu'elle sanglotait. En réalité, elle venait d'éclater de rire.

— Voulez-vous entendre un détail amusant ? demanda-t-elle. Quand j'ai rencontré Ben pour la première fois, je lui ai demandé d'enregistrer mon numéro dans les contacts de son téléphone sous le nom de « Jada ». Par précaution. C'était habile, non ?

Jake jeta à Miles un regard entendu. C'est Faith qui avait appelé Ben au Hole on the Wall. Pas Jada.

— Il est vraiment malheureux que vous ayez choisi de supprimer Don, Manuel et Greer, madame Vincent, déclara Jake. Je suis content que nous vous ayons arrêtée à temps. Sinon, Ella Bowman serait sans doute morte à l'heure qu'il est et je ne doute pas que Jada aurait été la prochaine.

Il s'interrompit, attendant qu'elle le contredise. Elle ne le fit pas.

— Avez-vous glissé l'écharpe de Jada sous la voiture d'Ella au Nancy's Country Mart ?

— Bien sûr. Quelqu'un devait porter le chapeau, non ? Écoutez, ne vous méprenez pas sur Jada. Ce n'est pas une victime, c'est un tyran. Elle ne mérite pas d'être la directrice des ventes et encore moins la femme de Tyler. Dès qu'elle se serait retrouvée en prison et que les autres obstacles auraient été écartés, Tyler serait devenu président de Vincent Vineyard, nous nous serions mariés et nous aurions vécu heureux jusqu'à la fin de nos jours.

Sa voix posée glaça Jake.

Elle avouait des crimes horribles sur le ton d'une ménagère listant son programme de la journée.

— Pourquoi avoir tué Manuel ? demanda-t-il. Il n'était même pas en lice pour reprendre le vignoble.

— Mais il prévoyait de parler à la police. Au cas où vous ne l'auriez pas compris, chef Love, je ne me suis pas contentée d'utiliser mes nouvelles compétences en informatique pour concevoir le site web de Vincent Vineyard. Elles m'ont également servi à pirater l'ordinateur du régisseur. Après l'avoir vu discuter avec la police lors de la dégustation de cabernet sauvignon, puis au casino, je me doutais qu'il manigançait quelque chose. Manuel avait secrètement étudié les pièces comptables de l'exploitation et découvert la preuve que Tyler avait détourné de l'argent.

Jake attrapa son smartphone et envoya un message à l'inspecteur Campbell pour lui demander d'amener Tyler, afin de l'interroger.

— Vous avez donc tué le malheureux régisseur avant qu'il puisse révéler ce qu'il avait appris sur Tyler ?

Faith émit un rire condescendant.

— Avais-je le choix ? Qu'aurais-je dû faire ? Rester assise, les bras croisés, et regarder mon amant aller en prison ? Cela aurait totalement ruiné nos plans pour l'avenir. En nous trahissant, Manuel m'a forcée à le tuer.

Elle soupira.

— De plus, marmonna-t-elle, il était au courant de ma liaison avec Tyler.

— Comment l'a-t-il appris ? demanda Miles.

— Il nous a surpris en train de nous embrasser, un soir, dans la distillerie.

— Tyler était-il au courant de ces meurtres et des autres crimes que vous vous apprêtiez à commettre ?

— Non ! Bien sûr que non. Alors n'essayez pas de l'impliquer. Il est innocent. Laissez-le tranquille, il doit m'aider à préparer ma défense et me faire libérer. À ce sujet, quand pourrai-je déposer une caution et sortir enfin de ce poste de police ?

— Vous espérez vraiment obtenir une libération sous caution ? riposta Jake. Madame Vincent, vous avez tué trois personnes et tenté d'en tuer une quatrième. Il n'y aura pas de libération conditionnelle.

L'expression de Faith s'assombrit. Jake se dit qu'elle prenait enfin conscience de la gravité de ses actes. Mais elle s'étira, croisa les jambes et le dévisagea avec une lueur sinistre dans les yeux. Son sourire diabolique était terrifiant.

— Je sais que mes actions peuvent paraître condamnables, reconnut-elle. Mais, en un sens, ça fait du bien d'être enfin vue, entendue, reconnue. Et crainte. Vous ne vous doutez pas à quel point j'ai souffert d'être en permanence en retrait. Dans l'ombre de mon mari et de Jada. Je serais capable de gérer cette exploitation toute seule mieux que n'importe lequel des Vincent. Seulement voilà, je n'ai pas le physique de l'emploi. Je faisais tourner la boutique, mais au lieu de reconnaître mes talents et mon travail, mon entourage m'a toujours laissée en coulisses en me traitant avec mépris.

La tête de Jake pencha alors qu'il étudiait le comportement de Faith.

— Madame Vincent, ne vous est-il jamais venu à l'esprit que Tyler vous utilisait pour votre sens des affaires ? Qu'il se servait de vous pour son propre intérêt. Parce que rien ne dit qu'il comptait divorcer. N'est-ce pas, inspecteur Love ?

— Non, en effet. Rien n'indique qu'il avait l'intention de quitter sa femme.

Faith se rembrunit. Refusant d'en démordre, elle grommela :

— Je sais qu'il y pensait. Sans en faire état, voilà tout...

— Parlons à présent d'Ella Bowman, reprit Jake. Pourquoi est-elle devenue la cible de vos menaces et de vos attaques ?

— À cause de sa liaison passée avec Tyler.

Jake ressentit la même colère que lorsque Ella lui avait parlé de cette vieille histoire et il détourna le regard, incapable de supporter le sourire narquois de Faith.

— L'apprendre vous a bouleversé ? Non ? dit-elle. Je suis vraiment désolée, Jake. Si je n'étais pas menottée, je vous prendrais dans mes bras pour vous consoler...

— Ça suffit, interrompit Miles. Et appelez-le « chef Love ». Maintenant, revenons à Ella. Que lui reprochiez-vous exactement ?

— J'étais jalouse, c'est évident, non ? J'ai entendu un jour Tyler dire à Greer qu'il s'inquiétait du fait qu'elle soit à Clemmington et qu'elle parle de leur ancienne liaison. J'ai alors compris que je devais me débarrasser d'elle. Que leur aventure remonte à des années ne changeait rien au problème. D'ailleurs, rien ne me garantissait qu'elle n'était pas venue à Clemmington pour essayer de détourner Tyler de moi. Je ne voulais prendre aucun risque.

— Comment avez-vous pu suivre ses mouvements ? demanda Jake. Avez-vous également piraté son adresse mail ?

— Peut-être. Ou peut-être que j'ai placé un traceur sous sa jeep, tout simplement...

Jake croisa les bras.

— Vous allez passer le reste de votre vie en prison pour un homme qui ne s'est jamais soucié de vous.

— Sans possibilité de libération conditionnelle, j'en suis sûr, ajouta Miles.

— Et ce n'est pas tout. Vous vouliez mettre Jada à terre, mais je parie qu'elle sera bientôt nommée présidente de Vincent Vineyard. Écoutez-moi bien, Faith Vincent. Vous êtes en état d'arrestation pour les meurtres de Don Vincent, Manuel Ruiz et Greer Vincent et pour la tentative de meurtre d'Ella Bowman. L'agent Underwood va se charger de vous conduire à la prison où vous serez incarcérée jusqu'à votre procès.

Il se leva et se dirigea vers la porte.

— Oh ! encore une chose. Merci de m'avoir appris que Tyler s'était rendu coupable de détournement de fonds. Il risque une lourde amende et trois ans de prison.

— Non ! cria-t-elle. Vous ne pouvez pas faire ça. Je n'ai même rien mentionné au sujet du détournement d'argent par Tyler. Et si je l'ai fait, vous ne l'avez pas enregistré, alors cela ne compte pas !

— Erreur, je vous ai enregistrée, répliqua Miles en agitant son smartphone en l'air. Une fois que nous aurons récupéré l'ordinateur portable de Manuel, que nous trouverons certainement chez vous, sa culpabilité sera confirmée.

— Vous n'avez pas le droit de fouiller ma maison ! Où est votre mandat ?

— Je vais déposer une demande pour en obtenir un au plus vite, lui dit Jake, avant de sortir en faisant signe à Underwood de l'embarquer.

Il appela alors l'hôpital pour prendre des nouvelles d'Ella.

21

Ella éteignit la télévision et embrassa les cheveux de Jake qui somnolait sur le canapé.

— Je savais que tu t'endormirais avant la fin du film, murmura-t-elle.

Il sursauta et battit des paupières.

— Que veux-tu dire ? demanda-t-il. Je ne dormais pas !

Elle éclata de rire et lui tendit les mains pour l'inviter à se mettre sur pied.

— Menteur. Allez, viens. Montons nous coucher.

— Avec plaisir !

Dans l'escalier, il se pencha et l'embrassa dans le cou.

— Tu dois te reposer pour être en forme demain. Ce sera ton grand jour.

— Oui. L'unité néonatale de l'hôpital de Clemmington m'attend de bon matin.

— Je suis fier de toi. L'infirmière Bowman reprend du service.

Alors qu'elle entrait dans la chambre, il l'enlaça par la taille pour l'arrêter sur le pas de la porte.

— Écoute, dit-il doucement. Nous avons décidé d'enterrer certains sujets concernant l'enquête sur Vincent Vineyard. Mais je tiens à te redire à quel point je suis heureux que tu aies décidé de suivre une thérapie et à m'excuser à nouveau pour ma réaction idiote quand tu m'as appris ta liaison passée avec Tyler...

Ella posa son doigt sur ses lèvres.

— Tu t'es déjà excusé et j'ai accepté tes excuses. N'en parlons plus. Je comprends que tu l'aies mal pris. Je m'y attendais, vu la façon dont j'ai géré toute l'histoire.

— Mais je... je me reprocherai toute ma vie d'être sorti de la pièce en claquant la porte. Si ma fureur ne t'avait pas poussée à quitter la maison, tu n'aurais pas été attaquée, cette nuit-là.

— Il n'y a rien à regretter. Cette agression nous a conduits à l'assassin. C'est l'essentiel. Et maintenant, toute la ville te considère comme un héros pour avoir réussi à élucider l'une des plus importantes affaires criminelles de Clemmington.

— Je n'y serais jamais arrivé sans ton aide, assura-t-il en l'embrassant doucement avant de l'entraîner dans la chambre plongée dans la pénombre.

Comme elle s'allongeait sur le lit, elle s'interrompit en sentant la présence d'une petite boîte sous son oreiller. Elle s'en empara.

— C'est quoi, ça ?

Jake s'avança derrière elle et l'embrassa dans le cou.

— Aucune idée. Pourquoi ne pas mettre un peu de lumière ?

Elle alluma la lampe de chevet et découvrit un petit écrin en velours rouge.

Stupéfaite, elle se tourna vers lui.

— C'est ce que je crois ?

— Il n'y a qu'un seul moyen de le savoir.

Les larmes aux yeux, elle s'empara de la petite boîte. Elle l'ouvrit lentement et aperçut un gros M&M jaune à l'intérieur.

— Jake ! cria-t-elle, furieuse. Quelle mauvaise blague ! Pourquoi m'avoir piégée de la sorte alors que...

Il ouvrit alors la main et la vue d'une bague ornée d'un diamant dans sa paume la fit taire.

Il posa un genou à terre.

— Ella Bowman, dit-il en lui prenant la main, lorsque tu

auras fini de savourer ce M&M, me feras-tu l'honneur d'accepter d'être ma femme ?

— Oui ! Bien sûr que oui !

Juste après que Jake lui eut glissé la bague au doigt, elle le serra dans ses bras.

— Jamais je n'aurais imaginé être un jour aussi heureuse, murmura-t-elle dans son cou.

— Jamais je n'aurais pensé trouver un jour une femme comme toi. Alors merci.

— Merci ? Merci pour quoi ?

— Pour m'avoir redonné foi en l'amour.

JUNO RUSHDAN

Otage de la montagne

Traduction française de
CHRISTINE BOYER

BLACK ROSE

HARLEQUIN

Titre original :
WYOMING MOUNTAIN HOSTAGE

1

Jake Delgado ne s'attendait pas du tout à ce que Becca mette un tel sujet sur le tapis. Et il avait encore moins envie d'en discuter.

Agent du FBI comme lui, Becca Hammond était sa *sex-friend* du moment. Après une journée de réunions au bureau de Denver, dans le Colorado, ils se rendaient chez elle, à Laramie, dans le Wyoming. Pendant les deux heures et demie de route qui reliaient les deux villes, il avait fantasmé sur le week-end torride qui les attendait.

Comme son nom l'indiquait, une *sex-friend* désignait une amie avec laquelle la relation était essentiellement fondée sur le sexe. L'idée était de partager de bons moments, du plaisir, sans tomber dans une histoire amoureuse. Les termes du contrat étaient clairs et tous deux y avaient souscrit au départ en toute connaissance de cause.

Et voilà pourquoi la question « Où en sommes-nous, Jake ? », fatalement suivie par « Que décidons-nous pour l'avenir ? », n'était pas au programme de la soirée.

— Tu m'écoutes ? demanda Becca.

Ils venaient d'arriver à Laramie et s'étaient garés derrière la bibliothèque municipale.

— Oui, bien sûr, je t'écoute. J'observais le manège de cette camionnette blanche, dit-il en pointant du doigt un véhicule à travers le pare-brise. Elle m'intrigue. Voilà deux fois qu'elle passe devant nous.

Entrée par Seventh Street, la fourgonnette avait traversé le parking en forme de L pour gagner Grand Avenue, où se trouvait l'autre accès à la bibliothèque. Avant de refaire un tour.

— Le conducteur vient sans doute chercher quelqu'un, dit Becca en soupirant. Comme nous. J'essaie de te parler, Jake. C'est important. Peux-tu au moins me regarder ?

Elle paraissait très tendue, ce qui ne lui ressemblait pas. Elle n'avait même pas jeté un coup d'œil à la fameuse camionnette.

Laramie était une communauté tranquille, entourée de montagnes d'une beauté à couper le souffle. Un vrai paradis où il faisait bon vivre. Les habitants se connaissaient tous et ne rechignaient jamais à donner un coup de main à leurs voisins. Le taux de criminalité y était suffisamment bas pour qu'un agent du FBI s'autorise à ne pas être en permanence sur le qui-vive.

Pourtant, presque par automatisme, Jake enregistra mentalement les numéros de la plaque d'immatriculation du véhicule avant d'accorder toute son attention à Becca. Ce qui, évidemment, ne fit que l'énerver davantage.

Avec son visage en forme de cœur, ses boucles auburn aussi rebelles que son caractère, sa peau claire et ses pommettes hautes, elle était sublime. Mais là, c'est d'agacement que ses yeux bruns brillaient et non de la passion qu'il avait espéré déclencher lorsqu'il s'était arrangé pour passer ce week-end avec elle.

Bien sûr, elle aurait voulu qu'il lui réponde mais, en lui suggérant de faire le point sur leur relation, elle l'avait pris de court.

Il glissa un œil sur sa tenue, particulièrement sexy. Elle avait troqué le tailleur qu'elle portait en général au bureau pour une robe d'été courte et fluide, une robe parsemée de fleurs qu'il rêvait de cueillir. Pour couronner le tout, elle était coiffée d'un stetson et chaussée de bottes de cow-boy qui, elle le savait, le rendaient fou.

— Regarde-moi dans les yeux, dit-elle avec un soupir exaspéré pour qu'il cesse de reluquer ses seins.

En étouffant un gémissement, il repoussa le désir qui l'envahissait.

— Tu disais ?

— As-tu envie d'une véritable relation avec moi ?

Ils partageaient déjà une véritable relation. Leur complicité sexuelle était non seulement réelle mais exceptionnelle. Mais leurs ébats étaient limités à quelques week-ends de temps en temps. Ils avaient toujours veillé à compartimenter leurs vies, à ne pas tout mélanger.

Jusqu'ici.

Autour d'eux sur le parking, plusieurs parents attendaient dans leurs véhicules la sortie de leurs enfants adolescents qui travaillaient à la bibliothèque sur un projet de lycée. Becca semblait connaître la plupart d'entre eux et les avait salués de la main en arrivant.

Cela dit, elle-même n'avait pas d'enfant. Comme lui, elle avait un métier exigeant et n'avait ni le temps ni la disponibilité pour élever une progéniture. Mais elle avait l'esprit de famille et ne refusait jamais d'aider sa sœur et son beau-frère. C'était une tante merveilleuse, Jake le savait. Et elle avait réussi à le convaincre de l'accompagner pour aller chercher son neveu à la bibliothèque.

— Je ne comprends pas l'intérêt de la question, répondit-il enfin. Je pensais que nous étions sur la même longueur d'onde. Notre arrangement actuel fonctionne très bien. Tout est simple entre nous. Nous partageons du bon temps et rien d'autre. Et surtout pas les complications d'une relation amoureuse classique. Il n'y a aucune pression. Personne n'attend rien d'autre que du plaisir, et personne n'est déçu. Pourquoi changer une équipe qui gagne ?

Il ponctua ses mots d'un sourire à la fois charmeur et honnête, dans l'espoir de la détendre.

Sa tentative tomba à plat. Avec un soupir, Becca leva les yeux au ciel avant de reporter son attention sur les doubles portes de la bibliothèque.

— J'ai envoyé un texto à Mason pour lui dire que j'étais là, mais il ne m'a pas répondu. Je vais entrer voir s'il en a encore pour longtemps. La séance de son club de lecture devrait être terminée maintenant, ajouta-t-elle en ouvrant sa portière. Nous reprendrons cette discussion plus tard.

Plus tard ?

Jake n'avait aucune envie de passer la soirée à discutailler. Pour lui, le sujet était clos. Ils avaient fait le tour de la question et il était temps de revenir au programme initial du week-end et à la raison de sa venue à Laramie. Le sexe.

Devinant que quelque chose la tourmentait, il posa la main sur son bras pour la retenir. Ce simple contact le fit frissonner.

— Que se passe-t-il, Becca ?

— J'espérais que notre relation pourrait devenir plus sérieuse.

Elle aspirait à une véritable liaison amoureuse, comprit-il. Mais, en ce qui le concernait, le simple mot « amour » lui donnait des boutons.

Il poussa un soupir las.

— Je ne te plais même pas.

— Je n'aime pas ta façon de me sous-estimer en permanence et de remettre systématiquement en cause la manière dont je mène mes enquêtes, dit-elle. Nuance.

— De ce que je sais, sous-estimer une femme, surtout si elle est jolie, qu'elle porte un badge et une arme à feu, est une erreur qui peut coûter cher à un homme et le mener à sa perte.

— Reconnais que tu te comportes souvent comme un pauvre type sexiste, ajouta-t-elle.

— Bref, je ne te plais pas. CQFD, conclut-il.

Elle ne le nia pas, ce qui n'était pas la partie surprenante de cette conversation.

Depuis qu'ils avaient intégré la FBI Academy, à Quantico,

pour y suivre leur formation d'agents, ils n'avaient jamais cessé de se lancer des reproches à la tête. Ce n'était pas la première fois que Becca traitait Jake de phallocrate. Mais il ne se reconnaissait pas derrière cette étiquette. Certes, il lui arrivait de se montrer arrogant, mais il n'avait rien d'un macho. Il respectait et admirait Becca qui, à ses yeux, faisait partie des meilleures. Elle avait l'esprit vif, brillant et aiguisé, il le reconnaissait volontiers. Mais elle avait aussi tendance à prendre des risques inutiles, susceptibles de la tuer.

— J'avais l'impression que notre relation te plaisait telle qu'elle était, reprit-il. Et que tu me proposais de passer les week-ends avec toi uniquement pour partager ce que nous faisons le mieux.

La dernière fois qu'ils s'étaient vus, environ deux mois plus tôt, ils avaient passé deux jours au lit. Il en gardait un souvenir fantastique, même si lui et Becca n'avaient pas pu s'empêcher de s'envoyer quelques piques entre deux rounds.

— Quant à moi, ajouta-t-il, j'adore notre relation et je n'ai pas envie qu'elle change.

Depuis le départ, il avait été franc avec elle sur ce qu'il voulait et ce dont il ne voulait pas, pour éviter d'en arriver là.

— J'ai trente-six ans, répondit-elle. Bientôt trente-sept. J'aime beaucoup prendre du plaisir et m'amuser, moi aussi, mais à présent, j'aspire à davantage.

Voilà qui était nouveau. Pas une seule fois depuis qu'ils se connaissaient, elle n'avait laissé entendre qu'elle souhaitait que leur relation devienne plus sérieuse.

— « Davantage » n'est pas une option pour moi. Pas pour le moment.

— Je vois.

Avec un profond soupir, elle sauta hors de la voiture, claqua la portière et traversa le parking en direction de la bibliothèque.

Tout n'est peut-être pas perdu pour ce soir, se dit Jake, toujours optimiste. Au pire, si elle restait sur ses positions, il irait rendre visite à sa sœur et à son fiancé. Comme ça, il ne serait pas venu à Laramie pour rien. Cela dit, dîner avec Nash Garner, le futur mari de Lynn, ne l'emballait pas.

Il sauta du SUV et courut après Becca. Il la saisit par le bras.

— Attends, Becca. Tu ne m'en veux pas de ce que je viens de te dire, n'est-ce pas ? Tout va toujours bien entre nous ?

Même si elle avait le don de l'exaspérer, il adorait passer du temps avec elle.

D'un geste vif, elle se libéra de son emprise et croisa les bras, comme si elle se préparait à la bagarre.

— Non, tout ne va pas bien !

— Depuis quand ? demanda-t-il avec étonnement.

— Depuis que j'ai découvert que j'étais enceinte.

Sa déclaration lui fit l'effet d'un coup de poing au plexus.

Becca le fixait, évaluant manifestement chaque nuance de la façon dont il encaissait la nouvelle.

Le souffle coupé, il lui était impossible de dissimuler sa stupéfaction et son effroi... tout en sachant qu'elle lui reprocherait sa réaction leur vie durant.

Son regard tomba par réflexe sur le ventre de Becca.

— Et... il est de moi ? balbutia-t-il, traversé par une tempête d'émotions.

Ils avaient décidé d'être exclusifs, pour s'amuser sans prendre de risques. Si la situation changeait, ils s'étaient mis d'accord pour prévenir l'autre et se protéger. Sa question visait seulement à obtenir une confirmation.

Pourtant, une lueur de colère passa dans les yeux de Becca. Elle serra les lèvres comme s'il venait de l'insulter.

— Oui. Il est de toi.

Il se passa la main dans les cheveux et se détourna, cherchant en vain quoi répondre. Il ne parvenait même pas à afficher une expression appropriée.

La fourgonnette blanche avait effectué un nouveau tour du

quartier et s'engageait une fois de plus sur le parking depuis Seventh Street.

— Tu ne dis rien ? lui lança Becca.

La portière, côté passager de la camionnette, s'ouvrit brusquement. Un homme vêtu de sombre, le bas du visage dissimulé sous un bandana kaki, apparut. Quand Jake aperçut le canon de l'arme semi-automatique qu'il tenait, il était trop tard.

— Couche-toi ! cria-t-il au moment où des coups de feu déchiraient l'air.

Il attrapa Becca, la fit plonger au sol avec lui et se coucha sur elle pour la protéger de la fusillade qui suivit.

En tendant l'oreille, il s'efforça d'évaluer l'étendue des dégâts. Mais il n'entendit aucun bruit de verre brisé ni de projectiles frappant le métal. Uniquement les hurlements terrifiés des parents à l'intérieur de leurs voitures.

Le conducteur de la camionnette accéléra et fonça à travers le parking, vers Grand Avenue où il y aurait beaucoup de piétons.

— Ça va, Becca ? demanda-t-il en l'examinant rapidement pour s'assurer qu'elle n'était pas blessée.

— Oui. Je n'ai rien, répondit-elle.

L'arme au poing, Jake courut vers l'autre bout du bâtiment. Aucun des parents ne semblait avoir été touché. Leurs véhicules non plus. Tous étaient effrayés mais apparemment, il n'y avait ni blessés ni morts.

Il vit soudain Becca disparaître dans la bibliothèque.

Que fabriquait-elle ? Pourquoi n'était-elle pas retournée dans son SUV pour appeler des renforts ?

Au pas de course, il traversa le parking. Avec un peu de chance, il arriverait à tirer sur les pneus de la fourgonnette avant qu'elle disparaisse. Sinon, il verrait au moins quelle direction elle prenait.

Il atteignait la route principale quand la camionnette blanche s'arrêta devant la bibliothèque.

Deux hommes armés en bondirent – l'un de l'arrière avec un

sac de sport en bandoulière et l'autre du siège du conducteur. Ils laissèrent le moteur tourner.

De leurs fusils-mitrailleurs, ils envoyèrent une gerbe de coups de feu vers le ciel tout en se dirigeant vers l'entrée du bâtiment.

Les gens hurlaient. Des enfants pleuraient. Des voitures pilèrent au milieu de la rue, créant une grosse pagaille.

Jake visa les assaillants de son arme.

— FBI ! Arrêtez !

Les deux types masqués se tournèrent vers lui au moment où une femme aux cheveux poivre et sel sortait de la bibliothèque. L'un d'eux la saisit par la taille et lui enfonça le canon du fusil-mitrailleur dans le dos.

Elle portait un badge mais Jake était trop loin pour parvenir à distinguer son nom. Elle devait être bibliothécaire ou employée. En tout cas, sa présence lui interdisait de tirer. Il ne pouvait prendre le risque de l'atteindre.

Aussi ordonna-t-il :

— Lâchez vos armes et laissez-la partir !

Mais au lieu d'obtempérer, les deux individus se précipitèrent à l'intérieur du bâtiment, hors de sa vue.

Jake s'élança à leur poursuite. Au passage, il cria aux gens de rester à distance.

Parvenu devant l'entrée principale, il tenta d'ouvrir l'une des portes vitrées, mais elles avaient été cadenassées de l'intérieur. Il vit les attaquants reculer dans le hall.

L'homme dont le bandana kaki couvrait le bas du visage posa le fusil-mitrailleur qu'il portait en bandoulière et tira un 9 mm de sa ceinture. Un bras autour du cou de la femme, il la plaqua contre lui et colla son pistolet sur sa tempe, le doigt sur la détente.

La malheureuse trébucha, faillit tomber. Son agresseur la rattrapa et enfonça un peu plus le canon contre sa tête. Alors qu'elle grimaçait de douleur, il l'entraîna en se servant d'elle comme d'un bouclier humain. Les deux hommes passèrent une autre série de portes puis s'éloignèrent vers le fond de la bibliothèque, hors de vue de Jake.

Fou d'inquiétude et de rage, il jura.

Becca et Mason étaient quelque part à l'intérieur.

Peut-être Becca avait-elle réussi à faire sortir à temps son neveu et les autres lycéens. Mais il en doutait. La bibliothèque s'étendait sur deux niveaux. Il ne savait même pas si elle avait eu le temps de retrouver Mason. Ni même si elle avait conscience que des individus armés avaient investi le bâtiment.

Il s'élança pour contourner la bibliothèque, en espérant pouvoir atteindre les portes de l'arrière avant que les hommes les verrouillent également.

L'arme au poing, il fonça aussi vite que possible. Il devait y arriver. Trop de vies innocentes étaient en jeu.

Dont celle de Becca.

Il tourna à l'angle de la rue, le cœur battant à tout rompre.

Des parents étaient sortis de leurs voitures. Livides, ils pointaient du doigt une seconde camionnette blanche, arrêtée devant l'accès arrière. Les deux portières étaient restées ouvertes.

Une autre équipe était entrée dans la bibliothèque.

Jake accéléra encore mais, quand il parvint à l'arrière du bâtiment, les portes avaient, elles aussi, été cadenassées.

Becca n'avait plus la possibilité de sortir. Elle était prise au piège à l'intérieur avec au moins quatre hommes armés alors qu'elle-même ne l'était pas.

Et elle était enceinte. De son bébé.

Pendant un instant d'égarement, il envisagea de tirer dans la baie vitrée pour entrer. Mais très vite, il se ressaisit. En jouant au cow-boy, non seulement il enfreindrait le protocole, mais il mettrait surtout en danger la vie des innocents coincés à l'intérieur et compromettrait toute chance de désamorcer la situation.

En tant que négociateur pour la libération d'otages au FBI, il était bien placé pour le savoir.

Ce n'était pas le moment de faire n'importe quoi. Foncer dans le tas, les armes à la main, était tentant mais ça ne réglerait rien.

Becca était en danger. Inutile d'aggraver les choses.

Il sortit son smartphone et appela des renforts.

2

Dès qu'elle avait entendu les coups de feu, Becca avait ouvert la porte arrière de la bibliothèque et s'était précipitée à l'intérieur. *Mason !* Elle ne pensait qu'à lui. Elle devait à tout prix rejoindre son neveu, s'assurer qu'il allait bien. Et surtout, l'éloigner du danger avec les autres lycéens.

— Mason !

Elle traversa en courant le rez-de-chaussée, sans se soucier des visiteurs surpris et confus qu'elle croisait sur son passage. Son sixième sens, qui lui avait si souvent permis de rester en vie depuis douze ans qu'elle travaillait au FBI, lui ordonnait de foncer. Elle n'avait aucune idée de ce qui avait provoqué la fusillade mais, d'instinct, elle sentait que ces coups de feu n'étaient que le début d'une série de problèmes à venir. Dans la voiture, elle avait ignoré les signaux envoyés par ses petites antennes, en croyant à tort que c'était sa conversation avec Jake qui les avait déclenchés.

— Mason Walker !

Au pas de course, elle inspecta l'une après l'autre les allées bordées d'étagères de livres et les coins où on avait installé des tables pour les groupes. Son cœur cognait dans sa poitrine, le sang rugissait à ses oreilles. Elle avait beau arpenter la grande salle de la bibliothèque, Mason n'était nulle part en vue.

Où se trouvait-il ?

L'angoisse s'emparait d'elle. Comme elle finissait de fouiller le rez-de-chaussée, elle remarqua le bureau d'accueil et courut vers le jeune bibliothécaire qui se tenait derrière le guichet.

Son nom figurait sur son badge : Cameron Lund.

— Que se passe-t-il dehors ? demanda-t-il. J'ai entendu des coups de feu.

— Le club de lecture du lycée ? lança Becca, ignorant sa question. Où s'est-il réuni ?

— Euh... au premier étage. Dans la salle de conférences, répondit-il en pointant un doigt tremblant vers l'escalier.

— Merci, dit-elle avant de s'élancer. Appelez la police.

Mais comme d'autres déflagrations éclataient à l'extérieur, elle s'immobilisa. Cette fois, elles provenaient de Grand Avenue.

Alors qu'elle reportait son attention vers l'entrée principale, deux individus masqués et armés firent irruption dans le hall. L'un d'eux tenait une femme d'un certain âge sous la menace d'un pistolet. L'autre sortit une chaîne d'un sac de sport et la passa dans les poignées des portes avant de la cadenasser.

Comme ils se dirigeaient vers une deuxième série de doubles portes pour les bloquer à leur tour, elle pivota vers l'escalier. Elle aperçut alors Mason qui le descendait, en compagnie de cinq autres adolescents et d'un professeur qu'elle reconnut comme étant M. Nolan. Ils avaient tous l'air perdus et effrayés.

Elle devait les sortir de là.

— Venez, dépêchez-vous, dit-elle.

Ils dévalèrent les marches pour la rejoindre.

Mason croisa son regard.

— Que se passe-t-il ?

— C'est une fusillade ? s'enquit le professeur.

Elle n'avait pas le temps de leur expliquer quoi que ce soit, aussi se contenta-t-elle de passer un bras autour de l'épaule de son neveu pour le rapprocher d'elle.

— Nous devons filer d'ici par l'arrière. Vite !

Pour atteindre les portes, il leur fallait s'approcher du hall d'entrée où se trouvaient les hommes armés, mais s'ils étaient assez rapides, ils passeraient sans se faire remarquer.

Sans lâcher Mason, Becca refit avec le groupe, en sens inverse, le chemin qu'elle avait suivi pour entrer. Au pas de course, ils longèrent le bureau d'accueil. Comme elle jetait un coup d'œil dans le hall, elle aperçut les hommes masqués. Ils finissaient de cadenasser la deuxième série de portes.

Elle devait profiter du fait qu'ils étaient inattentifs pour évacuer les adolescents et leur professeur.

— Allez, allez, les pressa-t-elle. Sortez vite d'ici. Mason, ma voiture est sur le parking. La clé est sur le contact.

Mason avait seize ans et demi et il avait obtenu son permis de conduire six mois plus tôt.

Il hésita.

— Et toi ?

— Je serai juste derrière.

Si elle était retardée à l'intérieur, pour une raison ou pour une autre, il n'aurait pas besoin d'elle pour prendre le large. Il serait capable de conduire le SUV lui-même.

— Partez tous, je vous en prie. Avant qu'il soit trop tard.

Elle leur fit signe de se diriger vers les portes et se tourna vers Cameron Lund :

— Des types armés ont condamné l'entrée principale. Il faut filer par l'arrière. Si vous croisez des gens, dites-leur d'évacuer les lieux rapidement.

Visiblement paniqué, le jeune bibliothécaire écarquilla les yeux. Pourtant, sans discuter, il laissa son poste à la hâte.

Tout en courant vers la sortie, il saisit le bras d'un collègue. Becca rassembla les rares visiteurs encore présents et leur ordonna de s'enfuir. Elle n'avait pas le temps de leur expliquer la situation. Heureusement, un jeudi en début de soirée, il n'y avait pas grand monde.

Le temps pressait. Bientôt, ces individus masqués commenceraient à chercher des otages, elle le sentait.

Trois autres personnes sur les talons, elle s'engageait dans le couloir qui menait aux portes arrière quand elle s'arrêta net.

Les deux membres du personnel, quelques visiteurs, M. Nolan et les lycéens – y compris Mason – étaient toujours à l'intérieur.

Puis elle comprit pourquoi.

D'autres hommes masqués avaient bloqué les portes arrière et braquaient à présent leurs fusils-mitrailleurs sur eux.

Ils étaient tous piégés dans la bibliothèque, à la merci de criminels armés. Becca sentit un frisson glacé la parcourir. Elle n'avait pas été assez rapide.

Des hurlements de sirènes déchirèrent l'air.

Derrière elle, elle entendit des bruits de pas et de voix. Les autres hommes masqués et la femme qu'ils tenaient toujours sous la menace d'une arme se rapprochaient. Sur son badge, Becca lut son nom. La malheureuse s'appelait Abigail Abshire.

— Que font ces gamins ici ? demanda un homme dont le visage était dissimulé derrière un bandana noir. Il ne devait y avoir que quelques visiteurs adultes et les bibliothécaires, ajouta-t-il, visiblement ennuyé.

D'un coup d'œil, Becca enregistra le maximum de détails sur les assaillants. Ils étaient quatre. Deux d'entre eux portaient des kalachnikovs, les deux autres étaient armés de fusils-mitrailleurs. Tous avaient en prime un semi-automatique, capable de tirer quinze cartouches. Et tous étaient habillés d'un pantalon cargo foncé, de bottes renforcées et d'un T-shirt noir uni.

Le seul détail vestimentaire qui permettait de les différencier était la couleur des bandanas qui masquaient leurs visages.

— On m'avait dit qu'il n'y aurait que quelques adultes, répondit celui qui tenait Abigail. Il a dû y avoir un imprévu.

— Que faites-vous ici, les enfants ? demanda un grand homme mince près des portes.

Il s'exprimait avec calme, d'une voix posée. Le foulard qui dissimulait son visage était gris. Becca décida de l'appeler « Gray ».

Personne ne lui répondit. Les adolescents s'étaient rapprochés. La vue du pistolet braqué sur eux les pétrifia.

Becca s'avança.

— Ne leur faites pas de mal, je vous en prie. Ce sont des gosses.

Le type au bandana noir, qu'elle choisit de surnommer « Black », pointa son arme sur elle.

— Fermez-la, vous. Personne ne vous a sonnée.

Elle leva aussitôt les mains en signe de reddition.

— Il s'agit d'un changement de dernière minute, expliqua enfin M. Nolan d'une voix tremblante. Le lycée a été victime d'une panne de courant. Voilà pourquoi nous sommes venus à la bibliothèque municipale.

La sœur de Becca, Clare, n'avait pas précisé la raison de ce changement de lieu. Becca savait seulement que, trop occupés pour s'en charger eux-mêmes, les parents de Mason lui avaient demandé de récupérer l'adolescent à la bibliothèque à la fin de la réunion de son club de lecture. Elle était toujours heureuse de les aider.

D'autres sirènes retentissaient, plus proches maintenant. À travers les baies vitrées, Becca voyait clignoter des gyrophares bleus et rouges. Les hommes du shérif sans doute. Leur bureau étant situé sur Grand Avenue, il était normal qu'ils soient arrivés avant la police.

Dans quelques heures – trois, voire quatre –, une équipe d'intervention spécialisée, venue de Cheyenne, la ville voisine, serait sur place. Laramie n'avait pas les moyens d'en financer une. D'ailleurs, la communauté n'avait pas besoin du SWAT. En général, les sirènes ne résonnaient que pour une urgence médicale ou un incendie.

— Vous devriez laisser partir les lycéens, dit Becca. Quoi que vous soyez venus faire ici, ils ne faisaient pas partie de votre plan.

Leur réaction à leur présence le prouvait.

— Vous ne souhaitez pas provoquer la mort de jeunes innocents, ajouta-t-elle.

— Nous n'avons pas l'intention de leur faire du mal, répliqua Gray, le plus calme de la bande.

— Peut-être, mais tout peut vite déraper, rétorqua-t-elle. Et comme vous êtes tous armés, la probabilité que cette histoire se termine dans un bain de sang est loin d'être nulle.

— Qu'en savez-vous, hein ? demanda Black en plissant ses yeux bruns.

Elle ne lui répondit pas, son attention focalisée sur Gray.

— Peut-être a-t-elle raison, intervint l'un des hommes, qui portait un bandana bleu.

Elle l'appellerait « Blue ».

Chauve, il avait de profondes rides sur le front et paraissait plus âgé que ses acolytes. Gray et lui échangèrent un regard.

— L'un des gamins pourrait être blessé, poursuivit Blue. Les accidents arrivent vite. Lorsque nous en avons discuté, nous voulions un nombre d'otages gérable. Et pas d'enfants si possible. Ne perdons pas de vue la raison de notre présence ici. Une bande de gosses ne nous sera d'aucune utilité. Au contraire. Ils risquent de nous compliquer la vie.

— Pourquoi prendre le risque de les garder ? renchérit Becca. Ils ne vous apportent rien. Mieux vaut les laisser partir maintenant, avant que la situation échappe à tout contrôle.

Ils n'avaient pas besoin de mettre les lycéens en danger. Ils avaient suffisamment d'adultes à utiliser comme monnaie d'échange.

Gray considéra les adolescents, en se demandant visiblement s'il n'avait pas, en effet, intérêt à les libérer. Il parut soudain s'intéresser à l'un des garçons aux boucles blondes.

— Je te connais, toi, non ?

Puis son regard glissa sur la lycéenne à côté de lui.

— Toi aussi. Vous vous appelez comment ?

— Schroeder, répondit le blondinet.

— Pietsch, dit la jeune fille.

Becca se raidit. Leurs noms ne lui étaient pas inconnus. Elle avait travaillé avec leurs parents lors d'une mission à Laramie. Elle faisait alors partie d'un groupe de travail réunissant la police, le bureau du shérif et le FBI.

Blue émit un sifflement.

— Bon sang.

— C'est un plus, déclara Black en regardant Gray. Tu ne crois pas ?

— Ça se pourrait, reconnut l'autre en hochant la tête. La présence du fils du maire et de la fille d'une conseillère municipale pourrait jouer en notre faveur, ajouta-t-il avec calme. Ce n'était pas prévu dans notre plan initial, mais cette coïncidence nous donnera sans doute plus de poids dans les négociations à venir. Et nous en aurons besoin.

C'était lui qui dirigeait la bande, comprit Becca.

— Pourquoi faites-vous ça ? demanda-t-elle. Que comptez-vous obtenir ?

Plus vite elle connaîtrait leur mobile, plus vite la situation se réglerait. Qu'espéraient-ils gagner en prenant des otages dans une bibliothèque ?

— Si vous me le disiez, je pourrais vous aider.

— Fermez-la.

Black, qui pointait une arme sur elle, s'approcha et pressa le canon sur son front.

— Je ne supporte pas les femmes qui parlent trop. Pigé ?

Becca sentit son ventre se tordre de terreur. D'une simple pression du doigt, il pouvait mettre fin à sa vie et à celle de son enfant à naître. Pas une seule fois depuis qu'elle travaillait pour le FBI elle n'avait connu un tel sentiment d'impuissance ni n'avait été à ce point pétrifiée. Elle n'avait pas peur pour elle.

Mais pour Mason, pour les autres lycéens et pour ce bébé qui grandissait en elle.

Jusqu'à la semaine précédente, elle n'avait jamais vraiment désiré être mère ni même imaginé être capable d'élever un enfant. Mais lorsqu'elle avait vu le signe positif apparaître sur le test de grossesse, tout avait changé.

Et à présent, ce bébé était quelqu'un qu'elle aimait déjà et protégerait à tout prix.

Convaincue que Black n'aurait aucun scrupule à tirer sur elle, elle se tut.

La voix de son neveu attira l'attention de tout le monde.

— Laissez-la tranquille. Vous feriez mieux de ne pas vous attaquer à elle parce qu'elle est...

— Tais-toi, Mason, l'interrompit Becca.

Elle devinait qu'il était sur le point de révéler qu'elle était agent du FBI. Elle ne le voulait surtout pas.

Ces individus armés l'abattraient sans doute aussitôt, en laissant Mason et les autres otages se débrouiller seuls. Tant que les malfrats ignoraient qui elle était, il lui suffisait d'attendre son heure pour frapper dès que l'occasion se présenterait.

— Parce qu'elle est quoi ? s'enquit Gray.

Mason la regarda et elle secoua la tête pour l'intimer au silence.

— Parle, mon garçon, insista Black.

La tension montait. Ils n'allaient pas le lâcher.

Pas avant d'avoir obtenu une réponse.

— Parce que je suis enceinte, lança-t-elle en comprenant qu'une telle réponse les rassurerait. Mon neveu est inquiet pour moi. Nous voulons tous sortir d'ici indemnes.

— Alors faites ce qu'on vous dit, ordonna Black. Et fermez-la.

Elle hocha la tête.

Pour l'instant. Mais dès que Black – qui avait manifestement un problème avec elle – ne serait plus à portée de voix, elle comptait bien parler au chef de la bande.

— On est d'accord pour tous les garder ? demanda Gray.

Black et Kaki hochèrent la tête.

Blue paraissait hésiter.

Puis il se tourna vers Gray.

— Je te laisse décider, je te fais confiance.

— Bien. Maintenant, avançons, reprit Gray en consultant sa montre. Il est 17 h 35. Le SWAT sera là dans moins de trois heures, ajouta-t-il.

Becca se demanda comment ils connaissaient le temps nécessaire à une équipe d'intervention pour se mobiliser et se rendre à Laramie.

— Va enfermer les gamins dans la salle de l'heure du conte, ajouta-t-il à l'attention de Black.

Ce dernier fit sortir les lycéens dans le couloir. Au passage, elle croisa le regard de Mason et fit de son mieux pour le rassurer et lui faire comprendre qu'elle ferait tout pour le protéger.

Gray considéra les autres otages, les huit adultes. Il en choisit quatre et fit signe à Blue et Kaki.

— Emmenez-les, deux par deux, devant chaque ensemble de portes. Attachez-les à des chaises avant que le SWAT arrive et mette des tireurs d'élite en position. N'oubliez pas de leur confisquer leurs téléphones portables. Si la police décide d'entrer en force sans répondre à nos exigences, je veux qu'ils voient les visages des innocents qu'ils tueront au passage. Ensuite, vous monterez la garde, l'un à l'avant et l'autre à l'arrière, en veillant à rester loin des portes et des fenêtres.

Ils avaient bien planifié leur coup, mais Becca ne pensait pas qu'il s'agissait de professionnels. Le tremblement de leurs mains sur leurs armes, leurs interrogations face à la survenue d'un événement inattendu et, surtout, le fait que le chef ait dû recommander à ses complices de rester hors de vue des tireurs embusqués prouvaient qu'il s'agissait d'amateurs.

— Vous, dit Gray en désignant Becca, allez avec les jeunes dans la salle de l'heure du conte. Vous, Cameron Lund, vous ouvrez la voie. Avancez en file indienne.

La sangle de son fusil-mitrailleur sur son épaule, il sortit le 9 mm, en pressa le canon contre la tête d'Abigail Abshire et ferma la marche.

Becca s'interposa entre Nolan et Abigail.

Elle aurait préféré prendre la place de la jeune fille, afin d'être près de Gray et de pouvoir lui parler. Si elle parvenait à établir un semblant de relation avec lui, ou avec Blue, l'un d'eux finirait par baisser la garde. Elle passerait alors à l'action, le désarmerait et prendrait le contrôle.

Manifestement, les assaillants manquaient d'expérience. Cela pourrait suffire à lui donner le dessus.

Comprendre ce qu'ils espéraient obtenir l'aiderait. Aucun de leurs actes jusqu'à présent n'avait révélé leur mobile.

Quel était l'objectif de cette attaque ?

Par la grande baie vitrée de la salle de l'heure du conte, elle voyait les adolescents assis sur le tapis. Les murs étaient décorés d'arbres fantaisistes et d'animaux colorés. L'endroit était bien choisi pour y garder les otages. La pièce se trouvait en face du bureau d'accueil. Et, à travers les vitres, les hommes armés pouvaient les surveiller facilement. Surtout, il n'y avait pas de fenêtres donnant sur l'extérieur. Aucun moyen de s'échapper.

À la porte, Lund entra le premier et les autres suivirent.

— Allez vous asseoir avec les gamins, ordonna Gray.

Becca s'assit en tailleur entre Mason et la fille de Pietsch. Elle passa un bras autour des épaules de son neveu et le serra contre elle.

— Si vous avez un téléphone portable sur vous, dit Gray, remettez-le-nous. Si vous ne le faites pas et que nous nous en apercevons plus tard, vous en subirez les conséquences.

Black sortit un petit sac en vinyle de sa poche et commença à collecter leurs appareils.

Mason prit le sien dans son sac à dos. Alors que la fille de Pietsch tirait son smartphone de la poche arrière de son jean, Becca remarqua que personne ne leur prêtait attention à ce moment précis. Les deux autres preneurs d'otages étaient focalisés sur Nolan, qui avait du mal à ouvrir son attaché-case.

Elle mit un doigt sur ses lèvres pour ordonner à l'adolescente de se taire. Après un bref coup d'œil circulaire, elle glissa discrètement l'appareil dans sa botte. La jeune fille se redressa rapidement et se détourna.

Black s'avança vers eux, le sac tendu. Becca baissa les yeux pour éviter tout contact visuel avec lui. Pour ne pas l'énerver, elle joua le rôle de la prisonnière soumise.

Mason laissa tomber son téléphone portable dans le sac.

— Où sont les clés de ces salles ? demanda Gray.

Oh non ! Ils allaient les enfermer.

Cameron Lund recula, comme s'il voulait disparaître dans le mur.

— Dans le bureau d'accueil, répondit Abigail. Tiroir du haut à droite.

Gray fit signe à Black d'aller les chercher. Il ne fallut pas longtemps pour qu'il revienne, un trousseau à la main.

— Restez calmes, ordonna Gray. Ne faites pas de bruit. Espérons que tout sera fini ce soir.

— Je ne parierais pas là-dessus, grommela Black.

Un téléphone portable sonna, résonnant dans la petite pièce.

Becca crut qu'elle était prise la main dans le sac et sentit son cœur s'accélérer. Puis elle comprit que la sonnerie ne venait pas de l'appareil caché dans sa botte.

Gray tira son smartphone de sa poche et regarda l'écran.

— Allez inspecter les allées et les salles qui sont à l'étage pour vous assurer qu'il n'y a personne, ordonna-t-il à ses acolytes.

Les deux hommes quittèrent la pièce.

Alors que Black verrouillait la porte, Becca se pencha vers l'adolescente.

— Quel est ton code ? murmura-t-elle à son oreille. Je dois mettre ton smartphone sur silencieux.

— Un, deux, trois, quatre, répondit-elle à voix basse. J'ai désactivé la sonnerie avant que le club de lecture se réunisse

Soulagée, Becca lui adressa un signe de tête. Elle n'aurait pas à sortir le téléphone au risque d'être surprise avec. Maintenant, elle devait attendre que l'occasion de contacter Jake se présente. Elle espérait qu'à ce moment-là, elle aurait davantage d'éléments à lui communiquer. Quelque chose, n'importe quoi, qui lui permettrait de mettre fin cette situation sans effusion de sang.

Debout devant les baies vitrées, Gray répondit au téléphone.

— Oui, nous avons réussi. Nous sommes à l'intérieur, dit-il, suffisamment fort pour être entendu par tous. Le plan a fonctionné. Dis-nous s'ils en parlent au JT et sur les chaînes d'info. Jusqu'ici, tout se passe presque comme tu l'avais prévu.

Comme tu l'avais prévu ?

Qui était le cerveau derrière cette prise d'otages ? Et qu'espéraient ces hommes ?

— Que veux-tu dire par « presque » ? demanda sa filleule. Qu'est-ce qui ne s'est pas bien passé ? Quelqu'un a été blessé ?

— Non, non, répondit Frank. Tout le monde va bien. C'est seulement qu'en arrivant, nous avons constaté la présence de plusieurs adolescents, venus du lycée local.

L'éventualité que des gosses soient là avait toujours existé. Il s'agissait d'une bibliothèque municipale, après tout. Mais pendant des semaines, ils avaient surveillé les lieux, repéré les heures de pointe et les heures creuses, les moments de la journée plus susceptibles que d'autres d'accueillir de jeunes enfants ou des adolescents. Afin de définir le meilleur moment pour passer à l'action. Pourtant, si sa filleule avait tout monté avec soin, aucun plan n'était parfait. Il y avait toujours des imprévus.

— Qu'allez-vous faire d'eux ? demanda-t-elle. Les laisser s'en aller ?

Dos à la salle, Frank baissa le bandana de son visage.

— Non, répondit-il. Il s'avère que parmi eux se trouvent le fils du maire et la fille de Pietsch, la conseillère municipale. Un hasard incroyable. C'est peut-être une chance. Ça va leur mettre la pression.

Silence. Sa filleule, Hannah, restait rarement sans voix.

Il devinait qu'elle réfléchissait. Grâce à son intelligence supérieure, c'était un hacker génial et une brillante stratège. C'est elle qui leur avait montré le chemin. Elle était leur dernier recours.

Enfin, elle déclara :

— Les garder pourrait aussi se retourner contre vous. S'attaquer à des gamins risque d'être mal perçu. Si nous perdons le soutien de l'opinion publique, nous n'obtiendrons jamais ce que nous voulons.

— L'important, c'est de toucher les gens. Et de réussir à nous faire entendre. Une fois que tout le monde comprendra pourquoi nous nous battons, tout ira bien.

Pourtant, Frank soupira, rechignant à admettre qu'elle avait raison. Ils s'étaient engagés dans un jeu de hasard où des vies étaient en jeu. Ils espéraient tous que le plan fonctionnerait.

— Tout ira bien si aucun des jeunes n'est blessé, dit-il. Nous veillerons à ce qu'il ne leur arrive rien.

— Es-tu certain d'y parvenir ? demanda-t-elle.

— Oui. J'espère n'avoir à blesser personne. Mais j'irai jusqu'au bout. Je ferai ce qu'il faut pour aboutir.

Sa détermination le consumait. Ils avaient attendu ce jour si longtemps... Leur heure était venue.

— Les autorités vont essayer de négocier, dit Hannah, mais

il n'y aura aucun moyen de nous assurer que toutes les parties respecteront leur part du contrat.

— Voilà pourquoi j'ai décidé de garder les lycéens. Pietsch et Schroeder voudront récupérer leurs gosses et mettront la pression sur les flics pour que nos exigences soient satisfaites. Nous ne serons peut-être pas obligés de passer au niveau supérieur.

Frank ne voulait pas d'effusion de sang. Mais si, pour atteindre leur objectif, ils devaient en arriver là, alors il n'hésiterait pas.

Comme il jetait un coup d'œil à la salle de l'heure du conte, il sut exactement par qui il commencerait.

— Même s'*il* accepte la négociation, je ne lui fais pas confiance, déclara Hannah. Ce fumier est pourri jusqu'à la moelle.

Frank partageait son avis.

— Nous verrons comment ça se passe. Mais si les choses ne se déroulent pas comme prévu, si le pire arrive...

— Ne dis pas ça.

Son inquiétude était palpable.

— Nous réussirons. Il le faut.

Frank aimait Hannah plus que quiconque. Elle était la fille qu'il n'avait jamais eue.

— Mais si ce n'est pas le cas, insista-t-il, et que quelque chose ne va pas...

Ils pourraient tous être abattus et tués. Une possibilité qu'ils avaient prévue, un risque qu'ils étaient prêts à accepter. De toute façon, il était trop tard. Ils étaient en sursis.

— Je sais, dit Hannah. Je suis prête. J'espère seulement que nous n'en arriverons pas à cette extrémité.

— N'oublie pas que tout le sang versé le sera par sa faute. Pas par la nôtre.

— Que justice soit faite, dit-elle.

— Que justice soit faite.

C'était l'objectif.

Mais au fond, il ne s'était lancé dans cette opération que pour une seule personne.

Sa douce Marianne.

3

En tant que négociateur au FBI pour la libération d'otages, Jake avait l'habitude de partir au pied levé pour intervenir dans une situation de crise. En général, il profitait du temps de trajet pour se préparer. Il examinait les détails de l'affaire, l'aménagement des bâtiments, tentait d'en apprendre le plus possible sur les ravisseurs. Pour traiter avec un preneur d'otages, il y avait une procédure à suivre, un protocole à respecter. Pourtant, il se fiait surtout à son instinct.

Pour la première fois de sa carrière, il se retrouvait sans préavis au cœur de la bataille. Mais c'était *volontairement*. Il n'était pas question de laisser un autre négociateur gérer les événements. Non seulement le destin l'avait placé devant la bibliothèque au moment de l'attaque. Mais Becca était piégée à l'intérieur.

La sortir de là en vie, ainsi que les autres otages, exigeait toute son attention.

Il n'était pas entouré de son équipe habituelle mais de certains des meilleurs du groupe de travail de Becca. Elle lui avait souvent parlé d'eux, il connaissait leurs compétences.

En moins d'une heure, ils avaient monté, sur le parking de la bibliothèque, une tente blanche qui servirait de centre de commandement provisoire. En attendant le camion aménagé.

Un agent fédéral faisant partie des otages détenus, le FBI avait reçu l'autorisation d'intervenir. Ils avaient mis leurs ressources en commun avec les adjoints du shérif Daniel Clark. Ces derniers se chargeraient des relations avec les médias et le FBI, de la direction opérationnelle.

— C'est une chance que vous soyez ici, lui dit le shérif Clark. Un négociateur devait venir avec le SWAT de Cheyenne, mais il vient de prendre ses fonctions et n'a jamais été impliqué dans une véritable prise d'otages. De plus, sa femme est en train d'accoucher. Mieux vaut vous laisser faire. L'équipe d'intervention ne sera pas là avant au moins deux heures. Mais déjà, avec vous à la manœuvre, nous ne perdrons pas ce temps précieux.

— Jake a la réputation d'être le meilleur de la région, déclara Nash. Il est surnommé le « faiseur de miracles ». Si quelqu'un peut mettre fin à cette histoire sans drame, c'est lui.

Nash allait bientôt épouser sa sœur, Lynn. Ils allaient être beaux-frères. Jusqu'ici, leurs relations n'avaient pas été simples et sans doute, avec ce compliment, Nash essayait-il d'arranger les choses. Et il savait que Jake se montrerait à la hauteur.

Jake le remercia de son soutien d'un petit signe de tête.

— La négociation à haut risque est ma spécialité, mais avec l'une des nôtres et six mineurs à l'intérieur, l'enjeu est démultiplié.

— Cerise sur le gâteau, le fils du maire et la fille d'une conseillère municipale font partie du lot, renchérit Rocco Sharp.

Avec ses tatouages et ses muscles, Rocco en imposait. D'après Becca, il avait travaillé pendant des années au sein d'une équipe d'élite d'intervention rapide. Il avait été envoyé aux quatre coins du pays pour gérer des situations de crise : fusillades de masse et prises d'otages, en passant par plusieurs attentats à la bombe.

Jake n'aurait pu choisir meilleur allié pour l'aider.

— Les parents qui n'étaient pas déjà présents lorsque les hommes armés sont arrivés ont été prévenus, intervint l'inspecteur Brian Bradshaw.

Affecté à l'unité opérationnelle par la police locale, Brian était un ancien militaire et possédait de nombreuses compétences qui faisaient de lui un atout.

— Il s'agit des Schroeder, de Felicia Pietsch et des Walker, ajouta-t-il.

La famille de Becca.

Un lourd silence tomba. Au fil des heures, les tensions dans la tente ne cessaient de croître.

La sœur de Becca, Clare, et son mari, Tim Walker, étaient sur place. Nash avait échangé quelques mots avec eux à leur arrivée. Jake regrettait de faire leur connaissance dans de telles circonstances. Il n'avait pas pu se résoudre à aller leur parler. Pas avant d'avoir sorti leur fils et Becca sains et saufs de cette bibliothèque. Ou au moins, d'être en mesure de leur assurer que ni l'un ni l'autre n'avait été blessé.

Une agitation à l'extérieur du parking attira leur attention.

— Voici le maire et la conseillère municipale.

Les deux nouveaux arrivants protestèrent avec bruit quand des adjoints du shérif voulurent les empêcher d'entrer dans la tente.

— Je vais leur parler, proposa le shérif en coiffant son stetson. Et tenter de les calmer.

Plus loin sur le trottoir, des journalistes et des badauds s'étaient rassemblés près des véhicules des premiers intervenants.

— Pourriez-vous aussi faire quelque chose pour canaliser la foule ? demanda Jake à Clark. Le nombre de curieux augmente d'heure en heure.

Il s'agissait d'une scène de crime, pas d'un spectacle. Il n'était pas question d'offrir aux ravisseurs des cibles supplémentaires. Si ces individus armés décidaient de briser une fenêtre et d'ouvrir le feu, n'importe lequel de ces civils risquait de prendre une balle perdue.

— J'en ai déjà parlé à l'une de mes adjointes et elle y travaille. Essayez de comprendre qu'un événement de cette ampleur est rare par ici, expliqua Clark. Nous sommes une petite communauté très soudée. La plupart des habitants connaissent les otages enfermés à l'intérieur. Ils ne sont pas venus par curiosité. Ils sont *inquiets*.

Il sortit à grands pas de la tente pour rejoindre les parents.

Ces derniers – à l'exception des Walker – s'étaient rassemblés derrière Schroeder et Pietsch. Ils ne cachaient pas leur peur et leur colère. Jake n'enviait pas le shérif. Gérer les familles était nerveusement épuisant.

Il travaillait dans des conditions qui étaient loin d'être idéales. Avoir un lien avec l'un des otages était un facteur de complication potentielle. Il devait trouver un moyen de ne pas laisser ses émotions dicter ses actions. Cela dit, il ne savait pas très bien ce qu'il ressentait à propos de la bombe que Becca avait lâchée en arrivant ici.

Elle était enceinte. *De lui.*

La situation lui semblait encore surréaliste. Il n'arrivait pas à la comprendre, encore moins à l'accepter.

Ils avaient fait connaissance quelques mois plus tôt alors qu'il rendait visite à sa sœur, Lynn, qui venait d'échapper à un tueur et que Nash avait sauvée in extremis. Jake était tombé sur Becca au Delgado, le bar-grill de sa tante.

Leurs premiers échanges avaient été houleux. Ils avaient eu une vive dispute avant de se calmer autour d'un verre. Très vite, l'alcool avait effacé leurs inhibitions, le courant était passé et ils avaient fini au lit chez elle.

Au matin, la conversation avait porté sur le travail. Ils avaient discuté de leurs enquêtes respectives, comme des collègues. Ils avaient évité avec soin les mots des amoureux, les effusions, les embrassades. La fois suivante, il était venu spécialement pour la voir, il l'avait appelée du Delgado et l'avait invitée à dîner. Au cours du repas, ils s'étaient mis d'accord sur la relation qu'ils partageraient. Ce premier week-end et tous les suivants avaient été intenses. Il adorait leurs joutes verbales autant que leurs étreintes.

Leurs nuits, au cours des dernières semaines, avaient été

fantastiques. Jamais auparavant il n'avait connu une telle symbiose sensuelle avec personne. Il se consumait de désir, s'enivrait de plaisir. Cette femme le rendait fou.

Et voilà où cette folie les avait menés tous les deux…

Lorsque la porte de la camionnette blanche s'était ouverte, qu'il avait vu l'arme et poussé Becca au sol, il n'avait pas pensé à sa grossesse. Elle avait atterri face contre terre, sur le ventre.

Le choc aurait-il pu blesser le bébé ?

D'instinct, il avait voulu la protéger.

Une image de Becca se ruant dans la bibliothèque s'imposa à sa mémoire. Il ne savait même pas si elle était encore en vie.

Aurait-il dû essayer de tirer sur les individus armés alors qu'il les avait dans le viseur ? S'il avait fait feu, ils n'auraient jamais bouclé l'entrée de Grand Avenue. Mais il aurait alors risqué la vie de l'otage.

Depuis lors, Jake avait appris qu'il s'agissait d'Abigail Hayes Abshire, une veuve de soixante-six ans. Mère de trois enfants et cinq fois grand-mère, elle était revenue travailler à la bibliothèque bénévolement après son départ en retraite. Il repoussa le souvenir d'Abigail, le canon d'un pistolet pressé contre la tempe. Et ses inquiétudes concernant Becca.

Indépendamment de toute connexion personnelle, il avait une mission à accomplir. Il lui appartenait de faire en sorte que tout le monde sorte sain et sauf de ce cauchemar.

— As-tu une idée de ce que veulent ces gars ? demanda Brian.

Par souci d'efficacité, ils avaient décidé de tous se tutoyer.

— Pas du tout, répondit Jake.

Il avait hâte de découvrir le mobile des preneurs d'otages et leurs identités. Ensuite, il s'efforcerait de dresser leurs profils, de cerner la personnalité de chacun d'eux, afin d'entrer dans leurs têtes. Ils auraient pu s'attaquer à de nombreux lieux. Pourquoi avaient-ils ciblé une bibliothèque ?

— Peut-être vont-ils essayer de demander une rançon pour les enfants de Schroeder et Pietsch, dit Rocco.

Jake secoua la tête.

— Je doute fortement que ces gamins soient la raison pour laquelle ils ont envahi cette bibliothèque.

— Comment peux-tu en être si sûr ? répliqua Rocco.

— Parce que ces lycéens n'étaient pas censés être là. Il s'agissait d'un changement de dernière minute. Quelles que soient les motivations de ces hommes, elles sont ailleurs.

Jake parcourut ses notes.

— Nous avons besoin d'en apprendre davantage sur eux.

Idéalement, il aurait aimé en savoir plus avant d'entrer en contact avec les criminels, mais ces derniers étaient là depuis deux heures. La patience de Jake était l'un de ses atouts. Il préférait toujours faire les choses correctement plutôt que dans la précipitation. Aucune situation ne ressemblait à une autre et il n'y avait pas de technique éprouvée pour négocier. Il était donc prêt à tout et faisait confiance à sa formation.

— Je vais interroger la police scientifique, dit Rocco, et voir s'ils ont découvert dans les fourgonnettes quelque chose qui nous en apprendrait plus sur les assaillants.

Ils avaient déjà vérifié les plaques d'immatriculation et appris qu'elles avaient été volées sur deux voitures, plus tôt dans la journée.

Les preneurs d'otages portaient des gants, mais il suffisait parfois d'une négligence, d'un petit moment d'inattention pour les perdre. Avec de la chance, ils trouveraient une empreinte.

Brian fit le tour de la table.

— Comme le bureau du shérif est à court de personnel, j'ai fait appel à la police de Laramie. Ils étudient les images des caméras de surveillance du parking. Ils cherchent la provenance des camionnettes. Peut-être réussiront-ils à obtenir une image des conducteurs sans leurs masques. Mais nous n'avons pas beaucoup de caméras, et plus on s'éloigne du centre-ville, moins il y en a. Dès que nous avons quelque chose, nous te prévenons.

Lorsque Rocco et Brian eurent quitté la tente, Nash se tourna vers lui :

— Pouvons-nous parler franchement ?

Tout en réprimant un gémissement, Jake comprit que le soutien de Nash était trop beau pour être vrai.

— Parler vrai avec toi ne m'a jamais posé de problème. Je t'écoute.

— Il y a quelque chose entre Becca et toi ?

En voyant Jake serrer les mâchoires, il leva la main.

— Laisse-moi t'expliquer l'origine de ma question. Tu es venu plusieurs fois à Laramie, ces derniers mois. Et ce n'était ni pour des raisons professionnelles ni pour voir Lynn ou ta tante. Elle a consulté le registre des visiteurs au centre de vie des personnes âgées.

Leur tante Miriam souffrait de démence. Sa santé déclinante était la raison pour laquelle Lynn avait quitté le Colorado pour s'installer à Laramie et aider à gérer le Delgado's Bar. Elle avait fait entrer leur tante dans un établissement spécialisé. Bien que Miriam ne se souvienne plus de Jake, il lui rendait généralement visite avec sa sœur.

— Où veux-tu en venir ? s'enquit-il.

— D'après Lynn, tu n'as pas d'amis ici et tu as toujours détesté cette ville.

Les seules connaissances qu'il ait jamais eues dans le Wyoming étaient ses cousins, Dean et Lucas. Après la mort de son oncle et son remariage, sa tante s'était isolée du reste de la famille. Jake avait été soulagé de ne pas avoir à retourner à Laramie. Maintenant, Dean et Lucas travaillaient pour la CIA. Au départ, il ne revenait dans cette ville que pour voir Lynn.

— Ta sœur ne savait même pas que tu étais ici avant que je lui apprenne ce qui se passait. Je t'interroge sur les relations éventuelles que tu entretiens avec Becca parce que j'ai besoin de savoir si cette histoire a un aspect personnel pour toi.

Le devoir professionnel de Jake passait toujours en premier.

Toujours.

Voilà pourquoi il n'avait pas voulu nouer de véritables relations amoureuses depuis son divorce, prononcé des années plus tôt. Son ex-femme, Sam, n'avait pas supporté les contraintes de son métier d'agent du FBI. Leur mariage avait à peine duré dix-huit mois. Tout ça parce qu'il donnait la priorité à son travail...

Il était capable de mettre de côté ses sentiments, sa peur et son inquiétude à propos de Becca.

Les états d'âme d'un négociateur ne devaient pas influencer ses discussions avec des preneurs d'otages. Si ses émotions risquaient d'impacter ses décisions, il mettrait malgré lui les otages en danger.

Personne n'était mieux placé que lui pour le savoir.

Il était exclu qu'il compromette cette affaire, mais il refusait tout autant de s'en éloigner.

— Tu me poses la question en tant qu'agent superviseur du groupe de travail ? demanda Jake. Ou comme futur beau-frère ?

Les bras croisés, Nash pencha la tête sur le côté.

— Les deux.

Son regard gris était devenu glacial.

Jake ne comprenait pas ce que sa sœur trouvait à ce type. Bien sûr, il était grand et musclé. Et sans doute séduisant à ses yeux, mais il n'avait jamais été chaleureux, amical ou même agréable.

— Il n'est pas un peu tard pour me le demander ? contra Jake. Tu t'es déjà porté garant de moi, le sujet est clos.

— Rien n'est gravé dans le marbre.

Réflexion typique de la personnalité de Nash.

— Le négociateur du SWAT débute dans le métier et n'est déjà plus mobilisé, lui rappela Jake. Nous n'avons pas de temps à perdre à attendre un éventuel remplaçant qui ne sera pas aussi bon que moi. Vous avez besoin du meilleur.

Il n'était pas arrogant, seulement honnête

— J'ai besoin de connaître la vérité, répliqua Nash. Parce que si tout tourne mal, c'est ma carrière qui est en jeu. Réponds-moi franchement. Es-tu dans un conflit d'intérêts ?

Jake prenait très à cœur la devise du FBI – Fidelity, Bravery, Integrity – et n'avait jamais manqué de loyauté, de courage ou d'intégrité. Il avait toujours agi avec honnêteté. Pas une seule fois il n'avait menti à un autre agent. Mais à cet instant, il hésita à le faire. Pendant une fraction de seconde.

— Becca et moi, nous sommes...

Quel était le mot exact pour qualifier leur relation ?

— Disons que nous nous fréquentons...

Il refusait de jeter son intégrité aux orties. Il n'allait pas non plus laisser Nash lui interdire de négocier cette prise d'otages en raison d'un prétendu conflit d'intérêts, aussi poursuivit-il :

— Si tout tourne mal, c'est ma carrière qui en pâtira. Pas la tienne. Je prendrai les coups, pas toi. Mais je tiens à mener ces négociations. Personne d'autre ne doit savoir que tu es au courant de mon lien personnel avec Becca.

— Je ne mens pas. Jamais.

Ils avaient donc un point en commun.

— Rien ni personne ne m'empêchera de diriger cette affaire.

Nash hocha la tête.

— Je n'ai pas l'intention de t'en empêcher. J'ai seulement besoin de savoir où je mets les pieds.

Jake n'en croyait pas ses oreilles.

— Tu es prêt à me soutenir ? Pourquoi ?

— Si Lynn était dans cette bibliothèque, je ressentirais la même chose que toi. De plus, tout ce que j'ai dit au shérif et à l'équipe sur tes talents de négociateur était vrai.

— Tu as confiance en moi au point de risquer ta carrière ?

— Tes compétences et ton expérience sont indéniables, mais j'ignore si ton implication personnelle limitera ton efficacité dans ce cas précis, répondit Nash d'un ton neutre. Donc non. J'ai mes doutes. Mais pas Lynn. Elle croit en toi.

Sa sœur ne laisserait pas les préjugés influencer son jugement. Son quotidien de psychothérapeute consistait à décrypter la personnalité des gens. Elle savait que Jake ne laisserait jamais rien l'empêcher d'effectuer son travail du mieux possible.

— Je ferais n'importe quoi pour Lynn, dit Nash. Y compris te faire confiance et te traiter comme un frère. Même si c'est un frère avec qui je ne m'entends pas.

Jake respectait l'honnêteté de Nash et sa loyauté.

— Même chose pour moi.

Il prit une inspiration, soulagé de pouvoir aller jusqu'au bout.

— Si cela peut te rassurer sur la façon dont je gère les opérations, je ne négocie jamais seul. J'ai toujours un partenaire, quelqu'un qui entend tous mes échanges avec les preneurs d'otages et lit entre les lignes pendant que je concentre mes efforts pour calmer mon interlocuteur et identifier ses besoins, ses attentes.

— Tu seras parfait. Alors, quelle est la prochaine étape ? demanda Nash.

— Je vais entrer en communication avec les ravisseurs.

Ils avaient fait fermer toutes les lignes téléphoniques de la bibliothèque, sauf une. L'appel de Jake arriverait au bureau d'accueil.

— Il est temps d'apprendre ce qu'ils veulent.

— Il est plus que temps, intervint le maire William Schroeder en faisant irruption dans la tente, la conseillère Pietsch et le shérif Clark sur les talons. Pourquoi n'avez-vous pas encore contacté ces fous furieux pour qu'ils expriment leurs revendications ?

Jake regrettait que, dans une tente, il n'y ait aucun moyen d'empêcher les politiciens de venir se mêler des opérations en cours.

— Quelle est la raison de ce retard ? poursuivit Schroeder, son regard dur passant de Jake à Nash. J'en ai parlé avec le chef de mon équipe de sécurité. D'après lui, chaque heure qui passe augmente la probabilité d'une issue tragique. Ces individus pourraient finir par paniquer et tirer dans le tas. Il faut mettre un terme à cette prise d'otages. Et vite. Vous auriez dû prendre contact avec les ravisseurs depuis longtemps, ajouta-t-il en pointant un doigt accusateur sur Jake, découvrir ce qu'ils veulent et mettre au point un plan pour passer à l'action afin de sauver nos enfants.

— C'est vrai, renchérit Pietsch, debout à côté du maire.

Elle avait coiffé ses cheveux noirs en un chignon strict et se tenait bien droite, mais ses yeux bruns débordaient de larmes.

En général, Jake évitait ces rencontres personnelles tendues – les émotions brutes et torturées qui se déversaient sur lui. Il n'avait aucun mal à imaginer à quel point la situation était douloureuse pour ces parents. Mais il ne se préoccupait que du sort des otages. Être négociateur signifiait incarner le calme dans la tempête, la lumière au bout du tunnel, l'espoir au milieu du chaos.

Il se redressa.

— Agir dans la précipitation ferait courir un risque mortel aux otages, répliqua-t-il. Que ce soit pour prendre contact avec les ravisseurs ou pour investir un bâtiment, une action calculée, de la patience et de la maîtrise sont indispensables. J'ai une expertise reconnue dans ce domaine et je…

— Peut-être, l'interrompit Schroeder. Mais la façon dont vous gérez la situation jusqu'à présent ne me convient pas. Mon responsable de la sécurité est en route. C'est un consultant privé doté d'une vaste expérience. Il s'appelle Leonard Guidry.

Le nom disait vaguement quelque chose à Jake, mais il ne parvenait pas à se souvenir pourquoi.

— Il fera partie de cette équipe et sera tenu informé de tous les éléments pertinents, ajouta Schroeder.

— Excusez-moi, intervint Nash. Je n'ai pas donné mon accord sur ce point.

— Vous, non, mais moi, oui, intervint le shérif Clark en s'avançant. Agent Delgado, votre groupe et vous travaillez de concert avec le bureau du shérif et j'apprécie votre aide. M. Guidry n'agira qu'à titre de consultant, au besoin. Il n'aura aucune autorité. S'il vous empêche d'exercer vos fonctions, il sera renvoyé du poste de commandement. Tout le monde est d'accord là-dessus ?

Pietsch fut la première à hocher la tête.

— Très bien, dit le maire. Ça marche pour moi.

Nash jeta un coup d'œil à Jake avant de répondre.

— Nous verrons comment ça se passe.

Un peu calmés, Schroeder et Pietsch quittèrent la tente.

Dans le passé, Jake avait travaillé avec des consultants privés, mais il n'avait jamais laissé l'un d'eux faire pression sur lui. Il voyait poindre des complications inutiles. Tout se passerait beaucoup mieux si ce Guidry ne s'en mêlait pas.

— Pourquoi avez-vous accédé à sa requête ? demanda-t-il au shérif. Mesurez-vous à quel point sa présence va nous compliquer la tâche ?

Clark posa les mains sur ses hanches.

— Quand cette histoire sera finie, je devrai encore vivre et travailler ici, pendant que vous retournerez à Denver. J'aimerais effectuer plus qu'un mandat de shérif, figurez-vous. Je ne suis pas fier de l'admettre, mais au moment des élections, le soutien de Schroeder m'aidera beaucoup. Je ne connais pas Guidry. D'après le maire, il semble très qualifié. Nous voulons tous la même chose. Sauver les otages. Comme je l'ai dit, si Guidry s'avère être plus une gêne qu'une aide, je ne vous empêcherai pas de vous débarrasser de lui. Mieux, je le sortirai moi-même du jeu.

— Même si cela vous coûte votre réélection ? demanda Jake, ayant besoin de savoir s'ils pouvaient compter sur le shérif.

— J'aime beaucoup mon travail, mais je n'exposerais jamais une vie pour le garder. Je suis ici pour servir et protéger.

— Dans une situation comme celle-ci, une seule personne doit prendre les décisions, dit Jake. Et ce sera moi. Finies les surprises qui pourraient affecter le déroulement des opérations. D'accord ?

— Très bien, dit Clark.

Ils entendirent Schroeder s'entretenir avec quelqu'un à l'extérieur de la tente.

— Quand on parle du loup..., dit Clark. Guidry est là. Je vais lui expliquer les règles du jeu avant qu'il entre.

Le shérif sortit.

— Jake, dit Nash. Dans une ville comme Laramie, le maire a plus de poids que tu ne le penses. Daniel est le premier shérif de la ville à avoir été nommé, et non élu, parce que son prédécesseur était corrompu. Il a beaucoup à prouver et a appris récemment à ses dépens à quel point ses fonctions étaient politiques. Il a horreur de jouer à ces petits jeux mais il doit s'y plier. D'après ce que j'ai vu, c'est un excellent shérif. Ne le juge pas trop sévèrement. D'accord ?

Jake trouvait cela difficile, mais techniquement, il était l'outsider, alors il essaierait. Clark avait accepté sans tergiverser de leur céder, à lui et au groupe de travail, le contrôle opérationnel.

Il semblait sérieux et désireux de faire ce qu'il fallait. Jake ne voulait pas que des problèmes d'ego viennent perturber les négociations.

— Nous avons tous le même objectif, dit-il. Peut-être que ça ira.

Lorsque quelqu'un entra dans la tente, ils se retournèrent tous les deux.

Un grand brun, vêtu d'un jean et d'un T-shirt, s'avança vers eux.

— Lequel d'entre vous est l'agent spécial Delgado ?

— C'est moi, répondit Jake en lui tendant la main. Je suppose que vous êtes Leonard Guidry.

— Leo, dit-il avec un sourire neutre, sans lui prendre la main.

Jake se hérissa de sa grossièreté tout en se sentant ridicule d'avoir tendu la main le premier. Il se rendit vite compte que c'était le but de cet imbécile. Ce consultant privé voulait d'emblée humilier ses homologues.

Il n'était pas là pour jouer en équipe mais pour tirer la couverture à lui.

Sans doute allait-il essayer de prendre le contrôle de la situation d'une manière ou d'une autre. Jake ne lui faisait pas confiance.

Dès qu'il en aurait l'occasion, il demanderait à quelqu'un d'obtenir une copie des prétendues références du prénommé Leo et de creuser un peu le sujet.

— Je suis l'agent spécial de supervision Garner, annonça Nash. Vous comprenez que vous ne devez ni interférer ni gêner les négociations, n'est-ce pas ?

— Mon rôle est d'observer, de conseiller et de veiller aux intérêts des otages, déclara Leo d'une voix calme et détachée. J'ai appris que vous étiez prêt à entrer en contact avec les ravisseurs. Je pense que vous devez cesser de vous tourner les pouces et vous y mettre. Assez perdu de temps.

Tôt ou tard, Leo Guidry allait poser un problème.

Jake pariait que ce serait plus tôt que tard.

4

— Qu'est-ce qui va nous arriver ? demanda Mason d'un ton angoissé.

Becca aurait aimé le savoir. Voilà plus de deux heures qu'ils étaient enfermés dans une salle de la bibliothèque, pourtant elle faisait confiance aux forces de l'ordre pour les tirer de là.

Elle prit son neveu par les épaules dans un geste réconfortant.

— Nous allons nous en sortir, assura-t-elle. Cela prendra sans doute du temps mais tes amis et toi, vous quitterez bientôt ce bâtiment et vous retrouverez vos parents.

— Tu crois ?

— À l'extérieur de ces murs, le shérif et ses adjoints y travaillent avec la police, le FBI et les forces d'intervention spéciales.

Et il y avait Jake aussi.

Certes, leurs relations personnelles étaient compliquées, mais elle le savait excellent négociateur pour la libération d'otages. Quelle ironie du sort que bon nombre des traits qui le rendaient si efficace dans son domaine soient également ceux qui les empêchaient de passer d'une aventure purement sexuelle à une véritable histoire amoureuse. Il était si facile pour lui de compartimenter sa vie et de s'interdire tout sentiment.

Alors qu'elle était tombée amoureuse de lui. Un peu plus chaque fois qu'ils avaient couché ensemble.

S'il avait le don de l'agacer et de la frustrer comme personne, elle s'était souvent surprise à vouloir se blottir contre lui, se fondre en lui, l'étreindre tendrement. Et très vite, elle avait oublié ses défauts pour ne plus voir que ce qu'elle appréciait : sa force, sa confiance en lui, qui frisait parfois l'arrogance, mais qui était si sexy. Et surtout, son honnêteté, une qualité admirable et rare.

Elle n'appréciait pas toujours ses critiques, mais elle pouvait compter sur sa sincérité.

Elle se souvint des mots qu'il lui avait adressés dans la voiture.

« Notre arrangement actuel fonctionne très bien. Tout est simple entre nous. Nous partageons du bon temps et rien d'autre. Et surtout pas les complications d'une relation amoureuse classique. Il n'y a aucune pression. Personne n'attend rien d'autre que du plaisir et personne n'est déçu. Pourquoi changer une équipe qui gagne ? »

Si Becca était tombée amoureuse, Jake continuait, lui, à la considérer comme une simple partenaire pour laquelle il n'éprouvait aucun sentiment.

Pourtant, dans l'immédiat, sa prédisposition à bloquer ses émotions pour se concentrer sur une mission la réconfortait.

Si quelqu'un était capable de parler à ces types armés sans perdre son sang-froid, c'était bien lui. Il avait les qualités humaines nécessaires et surtout l'expérience. Il avait souvent fait face à ce genre de situations dans le passé et avait toujours réussi à faire sortir les otages vivants. Jusqu'ici, aucun n'avait été tué.

Jusqu'ici.

Il y avait une première fois à tout.

Parcourue par un frisson, elle posa une main sur son ventre. Elle se remémora sa sidération et ses craintes à la vue du résultat du test de grossesse.

Chaque fois qu'elle avait saisi son smartphone pour annoncer la nouvelle à Jake, la peur l'avait arrêtée. La peur qu'il la plaque aussitôt, la peur qu'il ne revienne pas à Laramie, la peur de ne plus jamais le revoir.

Au départ, elle avait imaginé passer un moment torride avec lui au lit, toucher le ciel puis profiter du fait qu'ils redescendaient lentement sur terre pour lui apprendre sa grossesse.

Au lieu de quoi, elle lui avait asséné la nouvelle après lui avoir reproché de ne pas vouloir nouer une véritable relation amoureuse, comme s'il s'agissait d'un crime fédéral.

Elle-même avait encore du mal à s'habituer à l'idée qu'elle allait être mère.

Une mère célibataire.

Leur harmonie sexuelle était si forte qu'elle avait espéré la voir évoluer vers une relation plus profonde, plus complète. Elle se sentait si bien dans ses bras ! Mais Jake n'avait aucune envie de devenir mari ou père. Tant pis.

Elle était capable d'élever un enfant toute seule.

Et d'ailleurs, quand ils ne faisaient pas l'amour, ils passaient leur temps à se disputer. Ils n'étaient pas faits pour vivre en couple – et encore moins pour fonder une famille –, cela crevait les yeux.

Quoi qu'il en soit, elle espérait le revoir. Pour discuter de la situation. Pour mettre au monde ce bébé et l'élever.

Elle ferait tout ce qui était en son pouvoir pour le pousser à s'impliquer dans la vie de leur enfant.

L'un des hommes armés passa devant la pièce. Black. Avec son fusil en bandoulière, il ralentit un peu, les regarda à travers la baie vitrée et poursuivit sa route.

— Et s'il y a une fusillade ? demanda l'adolescente à côté de Becca.

Elle était le portrait craché de Felicia Pietsch. En plus jeune et en plus doux. Les épreuves de la vie ne l'avaient pas encore endurcie. Mais cette prise d'otages lui ferait sans doute perdre une partie de son innocence, songea Becca avec tristesse.

— Comment t'appelles-tu, ma puce ? demanda-t-elle.

— Paige, répondit l'adolescente d'une voix tremblante.

— Si des coups de feu sont tirés, ne cours pas, n'essaie pas de fuir, dit-elle. Laisse-toi tomber à terre.

Becca regarda les autres lycéens autour d'elle.

— Cela vaut pour vous tous. Pour éviter les balles, le mieux est de rester baissés. Comprenez-vous ?

Ils hochèrent la tête. Paige replia ses genoux contre sa poitrine, enroula ses bras autour de ses jambes.

— Les malheureux qu'ils ont attachés sur des chaises devant les portes n'auront pas la possibilité de se laisser tomber à terre, dit Nolan. Ils n'auront aucune chance de s'en tirer. Ils finiront criblés de balles.

Les adolescents blêmirent. Une petite brune se mit à pleurer.

— Inutile de les effrayer, lui dit Becca. Nous devons au contraire les rassurer.

— Ça ne sert à rien de leur mentir, répliqua-t-il. Nous verrons ce que vous direz quand ce sera votre tour d'être ligotée à une chaise et utilisée comme bouclier humain.

— Tant que la police ne cherche pas à entrer en force, personne ne sera blessé, dit Abigail à la jeune fille en lui tapotant la main.

— Nous allons nous en sortir, assura Becca. La police ne fera rien pour nous mettre en danger.

— Et si ces hommes armés ne se contentaient pas de nous garder enfermés ? demanda Paige en jetant un coup d'œil vers la baie vitrée. Et s'ils nous tuaient ?

Les forcenés n'avaient blessé personne jusqu'à présent. Manifestement, leur objectif n'était pas de provoquer un massacre. Ils voulaient obtenir quelque chose, et abattre les otages ne semblait pas être leur stratégie première.

Mais peut-être serait-elle la dernière...

— Faites-moi confiance, dit Becca. Les autorités prennent la situation très au sérieux. Ces hommes n'ont pas intérêt à nous tuer. S'en prendre à nous ne faciliterait pas les négociations.

— Combien de temps penses-tu que nous serons ici ? demanda Mason.

— Je ne sais pas, répondit-elle en lui frottant le bras pour le réconforter. Pas trop longtemps, j'espère.

Un téléphone sonna dans le bâtiment et Cameron Lund leva la tête.

— C'est la ligne téléphonique de la bibliothèque, dit-il en repoussant ses lunettes sur l'arête de son nez.

Becca se mit à genoux et tendit le cou pour mieux voir.

Gray et Black gagnèrent le bureau d'accueil. Ils observèrent le combiné puis échangèrent un regard.

Discrètement, Becca se glissa jusqu'à la baie vitrée. À chaque pas, elle sentait le téléphone portable caché dans sa botte.

— Vous ne devriez pas faire ça, dit Abigail d'une voix paniquée. Vous allez les mettre en colère.

— Ne vous inquiétez pas. Je sais ce que je fais, répondit-elle avant de reporter son attention sur les deux hommes.

Ils étaient tournés vers le téléphone et elle les voyait de profil. Ils avaient baissé leurs bandanas, découvrant en partie leurs visages. Black avait une épaisse moustache. Gray portait une barbe de trois jours.

— Mets-le sur haut-parleur lorsque tu prendras l'appel, dit Black.

Gray prit le récepteur et pressa un bouton.

— Allô ? Qui est à l'appareil ?

— L'agent spécial Jake Delgado du FBI, répondit une voix profonde via le haut-parleur.

Le cœur de Becca cessa de battre.

Un flot d'émotions monta en elle, impérieuses, viscérales. Tout se mêlait : l'intimité qu'ils avaient partagée, chaque baiser, chaque caresse, chaque sourire… chaque dispute – et la conscience des qualités de Jake, qui lui avaient valu le surnom de « faiseur de miracles ».

Il lui avait brisé le cœur, mais savoir qu'il avait maintenant sa vie entre les mains la rassurait.

— Le FBI ? s'étonna Gray. Il n'a pas de bureau dans le Wyoming. Le plus proche est à deux heures de route. Pourquoi est-ce que le FBI intervient ?

— Il faut croire que c'est nécessaire. Qui êtes-vous ?

Gray regarda l'autre gars et hésita.

— Appelez-moi Mister, dit-il.

— Je vous ai donné mon nom. Je préférerais connaître le vôtre.

Non seulement Jake cherchait à identifier son correspondant, mais appeler quelqu'un par son prénom créait une certaine familiarité et permettait de nouer des liens.

— J'en suis sûr, répondit Gray, mais je m'en moque. Je suis la personne responsable, c'est tout ce que vous avez besoin de savoir.

Jake n'insista pas.

— Ravi de parler avec vous, Mister, dit-il. Vous avez manifestement un plan en tête. Quel est-il ? Comment tout cela va-t-il se terminer, à votre avis ?

— Au mieux pour nous. Nous comptons remporter ce bras de fer. Pour une fois dans notre vie.

— Qu'espérez-vous obtenir ?

— Vous verrez bien, répondit Gray.

Jake resta silencieux si longtemps que Gray finit par demander :

— Êtes-vous toujours là ?

— Je suis là. Je vous écoute et je m'interroge. Tout le monde va bien ?

— Nous n'avons fait de mal à personne. Toutes les personnes que nous retenons vont bien. Si vous voulez qu'elles restent en vie, retirez vos hommes, éloignez-les des portes.

— Nous n'avons qu'un visuel sur quatre des otages. Mais à notre connaissance, vous détenez quatre autres adultes et six mineurs, répondit Jake. Est-ce exact ?

— Oui. Le compte est bon.

— Pourriez-vous m'en passer un au téléphone ? Je dois m'assurer que les autres vont bien.

Les deux hommes se regardèrent. Gray sembla hésiter, mais il répondit finalement :

— Non. Les autres ne peuvent pas vous parler au téléphone.

— Où les retenez-vous ?

— Dans une salle.

— J'espère qu'elle n'est pas trop loin des lavabos. Vous n'avez pas envie de passer votre temps à leur faire traverser le bâtiment chaque fois qu'ils auront besoin de soulager leur vessie.

— Personne n'est à l'étage, répondit Gray. La salle de l'heure du conte est assez proche des toilettes.

— Parfait. Moins vous êtes stressés, mieux ça vaut. J'aimerais comprendre votre objectif afin de vous aider à l'atteindre. Pourquoi ne pas me dire ce que vous voulez ?

— Pour commencer, j'exige une couverture médiatique nationale. Jusqu'à présent, seules les radios locales ont évoqué cette prise d'otages.

— Pourquoi est-il si important pour vous d'avoir une couverture nationale ? demanda Jake.

— Pour que le plus de monde possible voie ce que nous faisons ici, que le plus de monde possible comprenne notre action et apprenne ce que nous allons leur révéler.

Pour que le plus de monde possible voie qu'ils avaient envahi une bibliothèque municipale ? Ou les voie faire quelque chose de bien pire ?

Jake n'aurait pas à intervenir pour répondre à leur première exigence. Tôt ou tard, cette prise d'otages ferait la une des principaux médias. Ce n'était qu'une question de temps.

Mais une fois certains que tout le pays les regardait, que feraient-ils ?

De terribles pensées tournaient dans l'esprit de Becca.

— Que voulez-vous révéler ? Qu'avez-vous à gagner dans cette histoire ? insista Jake. Pourquoi ne pas me le dire maintenant ? Croyez-le ou non, je suis là pour vous aider.

— Alors arrangez-vous pour que toutes les chaînes d'infos soient au courant et viennent couvrir l'événement sur place. Ensuite, nous parlerons.

Gray raccrocha. Comme il se détournait du téléphone, Becca aperçut son visage.

Si elle parvenait à prendre une photo de lui et à l'envoyer à Jake, il lui serait facile d'identifier au moins un des agresseurs. Mais alors qu'elle glissait la main à l'intérieur de sa botte pour s'emparer du téléphone portable qu'elle y avait caché, Gray releva la tête.

Leurs regards se croisèrent.

Avec un juron, elle se baissa d'instinct. Mais il était trop tard.

Il l'avait vue.

— Tu as appris quelque chose sur notre suspect, Jake ? demanda Nash. Est-ce que tu crois qu'il a déjà pris des gens en otages ?

— Il a réfléchi, préparé et planifié l'attaque avec soin, c'est sûr, dit Jake. Mais j'ai l'impression qu'il s'agit d'une première pour lui...

Jake avait laissé sciemment des silences se prolonger. Et à la façon de répondre à certaines questions, aux hésitations du dénommé Mister, il avait compris que celui-ci était loin d'être sûr de lui.

— Et c'est tout ? intervint Guidry d'un ton cinglant. J'avais entendu dire que vous étiez le meilleur, mais vous n'avez pas fait progresser l'enquête. Vous ne savez toujours rien, en fait.

Jake était déterminé à garder son sang-froid malgré sa frustration. Vu la façon dont le contact initial s'était déroulé, il n'avait en effet encore rien pour travailler.

— Peut-être, mais c'est un bon début.

— Il ne vous a donné aucune preuve de vie des otages, poursuivit Guidry. Aucune assurance que les gamins vont bien. Vous n'avez identifié aucun des ravisseurs. Et vous ne savez toujours pas ce qu'ils veulent. Qu'y a-t-il de « bon » exactement ?

Jake serra les mâchoires.

— Cet échange a au moins eu le mérite de lancer la communication entre nous.

— Et pas seulement, intervint Nash. Jake lui a demandé de confirmer le nombre d'otages. Nous savons maintenant où ils sont enfermés dans la bibliothèque, au cas où nous aurions besoin de pénétrer dans le bâtiment. Toutes ces données sont primordiales. Pour moi aussi, c'est un bon début.

Ils avaient identifié les quatre hommes enchaînés à des chaises, derrière les portes. Le shérif Clark n'avait pas encore communiqué les noms des otages aux médias. Il tairait le plus longtemps possible ceux des adolescents et de Becca puisqu'elle était agent fédéral. Les journalistes et les caméramans avaient été installés assez loin pour leur interdire de voir les malheureux attachés près des entrées.

Jake aurait aimé apercevoir Becca, pour s'assurer qu'elle allait bien, mais elle se trouvait avec Mason et les autres lycéens dans une pièce sans fenêtres et donc relativement à l'abri.

— Dès que cette prise d'otages aura fait la une des journaux nationaux, nous aurons répondu à leur première requête, dit-il, et j'insisterai pour qu'ils me donnent quelque chose en échange.

Mais que les ravisseurs veuillent une couverture médiatique nationale avant de lui parler l'inquiétait.

Peut-être attendaient-ils que le monde les regarde pour faire exploser une bombe. Ou pour commencer une tuerie. Ils voulaient évidemment attirer l'attention, mais à quelle fin ?

— L'affaire aura une couverture nationale avec ou sans intervention de votre part, dit Guidry.

— Certainement. Mais ils l'ont demandée et quand ils l'obtiendront, ils penseront que j'ai tenu mes engagements. C'est tout ce qui compte.

— Il n'en reste pas moins vrai que la situation n'avance pas, dit Guidry. Le maire attend des progrès.

Jake prit une profonde inspiration.

— Tous les parents les attendent. Mais ce sera à mes conditions. Pas aux vôtres.

— Tu y arriveras, dit Nash en posant une main sur son épaule. Tu l'as déjà fait cent fois, Jake. Tu réussiras encore.

Il hocha la tête en silence, lui aussi trouvait qu'il n'en faisait pas assez.

Son futur beau-frère se tourna vers Guidry.

— Vous avez des conseils concrets à nous donner ? Ou vous préférez continuer à tout critiquer ?

— Je vous faisais simplement part de mes observations. Essayez de travailler un peu plus vite pour que ces enfants puissent dormir dans leur lit ce soir.

— Plutôt que de travailler plus vite, je préfère travailler plus intelligemment. Le temps qui passe libère les tensions et donne aux esprits la possibilité de se calmer, répliqua Jake. Nous le mettons à profit pour recueillir des renseignements. Quand nous en saurons davantage sur les preneurs d'otages, nous pourrons améliorer nos échanges. Parfois, une crise se dénoue simplement parce que les criminels sont épuisés et affamés. La fatigue affaiblit leur motivation. N'oublions pas qu'ils ont aussi la charge mentale des otages. Gagner la confiance de ces hommes ne se fait pas d'un claquement de doigts. C'est un long processus. Négocier prend du temps. Mieux vaut les laisser croire qu'ils contrôlent tout.

Il avait au moins réussi à faire taire Guidry.

Pour mener à bien les négociations, la communication était essentielle. Jake opérait à l'aveugle, mais même ainsi, il connaissait la voie à suivre.

Après avoir fait parler Mister, il devait lui faire sentir qu'il avait compris son point de vue. Il commencerait ensuite à développer une sorte d'empathie stratégique en explorant les sentiments sous-jacents à leurs demandes. Tous ses efforts visaient à établir la confiance. Une fois qu'il l'aurait installée, il pourrait travailler sur le problème avec eux et suggérer un plan d'action qui permettrait à tout le monde de respirer.

Si tout se passait comme prévu, les assaillants feraient alors preuve d'un changement de comportement.

Peut-être libéreraient-ils un otage. Peut-être même décideraient-ils de se rendre.

— Je vais informer le maire, dit Guidry en se levant. Puisque nous allons rester ici un certain temps, je vais prendre des dispositions pour les repas.

— Il essaie visiblement de s'excuser sans perdre la face, dit Nash.

— Je n'ai pas besoin de ses excuses. Mais de ne pas l'avoir dans les jambes.

Jake sortit son smartphone et appela son bureau. L'agent spécial Tracy Morris répondit aussitôt.

— Salut, Tracy, c'est Jake. Sais-tu quand arrive le centre de commandement mobile ?

— Le camion devrait être là dans moins de quarante-cinq minutes, répondit-elle. Aaron viendra tout installer.

L'agent spécial Aaron Vance était un as du high-tech. Jake avait déjà travaillé avec lui. Ils s'entendaient bien.

— Génial. Il vient seul ou Debbie est avec lui ?

Le Dr Deborah Holmes était une psychologue clinicienne qui accompagnait habituellement l'équipe de négociation.

Elle leur avait souvent apporté une aide inestimable.

Les psychologues n'étaient en général pas efficaces en tant que négociateurs, car les preneurs d'otages détestaient être considérés comme des malades mentaux. Debbie intervenait à titre de consultante. Son rôle principal était de surveiller le comportement des membres de l'équipe, en particulier celui de Jake, le négociateur principal, et d'évaluer leurs réactions face à une situation éprouvante. Elle leur offrait un soutien émotionnel et alertait le responsable – ici, Nash – si elle sentait que le négociateur dérapait sous l'effet du stress. Par la suite, elle fournirait aussi des conseils sur le post-traumatisme aux otages.

— Debbie est en vacances, répondit Tracy. Nous avons essayé de la contacter, mais elle campe dans le parc national des Rocheuses où la couverture réseau est quasi nulle.

Ils allaient avoir besoin d'un remplaçant. De préférence quelqu'un qui connaissait bien Jake. Non seulement pour le prévenir si son comportement laissait à désirer, mais aussi pour s'entretenir avec les otages par la suite, en particulier avec les adolescents.

— Peux-tu me rendre un grand service ? demanda-t-il. Au moins jusqu'à ce qu'Aaron arrive et prenne le relais ?

— Bien sûr, dit Tracy. Que veux-tu que je fasse ?

— J'ai besoin que tu me trouves le plus d'éléments possible sur Leonard Guidry, un consultant privé qui est actuellement responsable de la sécurité du maire Schroeder.

— Je m'en occupe et j'enverrai à Aaron ce que je découvrirai.

Il raccrocha et se tourna vers Nash.

— Nous avons besoin d'un remplaçant pour le Dr Debbie Holmes. Penses-tu que Lynn accepterait de nous aider ?

En tant que psychothérapeute qualifiée et titulaire d'un doctorat, Lynn traitait des personnes atteintes de pathologies graves et dirigeait maintenant un programme sur la gestion de la colère et les violences domestiques.

— Je ne vois personne de mieux placé pour m'alerter si tu es sur le point de perdre les pédales, dit Nash. Et elle n'est qu'à vingt minutes de route. Je l'appelle.

Becca traversa la salle en courant jusqu'à l'endroit où elle était assise au départ. Elle prit une profonde inspiration pour se préparer à la suite, tout en regardant par la baie vitrée Gray et Black s'approcher.

Tous deux s'étaient à nouveau couvert le bas du visage, mais elle voyait la colère briller dans leurs yeux.

— Va la chercher ! ordonna Gray en arrivant devant la pièce.

Black sortit les clés, déverrouilla la porte et l'ouvrit en la faisant claquer contre le mur.

Il se dirigea vers Becca.

Mason lui serra le bras.

— Ne t'inquiète pas, murmura-t-elle. Reste assis.

Black se précipita vers elle et l'attrapa par les cheveux.

— Debout ! cria-t-il en la forçant à se lever.

Une douleur atroce traversa son cuir chevelu. D'instinct, elle tira la main qui la tenait par les cheveux et pressa l'intérieur du bras de Black sur un point sensible, à quelques centimètres du coude.

Par réflexe, il la lâcha.

Elle avait agi sans réfléchir, mais elle réussit à s'arrêter avant de lui donner un coup de genou dans l'entrejambe et de le frapper à la gorge. Une riposte qui l'aurait trahie.

— Espèce de salope ! hurla-t-il.

Il la gifla plusieurs fois et l'une des filles poussa un cri.

Les yeux de Becca se remplirent de larmes. Envahie par la fureur, elle eut du mal à s'interdire de réagir. Elle aurait été capable de prendre le dessus et de le désarmer. Mais son complice, qui se tenait à quelques mètres d'eux, répliquerait fatalement. Il risquait de lui tirer dessus, de menacer les enfants, peut-être même son neveu. Elle n'avait pas d'autre choix que de rester là et d'encaisser.

Comme Black reculait pour la frapper à nouveau, Gray cria :

— Craig ! Ça suffit. Qu'est-ce qui ne tourne pas rond chez toi ? Elle est enceinte.

— Je n'ai pas cogné son ventre. Seulement son visage. Tout va bien.

— Je t'avais demandé de la sortir de la pièce. Pas de la frapper.

Becca avait les joues en feu. Malgré l'humiliation qu'elle venait de subir, elle savourait pourtant une petite victoire. Elle avait obtenu le prénom de Black. Elle n'en espérait pas tant.

Le dénommé Craig dégaina son arme et la pointa sur elle.

— Avancez.

Elle obéit tout en regardant Mason par-dessus son épaule pour le rassurer.

D'un coup de poing, Craig la poussa vers l'avant.

— Contentez-vous d'avancer.

Elle sortit de la pièce et fit face à Gray. Mais ce qu'elle vit dans ses yeux la surprit et la fit réfléchir. Il avait l'air las, pas en colère.

— Attache-la.

Craig ligota ses poignets devant elle, en resserrant le zip jusqu'à ce que le plastique s'enfonce dans sa chair, visiblement heureux de la voir faire la grimace. Il verrouilla la salle de l'heure du conte.

Gray attrapa Becca par le bras et l'entraîna vers une petite salle d'étude, meublée d'une table et de quatre chaises. Comme la salle de l'heure du conte, la cloison donnant sur le couloir était une baie vitrée.

— Retire les chaises, ordonna-t-il à Craig, et va surveiller les autres.

Alors qu'il obéissait, Becca remarqua qu'il ne portait plus de gants. Elle aperçut un tatouage sur sa main, entre le pouce et l'index. Une araignée noire.

Une fois les chaises enlevées, Craig jeta les clés à Gray et partit exécuter ses ordres.

Gray la poussa à l'intérieur.

— Peut-être qu'un peu de solitude vous aidera à vous ressaisir. Ne faites plus rien de stupide. Sinon, je ne sais pas si je pourrai vous protéger.

C'était l'ouverture qu'elle attendait.

S'il se souciait d'elle, Gray n'était pas exactement le criminel de bas étage auquel elle s'attendait.

— Un monstre sans cœur n'aurait pas tenté de me protéger. Manifestement, vous n'en êtes pas un.

— Non, bien sûr que non. Aucun de nous ne l'est.

Oh ! vraiment ?

— Alors pourquoi vous comportez-vous comme des monstres, en prenant des otages sous la menace d'une arme ? En vous attaquant à des gamins ? Pourquoi me gifler ?

— Je suis désolé que Craig vous ait frappée, dit Gray en secouant la tête comme si un tel geste le révoltait. Il a toujours manqué de respect envers les femmes. Même la thérapie n'a pas pu l'aider. Il est incurable. Mais j'avais besoin de lui pour cette opération. Je sais que vous aurez du mal à le croire mais, honnêtement, nous essayons d'être des héros.

— Quel que soit votre objectif, vous n'appliquez pas la bonne méthode, dit-elle, dans l'espoir de lui faire entendre raison. Les héros ne mettent pas en danger la vie des autres.

— Nous n'avons fait de mal à personne. Nous espérons que nous n'aurons pas à le faire, répondit Gray avec sincérité.

— Pourquoi avoir organisé cette prise d'otages ? demanda-t-elle.

— Parce que c'était le seul moyen. Lorsque vous affrontez un ennemi puissant, vous êtes obligé d'employer des mesures extrêmes, ajouta-t-il avec un soupir. Allez-vous coopérer en faisant profil bas et cesser de nous espionner, à présent ? Puis-je compter sur vous pour ne pas être un problème ?

Certainement pas.

— Oui. Message reçu. Je vais baisser la tête et me taire.

— Dès que vous aurez prouvé que vous en êtes capable, je vous laisserai rejoindre les autres. Si vous recommencez, les conséquences seront plus graves, la prochaine fois. Je préfère ne pas attacher une femme, surtout une femme enceinte, à une chaise devant les portes des entrées. Vous n'auriez plus la possibilité d'aller aux toilettes ni de boire ou de vous nourrir. Et cela pendant de longues heures.

— Vous avez apporté de quoi vous restaurer ?

— Bien sûr. Je me doutais bien que nous allions rester ici un moment.

Ils étaient préparés à ce que la situation se prolonge. Jake espérait sans doute qu'ils n'avaient rien prévu. La faim et la fatigue des ravisseurs contribuaient souvent à mettre un terme à une prise d'otages.

— Mais si vous me poussez à bout, vous n'obtiendrez pas une seule miette ni la moindre goutte d'eau, asséna Gray. Et si votre bébé en subit les conséquences, ce sera votre faute. Compris ?

Becca hocha la tête, déchirée. Elle était certaine qu'il mettrait ses menaces à exécution s'il le jugeait nécessaire. Que devait-elle faire ? Si elle essayait d'aider Jake à sauver les otages, elle risquait de compromettre la santé de son enfant à naître. D'un autre côté, si quelqu'un était blessé, ou pire, parce qu'elle avait choisi de ne pas bouger, pourrait-elle vivre avec une telle culpabilité sur la conscience ?

5

Rocco sur les talons, Brian se dirigea vers le camion bleu et blanc du FBI. Aménagé en centre de commandement mobile, il était enfin arrivé.

Tous les civils avaient été éloignés et cantonnés à bonne distance. Devant chaque entrée de la bibliothèque, un véhicule blindé servirait de couverture si nécessaire. Trois hélicoptères tournaient en permanence au-dessus de leurs têtes. L'un envoyé par le bureau du shérif, les deux autres par des chaînes d'information.

La nuit était tombée et, avec elle, la chaleur étouffante de l'après-midi. Les températures étaient plus supportables.

La lumière des projecteurs installés autour du bâtiment l'éclairait comme un stade de football.

La prise d'otages à la bibliothèque municipale de Laramie avait fait la une des JT de toutes les chaînes de télévision. L'attachée de presse de la Maison-Blanche et un représentant du Pentagone s'étaient brièvement exprimés sur le sujet.

Conscient que Jake attendait de savoir ce que Rocco et lui avaient appris pour reprendre contact avec les ravisseurs, Brian gravit en vitesse les marches du camion aménagé et tenta d'ouvrir la porte. La trouvant verrouillée, il tambourina le battant du poing.

— C'est Bradshaw et Sharp, cria-t-il.

Jake voulait réduire au maximum le nombre de personnes présentes dans le centre de commandement.

L'une des caméras de surveillance montées sur le véhicule pivota et s'abaissa vers eux avant que la porte s'ouvre.

Entrant le premier, Brian promena les yeux autour de lui. L'espace était faiblement éclairé afin que les regards soient naturellement attirés par les quatre écrans montrant différents angles de la bibliothèque et de la zone environnante. Les chiffres rouges qui s'égrainaient sur l'horloge numérique au-dessus des moniteurs rappelaient l'urgence de la situation.

Brian n'avait encore jamais eu l'occasion de pénétrer dans l'une des unités mobiles du FBI. Il fut impressionné. Le camion aménagé était équipé d'une technologie de pointe, de tout l'équipement de communication et de surveillance nécessaire pour opérer et d'espaces de travail pour au moins quatre personnes.

Il repéra Leo Guidry, assis sur une chaise, loin de Jake. Leurs regards se croisèrent mais Guidry ne le reconnut pas.

La porte se referma et la serrure s'enclencha.

— Brian Bradshaw, Rocco Sharp, dit Jake, se chargeant des présentations, voici le Dr Lynn Delgado, ajouta-t-il en désignant une jolie femme près de lui. Elle rejoint l'équipe en tant que consultante en psychologie.

— Je sais, dit Brian. Lynn est la sœur de Jake et la fiancée de Nash. Nous nous sommes déjà croisés au Delgado.

Toute l'équipe avait entendu parler du calvaire enduré par Lynn, aux prises avec un tueur, l'hiver précédent, et de la façon extraordinaire dont Nash l'avait sauvée. Mais jusqu'ici, Nash ne l'avait jamais emmenée au bureau ou prendre un verre avec l'équipe. Manifestement, il préférait compartimenter vie personnelle et vie professionnelle.

— Ravie de vous rencontrer tous les deux, dit-elle en leur serrant la main. Nash ne me parle jamais de son groupe.

— Rien d'étonnant, dit Rocco. Je suis même sidéré qu'il ait réussi à échanger assez de mots pour se fiancer. Et avec une psy, en plus.

Les sourcils froncés, Nash secoua la tête.

— Bon, assez de mondanités. Mettons-nous au travail.

— Dites-moi que l'un de vous – ou les deux – a quelque chose, dit Jake.

Brian commença le débriefing.

— Les caméras de surveillance de la circulation ont filmé les deux camionnettes blanches sur le chemin de la bibliothèque, dit-il. Malheureusement, nous n'avons pas encore réussi à déterminer avec précision d'où elles venaient. Du nord de la ville, c'est certain, mais cela reste vague. Le visage du conducteur de la camionnette de tête a été capturé par un objectif, mais il n'est que partiellement visible. Une caméra de surveillance installée au-dessus d'un magasin de sport offrirait un meilleur angle, mais le propriétaire de l'établissement ne veut pas nous donner accès aux images. Bien sûr, nous allons obtenir un mandat pour les exiger, mais cela prendra sans doute un peu de temps. J'en ai touché un mot au shérif qui va tout faire pour accélérer le processus. J'aimerais avoir de meilleures nouvelles.

— Comment peut-on refuser de coopérer alors qu'il s'agit d'une prise d'otages avec des gamins ? demanda Nash, exprimant à haute voix l'incompréhension de Brian.

— Envoie ce que tu as sur le visage du conducteur, dit Jake. Aaron est capable de tirer quelque chose d'une image partielle.

Brian l'avait prévu.

— J'ai déjà adressé le fichier à toute l'équipe, dit-il.

— Je m'y mets, répondit Aaron.

Le cliquetis du clavier de l'ordinateur retentit.

— Et de mon côté, je veillerai à ce que Daniel obtienne rapidement le mandat, ajouta Nash.

Si le shérif ne réussissait pas très vite, le FBI avait les moyens de hâter certaines procédures.

— Par ailleurs, poursuivit Brian, le vol des deux camionnettes blanches a été signalé ce matin par un organisme de bienfaisance du coin.

— Ont-elles disparu pendant la nuit ? demanda Jake.

— Je suppose.

Brian détestait les suppositions qui généraient souvent des erreurs. Il jeta un coup d'œil à l'horloge numérique. Il était presque 23 heures.

— J'y ferai un saut demain à la première heure pour le confirmer et voir si leurs caméras de sécurité ont capté quelque chose. Je vais également interroger les propriétaires des voitures dont les plaques d'immatriculation ont été dérobées. Les preneurs d'otages sont peut-être leurs voisins. À moins que les plaques n'aient été dévissées sur des véhicules garés sur le parking d'un centre commercial, protégé par une vidéosurveillance, ce qui nous donnerait des images supplémentaires. Sur le rapport de police, aucun des propriétaires n'était en mesure de préciser avec certitude à quel moment les plaques avaient disparu.

Les gens avaient tendance à se désintéresser des détails qu'ils considéraient comme mineurs. Les aider à se souvenir pourrait mener à quelque chose.

— Ça me paraît bien, dit Jake avant de se tourner vers Rocco. Et toi, tu as avancé ? La criminalistique a donné quelque chose ?

Rocco fronça les sourcils. Son air dur et impitoyable n'était qu'une façade, car Brian le savait gentil avec les animaux et les enfants. Il aidait même sa cousine, Charlie, qui dispensait des cours d'autodéfense à des groupes de femmes à l'Underground Self-Defense School. Elle enseignait en particulier des techniques de base pour se protéger et sauver des vies.

Brian aussi s'était porté volontaire pour donner un coup de main. Mais Charlie avait catégoriquement rejeté son offre et avait même refusé de lui serrer la main sans la moindre explication. Elle n'aurait pas réagi autrement s'il avait eu la lèpre. Charlie

Sharp était aussi distante qu'elle était séduisante et il mourait d'envie de mieux la connaître.

Il espérait y parvenir car il était non seulement le collègue de Rocco, le cousin de Charlie, mais également son ami.

Rocco répondit par la négative à la question qui lui avait été posée.

— La police scientifique n'a rien trouvé. Les camionnettes ont été soigneusement nettoyées. Même le bouchon du réservoir d'essence a été essuyé. Quelque chose m'a paru bizarre. Ils n'ont pas eu à bricoler manuellement les fils des batteries pour les démarrer. Les clés étaient sur le contact.

— Peut-être avaient-ils réussi à mettre la main sur les clés lorsqu'ils ont volé les véhicules de l'association caritative, suggéra Nash.

— Possible, répondit Brian. J'en saurai plus demain.

Rocco se frotta les mâchoires.

— J'ai eu une idée. Comme ces types ont beaucoup tiré en arrivant, il y a pas mal de douilles sur le parking.

Jake dut deviner où Rocco voulait en venir.

— N'est-il pas délicat de relever des empreintes sur des douilles ?

— Si, confirma Rocco. Elles sont exposées à des résidus de poudre, à des températures et à des pressions élevées. Dans ces conditions, obtenir une empreinte utilisable est un véritable défi. Mais ce n'est pas impossible.

— D'accord, dit Jake. Nous enverrons quelqu'un pour les ramasser. Cela dit, cette mission pourrait s'avérer périlleuse. Si les ravisseurs voient notre gars s'approcher trop du bâtiment, ils en seront sans doute contrariés.

Rocco lui sourit.

— Les douilles ont déjà été récupérées. Je m'en suis chargé. Je les ai remises à la criminalistique.

Brian avait vu Rocco ramper sur le sol comme un serpent,

les mains gantées, pour collecter des douilles près de l'entrée de Grand Avenue.

— Tu aurais pu te faire tirer comme un lapin, dit Nash.

Pourtant, personne n'aurait réussi à le dissuader d'y aller. Dans cette équipe, Rocco était le seul capable de tout laisser tomber pour venir en aide à quelqu'un en difficulté.

Avec des hommes comme lui, Becca avait une vraie chance de s'en tirer.

— Peut-être, répliqua-t-il en mettant un chewing-gum dans sa bouche. Mais je suis toujours là.

Rocco faisait toujours preuve d'une assurance inébranlable, mais l'opération l'avait sans doute stressé. Il mâchait des chewing-gums à la nicotine, ce qui signifiait qu'il avait envie de fumer.

Jake croisa les bras.

— J'apprécie ton initiative, mais tu aurais pu mettre les otages en danger. À l'avenir, je préfère que tu demandes la permission avant d'agir. Suis-je clair ?

— Limpide, répondit Rocco en mâchant son chewing-gum. Mais si nous obtenons une empreinte, j'espère un remerciement de ta part.

— Bien sûr. Je n'ai aucun problème avec ça. Attendons de voir si ça donne quelque chose.

Rocco hocha la tête.

— J'en suis certain.

— Maintenant, les preneurs d'otages sont sans doute en grande partie au courant de la couverture médiatique dont ils font l'objet, dit Jake. Je vais les rappeler. Si vous n'avez rien de particulier à faire ici, vous pouvez partir.

Brian aurait aimé assister à la suite. Malheureusement, son travail l'appelait ailleurs. Et Becca avait surtout besoin du meilleur négociateur spécialisé dans la libération d'otages. Et aux dires du FBI, l'agent Jake Delgado l'était.

Ils espéraient tous qu'il serait à la hauteur de sa réputation. Pour sauver Becca, il le fallait.

Tandis que Brian et Rocco quittaient le centre de commandement, Jake s'assit près du téléphone et se prépara mentalement au coup de fil qui l'attendait. Malheureusement, Guidry était toujours là, en retrait.

Il se taisait, c'était déjà ça.

Depuis que le camion aménagé du FBI était arrivé avec le SWAT, que des tireurs d'élite s'étaient mis en position sur les toits des bâtiments voisins et qu'un expert en explosifs se tenait prêt à intervenir, Jake avait trouvé ses marques. Guidry, en revanche, restait sur la touche à observer tranquillement les événements.

Avoir sa sœur dans l'équipe était un atout pour Jake. Lynn assurait ses arrières et ceux de Nash. Ils l'avaient mise au courant de détails pertinents qui n'avaient pas été communiqués aux médias. D'après son analyse, le suspect principal n'était pas mentalement perturbé et Jake partageait son opinion. Mais elle écouterait les échanges téléphoniques à venir et donnerait son avis au fur et à mesure.

Le bras de fer durait déjà depuis plus de six heures. Bien qu'il n'ait pas plus d'informations pour continuer, Jake composa le numéro de la bibliothèque et attendit.

Lynn était assise à sa droite. Nash, debout à sa gauche.

— Allô, dit une voix masculine sur le haut-parleur, la voix de Mister, sans doute.

— Re-bonjour, Mister. C'est Jake.

Sciemment, il « oublia » de préciser son titre et son nom de famille. Il voulait que le ravisseur ait l'impression que ce formalisme n'était plus nécessaire entre eux. Ils étaient deux êtres humains qui communiquaient et se comprenaient.

— La prise d'otages est à la une de toutes les chaînes d'info, comme vous le souhaitiez.

— J'ai vu.

Mister semblait hésiter.

Jake sentit que quelque chose n'allait pas.

— Vous avez obtenu ce que vous vouliez. Vous devriez être content.

— Je tiens à parler aux journalistes pour leur donner notre version des événements.

Demander à s'entretenir avec les médias était inhabituel.

— Donnez-la à moi, cette version, dit Jake en adoucissant sa voix. Je suis là et je vous écoute.

— Certainement pas ! protesta Mister d'un ton irrité. Vous essayez de me réduire au silence, c'est ça ? Le monde entier doit entendre ce que j'ai à dire. Vous allez nous envoyer des journalistes. Et pas n'importe lesquels. Je veux parler à deux ou trois grands reporters connus qui passent aux heures de grande écoute sur des chaînes nationales. Compris ?

Tendu, Jake ne répondit pas immédiatement.

— Je suis désolé, dit-il enfin, mais votre revendication n'est pas recevable. Je ne suis pas autorisé à faire courir des risques à d'autres otages potentiels.

— Quoi ? Je n'ai pas l'intention de les garder. Je les laisserai partir après leur avoir donné ma version des faits.

— Je suis désolé, répéta Jake. Ça ne va pas être possible. Mais j'ai un autre moyen à vous proposer pour vous permettre de dire au monde ce que vous avez envie de dire.

— Et lequel ? demanda Mister d'un ton sceptique.

— Je vais vous faire livrer un porte-voix. Vous parlerez d'une fenêtre.

Un rire sinistre se fit entendre dans l'appareil.

— Pour que vos hommes me tirent dessus ?

— J'aimerais que personne ne se fasse tirer dessus, répondit Jake avec sincérité.

Lors d'une prise d'otages, préserver les vies humaines était une priorité, mais s'il devait ordonner au chef du SWAT d'éliminer quelqu'un, il le ferait.

— Ouvrez une fenêtre. Nous vous lancerons un mégaphone. Vous vous adresserez aux médias en restant caché. Je demanderai aux hélicoptères de s'éloigner pour limiter les bruits extérieurs. Je ne peux pas faire mieux.

Mister semblait hésiter.

— D'accord, dit-il finalement. Nous ouvrirons une fenêtre du côté ouest du bâtiment, sur Seventh Street. Vous apporterez le porte-voix vous-même, agent Delgado.

— Appelez-moi Jake, dit-il, et sa sœur hocha la tête en signe d'approbation. Je vous le porterai moi-même, d'accord, mais en échange, j'ai besoin que vous me donniez quelque chose. Pour me montrer votre bonne foi.

— Comme quoi ?

— Libérez des otages.

— Non. Il n'en est pas question.

— Je m'apprête à vous offrir quelque chose d'important : la possibilité de vous adresser au monde. En retour, je suis en droit de réclamer quelque chose, moi aussi. Laissez les lycéens partir, ajouta-t-il après un silence. Sinon, pas de mégaphone.

Guidry se leva et se rapprocha.

— Et qui me dit que lorsque nous déverrouillerons les portes, les tireurs d'élite plantés sur les toits des environs n'ouvriront pas le feu ? demanda Mister.

La question était de bon augure. Elle signifiait qu'il envisageait sérieusement de libérer les adolescents.

— Vous avez ma parole, dit-il.

— Votre parole ne signifie pas grand-chose pour moi, Jake.

Ils progressaient. Mister avait utilisé son prénom.

— Vous choisirez la porte par laquelle ils sortiront, dit-il. Je serai là pour escorter les gamins hors du bâtiment. Les tireurs d'élite reçoivent leurs ordres de moi. Personne n'est autorisé à tirer sans mon accord. Tuer l'un de vous ne résoudrait pas mon problème et ne ferait qu'aggraver la situation.

— Serez-vous désarmé ?

Jake se remit à espérer.

— Oui.

— Je vais relâcher quatre des six lycéens.

Nash secoua la tête et coupa le son pour ne pas être entendu par Mister.

— Pourquoi ne pas les libérer tous les six ?

— Lesquels ? demanda Guidry, leur rappelant ainsi que son unique priorité était le fils du maire.

Levant les mains pour les faire taire, Lynn intervint :

— Laissez Jake travailler. Il ne s'agit pas de sa première négociation, il a traité des dizaines de fois des situations similaires. Il sait ce qu'il fait.

Avec un signe de remerciement à sa sœur, Jake réactiva le son.

— Il me faut les six lycéens, Mister.

— Vous voulez les six. J'en propose quatre. C'est mieux que rien. Et je n'irai pas plus loin.

Pour Jake, le nom des adolescents libérés importait peu, mais il comprit soudain pourquoi son interlocuteur ne voulait pas relâcher les six.

— Qui garderiez-vous en otage ?

— Le fils Schroeder et la fille Pietsch.

Les mâchoires serrées, Nash secoua de nouveau la tête.

Guidry jura à voix basse.

— C'est inacceptable, chuchota-t-il. Ce n'est pas possible.

Les ravisseurs savaient très bien qui étaient ces gamins et quelle était la valeur de ces deux otages en particulier.

— Paige et Tyler ? demanda Jake.

Plus il les désignait par leurs prénoms, plus ils devenaient humains au lieu d'être de simples monnaies d'échange. Cette technique avait le pouvoir de sauver des vies.

— Pourquoi souhaitez-vous les garder ?

— Vous le savez certainement.

Jake échangea un regard avec Nash tandis que Guidry croisait les bras. Aaron restait attentif tout en se concentrant sur ses tâches.

Dans l'expectative, Lynn le dévisageait, le soutenant de son sourire.

— J'ai besoin des six lycéens, répéta-t-il.

— Quatre ou rien.

Une autre tactique que Jake avait employée dans le passé était de se taire après l'offre d'un ravisseur. Ne rien répondre signifiait que la proposition était insuffisante. Et surtout, au cours d'un échange, le silence dérangeait la plupart des gens et les mettait mal à l'aise. Ils ressentaient alors le besoin de le combler, de remplir l'espace… en faisant monter les enchères.

Dans de nombreuses négociations, se taire avait fonctionné.

— Je ne lâcherai pas Paige et Tyler, que ce soit bien clair, reprit Mister en utilisant leurs prénoms, ce que Jake considéra comme une petite victoire personnelle. Mais je suis prêt à vous donner quelqu'un d'autre à la place. Une femme enceinte.

Becca.

Forcément.

Les ravisseurs avaient placé quatre hommes devant les portes de la bibliothèque. Il ne restait que quatre otages adultes. Deux étaient des femmes et Abigail Abshire avait passé depuis longtemps l'âge de procréer.

Jetant un coup d'œil à Nash, il vit sur son visage que son futur beau-frère avait également fait le calcul et mesurait soudain à quel point le sujet devenait personnel pour Jake.

Lynn l'observait, les yeux plissés.

— D'accord, dit-il. Mais j'ai besoin d'une preuve de vie de Paige et Tyler. Ainsi que pour les autres otages que nous n'avons pas pu voir. Abigail Abshire, Cameron Lund et Russell Nolan.

— Vous aurez ces preuves quand je libérerai les lycéens par l'une des fenêtres.

— Pourquoi pas par une des portes ? demanda Jake.

— Vous pourriez y lancer quelque chose et il n'en est pas question, répondit Mister. Soyez ici dans cinq minutes. Éteignez les projecteurs de ce côté du bâtiment. Je ne veux voir personne d'autre que vous. Dites aux tireurs d'élite de déposer leurs armes pendant l'opération.

Il raccrocha.

Guidry jura à haute voix.

— Avez-vous perdu la tête ? Comment avez-vous pu les laisser garder le fils du maire ?

Jake consulta sa montre. Il préférait se focaliser sur le temps qui lui restait que sur l'hystérie de Guidry.

— Je pensais aux cinq vies que je vais sauver dans les quatre minutes et demie à venir.

Faire sortir Becca signifiait tout pour lui, mais il se serait contenté de la libération des quatre lycéens. Mister avait fait valoir une réalité : certains des adolescents avaient plus de valeur que d'autres.

Il s'efforcerait de les faire sortir tous, sains et saufs.

Guidry écumait de rage.

— Incroyable ! Vous aviez la possibilité d'imposer votre point de vue et de tirer Tyler de là. Et vous l'avez gâchée. Si vous aviez un peu insisté, ces types auraient accepté n'importe quoi pour obtenir leur quart d'heure de gloire.

Lynn se leva.

— Monsieur Guidry, je pense que vous avez besoin de vous calmer.

— Je vais très bien, merci.

— Votre colère et votre hostilité prouvent le contraire, répliqua Lynn. Cette explosion émotionnelle est contre-productive. Je vous suggère d'aller prendre l'air.

Guidry la dévisagea froidement avant de sortir en trombe du centre de commandement en claquant la porte derrière lui.

— Nous n'avons pas fini d'en entendre parler, dit Nash. Le maire ne va pas tarder à nous tomber dessus.

Avec un soupir, Jake comprit qu'il n'échapperait pas à un savon.

— Ce qu'il a dit à propos de Becca est vrai ? s'enquit Nash. Elle est enceinte ?

Aaron pivota sur sa chaise et regarda Jake. Lynn aussi attendait la réponse.

Il n'avait ni le temps ni l'énergie de gérer la question.

Sans répondre, il prit la radio et contacta le chef d'équipe SWAT.

— Ici l'agent Delgado.

— Utley.

— Les preneurs d'otages vont ouvrir une fenêtre sur Seventh Street. Éteignez les projecteurs de ce côté du bâtiment et ne tirez sous aucun prétexte. Ils prévoient de libérer cinq otages en échange d'un mégaphone qui leur servira à faire une déclaration aux médias. Je le répète, personne ne doit tirer. Compris ?

— Reçu cinq sur cinq. Si vous changez d'avis, signalez-le-moi, dit Utley. Mes gars sont prêts.

— Merci.

Jake se déconnecta. Il enleva son blouson, puis retira son arme de son holster et la tendit à Nash.

— Jake ? demanda Lynn qui attendait toujours sa réponse.

Il secoua la tête.

— Pas maintenant.

Il attrapa une veste au blason du FBI et l'enfila par-dessus son T-shirt.

— Aaron, j'espère que Tracy et toi avez trouvé quelque chose sur Guidry parce que je vais en avoir besoin sous peu, je le sens.

Avec une expression sombre, Aaron déclara :

— Le bilan de Guidry est assez impressionnant.

Puis il sourit.

— En fait, la moitié est de l'esbroufe. Il a longtemps travaillé pour une entreprise privée de sauvetage d'otages. Lors de sa dernière intervention avec cette société, à San Bernardino, il a brusquement perdu son sang-froid et s'est emporté. Alors que des preneurs d'otages retenaient des personnes depuis vingt-sept heures, il a hurlé sur l'un des ravisseurs qui braquait son pistolet sur la tête d'un gamin. Il a eu de la chance que ce dernier n'ait pas été tué. Après avoir été licencié, il s'est fait embaucher dans la société chargée de la sécurité de son beau-père. Ils l'ont envoyé dans le Wyoming, où ils pensaient qu'il ne pourrait plus avoir d'ennuis.

Un petit coup à la porte attira leur attention.

— Les voilà, dit Aaron en jetant un coup d'œil à l'écran de la caméra de surveillance. Le maire, la conseillère et votre garde du corps préféré.

— Merci pour les informations sur Guidry, dit Jake. Le timing est parfait.

Aaron esquissa un petit salut de deux doigts.

— De rien.

Les coups s'intensifièrent.

— Prêt à les affronter ? demanda Nash.

— Finissons-en, dit-il.

Nash ouvrit la porte.

6

Gray, ou plutôt Mister, puisqu'il avait demandé à être appelé ainsi, n'avait pas proféré des menaces en l'air. Et Becca ne les prenait pas à la légère.

Elle mesurait les risques qu'elle courait. Si elle se faisait prendre, elle serait en première ligne, attachée sur une chaise devant les portes d'entrée, incapable de se défendre et de protéger les otages, à commencer par son neveu. Elle serait aussi privée de nourriture et d'eau alors que, dans son état, elle avait impérativement besoin des deux.

Mais elle était et resterait toujours un agent du FBI, chargée de faire respecter les lois, une guerrière qui refusait de céder aux petites brutes, aux tyrans ou aux criminels. Et rien, jamais, ne la détournerait de son devoir.

Si elle avait la possibilité d'obtenir des informations susceptibles d'aider Jake à sortir tout le monde sain et sauf de cette bibliothèque, elle le ferait. Moralement, elle s'y sentait obligée.

Elle se hissa sur la pointe des pieds et regarda par les baies vitrées.

Gray avait terminé son échange téléphonique, vraisemblablement avec Jake, et s'entretenait maintenant avec Blue. De la salle d'étude où elle se trouvait, et qui était la pièce la plus éloignée du bureau d'accueil, elle ne parvenait pas à entendre ce qu'ils se disaient. Ni à voir Craig. Peut-être avait-il changé de poste et montait-il à présent la garde près de l'une des entrées.

La bonne nouvelle, c'était que Gray et Blue avaient tous les deux baissé leurs bandanas. Ils discutaient librement comme s'ils étaient des amis proches. Ils semblaient absorbés par leur conversation.

Une occasion comme celle-ci de photographier les visages de deux de leurs ravisseurs pourrait ne jamais se représenter. Et réussir à les identifier était indispensable à Jake pour espérer mettre fin le plus tôt possible à cette prise d'otages.

Becca devait prendre le risque.

Elle se baissa et glissa ses mains ligotées dans sa botte. Non sans mal, elle parvint à en extraire le smartphone, une bouée de sauvetage la reliant au monde extérieur. À Jake. Cet appareil était le seul moyen dont elle disposait pour l'aider, lui, et tous les otages, y compris elle-même.

Elle entra le mot de passe. Le téléphone n'avait plus que trente pour cent de batterie. Elle ouvrit l'appareil-photo et s'assura que le flash et le son étaient désactivés.

Elle rampa jusqu'aux cloisons vitrées. Puis, lentement, elle se redressa pour regarder le bureau d'accueil.

Les deux hommes parlaient toujours. Gray consultait sa montre.

Elle leva l'appareil et commença à les photographier. Ils bougeaient tout en marchant et elle ne parvint pas à capturer leurs visages en entier. Tant pis. Une image partielle était mieux que rien.

Maintenant, elle n'avait plus qu'à envoyer les clichés à Jake.

Son besoin de l'appeler, de lui faire parvenir les clichés et d'entendre sa voix était presque écrasant, mais la peur de se faire surprendre l'était tout autant.

Une fois de plus, elle reporta son attention sur les preneurs d'otages. Aucun d'eux ne regardait dans sa direction. La gorge serrée, elle jeta un coup d'œil au téléphone. Appuyer sur le bouton d'appel la démangeait.

Puis la voix de Blue interpellant Craig l'arrêta net. Un instant plus tard, ce dernier apparut. Les deux hommes échangèrent leurs places. Blue tira une petite bouteille d'eau du sac de sport avant de se diriger vers l'arrière de la bibliothèque.

— Remplis-la à la fontaine quand tu l'auras bue, cria Gray. S'ils coupent l'eau, nous aurons besoin de nos réserves.

— D'accord.

Tout en remettant leurs bandanas, Gray et Craig se dirigèrent vers la salle de l'heure du conte, leurs armes à la main.

Becca se baissa.

Il avait dû se passer quelque chose.

Jake avait-il réussi à négocier la libération d'un otage ? Ou ces types s'apprêtaient-ils à abattre l'un d'eux pour faire un exemple et montrer aux autorités qu'ils étaient prêts à s'attaquer à des innocents pour parvenir à leurs fins ?

Dans les deux cas, ils étaient susceptibles de venir la voir.

Rapidement, elle éteignit le téléphone et l'enfonça dans sa botte. À peine s'était-elle rassise, dos au mur, que la porte de la salle d'étude s'ouvrit.

Le cœur battant, elle comprit qu'elle avait failli se faire pincer. Elle avait frôlé la catastrophe. Et tout cela pour rien puisqu'elle n'avait pas eu le temps d'envoyer les photos à Jake.

— Levez-vous, dit Gray.

Elle obéit et, à l'aide de son couteau, il coupa ses liens.

— Venez avec moi.

William Schroeder, le visage rouge de colère, et Felicia Pietsch, visiblement à cran, firent irruption dans le centre de commandement mobile. Guidry les accompagnait et fermait la marche.

— Vous devez tirer tous les lycéens de là au plus vite, ordonna le maire en agitant un doigt rageur. Ou des têtes vont tomber, je vous préviens. J'ai la possibilité de joindre le gouverneur au téléphone à tout moment, de jour comme de nuit. Si vous ne parvenez pas à faire libérer tout de suite nos enfants, vous le paierez cher.

— Notre objectif est de faire sortir tout le monde, répliqua Jake qui avait accroché son badge à sa ceinture, bien en vue. Quatre lycéens et une femme enceinte vont être relâchés maintenant. Les autres otages, plus tard.

— Plus tard, quand ? demanda le maire, les traits crispés par la fureur.

Tout en s'efforçant d'ignorer la pression croissante et le fait que tout le monde le regardait, Jake esquissa un geste évasif.

— Je n'ai aucune certitude à ce sujet.

— Je vous avais dit qu'il n'y arriverait pas, déclara Guidry, déchargeant toute sa hargne contre Jake. Il va laisser vos gosses croupir là-dedans, pendant on ne sait combien de temps, sans lever le petit doigt pour les éloigner du danger. J'espère qu'ils s'en tireront vivants et qu'ils ne quitteront pas cette bibliothèque les pieds devant parce qu'il aura merdé.

Livide, Mme Pietsch chancela avec un gémissement.

Lynn lui saisit le bras pour la stabiliser.

— Vous dépassez les bornes, monsieur Guidry, lança-t-elle. Vous augmentez les craintes de ces pauvres parents. C'est inadmissible.

Jake planta ses yeux dans ceux de Guidry.

— Je fais tout pour que cette prise d'otages soit heureusement résolue et en moins de vingt-sept heures. C'est-à-dire moins de temps qu'il ne vous en a fallu, à San Bernardino, pour plonger une situation de crise similaire dans une impasse, ajouta-t-il dans l'espoir de le faire taire.

Le sang se retira du visage de Guidry alors qu'il écarquillait les yeux. Il serra les mâchoires.

— Seigneur ! s'exclama Pietsch. Vingt-sept heures ! C'est

trop long. Paige ne peut pas passer la nuit là-dedans, elle risque d'en mourir.

En réalité, la prise d'otages risquait de durer encore plus longtemps, mais des parents terrifiés refuseraient d'entendre que le temps était leur allié et non leur ennemi.

Où était le shérif ?

Jake avait besoin que Daniel Clark se charge de les calmer et de les emmener à l'écart.

— Inspirez et expirez lentement, dit Lynn en guidant Pietsch vers une chaise.

— Tout est sous contrôle, ajouta Jake pour tenter de rassurer la conseillère municipale. La négociation vient de commencer.

Mister était ouvert à la coopération et avait déjà accepté de libérer une partie des otages. C'était un signe encourageant.

— Non, vous ne comprenez pas, cria Pietsch. Paige est diabétique. Si elle ne reçoit pas d'injection d'insuline ce soir... elle va mourir, ajouta-t-elle en fondant en larmes. Je vous en prie, faites quelque chose. Le stress n'arrange rien et elle risque à tout moment de tomber en état de choc. Elle n'a rien mangé. Sa glycémie n'a pas été dosée. Je passe mon temps à lui recommander d'avoir toujours des morceaux de sucre sur elle, en cas de malaise. Mais elle ne m'écoute pas. Les adolescents se croient invincibles. Elle pourrait sombrer dans le coma. Ou mourir. Je vous en prie. Elle doit sortir de là. Maintenant.

Mme Pietsch éclata en sanglots et s'affaissa contre la console de l'ordinateur.

Cette complication imprévue était susceptible d'avoir des conséquences désastreuses. La vie d'une jeune fille était en jeu.

Pourquoi Pietsch n'avait-elle pas partagé cette information plus tôt ? Jake en aurait tenu compte dans sa stratégie de négociation. Comment allait-il convaincre les ravisseurs de libérer la fille de la conseillère, à présent ?

Il consulta sa montre. Il lui restait quarante-cinq secondes.

— Je dois y aller. Impérativement. Ils m'attendent.

Pietsch bondit sur ses pieds et agrippa son bras.

— Et Paige ? demanda-t-elle d'une voix désespérée.

Des larmes coulaient sur son visage, noires de mascara.

— Qu'allez-vous faire ? insista-t-elle. Vous ne pouvez pas la laisser mourir là-dedans.

Jake s'efforçait de rester au-dessus du tsunami émotionnel qui menaçait de l'emporter.

— Je ferai le maximum pour elle, assura-t-il en lui tapotant la main et en se dégageant doucement de son emprise. Et pour les autres otages également.

Il attrapa le mégaphone et sortit en laissant les malheureux parents et Guidry derrière lui.

Nash bondit du camion aménagé à sa suite pour lui emboîter le pas.

— J'ai besoin d'une réponse. Becca est-elle enceinte ?

Jake sentit sa gorge se serrer.

— Oui.

— De toi ? demanda Nash en contournant le centre de commandement mobile avec lui.

— Oui.

Les mâchoires serrées, Nash grogna.

— Tu aurais pu m'en informer. Et je croyais que votre histoire était uniquement fondée sur le fun.

Moi aussi.

— Pourquoi ne m'as-tu pas dit que vous étiez dans une relation sérieuse, tous les deux ? poursuivit Nash.

— Écoute, Nash, j'ai un travail à effectuer et quinze secondes pour atteindre cette fenêtre. Cette conversation devra attendre.

— Je te signale que tu n'as pas le droit à l'erreur pour ce qui est de cette gamine. Fais tout ce qu'il faut pour la sortir de là, dit Nash en soutenant son regard.

Cela allait sans dire. Jake n'allait pas laisser Paige tomber dans un coma diabétique ou pire. Il hocha la tête, en proie à une frustration croissante.

Une adolescente était en danger. S'il échouait, elle risquait de mourir.

Nash lui envoya une bourrade dans le dos.

— Bonne chance.

Il allait en avoir besoin. En traversant la rue, il ajouta :

— Éloigne-toi. Reste hors de vue. Rappelle-toi leurs conditions.

Les puissants projecteurs de Seventh Street avaient été éteints comme Mister l'avait exigé.

Repérant la fenêtre ouverte, Jake courut dans cette direction et regarda à l'intérieur. Malgré la pénombre, il devina qu'il s'agissait d'un bureau. De là où il était, il ne voyait personne à l'intérieur.

— Hello. C'est Jake. Quelqu'un m'entend ?

— Nous vous entendons, répondit Mister qui veillait manifestement à rester dans l'ombre.

— J'ai le mégaphone, poursuivit Jake en le brandissant. Les journalistes des chaînes d'info seront prêts à écouter tout ce que vous avez à dire dans deux heures.

— Dans deux heures ? Qui va regarder les infos à 2 heures du matin ? C'est donc là-dessus que vous comptiez ? Vous assurer que j'aurai le moins d'audience possible ?

— Non, bien sûr que non.

— Alors je leur parlerai demain matin. À 9 heures précises. Quand les gens seront devant leur poste de télévision, en train de prendre leur petit déjeuner.

— D'accord.

Quelqu'un jeta un coup d'œil par la porte entrebâillée tout en se dissimulant du mieux possible.

— Ouvrez votre veste, que je puisse vérifier que vous n'avez pas une arme sur vous, ordonna Mister.

Jake fit ce qu'il lui demandait, allant même jusqu'à la soulever en faisant un cercle complet sur lui-même, afin qu'il puisse constater qu'aucune arme n'était cachée dans son dos.

— Je ne suis pas armé.

— D'accord. Lancez-moi le porte-voix. Ensuite, nous enverrons les otages sur lesquels nous nous sommes mis d'accord.

— Non, attendez.

Jake détestait avoir à gérer un changement de programme au pied levé, mais il n'avait pas le choix.

— Nous devons modifier l'accord.

— Je savais qu'il ne fallait pas vous faire confiance ! s'exclama Mister. Vous êtes tous pareils.

— Non, vous pouvez me faire confiance, répliqua Jake, soucieux de ne pas perdre son avantage. Mais je viens d'apprendre une information importante que j'ignorais quand nous avons discuté et que je dois vous communiquer.

— Ah oui ? Et laquelle ?

— Paige Pietsch est diabétique. Elle doit être libérée.

— Certainement pas ! Je vous avais dit que nous garderions cette gamine et Tyler jusqu'au bout. Ils nous sont indispensables pour espérer aboutir !

— Croyez-moi, avoir sur les bras un otage souffrant d'une maladie à haut risque ne vous faciliterait pas la tâche. Elle a besoin d'injections d'insuline, d'une nourriture spéciale et d'un contrôle régulier pour suivre l'évolution de son taux de glycémie.

— Vous mentez ! cria Mister. Vous diriez n'importe quoi pour la faire sortir.

— Si je vous racontais des histoires dans le seul but de la faire relâcher, pourquoi ne dirais-je rien qui vous pousserait à libérer Tyler ? Dans une négociation, le fils du maire a plus de valeur que la fille de la conseillère, non ? Il n'y a qu'un seul maire, alors que six autres personnes siègent au conseil municipal. Vous devez laisser Paige partir. Parce que si cette gamine meurt, l'image que vous donnerez aux médias tournera au désastre. Rien de ce que vous direz n'aura plus d'importance. Les gens ne retiendront que la mort d'une jeune fille innocente.

Jake était tenté de continuer à plaider sa cause, mais l'expérience lui avait appris à respecter un certain rythme. D'instinct, il devina qu'il devait à présent se taire et écouter.

Il entendit des éclats de voix venant du hall de la bibliothèque. Deux hommes se disputaient et, manifestement, la discussion s'envenimait.

Apparemment, Mister était prêt à accepter de laisser sortir Paige, mais l'un des autres nourrissait des inquiétudes. L'autorité de Mister était-elle contestée ?

Un changement de responsable parmi les ravisseurs ne serait pas de bon augure, mais les conflits au sein de la bande jouaient en faveur de Jake.

Finalement, les voix se turent.

— D'accord, dit Mister. On va laisser sortir Paige.

Jake poussa un soupir de soulagement. Non seulement il avait réussi à libérer une adolescente supplémentaire, mais Mister était toujours à la manœuvre.

— Envoyez les otages et donnez-moi une preuve de vie des autres, puis je lancerai le porte-voix.

Un par un, les lycéens furent relâchés. La première à sortir fut une fille aux cheveux châtain clair.

Tout en les aidant à franchir la fenêtre, Jake leur demandait leur nom. Lorsque le quatrième gamin s'approcha de lui, il vit qu'il ressemblait à Becca.

— Mason Walker ? demanda-t-il.

— Oui, c'est moi.

Il le fit sortir. Puis il pointa du doigt le camion aménagé en centre de commandement du FBI.

— Cours jusque là-bas. Des agents t'attendent.

L'adolescent se retourna vers la bibliothèque, presque comme s'il hésitait, mais il partit finalement au pas de course.

Vint ensuite la dernière lycéenne. La fille de Felicia Pietsch. Avec ses cheveux noirs et ses yeux chocolat, elle était le portrait en miniature de sa mère.

— Paige ? demanda-t-il en lui prenant la main.

— Oui, dit-elle, les larmes aux yeux.

Elle tremblait de tout son corps lorsqu'il l'aida à passer.

Il espérait que ses tremblements étaient dus à la peur et non à l'hypoglycémie, et qu'ils n'indiquaient pas l'imminence d'un choc insulinique.

Il lui répéta les instructions qu'il avait données aux autres. Puis, se tournant vers la fenêtre, il attendit la dernière prisonnière.

Becca.

Quelques instants plus tard, quelqu'un la poussa dans l'embrasure de la porte du bureau. Leurs regards se croisèrent de loin. Ses yeux étaient écarquillés par l'angoisse. Il vit un pistolet posé sur sa tempe.

Il sentit son cœur se serrer.

— Que se passe-t-il ? demanda-t-il.

— Nous gardons la femme enceinte mais voici votre preuve de vie.

Jake eut l'impression que le ciel lui tombait sur la tête. À ce moment critique, son attention faiblissait.

Il resta sans voix, son cœur manqua un battement.

— Non, balbutia-t-il. Vous ne pouvez pas faire ça, Mister. Vous aviez accepté de la laisser partir.

— Nous modifions également les termes de l'accord. Puisque nous venons de vous donner Paige, nous gardons la femme enceinte.

Anéanti, Jake tenta de discuter.

— Elle aussi est à haut risque. Il vaut mieux la laisser partir.

— J'ai fini de négocier pour l'instant. Ces adolescents vous confirmeront que tout le monde va bien. Maintenant, lancez le mégaphone.

Jake était tenté de refuser. S'il leur donnait le porte-voix, il n'aurait plus rien à monnayer pour faire libérer Becca. Ces types la traîneraient hors de vue et il ne la reverrait peut-être jamais.

Il la regarda, déchiré à l'idée de la laisser là. Malgré le canon du pistolet pressé contre sa tempe, une petite flamme brillait toujours dans ses yeux. Elle n'avait pas perdu la volonté de se battre.

Mais il devait faire ou dire quelque chose pour la libérer. Il avait été si près de la faire sortir !

Trop près pour abandonner.

— Relâchez également la femme enceinte, dit-il, ou je fais couper l'eau et l'électricité du bâtiment. Si vous la laissez partir, je vous enverrai de quoi vous restaurer. Des pizzas, par exemple ? Vous devez avoir faim, maintenant.

— J'ai dit que la discussion était terminée pour ce soir. Faites ce que vous avez à faire mais nous la gardons.

L'idée de s'éloigner de cet immeuble sans Becca, alors qu'il la voyait là, à quelques mètres, accablait Jake.

Elle était forte, dotée d'un caractère d'acier et d'un côté jusqu'au-boutiste qui l'ennuyait et l'attirait en même temps. Sa force intérieure l'aiderait à traverser cette épreuve.

— Jetez le porte-voix maintenant ! ordonna Mister. Si vous ne respectez pas les termes de l'accord, il y aura des conséquences.

Jake se tourna vers Becca et articula : « Je suis désolé. »

Un sourire triste sur les lèvres, elle esquissa un léger hochement de tête qui en disait long. Elle comprenait ce qu'il avait à faire.

Le cœur serré, il lança le mégaphone par la fenêtre.

— Éloignez-vous lentement, hurla Mister. Dites à ces journalistes de se préparer à entendre ce que j'ai à dire. Demain, 9 heures.

Jake était déchiré. Chaque pas le séparait un peu plus de Becca. Les yeux rivés aux siens, il se reprochait de ne pas l'avoir fait sortir quand il en avait eu l'occasion.

Dès qu'il fut à bonne distance, quelqu'un la poussa en avant. Elle se pencha et ramassa le porte-voix.

Il entendit un des hommes lui crier de se dépêcher et de revenir.

Sans quitter Jake du regard, elle recula. Une main la saisit par le bras et elle fut tirée hors de la pièce.

Jake serra les poings et courut vers le camion aménagé.

Deux ambulances étaient là, des infirmiers examinaient tout le monde. Les parents prenaient leurs enfants dans leurs bras et les serraient contre eux.

Clare Walker, la sœur de Becca, pleurait, le nez enfoui dans les boucles de son fils, et l'embrassait. Elle avait les mêmes yeux bruns et les mêmes cheveux auburn que lui. Tim étreignait sa famille enfin réunie. La gratitude peinte sur leurs visages était presque trop lourde à supporter.

Il n'avait pas échoué sur toute la ligne mais...

— Où est Becca ? lui demanda Nash.

Il secoua la tête.

— Ils ont décidé de la garder parce qu'ils ont libéré Paige à la place.

L'expression de Nash s'assombrit.

— Nous allons la récupérer, assura-t-il d'une voix basse mais confiante. *Tu* vas la récupérer. D'accord ?

— Oui, dit-il avec lassitude.

Lynn s'approcha de lui et posa une main sur son épaule.

— Ça va aller ?

Non. Il se sentait vide et impuissant. Tant que Becca et tous les autres n'auraient pas été relâchés, il n'irait pas bien.

— Ne t'inquiète pas pour moi. Va voir ces gamins. Ils ont besoin de toi.

Sa sœur les écouterait, leur parlerait et, avec un peu de chance, ils ne seraient pas traumatisés à vie. Plus tôt ils s'entretiendraient avec un professionnel, mieux cela vaudrait.

— Nous devons interroger vos enfants, annonça Nash aux parents. Puis le Dr Delgado devrait échanger avec eux avant qu'ils s'en aillent. C'est crucial pour leur équilibre mental.

Nash se tourna vers la conseillère municipale.

— Madame, des ambulanciers sont prêts à examiner votre fille pour s'assurer qu'elle va bien. Si nécessaire, ils la conduiront à l'hôpital pour une injection d'insuline.

— Pourquoi aurais-je besoin d'une injection d'insuline ? demanda Paige en regardant tour à tour Nash et sa mère.

Un peu perdu, Jake fronça les sourcils.

— À cause de ton diabète, répondit-il.

— Elle a l'air bien, dit Mme Pietsch en passant un bras protecteur autour des épaules de sa fille. Nous allons te ramener à la maison, chérie, dit-elle en essayant de l'éloigner. Nous prendrons rendez-vous avec vous plus tard, docteur Delgado.

Mais Paige, refusant de se laisser entraîner, insista :

— Je ne comprends pas. Je ne suis pas diabétique. Ma sœur Penelope l'est. Mais pas moi. De quoi parlent-ils ? ajouta-t-elle en se tournant vers sa mère.

La conseillère Pietsch soupira.

Jake la dévisagea, stupéfait qu'elle ait pu tomber si bas, au point de tromper des agents fédéraux.

— Vous mentiez en prétendant que votre fille souffrait d'une maladie mortelle ?

Non seulement elle les avait abusés, mais elle leur avait donné des détails sur cette maladie et sur la façon de la soigner.

— Et alors ? demanda-t-elle d'un ton bravache.

— Ils s'apprêtaient à libérer une femme enceinte.

Il sentait monter sa colère comme un raz-de-marée.

— La vie de cette future mère et celle de son enfant à naître comptent aussi, ajouta-t-il.

— Êtes-vous père, agent Delgado ? demanda la conseillère Pietsch.

Pas encore.

En pensant au pistolet pointé sur la tête de Becca, Jake se demanda s'il le serait un jour.

— Non.

— Alors vous ne pouvez pas comprendre ma réaction. Un parent fera toujours tout pour protéger son enfant. Y compris mentir. Vous devriez me remercier, ajouta-t-elle. Au lieu de faire sortir quatre adolescents, vous en avez sauvé cinq.

Elle prit le bras de sa fille et commença à s'éloigner.

— Attends, maman.

S'écartant de sa mère, Paige jeta un coup d'œil à Nash et Jake.

— Il y a quelque chose que je dois vous dire. La tante de Mason a mon smartphone. Les preneurs d'otages ont confisqué le sien et ceux des autres. Mais elle a réussi à cacher mon appareil dans sa botte. Il est en mode silencieux. Mais s'ils le trouvent, ils seront très en colère contre elle. Leur chef l'a surprise en train de les espionner tout à l'heure et l'un de ses hommes l'a frappée.

Elle se frotta les bras en frissonnant.

— Mon Dieu, c'était horrible, il l'a giflée jusqu'à ce qu'un d'entre eux intervienne et lui ordonne d'arrêter parce qu'elle était enceinte. Mais je ne sais pas ce qu'ils lui feront s'ils la voient avec mon téléphone...

7

À l'intérieur du centre de commandement, Jake faisait les cent pas pour tenter de calmer son angoisse.

— Tu vas finir par creuser un trou dans le sol, dit Lynn.

Ils étaient seuls dans le camion. Nash s'occupait du maire. Il rentrerait ensuite chez lui pour dormir quelques heures. Les lycéens étaient examinés par les infirmiers et débriefés par Rocco. En raison de l'heure tardive, Lynn leur avait brièvement parlé. Elle recevrait chaque adolescent le lendemain, les écouterait et leur prodiguerait des conseils personnalisés.

Elle tapota la chaise à côté d'elle.

— Assieds-toi un instant.

Jake s'y laissa tomber. Il ne cessait de serrer et de desserrer les poings, en rêvant de frapper l'homme qui avait giflé Becca.

— As-tu envie d'en parler ? dit-elle doucement.

— Parler de quoi ?

— Du fait que Becca est enceinte. De toi, j'imagine.

— Non, répondit-il en laissant tomber sa tête dans ses mains.

— Il n'est pas de toi ? s'exclama-t-elle, surprise.

— Si, il l'est. Mais je ne veux pas en parler.

Se remémorer l'expression de Becca quand il lui avait demandé si l'enfant qu'elle portait était de lui le ravageait. Sa sœur posa une main réconfortante sur son dos.

— J'ai failli la faire sortir, dit-il. Elle était là, à portée de main.

Ça s'est joué à un cheveu. Mais finalement, j'ai dû la laisser derrière moi.

— Ça s'est joué entre Paige et Becca, rectifia-t-elle. Et tu as fait le bon choix, même si la décision était difficile à prendre. Becca est un agent qualifié. Elle a la capacité de gérer la situation. Et l'avoir à l'intérieur est un atout majeur pour toi.

C'était vrai. Avoir un agent là-bas pour espionner les preneurs d'otages et cerner leurs faiblesses pourrait leur donner l'avantage décisif. Ces hommes ne se méfiaient pas de Becca parce qu'ils ignoraient qui elle était vraiment.

Un adversaire redoutable.

Mais cela ne le rassurait pas.

— Néanmoins, je regrette de ne pas avoir fait davantage.

— Chaque chose en son temps. Commence par décompresser et par te vider la tête. Je vais demander à Nash de s'assurer que personne n'entre ici pendant un petit moment. Ensuite, tu dois te nourrir un peu.

— Je n'ai pas faim.

— Cela n'a pas d'importance.

Elle lui caressa les cheveux comme elle le faisait quand ils étaient enfants.

— Tu as besoin de te restaurer et de te reposer. Ordres du médecin.

— Tu n'es pas médecin.

Elle sourit.

— Je n'arrive pas à croire que je vais être tante.

Lui-même ne parvenait toujours pas à croire qu'il allait être père... s'il réussissait à tirer Becca indemne de cette bibliothèque.

— Tu sais garder des secrets mieux que je ne le pensais, ajouta-t-elle. Je ne te reproche rien. Mais tu aurais pu me dire que vous étiez ensemble. Nash et moi l'aurions gardé pour nous. Que craignais-tu ? Vous êtes adultes, tous les deux.

Jake en aurait parlé si Becca et lui avaient été ensemble. Mais en vérité, ils ne l'avaient jamais été. Ils n'étaient jamais sortis dîner au restaurant ou allés au cinéma en couple.

Parfois, après l'amour, ils discutaient dans la pénombre, se racontaient des bribes de leur vie. Rien de lourd. Rien de profond. Ils partageaient des anecdotes dans la légèreté. Cela ne voulait rien dire.

— Tu te débrouilles bien, dit-elle. Super bien, compte tenu du stress et de la pression que tu subis de la part du maire et de Guidry. Tu vas réussir, tu peux le faire. Tu vas les faire sortir, Becca et les autres.

Elle se leva.

— Je rentre. J'ai besoin de me reposer et toi aussi. Où vas-tu dormir ce soir ? Tu veux venir chez nous ?

Jake s'entendait de mieux en mieux avec Nash mais il n'avait aucune envie de dormir sous le même toit que sa sœur et son futur beau-frère. Aaron avait réservé une chambre au B&B du coin.

Jake considéra les affaires de Becca. Son sac et ses clés.

— Non, merci, dit-il. Il y a un lit de camp à l'arrière. Je vais le déplier pour somnoler un peu. Mais d'abord, je pense faire un saut chez Becca. Pour me doucher, me changer, prendre des affaires pour elle. Lorsqu'elle sera libérée, elle voudra mettre des vêtements propres.

Il devait rester positif. Optimiste.

— D'accord. Alors, à demain. J'ai l'intention d'être là quand les preneurs d'otages prendront la parole et je m'entretiendrai avec les lycéens plus tard dans la journée. Je sais que ce sera difficile, mais tu as vraiment besoin de dormir.

Et sur ces mots, Lynn s'en alla.

Que sa sœur cadette le soutienne dans cette épreuve faisait du bien à Jake.

Pour se recentrer quelques instants avant d'affronter quelqu'un d'autre, il s'enferma dans la minuscule salle de bains du camion aménagé.

Être seul avec ses pensées était à la fois une bénédiction et une malédiction. Il se remémorait les menaces du maire, les insinuations malveillantes de Guidry, les reproches et les accusations des uns et des autres, les mensonges de parents désespérés. Mais cette prise de distance relative lui donnait aussi l'occasion de réfléchir à d'éventuelles erreurs qui pourraient coûter cher à Becca.

Il ne parvenait pas à se débarrasser d'un profond sentiment de malaise. Ces types l'avaient frappée. Plusieurs fois. Ils l'avaient battue. Il ferma les yeux en se remémorant l'expression de cette pauvre Paige lorsqu'elle lui racontait ce dont elle avait été témoin.

Une sourde terreur se mêlait à sa colère. Dès que Becca en aurait la possibilité, elle utiliserait le téléphone. Par nature et par conscience professionnelle, elle prendrait tous les risques, il le savait. Enceinte ou pas, otage ou non, elle ne cesserait jamais d'être un agent du FBI. Un formidable agent.

Il n'était pas donné à toutes les femmes d'être capables de travailler dans un secteur dominé par les hommes et d'y réussir avec autant de brio. Becca était extraordinaire. Douée comme personne, têtue comme une mule et sexy en diable.

Elle ne se plierait pas aux consignes des ravisseurs.

Et c'est ce qui inquiétait Jake.

La culpabilité le nouait. Les mains sur le rebord du lavabo, il considéra son reflet dans le miroir.

Becca.

Elle comptait sur lui mais il ne pouvait pas ne penser qu'à elle. Il devait reprendre le contrôle et travailler à la libération de tous. Maîtriser ses émotions était impératif pour effectuer correctement sa mission. Il se jura de ne laisser tomber aucun des otages. Ils comptaient sur lui. Il les sortirait tous de là.

Son smartphone vibra dans sa poche.

Il s'en empara et jeta un coup d'œil à l'écran. Le souffle coupé, il reconnut le numéro que Paige lui avait donné avant de partir avec sa mère.

Il répondit avant la fin de la deuxième sonnerie :

— Becca.

— Jake, murmura-t-elle, et il ferma les yeux au son de sa voix.

— Tu vas bien ? demanda-t-il. Utiliser ce téléphone n'est pas trop risqué ?

— Écoute-moi. Je ne sais pas de combien de temps je dispose, chuchota-t-elle, d'une voix si basse qu'il lui était difficile de l'entendre. Je t'envoie les photos de deux des preneurs d'otages sans leurs bandanas. Leur chef et le plus âgé de la bande. Je pense qu'ils sont amis. Ce sont en tout cas les plus équilibrés du groupe.

Il entendit le bip de son smartphone qui lui signalait l'arrivée du texto mais il s'y intéresserait plus tard.

— Tu ne devrais pas prendre de tels risques.

Il se remémorait les mots terribles de Paige. Il ne voulait pas que Becca subisse les conséquences de ses actes.

— As-tu réussi à identifier ces types ? demanda-t-elle. La police scientifique a-t-elle trouvé quelque chose ?

— Pas encore.

Rocco était à la manœuvre, heureusement.

— Voilà pourquoi je devais les photographier, malgré les risques, dit-elle d'un ton déterminé.

— Savent-ils que tu travailles pour le FBI ? poursuivit-il.

— Non, bien sûr que non.

Tant mieux. S'ils le découvraient, elle deviendrait une monnaie d'échange encore plus précieuse qu'un otage lambda. Et ils comprendraient qu'elle était une menace à surveiller de très près.

— Tu es l'un des agents les plus doués et les plus courageux que je connaisse. Tu l'as montré à maintes reprises. Tu n'as rien à prouver, Becca. Alors, je t'en conjure, ne prends plus aucun risque, à présent.

— Quoi ? Tu plaisantes, j'espère ? Si j'étais un homme, si Nash, Rocco ou n'importe quel autre agent était ici, à ma place, tu ne lui tiendrais pas ce genre de discours.

Avait-elle raison ? Était-il sexiste ?

Il voulait seulement la protéger, la garder en sécurité.

— Je suis désolé. C'est peut-être vrai.

En étouffant un gémissement, il éloigna le smartphone de son oreille un instant pour consulter les applications sur l'écran. L'icône vidéo était allumée.

Ce qui signifiait que leurs appareils étaient compatibles.

— Je vais essayer de poursuivre en mode vidéo, dit-il.

Il tapota l'écran.

Son propre visage apparut d'abord dans le coin inférieur de l'écran. Puis celui de Becca qui prit toute la place.

Le cœur de Jake battait si fort qu'il parvenait à peine à respirer.

Elle était pâle, des cernes ombraient ses yeux. Elle semblait épuisée. Il remarqua tout de suite une marque rouge sur sa joue, une ecchymose en formation et une coupure sur ses lèvres.

Il se sentait capable de tuer à mains nues le fumier qui lui avait fait ça.

— Paige m'a dit que l'un des hommes t'avait frappée. Es-tu gravement blessée ? demanda-t-il en s'efforçant de réprimer la flambée de colère qui le consumait.

Elle secoua la tête.

— Non, ce n'est rien.

Ce n'était pas rien pour lui. L'un des preneurs d'otages avait levé la main sur une femme désarmée.

Sur sa femme.

Sa femme ?

Avait-il envie qu'elle le soit ?

Il savait seulement qu'il la voulait en sécurité et qu'il rêvait de massacrer le lâche qui l'avait frappée.

S'il en avait la possibilité, il ferait payer très cher son geste à ce sinistre individu.

— Je vais bien. Il m'a giflée plusieurs fois, dit-elle, comme si ce n'était pas si grave. Le type trapu avec le bandana noir. J'ai appris son prénom. L'un de ses complices l'appelait Craig. J'ai vu son visage mais je n'ai pas réussi à le photographier. Il a la trentaine, il porte une grosse moustache et il a une araignée noire tatouée sur sa main gauche, entre le pouce et l'index. Leur chef, celui que tu appelles Mister, m'a dit quelque chose de personnel à son sujet. Craig a un problème avec les femmes, il a suivi une thérapie pour tenter d'apprendre à maîtriser sa violence. Mais il est incurable.

Elle lui donnait beaucoup d'éléments qui allaient leur permettre d'avancer. Bientôt, ils seraient en mesure d'identifier au moins l'un des preneurs d'otages. Une fois qu'ils connaîtraient le nom de l'un, il leur serait plus simple de découvrir ceux des autres. Comme des dominos, ils allaient tomber les uns après les autres.

— Tu as fait un excellent travail, dit-il, en regrettant de ne pouvoir la tenir dans ses bras pour la protéger. Mais sois prudente, ne prends plus de risques inutiles.

— Ils ne sont pas inutiles. Ils sont essentiels et tu le sais.

Elle avait raison.

Mais il ne voulait pas qu'elle se mette en danger. Ni qu'elle expose le bébé.

— Promets-moi que tu feras attention, la supplia-t-il.

— Bien sûr, mais fais-moi confiance, pour une fois.

Depuis qu'ils s'étaient rencontrés au centre de formation du FBI à Quantico, Jake n'avait jamais cessé de remettre en question son jugement. Que ce soit au cours d'un exercice d'entraînement en binôme visant à tester leurs capacités à résoudre des problèmes ou d'une épreuve destinée à sonder leur comportement dans un scénario sans issue, il n'avait jamais arrêté de critiquer ses choix. À sa décharge, si elle avait sauvé les prétendues victimes à l'époque, elle n'avait pas survécu à l'exercice.

Il avait compris ce jour-là que Rebecca Hammond n'hésiterait pas à se sacrifier pour sauver la vie des autres.

Cet altruisme lui plaisait. D'ailleurs, tout lui plaisait chez elle.

Elle était tout ce qu'il aimait chez une femme : intelligente, courageuse, pleine d'audace. Et le feu qui brillait dans ses yeux bruns lui brûlait le sang. Elle incarnait un défi à relever en permanence.

Mais son côté entier le terrifiait. Il n'avait pas envie de recevoir un jour l'appel téléphonique glaçant d'un autre agent, chargé de l'informer qu'il lui était arrivé quelque chose.

Sa résistance, elle l'avait gagnée à la dure. Il se demandait souvent ce qu'elle avait traversé pour être aussi forte.

— Je te fais confiance, dit-il.

Becca détourna les yeux comme pour vérifier que personne ne venait.

— J'en ai appris davantage sur eux. Leur chef m'a assuré qu'ils ne voulaient blesser personne.

— Ça m'étonnerait, vu qu'il laisse ses hommes te brutaliser.

— Non, cela ne s'est pas passé comme ça. C'est moi qui ai frappé la première quand ce type m'a saisie par les cheveux. Notre altercation a irrité leur chef qui a ordonné à Craig d'arrêter. S'il parvient à atteindre son objectif sans tuer personne, il sera content.

Jake était heureux de l'entendre, mais il refusait de compter sur la bonne volonté d'un criminel.

— Ils se sont attaqués à une bibliothèque, ont pris des otages et sont armés jusqu'aux dents, lui rappela-t-il, peu convaincu. Pourquoi avoir prévu un tel arsenal, pourquoi avoir tiré tant de munitions s'ils ne veulent blesser personne ?

— C'est vrai. Mister a dit quelque chose sur la nécessité d'utiliser des mesures extrêmes pour affronter un ennemi puissant.

Qu'est-ce que cela signifiait ?

— A-t-il précisé quel ennemi il compte affronter ? demanda-t-il. S'agit-il du « système » dans son ensemble ? D'une organisation ? D'une personne ?

— Je ne sais pas. Je vais tenter d'en apprendre davantage.

Mon Dieu, il regrettait qu'elle n'ait pas plus peur. Cela l'aurait rendue prudente et l'aurait aidée à rester en vie.

— Non, non, ce n'est pas la peine. Tu m'as donné des pistes. Laisse-moi exercer mon métier. Toute l'équipe travaille là-dessus.

Un sourire triste passa sur les lèvres de Becca.

— Bien sûr.

— Toi, fais profil bas et protège-toi le plus possible jusqu'à ce que je puisse faire libérer tout le monde. Je ferai tout pour vous sortir de là.

— Je sais que tu y parviendras. Tu es le meilleur.

Pour la première fois de sa vie, il aurait donné n'importe quoi pour être à la hauteur de sa réputation.

Il avait cru qu'ils continueraient à se voir dans la légèreté, « pour le plaisir », indéfiniment, sans que les sentiments s'en mêlent, sans impliquer leurs cœurs, sans jamais souffrir.

Quel imbécile il avait été !

Chaque fois qu'ils avaient couché ensemble, il avait eu l'impression de marcher sur des sables mouvants qui l'aspiraient de plus en plus profondément. Il se sentait de plus en plus à l'aise avec elle. Tout coulait de source entre eux et, depuis leur rencontre à Quantico, leur complicité n'avait fait que croître. La façon dont elle le touchait, l'embrassait, lui faisait l'amour, le rendait fou. La passion s'était vite enflammée entre eux. Au lit, leurs corps à corps étaient toujours torrides. Ils s'emboîtaient si bien qu'ils en oubliaient parfois qu'ils étaient toujours deux personnes distinctes.

Jusqu'à maintenant, il avait réussi à enfermer les émotions dans un coin reculé de son cœur, à nier ses sentiments et à se convaincre qu'ils ne partageaient que du sexe. Pour ne jamais avoir à regarder en face sa plus grande terreur.

La perdre.

Et maintenant, perdre leur enfant à naître.

Il ne parvenait plus à prétendre qu'il ne ressentait rien pour elle. Il voulait libérer tous les otages du jeu mortel auquel jouaient ces voyous. Et surtout Becca.

— Y a-t-il autre chose à leur sujet dont tu te souviens ?

— Ils sont prêts à tenir un siège pendant un certain temps. Ils avaient sans doute prévu que tu couperais l'eau à un moment donné parce qu'ils ont apporté des caisses de bouteilles et de quoi se restaurer.

Ils avaient probablement anticipé aussi que Jake couperait le courant. Néanmoins, il devait s'en charger, même si l'impact sur eux serait minime ce soir. Demain, ils manqueraient de nourriture, peut-être d'eau. Et ils auraient la chaleur à affronter. Une fois la climatisation coupée, tout le monde dans ce bâtiment allait souffrir. Y compris Becca.

— Vers 1 heure du matin, l'électricité et l'eau seront coupées. Il va faire chaud là-dedans.

— Je comprends, dit-elle avec un soupir.

— Même si tu découvres autre chose, ne te fais pas pincer au téléphone.

— La batterie est presque vide et je n'ai aucun moyen de la recharger. Je ne pourrai peut-être plus passer qu'un seul appel. Je ne le tenterai que si j'apprends quelque chose de vital.

Un éclair de détresse passa dans ses yeux et elle ajouta :

— Quelqu'un arrive.

Son visage disparut lorsqu'elle se déconnecta. L'écran s'éteignit.

Et Jake sentit un trou béant s'ouvrir dans sa poitrine.

Becca eut à peine le temps de couper le téléphone et de le glisser dans sa botte avant que Craig ouvre la porte. Il entra dans la pièce, le visage masqué, un sac de sport à l'épaule.

Il la fixa d'un regard méchant.

— À qui parliez-vous ?

Le cœur de Becca s'accéléra. L'avait-il entendue ?

— À personne. Je chantonnais. Pour me rassurer. J'ai peur.

La dernière partie était vraie.

Elle avait peur, même si elle faisait de son mieux pour ne le montrer à personne. Et surtout pas à Jake qui n'avait déjà que trop tendance à la sous-estimer. Jusqu'ici, elle n'avait jamais laissé la peur l'empêcher d'agir et elle n'avait pas l'intention de changer sa façon d'être maintenant.

Craig s'approcha et la dévisagea avec suspicion.

Elle baissa les yeux et se força à frissonner, en espérant que sa petite démonstration de soumission l'apaiserait et qu'il croirait à ses mensonges.

— On vous a dit de vous taire. Je ne veux plus vous entendre.

— D'accord. Je suis désolée.

Il s'approcha.

— Debout.

— Où m'emmenez-vous ? demanda-t-elle, soudain tendue.

— Avec les autres.

Elle poussa un soupir de soulagement et se leva.

— Le chef a dit que vous pouviez dormir sans être attachée. Mais je vous conseille de faire gaffe. Encore une erreur, et je me ferai un plaisir de vous ligoter.

Elle n'en doutait pas.

Il lui saisit le bras et l'escorta jusqu'à la salle de l'heure du conte. Après l'avoir déverrouillée, il poussa Becca à l'intérieur.

Elle s'approcha du mur et s'assit entre Abigail et le fils du maire.

Craig ouvrit son sac. Puis il lança à chacun d'eux une petite bouteille d'eau et un sachet de bretzels.

— Prenez soin de vos bouteilles. Nous vous laisserons les remplir à la fontaine plus tard, s'ils n'ont pas coupé l'eau d'ici là.

Il ferma la porte et s'éloigna.

— Vous allez bien ? s'enquit Abigail. Vous ont-ils fait du mal ?

Elle lui sourit pour qu'elle ne s'inquiète pas.

— Non. Je vais bien, merci.

Abigail sembla soulagée.

— Tant mieux, dit-elle en lui tapotant le bras. Vous avez intérêt à faire ce qu'ils disent. Ne leur causez pas de problèmes. Vous êtes si jeune ! Vous avez toute la vie devant vous. Je ne voudrais pas qu'il vous arrive quoi que ce soit.

Becca non plus n'y tenait pas, mais elle ne pensait pas à elle-même. Elle s'inquiétait pour les autres otages et pour le bébé qu'elle portait. D'une manière ou d'une autre, elle devait aider Jake à les sortir de là.

— Vous feriez mieux de boire et de manger, poursuivit Abigail. Une femme enceinte en a plus besoin qu'une autre. La déshydratation peut entraîner de graves problèmes de santé chez une future mère.

Becca n'était pas experte en la matière. Pas plus tard que la veille, elle avait commandé un livre sur la grossesse, mais elle était, elle aussi, consciente qu'une bonne hydratation et une bonne nutrition étaient primordiales dans son état.

En ouvrant sa bouteille d'eau, elle comprit qu'elle avait soif. Elle but une longue gorgée.

— Vous vous sentez mieux, non ? demanda Abigail.

L'eau fraîche apaisa la gorge de Becca et lui donna, en effet, un petit regain d'énergie. Elle hocha la tête.

Elles restèrent assises en silence. Le temps s'écoulait lentement, l'obscurité se rapprochait et deviendrait complète quand l'électricité serait coupée. Tout en savourant ses bretzels, Becca s'efforçait de rassembler ses pensées et ses forces.

Non loin d'elle, Nolan et Cameron chuchotaient.

— Qu'aimez-vous faire dans la vie ? demandait le jeune bibliothécaire à Nolan.

— Enseigner. Lire. Courir. J'adore courir. Et vous ?

— Jouer du piano. J'ai commencé quand j'avais cinq ans. Ma mère aurait voulu que j'en fasse un métier. Mais je n'étais pas assez bon. En revanche, le bonheur de jouer est toujours là.

Aujourd'hui, c'est le premier jour depuis plus de vingt-cinq ans où je ne joue pas.

Abigail se tourna vers Becca.

— À quel stade en êtes-vous ?

Elle avait pris rendez-vous avec un gynécologue pour le savoir avec certitude, mais elle ne le verrait que la semaine suivante.

— Environ huit semaines, répondit-elle, en se fondant sur la date des derniers rapports sexuels non protégés qu'elle avait eus avec Jake.

En y repensant, elle se demandait pourquoi elle ne lui avait pas dit de mettre un préservatif. Elle n'y avait pas pensé. En fait, elle n'avait pas réfléchi du tout. Emportée par un désir impérieux, elle l'avait embrassé à en perdre le souffle, s'était enivrée de l'odeur de sa peau, de sa chaleur. Puis tout s'était enchaîné dans une fièvre qu'elle ne maîtrisait pas. Par la suite, elle avait voulu qualifier leurs actes irresponsables et insouciants de passionnels. Elle y avait vu le signe que leurs relations évoluaient. Qu'ils avaient atteint un niveau de confiance profonde et d'intimité qui dépassait l'aspect physique.

Elle avait été stupide.

— Souffrez-vous de nausées matinales ? s'enquit Abigail. J'en ai eu lors de mes deux premières grossesses. C'était horrible.

À cause des nausées qui avaient duré jusqu'en début d'après-midi, Becca n'avait pas mangé ni bu grand-chose ce jour-là. Et une fois ces malaises passés, l'angoisse de devoir annoncer sa grossesse à Jake lui avait coupé l'appétit.

Quand ils s'étaient rencontrés à Quantico, elle avait éprouvé pour lui une attirance immédiate. Il avait des allures de star de cinéma et un sourire dévastateur. Et il lui avait suffi d'apparaître pour la séduire. Pourtant, dès qu'il ouvrait la bouche, Becca et lui commençaient à se disputer.

Depuis qu'elle avait intégré le FBI, Becca avait croisé bon nombre de machos de la vieille école qui estimaient que les femmes n'avaient pas leur place au sein des forces de l'ordre. Jake n'était pas comme eux. Mais quelque chose chez elle déclenchait ses instincts protecteurs.

Dès leur premier baiser sur le parking du Delgado, elle avait su que tout serait différent avec lui. Spécial. Et qu'il allait lui être très difficile de ne pas tomber amoureuse parce que personne n'avait jamais embrasé son cœur et son corps comme il le faisait.

La seule chose spéciale qui en était ressortie était cette vie qui grandissait en elle.

Peut-être devait-elle jouer son rôle d'otage avec un peu plus de conviction. Jake ne voulait peut-être pas fonder une famille mais elle, elle avait envie de ce bébé. Son enfant. Elle devait tout faire pour le protéger.

Les ravisseurs allumèrent deux lanternes qui fonctionnaient sur piles.

Ils s'étaient également préparés à être privés d'électricité.

Qui étaient-ils ? Que voulaient-ils ?

Et jusqu'où étaient-ils prêts à aller pour l'obtenir ?

— Tenez, dit Abigail en lui offrant son sachet de bretzels. Vous en avez plus besoin que moi.

Becca était toujours affamée mais elle ne pouvait pas accepter.

— Merci, mais nous ne savons pas quand ni s'ils nous donneront davantage à manger. Gardez-les.

— Prenez-en au moins quelques-uns.

Abigail ouvrit son sachet et en versa dans sa main.

— Je ne vais pas tout manger. De plus, ma petite-fille n'arrête pas de me dire que jeûner de temps en temps me ferait du bien.

— Merci, dit Becca.

Les lumières du bâtiment s'éteignirent, les plongeant dans l'obscurité. Puis la climatisation ralentit et finit par s'arrêter complètement.

— Que se passe-t-il ? demanda Cameron Lund.

Becca mit un autre bretzel dans sa bouche.

— La police a coupé l'électricité.

— Merveilleux, dit Nolan. J'espère qu'il y a encore de l'eau. Sinon, les lavabos vont être une horreur.

— Au moins, nous ne sommes pas attachés à des chaises, sans possibilité de nous rendre aux toilettes, comme les autres, dit-elle.

— Sans clim, la chaleur va devenir infernale demain. Je doute que ces truands ouvrent les fenêtres pour laisser entrer l'air frais, dit Nolan. Il fera beaucoup plus chaud ici qu'à l'extérieur. J'espère que les flics ou le FBI parviendront à nous libérer avant midi. Sinon, nous allons crever de chaud avant même d'avoir couru le risque de nous faire descendre.

— Je suis sûre que les autorités font de leur mieux, dit Becca dans l'espoir de contrer le pessimisme de Nolan.

— Je l'espère, répondit Abigail. Vous êtes plus susceptible de souffrir d'un coup de chaleur que nous parce que vous êtes enceinte. Ce ne sera bon ni pour vous ni pour le bébé.

Une main sur son ventre, Becca priait pour que Jake réussisse à accomplir un miracle avant de devoir faire face à une chaleur accablante qui pourrait nuire à leur enfant.

Il était plus de 2 heures du matin quand Jake ouvrit la porte du deux-pièces de Becca avec sa clé. Son petit appartement se trouvait dans une résidence proche de la périphérie de la ville. L'endroit était à peine meublé mais confortable. Convivial et chaleureux.

Il aimait qu'elle n'ait pas besoin de surcharger sa vie de choses inutiles. Le plus important pour elle était sa famille. Elle avait mis des photos d'eux partout. On la voyait sur certaines d'entre elles, avec ce sourire rayonnant qui illuminait ses yeux, en train d'embrasser son neveu, de pêcher ou de monter à cheval avec sa sœur.

En marchant dans l'appartement, il retrouva la légère odeur de son parfum qui flottait dans l'air.

Dans la cuisine, il put presque l'entendre rire et parler d'une enquête tout en sirotant une bière.

Il sentait sa présence, même si elle était piégée dans cette bibliothèque.

Il enleva ses bottes et se dirigea péniblement vers la chambre. Ses épaules lui faisaient mal, une tension raidissait sa nuque. Avec un soupir, il se laissa tomber sur le lit et s'allongea sur les couvertures. Il attrapa un oreiller et le tint contre son nez, respirant son parfum féminin.

Ils avaient partagé tant de moments dans cette chambre, dans ce lit, des moments merveilleux qu'il avait pris pour acquis, certain qu'il y en aurait d'autres. Dans le passé, il avait évidemment connu d'autres femmes. Mais seule Becca était capable de l'envoûter à ce point.

La pensée de ne plus jamais la revoir le transperça avec la violence d'une lame. Le besoin féroce de la protéger, d'être près d'elle devenait écrasant.

Il devait se ressaisir.

Ouvrant le tiroir du haut de la table de chevet, il en sortit un bloc-notes et un crayon. Il nota sa conversation avec elle, se remémora les détails de ce qu'elle lui avait appris.

Avant de quitter le centre de commandement, il avait déjà rédigé un bref rapport pour l'équipe et téléchargé les photos que Becca avait envoyées. Aaron avait commencé à introduire celles-ci dans les bases de données, à la recherche de correspondances, mais le processus prendrait des heures. En attendant, il se reposait au B&B.

S'il y avait du nouveau à l'intérieur de la bibliothèque pendant son absence, un adjoint appellerait Jake.

Il souligna certains éléments sur le bloc-notes. Maintenant, dans le calme de l'appartement, il lui était plus facile de se concentrer.

Craig. Moustache. Tatouage d'une araignée noire. Un problème avec les femmes. Thérapie. Incurable.

Il demanderait à Lynn de l'aider. En ce moment, elle dormait et ne pourrait contacter les cliniques locales que plus tard. Mais dès le lendemain matin, il lui parlerait.

8

En se garant devant l'association caritative Compassionate Hearts, Brian remarqua un enclos grillagé près du bâtiment. À l'intérieur se trouvaient trois voitures qui avaient connu des jours meilleurs.

Il enfonça son stetson sur la tête et se dirigea vers la porte. Une petite pancarte indiquait qu'ils n'ouvraient qu'à 10 heures, mais il avait vu du mouvement à l'intérieur, c'est pourquoi il entra.

Deux femmes, âgées respectivement d'une trentaine et d'une vingtaine d'années, étaient occupées à trier des vêtements et à les accrocher sur des portemanteaux.

L'une d'elles, la plus âgée et la plus séduisante des deux, leva les yeux du portant de robes sur lesquelles elle agrafait des étiquettes de prix. Avec ses cheveux blonds, ses yeux myosotis et ses nattes, elle ressemblait à Boucle d'Or.

— Je suis désolée, dit-elle en lui souriant avec chaleur, mais nous ne sommes pas encore ouverts.

Il lui montra son badge et lui retourna son sourire. Il avait toujours eu un faible pour les blondes.

— Je suis l'inspecteur Brian Bradshaw, dit-il. J'enquête sur le vol de deux véhicules. À qui dois-je m'adresser ?

— C'est bien que vous soyez là, dit Boucle d'Or.

Elle portait un jean et un T-shirt à l'effigie de Compassionate Hearts qui mettaient en valeur sa silhouette.

— Mme Martinez a été dévastée par ce vol. Son bureau est au fond du couloir, là-bas. Elle y est.

Il la remercia et se dirigea vers l'arrière de la salle en slalomant entre les portants à vêtements. Comme il se retournait pour jeter un dernier coup d'œil à la jeune femme par-dessus son épaule, il la surprit en train de le regarder. Un sourire embarrassé éclaira son joli visage et il se sentit fondre.

Dans un autre contexte, sans doute l'aurait-il invitée à prendre un café ou même à déjeuner. Mais d'une part, il évitait de flirter pendant qu'il travaillait – or il travaillait beaucoup, ce qui expliquait sans doute pourquoi il était habituellement célibataire. Et d'autre part, personne n'arrivait à la cheville de Charlie Sharp. En matière de beauté, de tempérament et d'exploits, aucune autre n'était à sa hauteur.

Non seulement il avait un faible pour les blondes, mais il avait tendance à craquer pour les femmes belles, cruelles et fatales.

Charlie en était l'incarnation même.

Il frappa à la porte ouverte, faisant sursauter la brune assise à son bureau.

— Pardonnez-moi, madame, je ne voulais pas vous effrayer. Je suis l'inspecteur Bradshaw de la police de Laramie. J'aurais quelques questions à vous poser à propos des deux camionnettes qui vous ont été volées.

— Bonjour, je suis Aleida Martinez, dit-elle en lui tendant la main. Merci d'être venu. Je n'y croyais plus. J'avais l'impression que la police se moquait complètement de ce vol.

— J'en suis désolé. Pourquoi avez-vous eu cette impression ?

— Lorsque je suis allée porter plainte, le policier qui a pris ma déposition a changé totalement de comportement en apprenant qu'il s'agissait de camionnettes offertes à une association caritative et destinées à être vendues aux enchères. Soudain, il a semblé se désintéresser de l'affaire. Bien sûr, la vente de ces véhicules ne nous aurait rapporté que quelques centaines de dollars, mais chaque *cent* compte pour nous.

— Je comprends, dit Brian d'un ton aimable. Quand avez-vous remarqué qu'elles avaient disparu ?

— Hier matin, dès mon arrivée à l'association, répondit-elle avec inquiétude. Nous n'avons pas beaucoup de camionnettes à vendre. Deux de moins, ça se voit tout de suite.

— Mais elles étaient là la veille au soir, quand vous avez fermé ?

— Oui, inspecteur, répondit-elle en jetant un coup d'œil par la fenêtre. Je suis toujours la dernière à partir. J'avais travaillé tard et en sortant, j'ai regardé l'enclos.

— Est-il toujours cadenassé ?

— Absolument.

— L'était-il quand vous êtes partie ? insista-t-il.

— Je pense que oui.

— La grille ou le cadenas ont-ils été sectionnés ?

— Le cadenas.

— Avez-vous par hasard des images de vidéosurveillance ?

— Comme si nous avions les moyens de faire installer des caméras ! Jusqu'ici, nous n'avions jamais eu de problème, jamais été cambriolés. Tout le monde en ville sait que nous nous battons pour aider les autres. Et voilà pourquoi ce vol est si dérangeant.

— Les deux camionnettes volées sont liées à une enquête en cours, lui annonça Brian.

— Vous voulez dire qu'elles ont été utilisées pour commettre un crime ? s'exclama-t-elle, manifestement surprise.

— J'en ai bien peur.

— Où va le monde ? dit-elle en secouant la tête.

— Quand aviez-vous reçu ces véhicules ? poursuivit-il.

— Il y a trois jours.

Elles n'étaient donc pas dans l'enclos grillagé depuis longtemps.

— Leur arrivée était-elle prévue de longue date ?

— Non, les dons nous parviennent de manière aléatoire,

répondit Mme Martinez. Cela dit, une fois par an, nous recevons toujours un ou deux véhicules de la Plainsman Oil and Gas Company. Je crois savoir qu'ils déterminent à l'avance ceux qu'ils offriront parce qu'ils se fondent sur les kilométrages.

— Et c'est cette société qui vous a fait don des deux camionnettes ? demanda-t-il.

— Oui. Ils sont très généreux.

Brian le nota et reprit :

— Les chauffeurs ont signé un formulaire lorsqu'ils les ont déposées, je suppose ? Ils ont rempli des papiers, non ?

— Non. Ce n'est pas comme ça que ça marche. Je suis prévenue par mail du nombre de véhicules offerts et du jour de livraison. Les chauffeurs me remettent simplement les clés et la carte grise. Dans les trente jours suivant la vente des véhicules, j'envoie à leur siège social l'accusé de réception et un reçu indiquant le prix de vente, l'année, la marque, le modèle et le numéro d'identification. Je leur poste ensuite les documents papier.

— Vous avez mentionné les clés. Combien de jeux recevez-vous de la compagnie pétrolière ?

Elle hésita un instant, réfléchit.

— Deux, en général. Mais pour ces camionnettes, je n'ai eu qu'un jeu pour chacune. L'après-midi avait été mouvementé et, sur le moment, je n'y ai pas prêté attention.

Brian hocha la tête.

— Avez-vous un contact à la Plainsman Oil and Gas Company ?

— Oui, le responsable de leur service de transports. Denis McKee.

Après avoir fait le tour du siège social de la Plainsman Oil and Gas Company, Brian se rendit finalement au service des transports, situé dans un endroit éloigné, perdu au milieu de nulle part. Le forage et la fracturation hydraulique s'effectuaient sur des plates-formes d'où on pompait du pétrole brut.

Il montra son badge au garde dans sa guérite.

— Je suis l'inspecteur Bradshaw. J'aurais besoin de parler à Dennis McKee, à propos de deux anciennes camionnettes de votre entreprise qui sont impliquées dans une affaire criminelle en cours.

L'homme téléphona à quelqu'un.

Brian jeta un coup d'œil à la clôture grillagée et aux caméras de surveillance.

Le gardien raccrocha.

— Allez au service des transports, dit-il en désignant l'un des nombreux bâtiments semblables à des mobile homes.

— Merci.

Brian s'y rendit et se gara devant.

Tout en enfonçant son stetson sur la tête, il repéra une flotte de camionnettes blanches, identiques à celles utilisées par les hommes qui avaient attaqué la bibliothèque. Ainsi qu'une flopée de camions-citernes et d'autres véhicules.

Il ouvrit la porte et la referma derrière lui pour protéger l'intérieur du local de la canicule extérieure. Il sortit son badge.

— Bonjour à tous, dit-il en souriant. J'aimerais parler au responsable des transports.

— Le bureau de Dennis McKee est là-bas, dit la réceptionniste.

Il effleura son chapeau en guise de remerciement et se dirigea vers l'endroit indiqué.

— En quoi puis-je vous être utile, inspecteur ? s'enquit Denis.

— Une prise d'otages se déroule actuellement à la bibliothèque de Laramie. Des hommes armés sont arrivés sur les lieux à bord de deux camionnettes blanches qui appartenaient à l'origine à votre société. Elles ont été volées dans les locaux de l'association caritative Compassionate Hearts. Combien de temps à l'avance fixez-vous le nombre de véhicules offerts et la date de leur livraison ?

Denis haussa les épaules.

— Cela dépend.

— De quoi ?

— De différents facteurs. Principalement du kilométrage.

Brian sortit de sa poche un morceau de papier sur lequel étaient écrits les numéros des plaques d'identification des camionnettes.

— Pouvez-vous me dire ce qu'il en est de ceux-ci ?

Dennis examina le papier.

— Attendez quelques instants pendant que j'effectue des recherches. Servez-vous un café.

Brian saisit un gobelet en carton, y versa du café et y ajouta quelques sachets de sucre.

Dennis pianotait sur son clavier pendant que Brian se promenait dans le camion aménagé, en s'efforçant de réprimer son impatience.

Après un moment, McKee lui lança :

— J'ai quelque chose pour vous.

Brian s'approcha à grands pas.

— Je suis tout ouïe.

— Il y a un mois, j'avais enregistré ces deux véhicules pour qu'ils soient donnés. Dès que nos camionnettes ont quatre-vingt mille kilomètres au compteur, elles sont destinées à des œuvres caritatives.

— L'association les a récupérées ici ou elles lui ont été livrées ? s'enquit Brian, pour vérifier les dires de Mme Martinez.

— Nous les livrons toujours.

— Qui étaient les chauffeurs ?

Denis haussa les épaules.

— Je ne sais pas. Je ne garde pas de trace de ce genre de choses. Quelqu'un se porte volontaire et s'en charge.

— Combien de jeux de clés sont livrés avec les véhicules ?

— Deux.

— Vous les donnez tous les deux à l'organisme de bienfaisance avec le camion ?

— Bien sûr. Et la carte grise.

Quelqu'un avait donc subtilisé l'un des jeux de clés et aidé les hommes armés. Quelqu'un qui travaillait soit à Compassionate Hearts, soit à la Plainsman Oil and Gas Company. Brian misait plutôt sur la seconde option.

Il esquissa un petit sourire, cachant sa frustration.

— J'aimerais voir les images de vidéosurveillance du jour où les véhicules ont quitté les lieux.

— D'accord, pas de problème.

Dennis se remit à frapper son clavier. Mais très vite, il poussa un gros soupir.

— Je... je regrette, mais ça ne va pas être possible. Désolé.

Les poings sur les hanches, Brian demanda :

— Pourquoi ?

Les sourcils froncés, Dennis tourna son moniteur pour permettre à Brian de voir l'écran.

— Nous avons eu des problèmes avec nos caméras de surveillance dernièrement. Elles étaient en réparation ce jour-là, dit-il en pointant du doigt la date en question.

Quelque chose clochait. Vraiment.

L'entreprise du centre-ville avait refusé de coopérer et de remettre des images de vidéosurveillance sur lesquelles figurait le visage d'un suspect. Et maintenant, les caméras du service des transports de la Plainsman Oil and Gas Company étaient tombées en panne pile le jour où il était important de connaître le nom des chauffeurs.

Comme par hasard.

— Je suis vraiment désolé de ne pas pouvoir être plus utile, dit Dennis qui semblait tout sauf sincère. Y a-t-il autre chose que je puisse faire pour vous ? Je dois me rendre au siège pour une réunion. Ils n'apprécient pas que je sois en retard.

— Non, dit Brian, en essayant de ne pas montrer sa déception. Il n'y a rien d'autre.

Son instinct lui soufflait que Dennis ou un autre membre du service s'était arrangé pour que les preneurs d'otages aient accès aux camionnettes. Mais, bien que cela le contrarie grandement, tant que ces derniers n'auraient pas été identifiés, il n'avait plus rien à faire ici.

Il devait encore interroger les propriétaires des véhicules dont les plaques d'immatriculation avaient été volées. Mais cela attendrait. Dans l'immédiat, il voulait revenir au centre de commandement à temps pour entendre le chef des preneurs d'otages s'adresser aux médias.

Il devinait que cette déclaration serait importante et déclencherait un tsunami.

Et il tenait à l'écouter en direct.

Becca avait réussi à dormir quelques heures. Elle avait rêvé de Jake et du bébé. Tous trois se promenaient dans un parc et Jake poussait un landau. Un grand soleil brillait au-dessus de leurs têtes.

Pour une fois, ils ne se disputaient pas. Ils parlaient, riaient et discutaient d'un avenir commun. Un tel amour brillait dans les yeux de Jake qu'elle avait senti des larmes brûler ses paupières.

Un beau rêve qui ne deviendrait jamais réalité, elle le savait.

Avec un soupir, elle roula sur elle-même et se leva.

— Que faites-vous ? dit Abigail avec inquiétude.

— J'ai besoin d'aller aux toilettes.

Depuis qu'elle était enceinte, elle s'y rendait dix fois plus qu'avant.

— Laissez-moi les appeler, proposa Abigail. Ils n'oseront pas frapper une vieille femme comme moi pour avoir osé demander à se rendre aux lavabos. Vous, en revanche...

Avec un grand sourire, Becca accepta sa proposition.

Non seulement Abigail était courageuse, mais elle était aussi très gentille.

L'ancienne bibliothécaire se mit sur pied et s'étira. Elle fit quelques pas vers la grande baie vitrée et y tambourina du poing.

— Excusez-moi, pourriez-vous venir ? demanda-t-elle en faisant signe à quelqu'un.

Un instant plus tard, Craig s'approcha.

— Nous avons besoin de nous rendre aux toilettes, si cela ne vous dérange pas, dit-elle.

Craig regarda par-dessus son épaule.

— Elles doivent aller aux toilettes, cria-t-il. Je les y emmène ?

— Oui ! répondit quelqu'un, vraisemblablement Gray.

Il déverrouilla la porte.

— Les femmes d'abord. Ensuite, je reviendrai pour vous trois, ajouta-t-il à l'attention de Lund, Nolan et du jeune Schroeder.

Becca se leva, heureuse de se dégourdir les jambes mais consciente du côté explosif de la situation. Craig était sans doute le plus dangereux de la bande.

Les toilettes n'étaient qu'à quelques mètres de là.

En chemin, elle demanda :

— Aurons-nous de quoi manger ce matin ? Et de l'eau ?

L'eau était une priorité.

Il la poussa en avant.

— Pas si cela signifie que vous devrez aller en permanence aux toilettes.

— Elle est enceinte, elle a besoin de se nourrir et de s'hydrater convenablement, répliqua Abigail d'un ton suppliant. Pourriez-vous être assez généreux pour lui donner ce qu'il lui faut ?

— Nous avons tous besoin d'eau et de nourriture, intervint Becca, plus inquiète pour les autres que pour elle-même. Surtout ceux qui ont passé la nuit ligotés sur des chaises.

— Ce n'est pas à moi d'en décider, dit Craig. Nous verrons.

Il poussa la porte des lavabos.

Quand elles entrèrent, il les suivit à l'intérieur.

Becca se tourna vers lui.

— J'espère que vous n'avez pas l'intention de rester à nous regarder ?

Ses yeux brillaient comme s'il souriait sous son bandana.

— Peut-être que si. Et si vous continuez à m'insulter, je vous frapperai encore. Sauf que cette fois, Frank ne sera pas là pour m'en empêcher.

Un autre prénom. Frank.

Abigail s'interposa.

— Il n'y a pas de fenêtres ici et rien qui puisse servir d'arme. Je vous en prie, comportez-vous en gentleman et laissez les dames utiliser les toilettes avec un minimum de dignité !

Craig dévisageait Becca d'un œil mauvais. Comme s'il avait hâte d'avoir la possibilité de la frapper.

Elle sentit son cœur s'accélérer, son ventre se nouer. Elle avait envie de lui faire du mal, elle aussi.

— Bien, dit Craig, sans détourner le regard. Dépêchez-vous. Ne m'obligez pas à revenir. Ou vous le regretterez.

Il poussa la porte et sortit.

Becca devinait que, tôt ou tard, les choses tourneraient mal avec lui. C'était inévitable, elle le sentait.

Avant la fin de cette prise d'otages, ils atteindraient un point de non-retour.

Et un seul d'entre eux en sortirait vivant.

Lorsque la porte du centre de commandement grinça, Jake se retourna pour voir qui entrait. Lynn s'avança vers lui tandis que Nash verrouillait la porte.

— Bonjour, tout le monde, dit-elle.

Aaron la salua sans lever les yeux de son écran.

Sa sœur s'approcha.

— Tu t'es reposé, Jake ? demanda-t-elle sur le ton qu'elle devait employer avec ses patients.

Il haussa les épaules avec désinvolture, bien qu'il soit tendu à l'extrême. Il avait réussi à dormir un peu après s'être tourné et retourné pendant des heures sur le lit de camp, inquiet pour Becca et les autres otages.

— Assez pour être en état de fonctionner.

— C'est déjà ça, dit-elle avec un sourire encourageant.

— J'ai du nouveau, leur annonça Jake. Hier soir, après votre départ, Becca m'a appelé via le smartphone de la jeune Pietsch.

— Tu lui as parlé ? s'exclama Nash. Comment tient-elle le coup ?

— Elle s'accroche.

Becca était l'une des femmes les plus fortes qu'il ait connues et un agent coriace, qui ne cédait pas sous la pression. Il se sentait chanceux de la fréquenter.

— Depuis le début, elle espionne les preneurs d'otages, les interroge mine de rien, et elle m'a communiqué beaucoup d'éléments précieux. J'ai rédigé un compte rendu détaillé de notre échange. Mieux, elle a réussi à photographier deux des ravisseurs. Mister et un autre avec un bandana bleu. J'ai téléchargé les clichés. Aaron est sur le coup et met tout en œuvre pour les identifier.

— Je les ai introduits dans notre base de données de reconnaissance faciale, dit ce dernier, les yeux rivés sur l'écran de son ordinateur. Dans l'espoir de trouver une correspondance.

Il ne précisa pas qu'il avait également accès à un programme d'intelligence artificielle qui récupérait des milliards d'images sur Internet – Facebook, LinkedIn, YouTube, Instagram, Snapchat, TikTok, etc.

Il sirota son café.

— Je passe également au peigne fin les fichiers d'identification des véhicules.

— Nous devrions avancer, dit Jake.

— Oui, dit Nash. Becca a fait du bon travail.

Incontestablement, elle était d'une redoutable efficacité. Tous les renseignements qu'elle avait donnés à Jake étaient utiles. Cela dit, aucun ne valait qu'elle se mette en danger.

— J'ai besoin de ton aide, Lynn.

— Oui ? s'enquit sa sœur.

— Le preneur d'otages qui a frappé Becca a des antécédents de violence envers les femmes. Apparemment, il a suivi une thérapie mais elle a échoué. Il est considéré comme incurable. Peux-tu contacter toutes les cliniques du coin pour découvrir où il a été soigné ?

— Bien sûr.

Lynn s'assit, sortit son smartphone et se mit au travail.

— Que savons-nous d'autre sur lui ? demanda-t-elle en ouvrant une application de prise de notes.

— De type caucasien. Yeux sombres. Cheveux noirs.

Dès que Becca avait mentionné le bandana noir, il avait compris de qui elle parlait.

— La trentaine, poursuivit Jake. Il se prénomme Craig. Il porte une grosse moustache et un tatouage à la main. Qui représente une araignée noire.

— Où est situé exactement ce tatouage ? s'enquit Nash.

— Mon Dieu ! s'exclama Lynn d'un ton incrédule. Est-ce qu'il est là ? Sur le dos de sa main gauche, précisa-t-elle en montrant la zone charnue entre son pouce et son index.

Il hocha la tête.

— En effet. Comment le sais-tu ?

— Je l'ai eu comme patient. Il a suivi mon programme sur les violences conjugales.

— Comment s'appelle-t-il ? demanda Nash. Quel est son nom complet ?

Elle se tourna vers lui.

— Craig Hicks.

Bingo.

Ils avaient le nom d'un des forcenés. Il en restait trois à identifier.

Comme promis, les hélicoptères avaient été éloignés pour que les bruits des rotors ne couvrent pas le son de sa voix. Le jour se levait. En voyant les équipes des chaînes de télévision et d'info s'installer derrière les cordons de police, Frank serra les mâchoires. S'adresser au grand public de cette manière n'était pas la façon dont Hannah et lui avaient envisagé les choses.

Il s'était imaginé assis face à des journalistes d'au moins deux chaînes concurrentes, pour s'assurer qu'aucun de leurs dirigeants ne serait tenté de censurer le reportage par la suite. Les riches et les puissants se protégeaient entre eux. Il avait espéré pouvoir prendre son temps, expliquer en détail toute l'histoire et, surtout, s'entretenir avec eux calmement.

Avec dignité.

Frank refusait de parler de sa Marianne, tapi dans l'ombre, en s'égosillant depuis une fenêtre.

Il voulait avoir la possibilité de s'exprimer, de donner sa version des faits. Après tout ce qu'ils avaient enduré, ils méritaient de livrer la vérité. Mais... pas comme ça.

Entouré de tireurs d'élite comme un criminel, il ne serait pas pris au sérieux. Les gens auraient l'impression d'assister à un spectacle. Ils étaient déjà convaincus d'être face à des terroristes fous furieux. Ils entendraient les mots qu'il crierait via le mégaphone comme s'il s'agissait de ceux d'un perturbateur haranguant les foules, mais personne ne l'écouterait vraiment. Certains attendraient de voir s'il serait finalement abattu.

Il avait espéré une interview approfondie avec quelques grands journalistes – des professionnels de premier plan que les gens respectaient. Il aurait aimé participer à l'une de ces émissions spéciales, programmées à une heure de grande écoute et bénéficiant d'un audimat élevé.

Accablé, il sortit son téléphone jetable et composa le numéro d'Hannah. Sa filleule saurait quoi faire. Elle n'était pas du genre à se contenter de ce qu'on lui servait. Depuis toujours, elle parvenait à changer la donne pour en faire quelque chose d'inattendu.

— Es-tu prêt ? demanda-t-elle. Ils viennent d'annoncer aux informations que le chef des preneurs d'otages ferait une déclaration dans une heure.

Il lui résuma le contenu de sa prise de parole.

— Je n'aime pas ça, conclut-il.

— Et si tu utilisais l'ordinateur portable que je t'ai donné et que tu contactais la presse via Zoom ?

— Malheureusement, Dale l'a laissé tomber. L'écran est fissuré. Les gens ne verraient rien.

— Tu pourrais appeler une chaîne d'info avec ton téléphone ? Je t'aiderais à télécharger une application. Tu serais plus à l'aise qu'en criant dans un porte-voix.

Les aspects techniques de cette application rebutaient Frank. Il avait honte de l'admettre, mais il n'était pas très doué dans le domaine informatique.

Il savait se servir d'un porte-voix. Mais de Zoom ?

Pas une seule fois dans sa vie, il ne s'était connecté sur ce genre de sites. De plus, il ne maîtriserait pas ce qu'il adviendrait par la suite de sa déclaration. Peut-être disparaîtrait-elle immédiatement. Voilà pourquoi il voulait que plusieurs chaînes d'info l'écoutent en même temps.

Heureusement, Hannah avait cessé de l'exhorter à télécharger son discours sur YouTube. Sa vidéo serait restée dans un coin, sans aucun moyen de prédire si quelqu'un la regarderait. Sans doute serait-elle vite tombée dans l'oubli.

Frank préférait un journal en version papier à toutes les informations qui circulaient en ligne. D'accord, il était de la vieille école, mais il connaissait l'efficacité des méthodes à l'ancienne. Elles apportaient également plus de sérieux.

— Je gère mieux un mégaphone qu'une application web. Le vrai problème est que j'espérais une heure de grande écoute pour ma première déclaration. Afin de toucher un maximum d'auditeurs. Et qu'elle soit diffusée sur plusieurs chaînes d'info en même temps.

— Tu as bien fait de refuser de parler à 2 heures du matin. Mais rappelle-toi que cette intervention ne sera qu'une ouverture. La première carte que nous poserons sur la table.

Il y en aurait d'autres à venir.

— Je comprends mais je ne peux pas lire tout ce que tu m'as rédigé via un porte-voix. Le texte est beaucoup trop long.

Elle avait écrit une pleine page. Les mots étaient beaux mais ils n'étaient pas destinés à être hurlés.

— J'ai besoin de quelque chose de court et de percutant, en attendant d'avoir la possibilité de raconter toute l'histoire à ma façon.

Contre vents et marées, il tenait à s'entretenir en tête à tête avec deux ou trois journalistes triés sur le volet qui le laisseraient parler. Il n'y parviendrait peut-être pas pour sa première déclaration mais il réussirait pour une suivante. Il devait seulement trouver le moyen d'y arriver sans que cet agent du FBI, Jake Delgado, l'en empêche.

— Donne-moi un instant, dit Hannah. Je vais reformuler le texte pour qu'il soit plus concis.

Cette petite ne l'avait jamais déçu.

Sa filleule était son phare. Elle le guidait à travers les ténèbres, en dissipant par sa seule présence les ombres qui le hantaient.

Après la mort de Marianne, il avait failli sombrer dans la dépression. Il avait été tenté d'abandonner la lutte et de rejoindre l'amour de sa vie dans la tombe. Mais Hannah lui avait montré qu'il avait le choix.

Il pouvait décider d'être un déserteur, de céder aux puissances du mal.

Ou choisir d'être David affrontant Goliath.

S'il avait le courage d'aller au bout du combat.

Quelques instants plus tard, son téléphone sonna.

— Je t'ai envoyé un SMS, dit Hannah. Le texte de ta nouvelle déclaration.

Frank ouvrit le message et le lut.

— Qu'en penses-tu ? demanda-t-elle, en réponse à son silence. Cela te plaît ? C'est trop précis ? Si tu n'adhères pas, je t'écris autre chose.

Il sourit. Il la reconnaissait bien là.

— C'est parfait pour une ouverture. Bien sûr, cela va susciter des interrogations.

C'était le but.

— Hannah, lorsque les otages auront finalement été libérés, s'*il* s'arrange pour ne pas répondre à toutes nos requêtes, ce sera à toi de passer à l'action. D'accord ? Pour Marianne.

Sa filleule était son atout maître.

— *Il* cédera à toutes nos revendications. Nous allons *tout* lui prendre. D'une façon ou d'une autre. Pour Marianne.

Dès qu'il arriva au centre de commandement, Brian rejoignit Nash et Jake qui se tenaient tous les deux dehors à côté du camion.

— Alors ? Il a déjà parlé ? leur demanda-t-il aussitôt.

— Non. Tu arrives à temps, répondit Nash. As-tu eu l'occasion de lire le rapport de Jake et de regarder les photos qu'il a téléchargées ?

— Pas encore mais j'ai demandé à Aaron de m'en faire parvenir des copies.

Ils faisaient tous face au côté ouest de la bibliothèque, là où la fenêtre avait de nouveau été ouverte.

— Je n'ai rien appris d'utile concernant les camionnettes volées, poursuivit-il. À l'origine, elles appartenaient à une société pétrolière et gazière qui les a livrées à l'organisme de bienfaisance, il y a trois jours. Il manquait un jeu de clés pour chacune. Je n'ai pas réussi à obtenir d'images de vidéosurveillance ni les noms des chauffeurs. Cela m'a paru louche. Quelque chose cloche dans cette affaire, mais je n'arrive pas à mettre le doigt dessus.

Jake croisa son regard.

— Pourquoi as-tu cette impression ?

— Le manque de coopération du personnel est flagrant. Leurs explications sont peu crédibles. Rien ne débouche sur du concret. C'est très étrange.

Il se tut quelques instants avant de demander :

— Et de votre côté, du nouveau ?

— Nous avons identifié l'un des preneurs d'otages, dit Jake. Craig Hicks. Aaron a les photos de deux autres et passe au peigne fin les bases de données pour trouver une correspondance.

Il y parviendrait, ce n'était qu'une question de temps. De nos jours, il était impossible à un individu de dissimuler son identité dès lors que les autorités avaient une photo de lui, sauf si le type en question vivait hors réseaux. Dès que cette entreprise du centre-ville ouvrirait ses portes pour la journée, l'un des adjoints du bureau du shérif leur présenterait le mandat et, du moins Jake l'espérait-il, l'équipe obtiendrait une photo supplémentaire.

Un bruit de larsen venant d'un porte-voix à l'intérieur de la bibliothèque attira leur attention.

— Bonjour à tous, lança Mister d'un coin reculé de la pièce, à l'abri des regards. Je... euh, j'ai préparé une déclaration pour la presse à propos de nos actions, qui, j'en suis certain, ont été mal interprétées et calomniées.

Il s'éclaircit la voix et se lança :

— Tous les criminels ne sont pas des « méchants ». Pensez à Robin des Bois. C'était un héros pour certains. Un hors-la-loi pour d'autres.

Sa voix s'affermit et son ton se durcit.

— Bien que nous ayons pris des otages, nous ne sommes pas de mauvaises personnes. La preuve, nous avons très vite libéré les lycéens. Il ne faut pas se fier aux apparences. Il arrive que des gens que vous tenez en haute estime soient de vrais salauds.

Il s'interrompit un instant avant d'asséner :

— Nous exigeons six millions et demi de dollars. Et un seul homme paiera cette somme. Pas seulement parce qu'il a les moyens de la régler. Mais surtout parce qu'il nous *doit* cet argent. Il s'agit du remboursement d'une dette. Un seul homme paiera... pour *tous* ses crimes. Crispin Lund.

9

— Qui est Crispin Lund ? demanda Jake en se tournant Nash et Brian. Il doit être apparenté à Cameron Lund, j'imagine.

C'était l'un des membres du personnel retenus en otages.

Avoir ciblé la bibliothèque pour l'attaque avait soudain du sens.

— Bon sang, jura Nash. Je parie que Crispin Lund est le père du bibliothécaire. Je savais qu'il avait un fils de cet âge.

— Mais à part ça, qui est exactement ce Crispin Lund ?

Nash leva la main pour l'inviter à patienter.

— Brian, va chercher M. et Mme Lund chez eux et conduis-les ici avant que les journalistes prennent leur maison d'assaut. Vite.

Brian leva le pouce et partit sans un mot.

Comme Nash reportait son attention vers le centre de commandement, Jake répéta :

— Qui est Crispin Lund ? J'ai besoin d'une explication. Tout de suite.

Ne pas être originaire du coin présentait soudain un inconvénient majeur.

— Les Lund sont sans conteste la famille la plus riche et la plus puissante de la région, répondit Nash. Crispin est un pilier de la communauté, plus influent que le maire. Beaucoup de membres de sa famille vivent à Laramie. J'ignorais que Cameron, le bibliothécaire, était son fils.

— J'imagine donc que cet homme a les moyens de payer les six millions et demi de dollars réclamés par les preneurs d'otages ? demanda Jake.

— Absolument.

Nash monta les marches du camion, ouvrit la porte et entra.

— Finalement, toute cette histoire se résume à une question d'argent, dit-il.

Jake le suivit et verrouilla la porte de l'unité mobile derrière lui. Il remarqua que, tel un serpent, Guidry s'était glissé à l'intérieur. Assis à l'arrière, à l'écart, il buvait un café.

Lorsque leurs regards se croisèrent, Guidry leva la main pour le saluer. Comme si son coup bas de tout à l'heure n'était qu'un détail sans importance.

Jake secoua la tête, écœuré. Mais il n'avait pas de temps ou d'énergie à perdre avec lui.

— Non, ça ne colle pas, dit-il.

Comme Nash le regardait avec scepticisme, il poursuivit :

— D'accord, ils ont demandé de l'argent.

— Et six millions et demi de dollars ! C'est une somme.

Pourquoi ne pas avoir arrondi à sept ? Cette moitié manquante intriguait Jake.

— S'il ne s'agissait que de toucher une rançon, ils auraient pu me transmettre leurs exigences d'emblée. Pour l'obtenir plus rapidement. Les ravisseurs uniquement intéressés par l'argent veulent l'empocher au plus vite. Ils ne font pas traîner les choses et ne voient pas l'intérêt de faire une déclaration aux médias. Les preneurs d'otages ont raconté à Becca qu'ils avaient employé des mesures extrêmes parce qu'ils avaient le sentiment de s'attaquer à un ennemi puissant qui, d'après eux, a la capacité de les faire taire. Et enfin, ils annoncent publiquement que Crispin Lund doit payer pour ses crimes. Tous ces éléments additionnés disent clairement que l'affaire ne se limite pas à une question d'argent.

Nash esquissa une grimace dubitative et se tourna vers Lynn.

— Qu'en penses-tu ?

— J'ai lu le compte rendu de Jake sur son échange avec Becca et, après avoir écouté la déclaration du ravisseur, je suis plutôt de son avis. Ils estiment clairement que leurs actes sont justifiés. Ils se considèrent un peu comme des Robin des Bois.

— Mais Robin des Bois volait les riches pour donner aux pauvres. Pour lui, être riche constituait un crime.

— Aaron, dit Jake. Repasse-nous la déclaration.

L'agent l'avait évidemment enregistrée. La rediffusion commença. Ils l'écoutèrent tous avec attention pendant que Jake prenait des notes. À la fin, il lança :

— Ils se décrivent comme des héros. Et désignent Lund comme le vrai salaud de l'histoire. Ils ont manifestement des comptes à régler avec lui.

— La phrase « Un seul homme paiera pour ses crimes » est révélatrice, renchérit Lynn. Le verbe « payer » est à prendre dans tous les sens du terme. Il n'est pas uniquement question d'argent.

Les mâchoires serrées, Nash ne semblait toujours pas convaincu. Lynn croisa les bras.

— Les Powell sont riches, mais le preneur d'otages ne fait pas allusion à eux. Il ne s'agit pas seulement de rééquilibrer les situations économiques des uns et des autres.

Guidry l'écoutait avec attention lorsqu'elle ajouta :

— Ils n'ont pas demandé un dollar à Schroeder, alors qu'ils détiennent son fils. Un otage qu'ils tenaient à garder. Mais pour quelle raison ? Le maire n'est visiblement pas dans leur collimateur. Alors pourquoi ne pas libérer son fils ?

— Voyons si nous avons raison.

Nash décrocha le téléphone, composa le numéro de la ligne directe de la bibliothèque et mit l'appel sur haut-parleur.

Mister répondit à la troisième sonnerie.

— Allô ?

— C'est Jake. À propos de la déclaration que vous venez de

faire, pourquoi aviez-vous peur de m'exposer directement vos revendications ?

— Je n'avais pas peur. Je n'ai tout simplement pas envie d'être réduit au silence, de voir nos griefs minimisés ou niés, balayés sous le tapis et vite oubliés. Je veux que les gens sachent qui est vraiment Crispin Lund. Je veux que notre version des faits soit officiellement versée au dossier.

— Que vous a-t-il fait ? s'enquit Jake, espérant le faire parler.

— Interrogez-le. Il le sait très bien et maintenant, nous lui présentons la facture.

Haussant les sourcils, Nash sembla lui dire : « Tu vois, je te l'avais dit. »

Mais Jake refusait d'en démordre.

— Donnez-moi le numéro du compte où vous souhaitez que l'argent de la rançon soit viré.

Silence. Un long silence.

— Lund a accepté de payer ?

— Nous ne lui en avons pas encore parlé mais nous le ferons sous peu. Il est en route.

— Ce salaud va venir ici ? demanda Mister.

Nash pressa une touche pour mettre l'appareil en sourdine.

— Était-ce une erreur de le lui dire ? Et si ça le poussait à faire quelque chose d'irréfléchi ?

— Au contraire. C'est sans doute le catalyseur dont nous avons besoin pour découvrir le véritable fond de l'affaire, répliqua Jake en réactivant l'appel.

— Oui, dit-il, Lund ne devrait plus tarder à arriver.

— Bien, répondit Mister. Dites-lui de préparer l'argent. Je suis sûr qu'il lui faudra un jour ou deux pour réunir la somme. Je vous donnerai le numéro de compte à ce moment-là. En attendant, je tiens à lui parler quand il sera là.

Nash secoua la tête avec véhémence.

— Lui parler de quoi ? s'enquit Jake.

— Cela ne vous regarde pas. C'est entre lui et nous.

— Pourquoi avez-vous choisi la bibliothèque ? demanda Jake. À cause de Cameron ?

— Oui, exactement, répondit Mister, content de lui.

— Il aurait peut-être été plus simple de l'enlever chez lui et de contacter Lund directement, dit-il. Le FBI serait de toute façon intervenu, mais pourquoi avoir ressenti le besoin de prendre d'autres otages ?

— Si nous nous étions contentés de nous attaquer à Cameron, la vérité n'aurait jamais éclaté, répondit Mister d'une voix sombre. Crispin Lund aurait embauché quelqu'un pour nous tuer. Ses crimes n'auraient jamais été dénoncés.

— Quels crimes ? demanda Jake. Qu'a-t-il fait ?

— Il a commis des fautes graves et il pensait s'en être tiré sans dommages. Mais nous sommes ici, dans cette bibliothèque, pour lui prouver qu'il a eu tort.

— Avez-vous voulu vous protéger en vous enfermant dans une bibliothèque, sous les yeux des médias et des autorités ? Pensez-vous y être en sécurité ?

Ils ne l'étaient pas. Des tireurs d'élite du SWAT cernaient le bâtiment, prêts à faire feu sur eux à tout moment.

— En sécurité ? Non, sûrement pas. Les hommes de Lund cherchent à nous abattre partout, où que nous soyons. Y compris ici. Nous sommes en sursis, mais avant qu'on nous descende, nous tenons à nous faire entendre et à obtenir ce que nous voulons.

Lynn écarquilla les yeux.

Les criminels qui estimaient n'avoir aucune chance de survie étaient les plus imprévisibles. Et donc les plus dangereux.

Dans ce genre de contexte, la probabilité de réussir à sauver les otages était quasi nulle.

— Et que voulez-vous ?

Jake avait besoin qu'il lui sorte ce qu'il avait sur le cœur.

— Qu'espérez-vous obtenir ? répéta-t-il. Uniquement de l'argent ?

— Je le dirai moi-même à Lund. Rappelez-moi quand il arrivera.

Le regard de Jake croisa celui de Nash qui secoua la tête une fois de plus, avec force.

Mais Jake l'ignora pour se fier à sa longue expérience en la matière et à son instinct qui ne l'avait jamais trompé.

— Si vous souhaitez lui parler, vous devrez d'abord libérer les otages.

— Non, asséna Mister d'un ton sans réplique.

Mais pourquoi ? Il n'avait besoin que d'un seul otage. Cameron.

Pourquoi ne pas en laisser sortir d'autres ?

— Que diriez-vous d'en laisser partir quelques-uns ? suggéra-t-il. Tyler Schroeder, par exemple. C'est un gamin. Et aussi les femmes. Rebecca Hammond et Abigail Abshire.

Aucune de ces trois personnes n'avait été utilisée comme bouclier humain devant les portes. Mister avait tout à gagner à les relâcher.

— Un mineur, une femme enceinte et une personne âgée. Laissez-les partir avant que la chaleur devienne insupportable. En échange, nous vous enverrons des repas et de l'eau.

Les ravisseurs n'en avaient pas besoin mais Jake n'était pas censé être au courant.

— J'ai dit non. Si vous vous inquiétez de la chaleur, remettez l'électricité. D'abord, je parle à Lund. Ensuite, nous verrons si j'en laisse partir d'autres. Ne rappelez pas s'il n'est pas là.

Mister raccrocha, mettant fin à la discussion.

— Pourquoi as-tu accepté de le laisser s'entretenir avec Crispin Lund ? lança Nash.

— Techniquement, je ne l'ai pas accepté. J'ai demandé quelque chose en échange et il ne me l'a pas accordé.

— Tu ne vas pas le laisser parler à Lund, alors ?

Les bras croisés, Jake s'adossa contre sa chaise.

— Au contraire.

— Quoi ? Pourquoi ? demanda Nash.

— Tout le problème vient de Crispin Lund, c'est évident. Ils lui reprochent quelque chose. Ce qu'ils veulent en échange de la libération des otages ne peut venir que de lui. Les laisser parler pendant que nous sommes à l'écoute est le moyen le plus rapide de comprendre ce qu'ils lui reprochent. Ils ne sont pas allés s'expliquer directement avec lui parce qu'ils ont déjà essayé en vain ou qu'ils ont peur de le faire.

— Peut-être attendent-ils d'avoir Lund au téléphone pour commencer à tuer des otages.

— Je ne le crois pas, déclara Jake tout en regrettant de n'avoir rien pour étayer son intuition.

— Alors pourquoi n'ont-ils pas accepté de libérer le gamin, Abigail Abshire et Becca ?

Jake n'avait pas assez de pièces du puzzle pour répondre. Il était toujours dans le noir.

— Donne-nous ton opinion, dit Nash en se tournant vers Lynn. Ces hommes armés sont-ils des psychopathes qui ne font pas la différence entre le bien et le mal ? Faut-il s'attendre à un bain de sang ?

— Mister, celui qui était au téléphone, n'est pas un psychopathe, dit Lynn qui se leva pour se rapprocher de son fiancé. Il a une conscience et comprend ce que sont le bien et le mal. En revanche, j'ignore quelles émotions déclenchera le fait de parler à Lund. Surtout si l'entretien ne se déroule pas comme il le souhaite. Qu'il envisage sérieusement l'éventualité que ses hommes et lui ne s'en sortent pas vivants est le plus troublant et le plus problématique, à mes yeux.

Que le dénommé Mister soit certain que Lund enverrait ses sbires pour les tuer, ses hommes et lui, avait pris Jake par surprise.

— Tu m'as dit que Crispin Lund était un pilier de la communauté, dit Jake à Nash. Or Mister en donne une image de gangster. Que fait-il dans la vie ? Comment s'est-il enrichi ?

— Il possède et dirige un groupe pétrolier, répondit Nash. Plainsman Company.

— D'après Brian, les camionnettes volées avaient été offertes à un organisme de bienfaisance par une société pétrolière. Je parie qu'il s'agit de celle-là, dit Jake.

On frappa à la porte.

Aaron se tourna vers le moniteur des caméras de surveillance.

— C'est Rocco, annonça-t-il.

Quand Nash lui ouvrit la porte, un grand sourire éclairait le visage de Rocco.

— La police scientifique a analysé les douilles que j'ai récupérées sur Grand Avenue. Mon intuition s'est vérifiée.

Enfin. Les choses avançaient, pensa Jake. Grâce à Rocco.

— Les identités de deux des preneurs d'otages ont été confirmées ? demanda-t-il.

— Malheureusement, non, dit Rocco avec une grimace. Mais il y avait quelque chose de drôle avec les douilles.

— Drôle en quoi ? a demandé Nash.

— Ils ont utilisé tantôt de vraies balles, tantôt des balles à blanc.

— Becca vous a dit que leur chef ne voulait blesser personne, intervint Lynn. Avec des balles factices, il s'assurait peut-être de ne pas tuer quelqu'un accidentellement.

Jake se remémora le début de la prise d'otages, le moment où la camionnette était arrivée et où les types armés avaient ouvert le feu.

— Au départ, lorsque l'un des gars a commencé à tirer, j'ai attrapé Becca et nous sommes tombés au sol. Je me souviens d'avoir ensuite essayé de mesurer les dégâts causés par la fusillade. Apparemment, il n'y en avait pas, ce qui m'a paru étrange, mais tout s'était passé si vite que je n'avais pas eu la possibilité d'analyser les faits. Aucune vitre n'avait été brisée. Je n'avais entendu aucun bruit de balles ricochant sur le métal. Je comprends pourquoi maintenant. Il tirait avec des balles à blanc.

Que certains des preneurs d'otages aient utilisé des balles factices et non des balles réelles était significatif.

Seuls deux hommes armés avaient tiré des coups de feu à l'entrée de Grand Avenue. Ils connaissaient déjà le nom de l'un d'eux. Maintenant, il n'avait plus qu'à découvrir si les armes de Craig Hicks tiraient des balles à blanc ou des balles réelles.

— Le labo a sans doute pu relever et identifier les empreintes sur les douilles des balles factices, dit Nash. Sur celles des balles réelles, l'opération était bien plus difficile.

— Exact, dit Rocco en souriant. Ce sont celles de Troy Sims.

Ce qui signifiait que Craig Hicks, l'homme qui portait le bandana noir et qui avait frappé Becca, se servait, lui, de balles réelles.

Mon Dieu, comme il aurait voulu pouvoir appeler Becca pour l'avertir !

Il sortit son téléphone et lui envoya un bref texto pour la mettre au courant. Elle avait certainement éteint l'appareil pour économiser la batterie mais si elle tentait de le contacter à nouveau, elle verrait son message.

— Troy Sims a un casier judiciaire ? s'enquit Jake qui se demandait comment ses empreintes avaient été identifiées.

Rocco secoua la tête.

— Non. Mais il est routier. Toute personne titulaire d'un permis de conduire pour des camions chargés de produits dangereux a ses empreintes fichées. Voilà comment nous avons obtenu une correspondance.

Jake rassembla mentalement tout ce qu'ils avaient découvert.

— Des produits dangereux ? Savons-nous où il travaille ?

— Il est chauffeur pour la Plainsman Oil and Gas Company.

Les éléments s'alignaient et commençaient à faire apparaître quelque chose. Jake lança à son futur beau-frère un regard triomphant.

À contrecœur, Nash hocha la tête, reconnaissant enfin que

l'affaire ne se réduisait sans doute pas à une simple question d'argent.

Rien n'était encore certain. Les preneurs d'otages avaient peut-être voulu cibler un riche employeur.

Il se tourna vers Aaron Vance.

— Cherche tout ce que tu peux trouver sur Crispin Lund et Plainsman Oil and Gas. Il s'est sans doute passé quelque chose il y a quelque temps qui a poussé ces hommes à partir en vrille et à prendre ces mesures extrêmes. Nous devons découvrir de quoi il s'agissait. Et le plus tôt sera le mieux.

Aaron commença à pianoter sur son clavier.

— Je m'y mets.

Guidry restait étrangement silencieux et à l'écart.

Jake ordonna :

— Rocco, va chez Troy Sims. Fouille sa maison et essaie de trouver une raison qui aurait pu le conduire à attaquer une bibliothèque et à prendre des otages.

— Ça marche.

Pourtant, au lieu de filer, Rocco restait planté là.

— Je crois que tu me dois quelque chose d'abord.

— Merci, dit Jake, avec sincérité. Merci d'avoir pris le risque de te faire exploser la tête pour récupérer les douilles.

— L'une des nôtres est piégée dans ce bâtiment, dit Rocco. Si c'était à refaire, je le referais. Sans hésiter.

Jake n'en doutait pas.

Alors qu'il sortait du poste de commandement, Rocco recula pour tenir la porte ouverte à un homme et une femme d'une cinquantaine d'années.

Ils entrèrent, Brian sur les talons.

— Monsieur et madame Lund, voici l'agent superviseur Nash Garner et l'agent spécial Jake Delgado, notre négociateur, annonça Brian.

Jake leur serra la main.

— L'inspecteur Bradshaw nous a expliqué la situation, dit Crispin Lund.

— Je ne me doutais de rien, balbutia Mme Lund, les larmes aux yeux. Je ne regarde pas la télévision et Cameron ne nous appelle pas tous les jours.

Jake observa Crispin Lund qui restait silencieux.

— Asseyez-vous, je vous en prie, dit Nash.

Le couple prit les sièges que Lynn leur désignait.

Jake attendit qu'ils soient installés pour poursuivre :

— Je dois vous poser quelques questions. Les preneurs d'otages semblent beaucoup vous en vouloir, monsieur Lund. Pourriez-vous nous éclairer et nous dire pour quelle raison ils ont l'impression que vous avez fait quelque chose de mal, qui les aurait lésés, et pourquoi ils estiment que vous leur devez quelque chose ?

— Je n'en ai pas la moindre idée, répondit Lund. Il s'agit évidemment d'un prétexte. Ces types sont sans doute des anarchistes qui s'attaquent à des dirigeants d'entreprise dont ils jalousent la réussite. C'est honteux.

— L'un d'eux souhaiterait vous parler, poursuivit Jake.

— À moi ? À quel sujet ? Il veut s'assurer qu'il touchera l'argent de la rançon, je suppose ?

— Il ne libérera aucun des otages tant qu'il ne se sera pas entretenu personnellement avec vous.

Mme Lund prit le bras de son mari et le regarda d'un air suppliant.

— Tu dois lui parler si c'est la seule façon de sauver Cameron.

Crispin Lund secoua la tête comme s'il ne comprenait pas.

— Je pensais qu'il voulait de l'argent pour relâcher Cameron.

— Il y a d'autres otages, monsieur, intervint Nash. Huit, en plus de votre fils. Il consentira à laisser certains d'entre eux partir après vous avoir parlé. Votre coopération serait très utile.

— Elle est même indispensable, renchérit Jake. Êtes-vous prêt à vous entretenir avec lui ?

Lund hésita mais sa femme le dévisageait en pleurant.

— Oui, bien sûr, répondit-il enfin. Je ferai tout pour que notre fils et les autres otages soient libérés.

Jake hocha la tête.

— Excusez-nous un instant.

Il entraîna Brian et Nash à l'extérieur et ferma la porte du camion.

— M. Lund a-t-il des agents de sécurité ?

— Oui, dit Brian. J'ai d'ailleurs dû montrer patte blanche pour pouvoir m'entretenir avec lui. C'était un peu étrange. Ils ne semblaient pas surpris de la prise d'otages quand je les en ai informés. J'ai eu l'impression qu'ils étaient déjà au courant.

— Pourtant, Lund et ses gardes du corps étaient chez lui à se tourner les pouces ? demanda Nash.

— Oui, reconnut Brian, mais j'ai eu le sentiment qu'ils préparaient quelque chose.

Précisément ce qui inquiétait les preneurs d'otages.

— Où sont ses gardes du corps ?

Brian désigna trois hommes près de deux SUV noirs.

— Il en manque un, remarqua-t-il.

— Qui ? demanda Nash.

— Son garde du corps principal, répondit Brian. Il s'agit d'un ancien militaire. Il faisait partie des marines.

— Comment s'appelait la compagnie pétrolière qui a fait don des deux camionnettes blanches volées ?

— La Plainsman, répondit Brian. Pourquoi ?

Nash soupira.

— C'est l'entreprise de Lund.

— Tout est donc lié, dit Brian.

— C'est le moins qu'on puisse dire.

Jake hocha la tête. Lund leur cachait quelque chose. Des informations qui pourraient sauver des vies.

— J'ai besoin que tu fasses quelque chose, Brian. L'un des preneurs d'otages s'appelle Craig Hicks.

Il lui nota l'adresse.

— Va fouiller chez lui. De son côté, Rocco est parti inspecter la maison de Troy Sims. Nous devons reconstituer le puzzle avant qu'il soit trop tard.

Sur ces entrefaites, le shérif Clark s'approcha d'eux. Il était accompagné d'une jeune femme.

— Russo, mon adjointe, revient du magasin Nelson's Gun and Outdoor Sports, dit-il en se tournant vers elle. Elle avait un mandat les obligeant à lui montrer les images de la vidéosurveillance.

— Ils vous ont donné du fil à retordre ?

L'adjointe haussa les épaules.

— Pas trop, ça s'est plutôt bien passé. En tout cas, sur les images, le visage du conducteur apparaît.

— Vous nous les avez envoyées ? demanda Jake. Notre spécialiste se chargera de les introduire dans nos bases de données dans l'espoir de trouver une correspondance.

— Inutile de perdre votre temps, dit Russo.

— Elle a reconnu le chauffeur, expliqua le shérif Clark.

— Jusqu'à la mort de sa sœur, il avait l'habitude de se rendre chaque dimanche à la messe dans ma paroisse. La malheureuse a été emportée par un cancer, l'année dernière. Depuis, il a manifestement perdu la foi. C'est un gars sympa, en tout cas. Je n'en reviens pas qu'il soit impliqué là-dedans.

— Comment s'appelle-t-il ?

— Oh ! pardon, dit-elle en secouant la tête, gênée d'avoir exprimé une opinion personnelle. Dale McKee.

— En êtes-vous sûre ? demanda Nash.

— À cent pour cent, répondit-elle avec assurance.

— Mckee ? répéta Brian, les sourcils froncés. Savez-vous s'il est lié à un certain Dennis McKee ?

L'adjointe hocha la tête.

— Ils sont frères ou cousins germains. En tout cas, vraiment très proches. Pourquoi ?

— Dennis McKee est le responsable des transports à la Plainsman Oil and Gas Company, expliqua Brian. Il a supervisé la livraison des deux camionnettes à l'organisation caritative – celles utilisées par les preneurs d'otages. Et comme par hasard, les images de vidéosurveillance des chauffeurs qui les ont livrées ont disparu.

Russo fronça les sourcils.

— J'ai vraiment du mal à croire que Dennis soit impliqué là-dedans. Cela ne ressemble pas à Dale non plus. Tous deux sont sans prétention. Très gentils.

— Et la sœur de Dale, lança Jake, en pensant à la femme décédée d'un cancer. Quel était son nom ?

— Marie. Non, Marianne. Pourquoi ? demanda-t-elle d'un ton perplexe. Qu'a-t-elle à voir avec ça ?

Il n'en était pas sûr.

— Peut-être rien.

Peut-être tout. Ces hommes avaient pris des mesures extrêmes dans l'espoir d'abattre un ennemi puissant et il était évident que l'affaire était personnelle pour l'un ou plusieurs d'entre eux.

Songeur, il passa la main sur ses joues mal rasées.

— Adjointe Russo, connaissez-vous beaucoup de monde en ville ?

— J'ai grandi ici. Je peux mettre un nom sur la plupart des visages que je croise dans les rues. Pourquoi ?

Jake sortit son smartphone et lui montra les photos que Becca lui avait envoyées. Brian s'avança et jeta un coup d'œil à l'écran par-dessus son épaule.

Russo désigna l'homme plus âgé avec le bandana bleu.

— Voilà Dale, dit-elle.

— Et l'autre ? Leur chef.

— Son visage me dit quelque chose mais son nom ne me revient pas. Désolée.

— C'est bon.

Aaron le trouverait sous peu.

— Nous avons déjà identifié trois des hommes armés. Dale McKee. Craig Hicks. Et Troy Sims. Ils sont tous liés à Plainsman. Le quatrième, leur chef, l'est sans doute aussi.

— Adjointe Russo, dit le shérif Clark, nous avons besoin du nom du dernier de la bande. Il nous faut comprendre qui il est et pourquoi ces quatre hommes ont organisé cette prise d'otages. Vous connaissez probablement quelqu'un qui le connaît.

Elle réfléchit.

— Je vais en parler au père O'Neill, le prêtre de la paroisse. Il connaît tout le monde.

— Quel est votre numéro de portable ? demanda Jake. Je vous envoie sa photo, ajouta-t-il quand elle le lui donna.

— De mon côté, je vais voir ce que je peux découvrir sur Craig Hicks, dit Brian en s'en allant.

Le maire se dirigeait vers eux.

— Je m'occupe de lui, dit le shérif qui partit intercepter Schroeder.

Jake était soulagé de ne pas avoir à s'en charger. Un problème plus urgent requérait son attention. Il retourna avec Nash à l'intérieur du camion.

— Monsieur Lund, dit-il, êtes-vous prêt à échanger avec le chef des preneurs d'otages ?

— Oui, répondit celui-ci en prenant une attitude bravache tandis que sa femme lui agrippait le bras. Je suis prêt.

Jake composa le numéro et mit l'appel sur haut-parleur.

Mister répondit à la première sonnerie.

— Jake, c'est vous ? Il est là ?

— Oui, dit-il. M. Lund est avec moi et disposé à vous parler. Approchez, monsieur.

— Bonjour. C'est Crispin Lund.

— Je ne vais pas perdre mon temps à vous expliquer à quel point je vous déteste ou pourquoi, dit Mister. Parce que vous le savez déjà.

— Quoi ? J'ignore qui vous êtes. Comment pourrais-je comprendre votre haine à mon endroit ?

— Mon nom ne vous dirait rien parce que je n'avais pas plus d'importance à vos yeux qu'une mouche dans votre café. Vous nous avez virés, moi et les autres, sans la moindre indemnité, comme des malpropres. Maintenant, vous allez nous dédommager. Et outre les six millions et demi de dollars, nous exigeons que vous nous remettiez les preuves de vos crimes, celles que vous avez enterrées à l'époque.

Nash pressa le bouton de sourdine.

— De quoi parle-t-il ?

Lund haussa les épaules avec une grimace.

— Aucune idée.

— L'allusion aux licenciements devrait vous rafraîchir la mémoire, dit Jake. Si les preuves enterrées ne le font pas.

— Écoutez, je suis un homme d'affaires, répliqua Lund en se redressant. Je passe ma vie à faire des chèques pour régler les problèmes. Ce type peut parler de dizaines de sujets différents.

Il mentait et il mentait mal.

— Si vous envoyez de nouveau promener cet homme en prétendant que vous ne le comprenez pas, intervint Lynn, vous risquez de provoquer sa colère.

Lund soupira.

— Mais je ne sais pas du tout ce qu'il veut dire ! Qu'attendez-vous de moi ? Que j'invente quelque chose pour calmer ses propos délirants ? Écoutez, je suis prêt à lui verser la rançon qu'il demande. Rien n'est plus important que la vie de notre fils. Mais il vous appartient d'effectuer votre travail, agent Delgado. De négocier.

Pour ne pas faire attendre le preneur d'otages plus longtemps, Jake remit le son du téléphone.

— Vous avez parlé à M. Lund et précisé vos exigences. Et maintenant, si vous libériez des otages ?

— D'abord, je veux que Lund dise qu'il le fera. Qu'il nous donnera les preuves de ses crimes passés, reconnaîtra ses torts et présentera des excuses.

— Bien sûr, tout ce que vous voulez. Ne faites pas de mal à Cameron, dit Lund. Ni à n'importe quel autre otage, ajouta-t-il quand sa femme lui envoya un coup de coude dans les côtes.

— Menteur !

Au rugissement à l'autre bout de la ligne, Lund sursauta, surpris. Mme Lund ouvrit la bouche, l'air horrifié.

— M. Lund vient d'accepter, dit Jake avec calme. Pourquoi pensez-vous qu'il ment ?

— Chaque fois qu'il ouvre la bouche, il ment.

— C'est absurde, chuchota Lund. Je n'ai aucune raison de mentir et toutes les raisons de protéger Cameron.

Jake l'espérait.

— Nous devrions lui accorder le bénéfice du doute, Mister, dit-il.

— C'est bien le problème. Il m'a trompé une fois, honte à lui. Mais s'il me trompe deux fois, honte à moi. Je sais déjà que Lund est un homme méprisable à qui il n'est pas possible de faire confiance.

Ne pas laisser le processus s'arrêter était crucial, à ce stade.

— Il doit y avoir un moyen de prouver sa sincérité. Pourquoi ne commencerions-nous pas par le versement de la rançon ?

Mister soupira.

— Il peut me prouver sa sincérité maintenant. Il lui suffit de vous dire la vérité sur ce qui s'est passé, et de vous promettre qu'il nous remettra les preuves de ses crimes. Je veux l'entendre vous dire de quoi il s'agit. Maintenant.

Tout le monde dans le camion regardait Lund mais il secoua la tête, en gardant une expression perplexe.

— Je ne sais pas de quoi il parle, je le jure, dit-il.

S'il jouait la comédie, Crispin Lund était digne d'un oscar.

D'un claquement de doigts, Aaron attira l'attention de Jake, qui se précipita vers l'endroit où son technicien était assis pour regarder l'écran par-dessus son épaule.

Il y avait une photo de l'homme avec le bandana bleu. Dale McKee. Son identité était confirmée.

À côté se trouvait celle de Mister. Et son nom. Frank Ferguson. Ils avaient également son adresse et le nom de sa femme, morte l'année précédente.

Marianne McKee-Ferguson.

D'un hochement de tête, Jake remercia Aaron et retourna au téléphone.

— J'attends, lança Frank. Pourquoi ne leur dites-vous pas la vérité, Lund ?

— J'ignore quelle folie vous a poussés à faire cela, répondit Lund dans le haut-parleur. Mais je paierais volontiers l'argent de la rançon pour que vous arrêtiez tout et libériez les otages. Je peux vous virer l'argent dans quelques heures. Donnez-nous le numéro de compte.

Frank le lui dicta.

— Il s'agit d'un compte offshore impossible à tracer.

— Je vais tout faire pour accélérer le transfert, proposa Lund.

Jake pensait que la négociation avançait dans le bon sens. Mais Frank ricana.

— Bien sûr, vous êtes prêt à payer quelques millions maintenant que nous tenons votre fils. Vous auriez dû nous dédommager quand nous sommes venus vous voir l'année dernière, avant que les gens commencent à mourir, Lund. Maintenant, nous exigeons davantage. Nous ne réclamons pas uniquement de l'argent. Nous voulons que vous reconnaissiez ce que vous nous avez fait ! Dites au FBI de quoi il s'agit, et nous libérerons d'autres otages. Dès que vous aurez avoué vos crimes, nous relâcherons Tyler Schroeder et la femme enceinte. Les autres suivront quand nous aurons les preuves.

La poitrine de Jake se serra à l'idée que la libération de Becca dépendait de Lund.

Guidry se leva brusquement et quitta le camion en courant. Sans doute allait-il prévenir le maire, qui tenterait à son tour de faire pression sur Lund.

— Si vous ne le faites pas, dit Frank, si vous refusez de produire les preuves de vos crimes et de nous présenter des excuses publiques, nous briserons les os de votre fils. Un à un. Jusqu'au dernier. En commençant par ceux de ses mains. Vous m'entendez ?

— Mon Dieu, cria Mme Lund dans un sanglot, s'effondrant sur elle-même. Crispin, qu'as-tu fait ?

M. Lund se raidit, sans rien dire. Il n'essaya même pas de regarder sa femme, encore moins de la réconforter.

Lynn s'approcha de Mme Lund et lui tapota le dos tout en lui parlant à l'oreille.

— Frank, reprit Jake. Je ne pense pas que vous soyez un meurtrier. Dale, Craig, Troy et vous ne voulez tuer personne.

— Vous avez enfin compris qui nous sommes, hein ?

— Oui, dit-il. Ce n'est toujours qu'une question de temps.

— Cela ne change rien. Ma femme est morte. À cause de Lund. Craig a divorcé. Les hommes que j'ai choisis pour attaquer la bibliothèque avec moi n'ont plus de famille, plus personne que les sbires de Lund pourraient menacer pour faire pression sur nous. Nous n'avons plus rien à perdre.

Mme Lund sanglotait malgré les efforts de Lynn pour la calmer.

— Tuer Cameron, quelqu'un qui ne vous a rien fait, n'est pas la solution, dit Jake. Ce meurtre pourrait vous coûter la prison à vie. Cela n'en vaut pas la peine.

— Vous oubliez que nous sommes des morts-vivants.

Une condamnation à perpétuité ne veut rien dire pour nous. Deuxièmement, qui a parlé de meurtre ? demanda Frank. Son fils aura les os brisés. Il ne sera pas beau à voir mais cela ne l'empêchera pas de vivre.

Mme Lund pleurait pendant que son mari restait assis, le regard fixe.

— Non, sanglota-t-elle. Ayez pitié. Ne vous comportez pas en monstre.

— Je n'ai rien d'un monstre, madame. Votre fils vivra. Alors que ma douce Marianne est morte. Je l'ai vue dépérir, lentement, douloureusement. À cause de votre mari. C'est lui, le monstre.

En larmes, Mme Lund regarda son mari.

Jake sentait la situation lui échapper et avait besoin de reprendre le contrôle.

— Écoutez-moi, Frank. Ne prenez aucune mesure définitive. Certaines choses, une fois faites, ne peuvent pas être annulées.

Frank soupira.

— Exactement.

— S'il vous plaît, supplia Mme Lund dans le haut-parleur. S'il vous plaît, ne faites pas de mal à mon fils !

— Vous vous adressez à la mauvaise personne, dit Frank. Votre mari peut tout arrêter, à tout moment. Dans deux heures, il s'exprimera devant la presse rassemblée à l'extérieur et il leur racontera en détail ce qu'il nous a fait. Ensuite, il présentera des excuses et remettra à l'agent Jake Delgado les preuves qu'il a enterrées. Ce dernier les exposera à la télévision en direct. Nous libérerons alors tous les otages. S'il ne le fait pas, il portera seul la responsabilité des conséquences, de ce qui arrivera à Cameron et aux autres. La balle est dans votre camp.

10

Brian enfila des gants. Il ne pensait pas que ses recherches prendraient longtemps. De plain-pied, la maison de Craig Hicks était toute petite.

Elle était située à l'extrême périphérie de Laramie, près de Snowy Range Road, plus proche de Centennial et des plates-formes pétrolières de Plainsman que du centre-ville.

Des stores couvraient les fenêtres, bloquant la lumière du soleil et plongeant les deux pièces dans la pénombre. Brian commença par la chambre. Elle était en désordre, le lit était défait et une légère couche de poussière couvrait la commode.

Il ouvrit le premier tiroir et y vit ce qu'il s'attendait à y trouver, des sous-vêtements et des chaussettes. Des vêtements étaient rangés dans les autres. Sur la table de chevet traînaient deux canettes vides. Le tiroir ne contenait pas grand-chose non plus. Rien à signaler.

Il inspecta ensuite la salle d'eau. Un lavabo, des toilettes sales et une minuscule cabine de douche étaient installés dans l'espace exigu. Il ouvrit l'armoire à pharmacie. Quelques produits d'hygiène occupaient l'étagère du bas. Des boîtes de médicaments s'empilaient sur celle du haut. À l'exception des antalgiques, il ne les connaissait pas et ne savait pas ce qu'ils soignaient. Il les photographia à l'aide de son smartphone.

Il sortit de la salle de bains et se dirigea vers le salon. Un canapé en cuir en piteux état faisait face à un petit téléviseur de modèle ancien et à une console de jeux.

La kitchenette était encombrée de casseroles et d'assiettes sales, sans parler des bouteilles de bière vides. Il y en avait partout. Visiblement, le ménage n'était pas une priorité pour Craig. Une pile de papiers posée sur le réfrigérateur attira son attention. Il les feuilleta rapidement.

Des factures. Toutes à régler. Des dettes. Beaucoup de dettes.

Il comprit pourquoi en découvrant dessous une montagne de prescriptions médicales. Des traitements pour des problèmes cardiaques et contre le cancer.

Craig Hicks n'était pas seulement malade. Il était en train de mourir.

Au fur et à mesure que les heures se succédaient, les températures ne cessaient d'augmenter dans la bibliothèque. L'horloge allait bientôt marquer midi. Bientôt, la chaleur deviendrait insupportable. Becca aurait apprécié que les preneurs d'otages ouvrent une fenêtre et la porte de la salle pour faire entrer un peu d'air frais. L'atmosphère devenait étouffante.

La tête posée contre le mur, elle parvenait à peine à respirer. Des gouttes de sueur perlaient à ses tempes. Ses mains étaient moites, sa gorge sèche. Elle ouvrit sa bouteille et versa le reste d'eau dans sa bouche.

— Vous n'avez pas l'air bien, ma pauvre, lui dit Abigail.

— Ça va, merci. J'ai seulement chaud. Et soif.

Abigail lui sourit.

— J'espère qu'ils nous redonneront bientôt quelque chose à boire.

Et à manger aussi, pria Becca. Un sachet de bretzels lui ferait du bien. Cette fournaise était épuisante et affaiblissait sa volonté de se battre, mais la faim l'empêchait de réfléchir.

Ne baisse pas les bras. Résiste.

Elle devait garder l'esprit vif, être prête à passer à l'action dès que l'occasion se présenterait.

Elle perçut des mouvements de l'autre côté des baies vitrées.

— Les voici, dit Abigail en se redressant. Peut-être viennent-ils nous apporter de l'eau et de la nourriture.

Becca en doutait.

Les armes à la main, Gray et Kaki se dirigeaient vers la salle du conte. Ils avaient baissé leurs bandanas, dévoilant ainsi leurs visages. Des visages en colère.

Ce n'était pas bon signe.

Pourquoi ne se souciaient-ils plus de se cacher ? Jake avait-il découvert qui ils étaient ? Les photos avaient-elles aidé à les identifier ?

Gray déverrouilla la porte et les deux hommes entrèrent.

— Pourquoi nous montrez-vous vos visages ? demanda Nolan d'une voix alarmée. Allez-vous nous tuer ?

Tyler ramena ses genoux contre sa poitrine et se recroquevilla sur lui-même comme s'il voulait se faire le plus petit possible.

Becca passa un bras réconfortant autour de ses épaules. Elle aurait voulu lui dire que tout irait bien. Mais la fureur manifeste des deux preneurs d'otages n'avait rien de rassurant.

— Nous n'avons pas l'intention de tuer qui que ce soit, répondit Gray. Mais il n'est plus utile de dissimuler nos visages parce que le FBI a découvert qui nous sommes.

Yes ! Ils avancent, songea Becca.

— Pouvons-nous connaître vos noms ? demanda-t-elle.

Elle en avait assez de les désigner en se référant à la couleur de leurs bandanas.

— Je suis Frank, répondit Gray avec brusquerie.

Son complice secoua la tête, refusant de se présenter.

— Apparemment, ton père n'a pas l'intention de coopérer, Cameron, poursuivit Frank.

Le jeune homme se redressa.

— Coopérer comment ? Vous lui avez demandé de l'argent ?

— Pas seulement. Il refuse de nous donner ce qu'il nous doit. Et de faire ce qui est son devoir, précisa Frank. C'est dommage pour toi.

Tremblant de peur, Cameron regarda les autres.

— Pour moi ? Pourquoi ?

L'effroi s'empara de Becca. Qu'allaient-ils infliger à ce garçon ?

Frank fit signe à son compagnon qui sortit une seringue de la poche de son pantalon et s'approcha de Cameron.

— Qu'est-ce que vous allez me faire ? cria le bibliothécaire.

Paniqué, il essaya de reculer mais le mur bloqua sa retraite.

— Quel que soit votre objectif, intervint Becca en se levant, rien ne vous oblige à lui faire du mal.

Soudain saisie de vertiges, elle posa une main sur la baie vitrée pour se stabiliser.

— Ne vous mêlez pas de ça, lui ordonna Frank. Ce qui va lui arriver est la faute de son père. Pas la nôtre.

Il adressa un signe au grand brun pour lui donner le feu vert.

— Non, je vous en prie, supplia Cameron en se recroquevillant sur lui-même.

— Vous êtes droitier ou gaucher ? lui demanda l'homme au bandana kaki d'un ton dur.

— Droitier, répondit Cameron, livide.

Le preneur d'otages lui saisit la main gauche.

— Qu'allez-vous lui faire ? demanda Becca, incapable de garder le silence.

— Lui briser les os, dit Frank. En commençant par ceux de ses mains.

Des gémissements retentirent dans la salle. Cameron semblait sur le point de s'évanouir et des larmes jaillirent de ses yeux.

En commençant ? Prévoyaient-ils de lui en casser davantage ?

L'homme retira le capuchon de la seringue avec ses dents mais ce fut Frank qui expliqua :

— Nous allons t'injecter quelque chose pour anesthésier ta main, afin que tu n'aies pas trop mal. Nous voulons que ton père souffre. Pas toi.

Becca glissa un œil vers l'arme que tenait Frank, puis vers celle placée dans le holster à la hanche du grand brun. Frank était tout près d'elle. Elle n'aurait pas de difficulté à le désarmer et à braquer le pistolet sur son compagnon avant qu'il dégaine le sien. Mais elle ignorait combien de temps il faudrait à Craig pour surgir s'il entendait des coups de feu. Et lui n'hésiterait pas à tirer sur elle et sur les autres otages.

Pourtant, elle devait faire quelque chose pour les arrêter. N'importe quoi. Alors que le brun approchait la pointe de l'aiguille de la main du bibliothécaire, Becca réfléchit à toute vitesse. Elle n'avait qu'un instant pour élaborer une stratégie qui les empêcherait d'aller jusqu'au bout, mais son esprit était vide. Aucune idée ne lui venait.

— Attendez ! cria-t-elle en levant la main. Ne frappez pas ses doigts.

— Pourquoi ? demanda Frank.

— Cameron joue du piano. Tous les jours. C'est sa passion. Il a besoin de ses doigts pour jouer. Ne le privez pas de ce bonheur à cause de son père. Quoi qu'il vous ait fait, son fils n'a pas à payer pour lui.

Frank réfléchit un moment.

— Bon. Alors nous allons lui casser les orteils.

L'autre type lâcha la main de Cameron et lui attrapa la cheville. La seringue entre les dents, il lui arracha sa chaussure et sa chaussette.

De nouveau, Becca tenta de gagner du temps.

— Pas le petit ni le gros orteil, dit-elle.

L'homme qui s'apprêtait déjà à piquer la dévisagea, les yeux plissés, avant de se tourner vers Frank. Le chef hocha la tête.

Kaki planta alors l'aiguille près du petit orteil. Cameron siffla de douleur lorsque l'autre vida le contenu de la seringue.

— Nous te donnons vingt minutes pour laisser au produit anesthésiant le temps de faire son effet, dit Frank. Puis nous reviendrons pour en finir.

Avec un gémissement, Cameron se mit en position fœtale. Il devait être terrifié en songeant à ce qui allait arriver. Becca devait l'aider, à tout prix.

— Attendez, s'il vous plaît. J'ai… besoin d'aller aux toilettes.

Si elle parvenait à appeler Jake, à lui expliquer la tournure que prenaient les événements, peut-être arriverait-il à intervenir.

Après tout, il était surnommé le « faiseur de miracles ».

— Plus tard, répondit Frank.

Becca posa une main sur son ventre.

— Ça ne peut pas attendre.

Abigail se leva et prit son bras pour la soutenir.

— Becca souffre de nausées matinales, aggravées par la chaleur et le manque d'eau. Je vous en prie, laissez-la y aller. Je vais l'accompagner pour m'assurer qu'elle ne s'évanouira pas.

Frank soupira.

— Emmène-les, dit-il.

Avec un grognement, son acolyte leur fit signe de le suivre.

— Allez.

Becca aurait en réalité été capable de se rendre seule aux toilettes. Mais il valait mieux faire semblant d'avoir besoin de l'aide d'Abigail. Elle s'appuya donc lourdement sur cette dernière, alors qu'elles se dirigeaient vers les lavabos.

Si elle pouvait s'asperger le visage d'eau froide, s'hydrater et manger quelque chose, elle retrouverait des forces.

Elles entrèrent dans les toilettes. Une fois la porte refermée, Becca tendit l'oreille. Aux bruits de pas, elle comprit que le preneur d'otages s'adossait au mur du couloir.

Elle ne disposait pas de beaucoup de temps.

Elle se pencha, tira le smartphone de sa botte et attendit qu'il s'allume.

Abigail écarquilla les yeux.

— Vous avez caché un téléphone ?

— Je l'ai pris à Paige Pietsch.

Livide, sa compagne baissa la voix.

— Mais ils nous ont interdit de conserver nos smartphones. S'ils s'en aperçoivent, ils vont...

— Il le fallait, coupa Becca.

Une étrange expression passa sur le visage d'Abigail.

— C'est trop dangereux. Pourquoi prendre un tel risque ?

La pauvre femme avait-elle peur que tout le monde en subisse les conséquences ?

Becca n'avait pas le temps de tout lui expliquer.

— Je suis en contact avec le FBI, dit-elle.

Un texto apparut sur l'écran. Elle l'ignora et composa à la hâte le numéro de Jake.

Abigail secoua la tête, le visage crispé par l'inquiétude.

— Je ne comprends pas. Comment pouvez-vous communiquer avec le FBI ?

Becca appuya sur l'icône d'appel.

— Je suis un agent du FBI. J'ai parlé hier à mon collègue chargé de négocier avec les preneurs d'otages. Je le connais.

Personnellement. Intimement. Mais elle ne le précisa pas.

La ligne sonna.

Abigail la dévisageait fixement, une lueur paniquée dans les yeux. Et soudain, d'un geste brusque, elle lui arracha l'appareil des mains.

Il tomba sur le carrelage.

— Que faites-vous ? Vous êtes folle ? gronda Becca, tout en s'efforçant de s'exprimer à voix basse.

— Elle a un téléphone !

Abigail courut vers la porte.

Tout en essayant de la faire taire, Becca se précipita vers elle.

— Où allez-vous ? Arrêtez ! J'essaie de nous aider.

— Troy ! Vite !

Becca sentit le sang rugir à ses oreilles et les battements de son cœur s'accélérer dans sa poitrine alors qu'une nouvelle décharge d'adrénaline fouettait son sang. En une seconde, la triste réalité s'imposa à son esprit. Abigail connaissait le nom du preneur d'otages qui les avait conduites aux lavabos. Parce qu'elle faisait partie de la bande. Les autres criminels l'avaient chargée de se faire passer pour un otage, de gagner leur confiance, afin de les espionner et de s'assurer qu'ils ne tentaient rien.

— Allô. Allô ?

La voix de Jake sortait du smartphone sur le sol.

Le brun ouvrit la porte des lavabos et se précipita à l'intérieur.

— C'est un agent du FBI, lança Abigail. Elle a appelé le négociateur. Ils sont amis.

Troy se jeta sur Becca.

Il était grand, musclé et lourd. Mais ses mouvements manquaient de souplesse et de vivacité.

Sans hésiter, Becca le frappa au genou d'un violent coup de pied. Le fer qui ornait le bout de sa botte lui brisa la rotule. Avec un cri de douleur, Troy se plia en deux mais resta debout.

Elle saisit alors le canon de son arme et le tourna vers le plafond avant de lui tordre le poignet pour qu'il lâche le semi-automatique. Celui-ci s'écrasa sur le carrelage.

Abigail sortit des lavabos. La porte se referma derrière elle, mais Becca l'entendit crier :

— Frank ! Craig !

Elle ne pouvait pas la poursuivre. Troy n'était pas encore neutralisé. D'un mouvement vif, elle lui envoya son poing dans le nez. L'os craqua. La violence de l'attaque le fit chanceler avec un hurlement de douleur. Profitant du fait qu'il avait la tête en arrière, Becca le frappa à la trachée.

Troy émit un bruit étranglé. À moitié étouffé, il se pencha en avant en toussant et en crachant.

Elle lui saisit la tête et la projeta contre l'un des lavabos.

Assommé, il s'effondra sur le sol.

— Becca ! Ça va ? Becca ! criait Jake via le smartphone sur le sol.

Le souffle court, Becca s'agenouilla et pressa le bouton du haut-parleur sans ramasser l'appareil. Elle promena les yeux autour d'elle, repéra l'arme et s'en saisit.

— Jake, je suis grillée.

Elle se précipita vers Troy, fouilla ses poches et y trouva des attaches zippées.

— Je vais avoir des problèmes.

— Qu'est-ce qui s'est passé ? demanda Jake d'une voix tendue.

Elle menotta les mains de Troy derrière son dos.

— Ils se préparent à briser les doigts de Cameron. Il ne s'agit pas d'une menace en l'air. S'ils n'obtiennent pas ce qu'ils veulent, ils le feront. Tu dois empêcher ça. J'en ai assommé un mais...

La porte des lavabos s'ouvrit à toute volée.

Becca se retourna et braqua son arme sur l'homme qui se tenait sur le seuil. Craig. Il était à sa merci. Il lui suffisait de presser la détente pour le tuer.

— FBI ! cria-t-elle. Restez où vous êtes.

Le regard de Craig se posa sur Troy, inconscient sur le sol, avant de revenir vers elle. Un mauvais sourire apparut sur ses lèvres.

— Sinon quoi ?

Tout en stabilisant sa prise sur le pistolet, Becca se releva et dit :

— Sinon je tire.

— Bon sang, Becca.

La voix de Jake résonna dans la pièce via le haut-parleur.

Son pistolet à la main, Craig entra dans les toilettes et réduisit la distance entre eux.

— Eh bien, allez-y. Tirez.

Elle posa son doigt sur la détente, prête à faire feu.

— Je vous ai lancé un avertissement.

— La plupart des preneurs d'otages utilisent des balles à blanc, cria Jake.

Une terreur froide noua le ventre de Becca.

Craig se rapprochait, un sourire diabolique sur les lèvres.

Elle pressa plusieurs fois la détente. *Pop, pop, pop.*

Il resta debout, indemne.

Il ricana.

— Les autres préféraient utiliser des balles factices… pour ne pas risquer de blesser quelqu'un ! Mais pas moi, ajouta-t-il en pointant son semi-automatique vers la tête de Becca. Je n'ai pas ce genre de scrupules.

D'une pression de doigt, il arma le pistolet.

Glacée par le claquement métallique, Becca laissa tomber son arme. Puis lentement, elle leva les mains en l'air.

Craig baissa le canon de son pistolet et tira deux fois sur le smartphone qui se brisa en mille morceaux.

Puis il le pointa sur elle.

— Allongez-vous au sol. Face contre terre. Les mains derrière le dos.

Il était trop loin, elle n'avait aucune chance de le désarmer. Il visait sa tête.

S'il tirait, ce serait fini. Elle serait morte.

Consciente de ne pas avoir le choix, elle obéit et se coucha sur le ventre, la joue appuyée contre le carrelage froid.

— Toutes les femmes doivent apprendre à rester à leur place. Mais certaines ont la tête dure et ont besoin de méthodes plus musclées que d'autres, on dirait.

Il posa un genou contre son dos, l'étouffant sous son poids alors qu'il la menottait.

Becca comprit qu'elle ne réussirait pas à s'en sortir.
Pas toute seule, en tout cas.
Fais quelque chose, Jake.
J'ai besoin d'un miracle.

11

Jake sentit la peur lui nouer le ventre.

Plusieurs coups de feu avaient été tirés à l'intérieur de la bibliothèque. La communication avec Becca avait été brutalement coupée. Il n'avait pas entendu grand-chose avant qu'elle mette l'appel sur haut-parleur mais les bruits qu'il avait perçus faisaient penser à une bagarre. Il avait eu ensuite l'impression que Becca affrontait Craig.

Ignorer que la plupart des armes des preneurs d'otages étaient chargées à blanc l'avait évidemment désavantagée.

Et à présent, il ne savait pas si elle était blessée. Ou même encore vivante.

Je t'en prie, sois en vie.

Maintenant qu'ils avaient appris qu'elle était un agent du FBI, tout allait changer. Appeler Frank sur-le-champ, sans préparation et sans rien avoir à lui offrir, serait une erreur susceptible d'aggraver le sort de Becca.

Il serra les dents.

— Je dois y aller.

Il avait besoin de savoir ce qui se passait, d'évaluer la situation. De voir Becca. Et d'évacuer les blessés.

Nash passa les mains dans ses cheveux.

— Attends. Manifestement, les choses viennent de se gâter dans cette bibliothèque et, à ce stade, nous n'avons aucune idée de l'origine de cette détérioration. Tu veux faire quoi exactement ? Foncer dans le tas en tirant tous azimuts ?

— Non. Bien sûr que non. Mais je tiens à y aller.

Il regarda les différents angles du bâtiment sur les écrans du centre de commande. Essayer de s'introduire discrètement à l'intérieur pourrait s'avérer catastrophique. Il venait de perdre une grande partie de la confiance de Frank. Il devait la reconstruire tout en veillant sur Becca.

— Ce n'est pas le moment de dérailler, répliqua Nash. J'ai besoin que tu restes calme et concentré.

Jake avait appris à gérer la pression. Il se dirigea vers la porte, en s'emparant au passage d'une bouteille d'eau.

— Où vas-tu ? demanda Nash en lui emboîtant le pas.

— Prendre l'air et tenter d'obtenir des réponses. Nous devons découvrir ce que cache Lund.

Depuis le départ, Crispin Lund faisait mine de ne pas comprendre ce qu'attendaient de lui les preneurs d'otages. Il refusait de reconnaître la moindre faute, il n'en démordait pas. Même quand Frank avait menacé de massacrer son fils. Et même lorsque sa femme l'avait supplié de coopérer, de tout faire pour épargner Cameron.

Jake en était parvenu à une conclusion.

Le P-DG de Plainsman Oil and Gas avait beaucoup à perdre. En tout cas, plus que six millions et demi de dollars...

Les ravisseurs ne voulaient pas uniquement de l'argent. Ils exigeaient aussi les preuves des manquements de la société. Mais Lund n'avait pas l'intention de les leur donner, pas même pour sauver son fils.

Sa réaction horrifiait Jake. Malgré lui, il serra les poings. Il y avait une place réservée en enfer pour les hommes comme Lund.

Il sauta du camion et promena les yeux autour de lui. Son regard passa sans s'arrêter sur le shérif qui parlait aux journalistes. Il cherchait l'égoïste au cœur de pierre prêt à tout pour protéger ses intérêts.

Là !

Lund se trouvait avec Schroeder et visiblement les deux hommes se disputaient.

— Comment osez-vous me menacer ? criait Lund, attirant l'attention des gardes du corps. Pour qui vous prenez-vous ?

— Pour un maire, pour un père et pour un honnête citoyen qui n'hésitera pas à faire usage de son arme s'il le faut.

— Insinuez-vous que vous allez me tirer dessus ?

Les trois types chargés de la sécurité de Lund se rapprochèrent de lui, rappelant à Jake qu'il en manquait un.

Schroeder posa les mains sur ses hanches.

— Si les preneurs d'otages ont besoin de votre cadavre pour libérer mon fils, alors oui, j'y pense sérieusement.

— La situation est sous contrôle, asséna Lund. Je gère. Vous feriez mieux de me laisser agir et de ne pas vous en mêler.

— Comment la gérez-vous ? répliqua le maire. J'aimerais bien le savoir !

Comme Nash s'apprêtait à intervenir, Jake le retint.

— Laisse-les.

— Pourquoi ? Il faut les séparer avant qu'ils en viennent aux mains, non ?

— Surtout pas. Regarde-les. Deux requins qui s'affrontent. Le maire est le seul à pouvoir exercer suffisamment de pression sur Lund pour l'obliger à faire ce qu'il faut. Et il est très motivé parce que son fils est retenu en otage.

D'autres morceaux du puzzle se mettaient en place.

— Frank a traité Lund de menteur, se souvint Nash.

Il hocha la tête.

— Frank se doutait que Lund ne céderait pas facilement à leurs revendications. En s'attaquant à Cameron, il espérait l'en convaincre, si le maire n'y parvenait pas.

— Où cela nous mènera-t-il ?

Dans une impasse. Lund pensait que le preneur d'otages bluffait. Jake était certain du contraire. Il irait jusqu'au bout.

— À la nécessité de connaître la vérité sur ce qui s'est réellement passé et qui a provoqué cette prise d'otages, dit-il.

L'hostilité entre Lund et Schroeder s'était un peu calmée. Lund disait quelque chose à voix basse.

Que complotaient-ils ? Quel marché de dupes concluaient-ils ?

Jake sentait bouillir en lui une profonde colère. Il ouvrit sa bouteille d'eau et en avala une gorgée.

Maîtrise-toi. Reste fort.

L'adjointe Russo s'approcha en compagnie d'un homme vêtu de noir.

Un prêtre.

— Agent Garner, agent Delgado, laissez-moi vous présenter le père O'Neill, dit-elle. Il a identifié le quatrième homme comme étant Frank Fergusson. Frank était marié à la sœur de Dale, Marianne.

— Nous le savions déjà, dit Jake.

— Ce n'est pas tout. Pouvons-nous parler à l'intérieur, à l'abri des oreilles indiscrètes ? demanda Russo.

Lund et Schroeder se taisaient et les regardaient.

— Par ici, dit Jake en les entraînant vers le camion aménagé. Asseyez-vous, je vous en prie, ajouta-t-il en y entrant.

Comme le prêtre se laissait tomber sur une chaise, Russo se tourna vers lui.

— S'il vous plaît, répétez-leur ce que vous m'avez dit.

— Je vais vous expliquer, mais vous devez comprendre que je ne divulguerai le nom d'aucun de mes paroissiens. Ils se confient à moi. La loyauté que je leur dois est sacrée. Mais compte tenu des circonstances, je pense qu'une certaine marge de manœuvre m'est permise.

— Nous n'avons pas besoin de savoir qui vous a dit quoi,

répondit Jake, mais ce que vous savez qui pourra nous éclairer sur les motivations des preneurs d'otages.

— Beaucoup de gens dépendent de la Plainsman Oil and Gas Company pour gagner leur vie, commença le père O'Neill. L'entreprise donne du travail à des centaines de salariés. Et de nombreuses personnes habitent également à proximité des plates-formes. Il y a environ deux ans, alors que des employés de la société effectuaient des travaux d'hydrofracturation, un terrible accident s'est produit. Des produits chimiques mortels se sont échappés dans l'atmosphère. À l'époque, Crispin Lund a veillé à étouffer l'affaire et aucun média n'en a parlé. Il a des amis puissants et haut placés. Pas seulement localement. Je sais de source sûre qu'il a largement contribué aux campagnes de plusieurs sénateurs, l'un d'eux étant un membre éminent de la commission de l'énergie et des ressources naturelles. Il est aussi très proche de Tom Teller.

— Le propriétaire de l'un des plus grands réseaux multinationaux d'information ? demanda Nash.

— Lui-même, confirma O'Neill.

Voilà pourquoi Frank craignait d'être réduit au silence. Lund les avait déjà fait taire et rien ni personne ne l'empêcherait de recommencer. À moins que toutes les grandes chaînes d'information ne relaient ses dires.

— Peu de temps après l'accident, poursuivit le prêtre, les gens ont commencé à tomber malades. Gravement. Ils sont allés voir Crispin dans l'espoir qu'il arrangerait les choses. Mais il les a envoyés promener et les a licenciés sans indemnités. Par la suite, les employés impliqués dans l'accident et ceux qui vivaient près des lieux du drame ont décidé de s'unir pour faire appel à la justice. Une femme, membre du conseil d'administration, était disposée à leur donner des preuves de l'accident. Mais elle a été retrouvée morte dans des circonstances mystérieuses. Et les preuves ont disparu.

Lund n'avait pas hésité à faire assassiner quelqu'un. Jusqu'où irait-il pour protéger ses intérêts ?

Le père O'Neill joignit les mains.

— Les hommes de Lund ont alors proposé aux plaignants quinze mille dollars chacun en échange d'un accord de non-divulgation. Devant faire face à des frais médicaux de plus en plus importants, la plupart d'entre eux étaient aux abois et ont signé. L'avocat des récalcitrants leur a fait croire qu'ils avaient besoin d'être plus nombreux encore pour déposer un recours collectif. Et surtout, qu'il leur fallait des preuves pour espérer aboutir. Il était évident que leurs maladies étaient liées aux activités de fracturation hydraulique de l'entreprise, mais ils devaient le prouver. Le pire, c'est que depuis le drame, un certain nombre d'entre eux sont morts.

— Quelles sont ces maladies ? demanda Jake.

— Ils couvrent toute la gamme. Des affections respiratoires. Gastro-intestinales. Cardiaques. Des cancers. Ceux qui ont survécu sont terriblement malades. Leurs jours sont comptés. C'est une tragédie et Lund refuse toujours de reconnaître ses fautes et d'indemniser ces gens.

Cela expliquait les nombreux médicaments que Brian et Rocco avaient trouvés chez Craig Hicks et Troy Sims.

— Et qui était chargé de l'enquête sur la mort de cette femme, membre du conseil d'administration ? s'enquit Nash.

— L'ancien shérif. Jim Ames.

— Ames était corrompu jusqu'à la moelle, dit Nash. Il a sûrement été payé pour classer l'affaire. Si Daniel le savait, il examinerait le dossier. Et il rouvrirait l'enquête.

— En es-tu sûr ? demanda Jake.

— Sûr et certain. Il s'agit d'un meurtre et Daniel Clark se battra pour que justice soit faite, même si son combat doit lui faire perdre les prochaines élections.

— Je suis heureux de l'entendre, dit le prêtre. Si le shérif Clark rouvre le dossier et parvient à mettre le coupable en prison, il remportera les élections haut la main.

— Père O'Neill, dit Jake, ces hommes n'espèrent pas seulement de l'argent, n'est-ce pas ? Ils veulent surtout obtenir justice, non ?

— Je le crois, sans pouvoir l'affirmer avec certitude, répondit le père O'Neill en se levant. J'espère vous avoir été utile mais je ne pense pas pouvoir vous aider davantage.

— Encore une chose, dit Jake en se grattant la mâchoire. Pourquoi Frank et les autres ont-ils décidé de passer à l'action maintenant ? En avez-vous une idée ? L'accident remonte à plus de deux ans. L'échec de leurs efforts pour intenter un procès date d'un an. Alors pourquoi maintenant ? Le savez-vous ?

Le père O'Neill réfléchit un moment.

— Peut-être parce que l'anniversaire de la mort de Marianne était ce mois-ci. Mais je n'en suis pas sûr.

— D'accord. Merci, mon père, dit-il en lui serrant la main.

Comme l'adjointe raccompagnait ce dernier, Nash se tourna vers Jake.

— Qu'en penses-tu ?

— Je connais un moyen de convaincre Frank de me laisser entrer dans le bâtiment.

— Ce n'est pas la priorité, répondit Nash. S'assurer que Cameron Lund n'aura pas les os brisés me semble plus important. Ce gamin n'a pas à payer pour les fautes de son père.

Jake était plus que d'accord. Il restait moins de dix minutes avant la fin du délai qui leur avait été imparti. Il appela la ligne directe de la bibliothèque et mit la communication sur haut-parleur.

Alors qu'il patientait, il croisa le regard de Nash. Son futur beau-frère hocha la tête en signe d'encouragement alors que le téléphone sonnait.

Frank n'allait-il donc pas décrocher ? se demandait-il en sentant des gouttes de sueur perler sur son front. Devait-il raccrocher ? Prendre un autre mégaphone et se rendre là-bas ?

La sonnerie continuait à tinter dans le vide.

Il y eut soudain un déclic et la voix de Frank lui parvint :

— Vous m'avez pris pour un imbécile.

L'espoir qui traversa Jake fut vite remplacé par la terreur face à la colère évidente de Frank.

Il l'imaginait, debout au bureau d'accueil, à transpirer dans la chaleur écrasante, en écoutant les hélicoptères au-dessus de sa tête et en essayant de rassembler ses esprits pour faire… quoi ?

Du mal à Cameron ? Ou à Becca si elle était encore en vie ? Ils couraient au désastre.

— Non, Frank. Je veux que cette histoire soit résolue pacifiquement. Et que tout le monde en sorte en vie.

— Vous êtes un menteur comme Lund. Vous m'aviez caché que la femme enceinte était votre amie du FBI.

— Est-elle toujours vivante ? demanda-t-il.

— Oui, elle respire.

Jake sentit une bouffée de soulagement le submerger.

— Est-elle blessée ?

— Non. C'est elle qui a fait du mal aux autres. Mais nous n'allons plus tarder à nous attaquer à Cameron.

Jake prit une profonde inspiration.

— Mutiler Cameron ne vous apportera rien.

— On verra. Lund pense être capable de tout supporter. Attendez qu'il voie les pieds de son fils en bouillie.

Jake s'efforça de chasser les images horribles qui venaient à son esprit.

— Lund est un salaud corrompu, dit-il. Il est prêt à vous laisser massacrer son fils afin de garder ses secrets. Je mesure le tort qu'il vous a causé et à quel point il vous a lésés. Vous, Marianne. Et les autres. Mais vous en prendre à Cameron ne changera rien. Et vous deviendrez les méchants aux yeux des gens. Ne vous comportez pas en salaud en tentant d'en abattre un.

— Il ne nous a pas laissé le choix.

— Ne lui donnez pas le pouvoir de décider de vos options à votre place. Frank, j'ai une option à vous proposer. Je n'ai pas été autorisé à laisser des journalistes entrer pour vous interviewer comme vous le souhaitiez. Mais je peux vous donner une chance de raconter votre version des événements. Comme vous le voulez.

— Et comment ?

— Laissez-moi entrer avec mon téléphone. Vous y enregistrerez votre déclaration que je diffuserai en direct sur YouTube et...

— Non ! Non, il n'est pas question de poster une vidéo que personne ne regardera. Je veux être sur toutes les chaînes d'info à une heure de grande écoute.

— Et vous allez l'être. Vous ne m'avez pas laissé finir. Nous préviendrons les médias que vous serez interrogé par moi. Ils se connecteront tous à la chaîne officielle du FBI sur YouTube et enregistreront en direct pendant que nous diffusons cette interview. Simultanément.

Jake espérait que Nash et Aaron rendraient l'opération techniquement possible au cas où Frank accepterait.

— Les principaux organes d'information passeront la vidéo en boucle, y compris aux heures de grande écoute. Croyez-moi, tout le monde vous entendra. Vous déballerez tout. À propos de l'accident. Et du meurtre suspect d'un membre du conseil d'administration qui tentait de vous aider. Et de la manière dont l'ancien shérif corrompu a fermé les yeux. Et des accords de non-divulgation. Tout ce que vous savez ou soupçonnez sur les puissants amis de Lund. Vous pourrez tout dire, livrer les noms. Une histoire juteuse que tous les journalistes voudront creuser pour découvrir la vérité. Faites-moi confiance, ils la trouveront. Je peux également vous assurer que le nouveau shérif va rouvrir le dossier sur la mort du membre du conseil d'administration, et sur le pétrole et le gaz de Plainsman.

— Jennifer Paulson.

— Si Crispin Lund est coupable, les médias ne se contenteront pas de le découvrir. Ils le détruiront. Qu'en dites-vous ?

Il y eut un silence. Une longue pause éprouvante pour les nerfs. Jake priait en silence pour qu'il accepte.

— Cela ne suffit pas, dit Frank.

L'espoir de Jake s'envola.

— Les fumiers comme Lund s'en sortent toujours d'une façon ou d'une autre, poursuivit Frank. Nous devons au moins obtenir des preuves tangibles. Mais… diffuser notre version des faits sur tous les réseaux, lâcher les chiens sur lui est un bon point de départ. Je veux que quelqu'un annonce que je vais parler, afin qu'ils attendent tous ma déclaration.

Jake poussa un soupir de soulagement.

— En échange, vous acceptez de ne pas vous attaquer à Cameron et de libérer Tyler, Abigail et l'agent spécial Becca Hammond.

— Cameron ne sera pas inquiété jusqu'à 18 heures. Ma déclaration lui fera gagner un peu de temps. Mais vous devriez faire en sorte que Crispin Lund comprenne qu'il y a un prix à payer et que ce prix ne se limite pas à l'argent. Vous pouvez avoir Abigail. Quant à votre collègue du FBI, au professeur et à Tyler, ils resteront jusqu'à ce que les six millions et demi arrivent sur le compte. Ils seront ensuite libérés avec les quatre autres.

— J'ai besoin du dernier lycéen.

— Désolé. Cela ne va pas être possible.

Avec un soupir, Jake décida d'essayer un angle différent.

— Tyler ne vous est d'aucune utilité. Malgré ses efforts, le maire Schroeder n'a pas été en mesure de forcer Lund à coopérer davantage. Vous devez libérer Tyler.

Lui mettre la pression pour relâcher Becca et Russell Nolan serait sans doute trop tirer sur la corde. Mais il devait à tout prix faire sortir l'adolescent.

— Lorsque nous diffuserons notre échange en direct, n'aimeriez-vous pas pouvoir dire que vous avez relâché tous les gamins ?

Cela contribuerait à donner une image positive de vous et de votre action.

Frank ne dit rien pendant un moment et Jake craignit d'avoir poussé le bouchon trop loin.

Mais l'autre finit par lâcher :

— D'accord. Vous pourrez aussi avoir Tyler.

— Merci. Je devrai aussi voir Becca pour m'assurer qu'elle va bien et n'a pas été blessée.

— C'est d'accord. Mettez tout en place. Une fois que tout sera prêt, prévenez-moi, ajouta Frank. Nous ouvrirons la fenêtre sur Seventh Street. Abigail et Tyler sortiront. Ensuite, vous grimperez jusqu'à moi. Si vous arrivez armé ou si vous tentez la moindre tromperie, vous le paierez au prix fort.

12

Les mains liées dans le dos, du ruban adhésif collé sur la bouche, Becca s'assit dans un coin, le plus loin possible d'Abigail.

— Je devais leur dire qu'elle avait un téléphone, expliquait cette dernière, en larmes, aux autres. Elle risquait de nous attirer des ennuis. Elle ne mesurait pas les conséquences de ses actes. Ai-je eu tort de vouloir nous protéger ?

Cette femme était passée maîtresse dans l'art de la manipulation.

— Vous avez bien fait, dit Russell Nolan avant de dévisager Becca comme si elle était le mal incarné. Elle se moque bien que nous soyons privés de nourriture et d'eau à cause d'elle.

— J'avais si peur qu'ils nous fassent payer cher la découverte d'un téléphone ! dit Abigail en se mouchant.

— Peut-être essayait-elle seulement de nous aider ? risqua Cameron.

Merci.

— De nous aider comment ? répliqua Abigail. Le FBI est déjà en train de négocier notre libération. Quant à nous, nous avons intérêt à obéir et à coopérer.

— Parlez pour vous, rétorqua Cameron. Ils ne sont pas sur le point de vous briser les os des pieds.

Tyler frissonna et reposa le front sur ses genoux.

Près du bureau d'accueil, ils entendirent Frank crier :

— As-tu perdu la tête, Craig ? Tirer avec des balles réelles !

— J'ai pensé qu'il valait mieux prévenir que guérir.

Ils se disputaient entre eux. Tant mieux.

— Tu aurais pu tuer quelqu'un accidentellement, imbécile.

— Je ne suis pas fou. Et nous aurons besoin de balles réelles maintenant que le FBI sait que certains d'entre nous utilisent des cartouches à blanc.

Becca ne les voyait pas mais personne dans la bibliothèque ne pouvait ignorer leur altercation.

— Comment l'ont-ils découvert ? demanda Frank.

— Je ne sais pas mais en tout cas, vous devriez tous charger vos armes de balles réelles. Heureusement, j'en ai plein en réserve, dit Craig.

— Frank ! Troy n'a pas l'air bien, cria Dale d'une voix paniquée. Son genou est explosé. Son nez aussi.

— Laisse-moi y jeter un coup d'œil.

Quelques instants plus tard, Troy rugit de douleur et jura.

— Donnez-moi quelque chose contre la douleur ! Dale, file-moi des médocs.

Abigail fusilla Becca du regard.

— Ils la puniront sûrement pour avoir blessé l'un des leurs, dit-elle.

— Comment a-t-elle réussi à massacrer ce type ? s'enquit Nolan.

Abigail haussa les épaules, jouant l'ignorante.

— Peut-être prend-elle des cours d'autodéfense ?

Becca s'entraînait en effet à l'Underground Self-Defense School pour entretenir ses compétences dans le domaine du combat. Charlie Sharp, qui dirigeait le centre, était une adversaire à sa hauteur.

Frank déverrouilla la porte et passa la tête dans l'embrasure.

— Tyler et Abigail, vous allez être libérés.

Cela donnerait à Abigail l'occasion de disparaître, comprit Becca. À sa sortie, elle continuerait à jouer son rôle pour ne pas être inquiétée.

— Et moi ? demanda Nolan.

— Dès que nous aurons reçu l'argent, nous vous laisserons partir, vous et elle, ajouta-t-il en désignant Becca. En attendant, nous allons la déplacer à l'étage. Mieux vaut que le FBI ignore où elle se trouve.

Jake avait réussi. Il avait négocié et obtenu sa libération. Mais qu'avait-il été décidé pour les autres ?

— Et moi ? lança Cameron d'une voix pleine d'espoir.

— À moins que ton père ne se décide à faire ce qu'il faut, nous allons devoir passer à la phase suivante, désolé. Mais ne t'inquiète pas. Nous avons de puissants anesthésiques.

Tout le monde était passé à l'action, déterminé à tenter le tout pour le tout. L'application avait été téléchargée sur le téléphone de Jake, qui disposait d'un accès aux vidéos de la chaîne YouTube officielle du FBI. Jake, Nash et Aaron y étaient parvenus en moins d'une heure. Un exploit. Le fait que l'une des leurs soit retenue en otage avait galvanisé l'équipe et décidé la hiérarchie à réduire au strict nécessaire les formalités afin d'autoriser cette approche peu orthodoxe.

Le shérif Clark avait annoncé aux médias que le chef des preneurs d'otages ferait une déclaration sur la chaîne du FBI.

Après avoir ordonné au SWAT de se retirer, Jake recontacta Frank. Ce dernier l'attendait, prêt à libérer deux autres otages.

Jake tendit son arme à Nash et posa son couteau sur le bureau. Il s'assura que son micro et ses oreillettes étaient en place. Puis il quitta le poste de commandement avec Nash.

Lund s'approcha d'eux.

— Je savais bien que ces fumiers bluffaient et ne feraient pas de mal à mon fils.

Son arrogance dépassait l'entendement.

— Ils ne bluffent pas, répliqua Jake, en remarquant que le père O'Neill s'entretenait à l'écart avec Mme Lund. Nous avons offert six heures de sursis à Cameron. Mais si vous tenez à retrouver votre fils sain et sauf, je vous conseille vivement de tout faire pour accélérer le virement.

Il traversa la rue jusqu'à la fenêtre ouverte.

— Attendez ! cria Frank, caché à l'intérieur. Avancez lentement.

Il obéit.

— Arrêtez-vous, ordonna alors Frank. Nous envoyons Tyler et Abigail.

Un adolescent aux boucles blondes sortit le premier.

— Tyler ?

— Oui, monsieur.

Jake le fit sortir du bâtiment et lui indiqua vers où courir. Ensuite, la dénommée Abigail, qu'il avait déjà vue, apparut à son tour. Il lui prit la main et l'aida à passer par la fenêtre et à sauter dans l'herbe.

— Des agents vous attendent dans le camion aménagé.

— Merci, dit-elle avant de se précipiter vers le centre de commandement mobile.

— Maintenant, entrez, lentement, dit Frank. Pas de mouvements brusques. Nous allons vous fouiller.

— J'y vais, annonça Jake dans son micro, à l'attention de Nash et Utley. Rappelez-vous, personne ne tire un seul coup de feu sans mon autorisation.

— Compris, répondit Utley.

En posant les mains sur le rebord de la croisée, Jake se hissa dans le bureau.

— Fermez la fenêtre, dit Frank. Approchez, les mains en l'air.

Jake obéit. Lorsqu'il atteignit la porte, quelqu'un l'attrapa par le col de sa veste et le tira hors de vue.

Frank pointa une arme sur lui.

— Nous ne nous attendions pas à ce que vous découvriez que nous avons utilisé des balles à blanc. Heureusement, Craig avait apporté un stock de vrais projectiles que j'ai chargés sur mon semi-automatique, dit-il en le brandissant. J'espère que je n'aurai pas à l'utiliser. Mais si vous me menacez, je n'hésiterai pas.

— Cela me semble normal.

Un deuxième homme, plus âgé et plus petit, s'avança. Dale McKee. Il palpa Jake pour s'assurer qu'il n'était pas armé. Puis lui rendit son téléphone.

Jake prit l'appareil et baissa les mains.

— Je dois voir l'agent Becca Hammond avant que nous commencions l'interview en direct.

— D'accord, dit Frank. Dale va vous conduire.

Ce dernier l'entraîna dans le couloir. Frank fermait la marche, son arme braquée sur Jake. À l'intérieur du bâtiment, il faisait chaud comme dans un four. Et la température diurne n'avait même pas encore atteint son maximum.

— Vous devez apporter de l'eau aux otages attachés devant les entrées, dit-il. Et leur permettre d'utiliser les toilettes.

Frank pressa le canon de son pistolet contre son crâne.

— Si vous voulez qu'ils aient de l'eau, donnez-nous l'argent et les preuves.

— À quoi vous servira l'argent si vous êtes mort ou en prison ? demanda Jake.

— Je n'ai jamais dit que les six millions et demi de dollars étaient pour nous. Beaucoup de gens dans cette ville souffrent encore de l'accident de Plainsman, déclara Frank. Les familles de ceux qui sont morts croulent sous les dettes. La rançon ne leur permettra pas de devenir riches mais de subsister. Nous ne sommes pas cupides. Nous cherchons seulement à réparer une injustice, à dédommager un peu ceux qui ont tout perdu sans l'avoir mérité.

Qu'ils demandent six millions et demi de dollars avait étonné Jake. Maintenant, il comprenait pourquoi.

Ils atteignaient le hall principal de la bibliothèque. Troy Sims était assis au bureau d'accueil, l'air mal en point. Il gémissait de douleur. La jambe de son pantalon avait été coupée, révélant un genou très enflé, peut-être cassé. Il pressait un linge imbibé de sang sur son nez de sa main gauche. La droite semblait blessée. Il lui serait difficile de se servir d'une arme.

— On dirait que votre ami a besoin de soins médicaux, remarqua Jake.

Frank grogna.

— C'est l'œuvre de l'agent du FBI.

Becca avait mis le type hors jeu.

— Je serais heureux de l'escorter hors d'ici et de demander à ce qu'il soit soigné, proposa-t-il.

— Je reste, Frank, coupa Troy d'une voix faible. J'ai seulement besoin d'antalgiques supplémentaires.

— Tu risques de t'endormir, dit Dale.

Troy gémit.

— S'il te plaît. Un seul cachet. Je n'en peux plus.

Dale sortit un flacon de sa poche et fit glisser un comprimé dans la paume de Troy qui l'avala sans eau.

D'après les plans du bâtiment qu'il avait étudiés, Jake savait où se trouvait la salle du conte. À travers la vitre, il y vit Cameron Lund et Russell Nolan, assis par terre.

Mais pas Becca.

— Où est-elle ? demanda-t-il.

— Au cas où vous auriez prévu quelque chose, nous l'avons déplacée.

— Où ?

— Suivez-moi.

Dale l'entraîna jusqu'à un escalier qui menait à l'étage.

— Craig ! cria Frank. Fais-la sortir.

Une porte s'ouvrit quelque part. Des pas résonnèrent sur le palier et Craig apparut avec Becca. La lumière du soleil derrière elle lui faisait comme une auréole. Craig la tenait par le coude, une arme pointée sur elle.

Elle était attachée, les mains dans le dos, et du ruban adhésif couvrait sa bouche. Craig lui fit descendre quelques marches. Ils s'arrêtèrent à mi-chemin, au milieu de l'escalier.

Un sentiment de malaise noua le ventre de Jake. Pourquoi avait-elle été bâillonnée ?

— Je dois lui parler, dit-il. Retirez-lui le ruban adhésif.

— Certainement pas, répliqua Frank en s'avançant. Vous voyez qu'elle va bien. Posez-lui des questions. Elle répondra par « oui » ou par « non » de la tête.

Il aurait donné beaucoup pour avoir un moment seul avec elle. Pour la prendre dans ses bras. Pour la rassurer en lui jurant qu'il faisait tout pour la sortir de là.

— T'ont-ils fait du mal ? demanda-t-il.

Le regard de Becca se tourna vers l'homme qui la tenait et qui l'avait frappée mais elle fit « non ».

— Tu vas bien ?

Elle lui adressa un bref hochement de menton. La fatigue et la déshydratation creusaient des ombres sous ses yeux.

Elle était magnifique, c'était vraiment la plus belle femme qu'il ait jamais vue.

— T'ont-ils donné assez d'eau ?

Les yeux baissés comme si elle était lasse, elle secoua la tête.

— Donnez-lui de l'eau et de la nourriture, ordonna-t-il. Regardez-la. Elle est déshydratée et affamée.

— Elle en aura, assura Frank. Quand j'aurai livré ma version des faits et que tout le monde aura entendu la vérité.

Craig plissa les yeux.

— De quoi parles-tu ?

— L'agent Delgado va me faire passer sur la chaîne YouTube du FBI. En direct. Tous les médias sont à l'écoute et vont regarder. Je vais tout leur raconter, dénoncer les agissements de Lund. N'est-ce pas, Jake ?

— Oh ! non, coupa Craig d'une voix dure. Nous en avons déjà

discuté. J'en ai assez de t'entendre parler de justice. Il n'y en a pas pour les gens comme nous. Nous devons d'abord obtenir l'argent ! Une fois que tu auras parlé aux médias, qui nous dit que Lund ne refusera pas de payer ? Beaucoup de familles comptent sur nous. Tu feras ta déclaration plus tard, quand l'argent aura été viré sur le compte. Pas avant !

— Et si Lund ne donne pas suite ? répliqua Frank. Nous avons une chance d'être entendus, de dire la vérité sur ce qui s'est réellement passé.

— Tu ne m'écoutes pas ! Mais je vais t'obliger à le faire.

Craig enfonça son arme plus profondément dans le flanc de Becca, en la faisant grimacer. Il la saisit par le cou et commença à remonter l'escalier, en l'entraînant avec lui.

— Tant que je n'aurai pas eu confirmation que l'argent a été viré sur le compte, il n'y aura ni interview ni quoi que ce soit, dit Craig en regardant Jake. Compris ? Envoyez l'argent. Et vite. Sinon, je lui ferai du mal.

Il gravit encore trois marches.

— Vous m'entendez ? Frank attendra que nous ayons reçu la confirmation de l'arrivée de l'argent sur le compte pour parler.

Encore trois marches et ils seraient exposés devant la fenêtre.

Une sourde terreur étreignit Jake. Dans son oreillette, la voix d'Utley lui parvint.

— Nous avons un visuel. Nous pouvons tirer. D'accord ?

— Non, ne tirez pas. Je répète. Ne tirez pas.

— Que fabriques-tu, Craig ? cria Dale en les suivant.

Craig resserra sa prise sur la gorge de Becca.

— C'est moi qui donne les ordres, à présent.

Frank gardait son arme braquée sur Jake mais son attention était focalisée sur Craig.

— Blesser un agent du FBI aurait de graves conséquences, dit Dale. Laisse Frank faire sa déclaration. Tout est arrangé.

— Tu savais qu'il planifiait ça ? lança Craig avec incrédulité.

Après ce cirque avec le mégaphone ? Nous étions tous d'accord pour dire que c'était une mauvaise idée.

— Non, répliqua Dale avec calme. Toi seul la jugeais ainsi. Nous t'avons écouté mais nous n'étions pas d'accord. Nous voulons davantage que de l'argent. Lund doit être dénoncé et puni. Hannah va lui donner une leçon. Et lui faire regretter ce qu'il a fait. Mais Frank doit parler aux médias pour que tout le monde comprenne pourquoi elle va...

Une déflagration déchira l'air. La balle traversa la fenêtre et atteignit Dale. Presque au ralenti, il s'effondra, tomba à genoux et dégringola l'escalier.

Jake sentit son pouls s'emballer dans sa poitrine.

— Ne tirez pas ! dit-il via son micro. Ne tirez pas !

Becca risquait d'être touchée. Craig était en train de perdre son sang-froid. Il avait le canon de son arme pressé contre elle.

— Le coup de feu n'est pas venu de nous, dit Utley.

Bon sang.

Alors qui tirait ?

Une sourde terreur le saisit.

Craig se retourna, pointa son arme vers la fenêtre cassée, en tenant toujours Becca.

Frank restait figé, à regarder fixement Dale étendu, mort sur le sol.

D'un geste vif, Jake se retourna, lui saisit son pistolet et lui tordit la main pour l'obliger à le lâcher.

Mais à l'extérieur, un autre coup de feu claqua.

La deuxième balle frappa Craig en pleine tête. L'impact le projeta en arrière. Dans l'escalier.

Et il entraîna Becca dans sa chute.

Enchevêtrés, ils dégringolèrent les marches jusqu'en bas. La balle avait tué Craig. Becca n'avait pas été touchée.

Mais elle était inconsciente.

Jake sentit son cœur exploser dans sa poitrine.

Becca !

— Deux preneurs d'otages abattus, dit-il dans le micro tout en courant vers elle. Donnez l'assaut ! Maintenant ! J'ai besoin d'un médecin. Agent à terre.

Il s'était assuré de garder Frank dans son viseur. Il l'obligea à s'allonger sur le ventre, les mains derrière la tête.

Sonné, celui-ci s'exécuta sans un mot.

Jake s'accroupit à côté de Becca, en l'éloignant du mort, qui heureusement n'avait pas atterri sur elle. Il posa deux doigts tremblants sur sa carotide et chercha un pouls en retenant son souffle.

Il en sentit un. Faible mais présent.

Rapidement mais doucement, il retira le ruban adhésif de sa bouche, dans l'espoir de l'aider à respirer.

Réveille-toi, Becca. Ouvre les yeux, je t'en prie.

Que fabriquaient les médecins ? Pourquoi n'arrivaient-ils pas ?

13

La voix numérique du GPS annonça :

— Vous êtes arrivé à destination.

Brian se gara. Depuis le matin, il avait interrogé l'association caritative Compassionate Hearts, le responsable des transports de Plainsman Oil and Gas et l'un des propriétaires de voitures dont les plaques d'immatriculation avaient été volées. Il avait également conduit les Lund au centre de commandement et fouillé la maison de Craig Hicks. Tout cela ne l'avait mené nulle part.

Il lui restait une propriétaire de voiture à interroger.

Le flash-info à la radio le poussa à monter le son.

— Après vingt-deux heures exténuantes, la prise d'otages à la bibliothèque de Laramie a pris fin, annonça un journaliste. Tous les otages ont été libérés. Deux des ravisseurs ont été tués. Mais le SWAT nie toute responsabilité dans les coups de feu qui leur ont coûté la vie. Les deux autres, identifiés comme Frank Ferguson et Troy Sims, sont en garde à vue. L'un des otages, une femme, a été évacué en ambulance. Ses compagnons d'infortune sont sains et saufs mais ont souffert de la chaleur et de déshydratation. Je suis avec Crispin Lund, le père de l'un des otages. Monsieur Lund, vous êtes heureux, je suppose, d'avoir récupéré votre fils en bonne santé grâce aux efforts conjoints du FBI et du bureau du shérif ?

— J'ai toujours su qu'il en serait ainsi, déclara Lund d'un ton triomphant. Cameron a été rendu à sa famille et ces fumiers n'ont pas touché un *cent* de ma part. J'espère que les preneurs d'otages encore en vie finiront en prison.

Les yeux au ciel, Brian éteignit la radio. Un instant, il envisagea de retourner au centre de commandement. Mais une fois engagé dans une action, il aimait la mener à son terme, pour comprendre. Et bien sûr, capturer les bandits.

Il coupa le moteur, sortit de la voiture, gravit les marches du porche et frappa.

La porte s'ouvrit. Boucle d'Or apparut.

— Bonjour. Ou plutôt re-bonjour, dit Brian, surpris.

Elle sourit.

— Bonjour, inspecteur. Je vais finir par croire que vous me courez après.

— Non, dit-il en rougissant. Êtes-vous Hannah Hayes ?

— Oui. Que puis-je faire pour vous ?

— Avez-vous déclaré à la police que vos plaques d'immatriculation avaient été volées ?

— Absolument. Et vous venez m'annoncer que vous avez attrapé les voleurs, j'espère.

Brian eut un petit rire.

— Ils ont été appréhendés mais ce n'est pas pour cette raison que je suis ici. Ça vous ennuie si j'entre un instant ? J'ai quelques questions à vous poser.

Hannah jeta un coup d'œil par-dessus son épaule comme si elle y réfléchissait. Puis elle reporta son attention sur lui et sourit.

— Entrez, dit-elle enfin en ouvrant grand la porte. Aimeriez-vous un café ? proposa-t-elle en le faisant entrer dans le salon.

Il en avait déjà pris beaucoup depuis ce matin, mais il avait encore de la paperasse à remplir jusque tard dans la nuit.

— Avec plaisir, si ce n'est pas trop de problèmes.

— Aucun problème. Je peux même vous offrir des cookies, si vous aimez cela.

Son sourire et ses nattes la faisaient ressembler à un personnage de conte de fées.

— Merci, madame. Je n'ai pas déjeuné et un petit remontant sucré me ferait du bien.

— Asseyez-vous, j'arrive. Et cessez de m'appeler « madame ». Je suis Hannah.

En lui souriant à nouveau, il enleva son stetson et le posa sur la table basse. Il voulut la suivre vers la cuisine.

— Nous pouvons parler pendant que vous préparez tout.

— Non, non, dit-elle. Attendez-moi ici, je reviens.

Sa mère aussi détestait qu'il soit dans ses jambes lorsqu'elle s'activait aux fourneaux. Il alla donc s'asseoir et sortit son smartphone.

Il appela le centre de commandement.

— Agent Vance, bonjour.

— C'est Brian. J'interroge une autre personne à propos des plaques volées.

— Inutile. Nous les avons eus. Deux morts. Deux en garde à vue.

— Comment va Becca ?

— Elle est tombée dans l'escalier quand l'un des preneurs d'otages a été tué et elle a perdu connaissance, dit Aaron. En ce moment, elle est aux urgences de l'hôpital. Jake est avec elle.

— J'ai entendu à la radio que les hommes du SWAT n'avaient pas fait feu.

— C'est exact. Ils sont formels. Les coups mortels ont été tirés depuis un autre toit, à une centaine de mètres derrière eux.

— Est-ce que quelqu'un a localisé le chef de la sécurité de Lund ? demanda Brian.

— Pas que je sache.

— Je ne serais pas surpris qu'il soit notre tireur non identifié. Je sais qu'il a fait l'armée. Il a longtemps appartenu aux marines. Mais j'ignore quelle était sa spécialité.

En tout cas, il y avait appris à tirer.

— Envoie-moi un mail pour me résumer l'essentiel, ce que tu sais avec certitude, ce que tu soupçonnes. Je vais creuser.

— Ça marche, dit Brian. Quand tu auras des nouvelles de Becca, transmets-les-moi.

— Bien sûr.

Brian se déconnecta. Il rédigea quelques lignes de ce qu'il avait appris sur le chef de la sécurité de Lund, y ajouta ce qu'il avait perçu intuitivement de sa personnalité.

Hannah sortit de la cuisine.

— Le café et les cookies seront prêts dans un instant.

— Une minute, dit-il en terminant son mail. Voilà, c'est fait, ajouta-t-il après l'avoir envoyé.

Souriante, elle s'assit sur une chaise en face de lui.

— Comment puis-je vous aider, inspecteur ?

— Appelez-moi Brian. Quand avez-vous remarqué la disparition de vos plaques d'immatriculation ?

— Euh, je crois que c'était le matin du jour où j'ai porté plainte. Je m'apprêtais alors à me rendre au Compassionate Hearts. J'y travaille comme bénévole quelques heures par semaine.

Une femme accueillante et altruiste.

— Que faites-vous dans la vie ?

— Je suis analyste, chargée de la sécurité des données. Le titre ne fait pas rêver mais j'adore mon métier.

Intelligente aussi.

— Vous souvenez-vous de ce que vous avez fait la veille du vol ?

— Eh bien, laissez-moi y réfléchir, dit-elle en regardant le plafond. Je suis allée chez Compassionate Hearts le matin et j'y suis restée environ quatre heures.

— Je doute que les plaques aient été dérobées là-bas. Le parking fait face à des commerces et longe la route principale.

Il se demanda s'il s'agissait d'une coïncidence. Hannah faisait du bénévolat dans le même organisme caritatif que celui où les camionnettes avaient été volées et était l'une des propriétaires des plaques utilisées pour la prise d'otages.

— Qu'avez-vous fait ensuite ?

— Des courses au supermarché de Grand Avenue.

— Quand vous en êtes sortie, êtes-vous certaine que les plaques d'immatriculation étaient toujours là ? demanda-t-il.

L'odeur des cookies aux pépites de chocolat qui flottait dans l'air fit gargouiller son estomac.

— Euh, non. J'étais au téléphone. Je n'y ai pas prêté attention.

— Avez-vous mis vos sacs dans le coffre ou dans l'habitacle de la voiture ?

— Dans l'habitacle, sur le siège passager.

— Après cela, êtes-vous rentrée chez vous ou êtes-vous allée ailleurs ?

Des bips se firent entendre dans la cuisine. Elle se leva.

— Je suis allée déjeuner avec mon parrain au Cast Iron Grill.

Brian connaissait l'endroit. Il n'y avait pas de caméras de surveillance sur le parking qui lui auraient permis de vérifier si ses plaques étaient ou non sur sa voiture quand elle était arrivée et repartie.

— Ensuite, je suis retournée à la maison.

Elle se dirigea vers la cuisine et disparut à l'intérieur.

Si son intérêt pour Charlie Sharp n'avait jamais faibli, Brian ne pouvait s'empêcher d'être intrigué par Hannah.

Il jeta un coup d'œil circulaire au salon. Il était modestement meublé mais confortable.

— Depuis combien de temps êtes-vous bénévole à Compassionate Hearts ? lança-t-il en se mettant debout.

— Deux ans. Depuis que je suis revenue vivre à Laramie.

— Pourquoi en étiez-vous partie ?

— Pour mes études. J'avais obtenu une bourse à l'université Cornell.

Elle était donc vraiment brillante.

— Et qu'est-ce qui vous a poussée à revenir ici ? demanda-t-il en regardant les portraits encadrés sur la cheminée.

— Ma famille. Ils avaient besoin de moi. Je me devais de les aider.

À en croire les photos, elle avait eu une enfance heureuse. Il remarqua que, sur plusieurs d'entre elles, Hannah se trouvait avec Abigail Abshire.

Il sentit un profond malaise nouer son estomac.

S'agissait-il d'une énième coïncidence ?

L'organisme de bienfaisance où les camionnettes avaient été volées, les plaques d'immatriculation dérobées et utilisées pendant l'attaque, et maintenant ses liens avec l'un des otages...

Il s'apprêtait à lui demander si elle était apparentée à Abigail quand une autre photo l'arrêta net.

Elle avait été prise lors d'un barbecue. Hannah y figurait aux côtés de Frank Ferguson, qui la tenait par les épaules, de Dale McKee et d'une femme qu'il ne reconnut pas. En arrière-plan se trouvaient Abigail Abshire, Dennis McKee et d'autres personnes dont le propriétaire de l'établissement qui avait refusé de lui donner accès à ses images de vidéosurveillance.

Près de ce cliché se trouvait un portrait d'Hannah, vêtue de la tenue de remise de diplômes des universités américaines, entourée de proches rayonnant de fierté. À commencer par Frank qui l'étreignait comme si elle était sa fille. Une photo d'Hannah lorsqu'elle était enfant, reconnaissable à ses cheveux blonds bouclés et ses yeux bleu myosotis, complétait l'ensemble.

Le nœud dans son ventre se resserra.

— Où m'avez-vous dit que vous travailliez ? demanda-t-il en posant la main sur son arme.

— Je ne vous l'ai pas dit.

Une latte du plancher craqua. Il se détourna des photos pour reporter son attention vers la cuisine.

Un plateau chargé de deux tasses et d'une assiette de cookies entre les mains, Hannah se tenait devant la porte du salon, figée, les yeux écarquillés. Elle ressemblait à un cerf pris dans la lumière des phares. Elle jeta un coup d'œil aux photos qu'il examinait. Puis à son pistolet.

Elle lâcha le plateau qui tomba avec fracas sur le sol. Et retourna en hâte dans la cuisine.

Brian courut après elle, tout en dégainant son arme.

Alors qu'il franchissait le seuil, elle saisit son sac posé sur une chaise et en sortit un revolver.

Elle se retourna et fit feu.

Mais pas sur lui.

Elle visa l'ordinateur portable ouvert sur la table et tira quatre balles. Avant que l'appareil explose, Brian eut le temps d'apercevoir un compte à rebours sur l'écran.

— Lâchez votre arme ! cria-t-il. Les mains en l'air !

Elle obéit.

Il se rapprocha et rengaina son pistolet avant de lui passer les menottes.

Il regarda son joli visage.

— Vous et moi allons avoir une conversation différente. Dans la salle d'interrogatoire du bureau du shérif.

— Cela n'a plus d'importance. Il est trop tard maintenant. Ni vous ni personne ne pourrez rien faire pour l'arrêter.

— Arrêter quoi ? demanda-t-il, en devinant que sa réponse allait signifier de sérieux ennuis.

Hannah sourit mais une lueur de colère brillait dans ses yeux.

— Notre vengeance. Lund va payer pour ses crimes. Le compte à rebours est enclenché.

14

Becca ouvrit les yeux mais les referma vite, éblouie par la lumière dure des néons au-dessus de sa tête. Une odeur d'antiseptique lui chatouillait les narines. Elle entendait les bips d'une machine à côté d'elle. Comme elle sentait quelque chose serrer son bras, elle tira dessus.

Jake se pencha vers elle.

— Laisse-le, Becca, dit-il d'une voix grave. Calme-toi. Il s'agit seulement d'un brassard de tensiomètre. Il mesure ta tension artérielle.

Elle n'avait jamais été aussi heureuse de voir son visage.

Elle regarda autour d'elle et comprit qu'elle se trouvait dans une chambre d'hôpital.

— Que s'est-il passé ?

— Quelqu'un a tiré sur Dale McKee puis sur Craig Hicks alors qu'il te tenait toujours contre lui. L'impact l'a propulsé en arrière. Vous êtes tous les deux tombés dans l'escalier. Tu aurais pu te briser le cou.

— Je suis surprise que le SWAT ait pris tant de risques.

— Ce ne sont pas les tireurs du SWAT qui ont fait feu, mais un tueur non identifié.

Cela semblait inquiétant.

— De qui s'agit-il, à ton avis ? En as-tu une idée ?

— Je suis prêt à parier qu'un des gardes du corps de Lund était à la manœuvre. C'est lui qui avait le plus à perdre.

— Et Frank et Troy ?

— Tous les deux ont été arrêtés. Troy est ici, à l'hôpital, pour se faire soigner. Des adjoints sont chargés de le surveiller. Tu ne l'as pas raté.

Becca se remémora le violent combat avec Troy qui avait déclenché chez elle une décharge d'adrénaline. Un corps à corps qui aurait pu être évité si elle n'avait pas été trahie.

— Abigail Abshire était de mèche avec Frank et les autres.

— Vraiment ? s'exclama Jake d'un ton incrédule. Pourtant, ils l'utilisaient comme bouclier humain quand tout a commencé. Troy Sims la tenait devant lui, une arme sur sa tempe, et c'est pourquoi je n'ai pas pu faire feu.

— Ce n'était qu'une comédie. Elle feignait d'être un otage, mais elle fait partie de la bande. C'est elle qui leur a dit que j'avais le téléphone et que je t'appelais. Il faut la retrouver et l'arrêter.

— J'en parlerai à Nash.

Becca arracha le tensiomètre avant de s'attaquer à l'aiguille de la perfusion.

Elle repéra ses bottes sous une chaise à proximité.

— Que fais-tu ? demanda Jake, alarmé.

— Je m'en vais, je me sens très bien.

Maintenant qu'elle avait été réhydratée et rafraîchie, elle avait recouvré ses forces.

— Non, il n'en est pas question, dit-il en posant une main sur la sienne pour l'arrêter. Tu es restée longtemps sans connaissance. J'étais assis près de toi, malade d'inquiétude, ajouta-t-il d'une voix altérée. À attendre que tu reviennes à toi. Tu ne dois pas t'en aller tant que le médecin ne t'y a pas autorisée.

La tendresse qu'elle voyait briller dans ses yeux l'étonna et la toucha au cœur. Stupéfaite, elle ne protesta pas et entrelaça leurs doigts.

— Qu'a dit le médecin ? demanda-t-elle.

— Il va venir te voir. Quand tu es arrivée, ils t'ont fait passer une batterie d'examens.

Il était pâle, visiblement soucieux. S'inquiétait-il pour elle ?

Comme elle s'apprêtait à lui caresser les cheveux pour le rassurer, quelqu'un frappa à la porte, interrompant son geste.

Un grand blond, vêtu d'une blouse verte, entra.

— Content de voir que vous êtes réveillée, Becca. Je suis le Dr Plinsky. Souhaitez-vous que votre collègue sorte ?

— Je ne vais nulle part, répliqua Jake.

Le médecin fronça les sourcils.

— C'est parce que vous êtes tous les deux agents fédéraux et que Becca a été blessée au cours d'une mission que nous vous avons autorisé à demeurer à son chevet. Mais d'après les formulaires que vous avez remplis, vous n'êtes pas de sa famille. Agent Hammond, poursuivit-il en reportant son attention sur elle. C'est à vous de décider.

— J'aimerais qu'il reste.

Quoi que le médecin lui dise, elle en parlerait avec Jake de toute façon.

— En êtes-vous sûre ? insista-t-il. J'ai des informations délicates à vous communiquer, que vous aurez peut-être envie de garder pour vous.

— Je suis enceinte, lâcha-t-elle.

— Oui, madame. Les analyses sanguines l'attestent.

Visiblement mal à l'aise, Jake prit une profonde inspiration, comme s'il manquait soudain d'air. Être forcé de se souvenir de l'existence de ce bébé qu'il avait voulu oublier n'était visiblement pas simple pour lui.

Après l'amour, alors qu'ils se blottissaient l'un contre l'autre pour dormir, elle lui avait souvent ouvert son cœur. Elle lui avait confié qui elle était au plus profond. Il n'avait jamais mesuré la signification de ces moments ni leur portée, comprit-elle avec amertume.

Elle retira sa main de la sienne.

— Vous ne souffrez pas de commotion cérébrale, poursuivit le médecin. Votre perte de connaissance était sans doute due à la combinaison de plusieurs éléments : la chute dans l'escalier, la déshydratation, l'hypoglycémie et l'hypotension artérielle. Grâce à la perfusion, vous devriez vous sentir mieux. Par ailleurs, nous allons bientôt vous alimenter. Souffrez-vous encore de nausées matinales ?

— Oui, jusqu'à midi.

— Elles vont disparaître au quatrième mois de grossesse.

Son ton confiant était rassurant.

— À quel terme en est-elle, d'ailleurs ? demanda Jake. Quand est prévue la naissance ?

Le Dr Plinsky se tourna vers elle comme si elle avait les réponses.

— Je n'ai découvert ma grossesse que récemment, dit-elle. Grâce à un test acheté en pharmacie. Je pense être enceinte de huit semaines.

— Une échographie nous en dira plus. Je suggère de profiter de votre présence à l'hôpital pour en passer une.

— J'ai rendez-vous avec un gynécologue la semaine prochaine. L'examen peut sans doute attendre jusque-là.

— Je vous le déconseille. Vous êtes à un âge avancé pour une première grossesse, vous risquez des complications.

Elle échangea un regard alarmé avec Jake.

— Un âge avancé ? Un risque de complications ? répéta-t-il. Becca n'a que trente-six ans. Où est le problème ?

Le médecin soupira.

— Plus une femme est âgée, plus elle est prédisposée à des fausses couches, des troubles congénitaux, à l'hypertension artérielle, dit-il. Les premières semaines de grossesse sont à surveiller de près. Nous devrions faire une échographie et partir de là.

Si Becca avait été seule avec le médecin, elle aurait tout de suite accepté de se soumettre à cet examen. Mais elle ne l'était pas. Elle se tourna donc vers Jake pour lui donner la possibilité de s'exprimer.

Les doutes peints sur son visage la ravagèrent.

Le médecin sentit le malaise.

— Je vous laisse un moment pour y réfléchir, d'accord ? Je vais prendre un café au distributeur automatique. Aimeriez-vous quelque chose, Becca ?

— Des bretzels, dit-elle. Ou des chips.

— Je reviens, dit le Dr Plinsky avec un sourire avant de quitter la pièce en refermant la porte derrière lui.

Becca détestait cette situation. Elle était amoureuse d'un homme, mourait d'envie qu'il partage ses sentiments et souhaite vivre avec elle. Mais elle prenait conscience qu'il ne l'aimait pas.

Sa mère était passée par là. Becca et Clare l'avaient vue souffrir des années durant, lorsque leur père les avait abandonnées. Petite, elle s'était juré de ne jamais vivre ça.

Elle voulait Jake mais elle n'avait pas besoin de lui.

Elle avait en elle assez d'amour pour élever un enfant seule.

Jake n'avait aucune idée de la façon de gérer une situation de cette ampleur, mais il était assez intelligent pour deviner que tout ce qu'il dirait ou ferait avait toutes les chances de lui revenir en pleine figure, comme un boomerang.

— À quoi penses-tu ? demanda-t-elle. Comment te sens-tu à l'idée de cet examen ?

— Je ne sais pas.

La perspective d'un bébé le plongeait dans un océan d'angoisse.

Et si l'échographie montrait qu'il n'était pas viable ou pas normal ? Qu'étaient-ils censés faire ?

— Ne t'inquiète pas, poursuivit-elle. Je me sens de taille à élever cet enfant toute seule. J'ai ma sœur et ma mère pas loin pour m'aider. Je n'ai pas besoin de toi. Considère-toi comme tiré d'affaire. Tu n'as plus besoin de rester. Tu peux t'en aller.

— Tiré d'affaire ? Tu es sérieuse ? Je subviendrai évidemment aux besoins de mon enfant.

— Merci, mais je n'ai pas besoin d'un chèque de ta part.

Cela s'engageait mal. Comme d'habitude avec Becca.

Il se frotta les tempes.

— Depuis combien de temps sais-tu que tu es enceinte ?

— Depuis une semaine, dit-elle en croisant les bras.

Il poussa un gémissement. Ils s'étaient parlé quatre fois au téléphone, la semaine dernière. Chaque fois pour raisons professionnelles. Pourtant, elle avait laissé sciemment filer quatre occasions de lui apprendre sa grossesse. De lui donner une chance de se faire à l'idée et d'y répondre de façon appropriée.

— Tu le sais depuis une semaine, tu as eu le temps de passer par toutes les réactions, tranquillement, et tu as attendu d'être en voiture avec moi pour me lâcher ta bombe à un moment où je ne m'y attendais pas du tout. Peux-tu m'accorder un peu de temps pour digérer l'info, s'il te plaît ? Je ne demande pas une semaine, seulement quelques jours.

Becca se raidit.

— Tu n'as aucune envie de te marier ni d'être père. Notre relation était fondée sur le plaisir et sur rien d'autre, nous nous étions mis d'accord là-dessus. Ai-je tort ?

Non, elle n'avait pas tort, il n'allait pas le nier.

Mais pendant qu'elle était retenue prisonnière, quelque chose s'était délié dans le cœur de Jake. Il ne parvenait pas encore à exprimer ce qu'il ressentait.

— Dès que j'ai vu le résultat sur le test de grossesse, j'ai eu envie de ce bébé, poursuivit-elle d'une voix triste. Je ne savais pas comment j'allais réussir à être à la fois mère et agent du FBI, mais je le désirais plus que tout. Pas toi. Et ça ne pose aucun problème. Tu n'as aucune obligation envers moi.

Il secoua la tête et ferma les yeux.

Il ne voulait pas d'un mariage qui finirait mal parce qu'ils vivaient dans deux États différents, que tous deux travaillaient beaucoup et se disputaient tout le temps. Il refusait aussi d'être un père au rabais qui ne verrait son enfant qu'un week-end sur deux et pendant la moitié des vacances.

Sa propre mère avait cessé de travailler pour élever ses enfants.

Becca Hammond ne ferait jamais ce choix.

Ironie du sort, c'est ce qui l'avait attiré chez elle au départ. Sa force. Sa détermination. Son indépendance.

Il ne savait pas comment ils parviendraient à jongler avec toutes leurs contraintes. Elle non plus, visiblement.

Un mariage tournerait au désastre.

Plinsky revint et tendit à Becca un sac de bretzels et une barre protéinée.

— Vous avez besoin des deux.

— Mon héros ! dit-elle en les prenant.

Jake se rembrunit.

— Alors, qu'avez-vous décidé à propos de cette échographie ? demanda le médecin. Je la recommande vivement pour la santé de la mère et de l'enfant.

Il céda.

— D'accord, allons-y, dit-il.

Il devait s'assurer que Becca et l'enfant allaient bien. Que le fœtus était viable.

De plus, elle lui donnait la possibilité de voir le bébé pour la première fois avec elle. Il ne voulait pas passer à côté. D'ailleurs, s'il avait refusé, elle le lui aurait reproché sa vie durant.

Le médecin se tourna vers Becca qui hocha la tête.

— Relevez votre robe pour dénuder votre ventre, ordonna-t-il tout en approchant un appareil.

Elle se rallongea sur le lit. Elle avait un corps parfait et Jake se demanda à quoi elle ressemblerait avec un ventre rond, lourd de leur enfant.

Sans doute serait-elle encore plus sexy.

Après avoir recouvert de gel son abdomen, Plinsky y pressa la sonde qu'il déplaça tout en regardant l'écran. Ils entendirent aussitôt un bruit étrange qui résonna dans la pièce alors qu'une image illisible scintillait sur l'écran.

— C'est le cœur de votre bébé, annonça-t-il à Becca.

Il battait à un rythme très rapide, remarqua Jake.

— Est-il normal ? Il doit battre à cent cinquante par minute.

— Vous avez une très bonne oreille, répondit le médecin. Il est à cent quarante-cinq battements par minute. Ce qui est tout à fait normal.

Il pointa le contour en forme de cacahuète sur l'écran.

— Voici le bébé. Vous pouvez voir le cœur battre.

Becca souriait.

Les yeux rivés sur l'écran, Jake était émerveillé. Toutes ses peurs et ses inquiétudes fondirent.

— Vous en êtes en effet à huit semaines, presque neuf. Vous devriez accoucher en février. Aux alentours de la Saint-Valentin.

Les questions ricochaient dans la tête de Jake comme des billes en acier dans un flipper. Il demanda :

— Quels changements de mode de vie sont nécessaires ?

— Becca devra prendre du fer et des vitamines tous les jours, répondit le médecin. Se nourrir sainement. Réduire le sel, les matières grasses, le sucre et le café. Supprimer l'alcool et le tabac. S'hydrater au maximum et bien se reposer.

— Elle exerce un métier physiquement exigeant, dit Jake, submergé par une vague d'angoisse. Ne serait-il pas préférable pour elle de travailler sur des missions moins risquées, dans un bureau ?

— Quoi ? Il n'en est pas question, protesta Becca, indignée.

Dites-moi que je vais pouvoir continuer à effectuer mon travail normalement, docteur !

Plinsky prit une profonde inspiration.

— Vous êtes enceinte, Rebecca, pas malade. Je vous encourage fortement à continuer à travailler, surtout si votre métier vous plaît. Dans deux ou trois mois, vous éprouverez sans doute l'envie de ralentir le rythme. Je ne vous recommande pas de courir après des criminels ou de vous battre avec eux à un stade avancé. Vous vous adapterez au fil des mois.

Il éteignit la machine et tendit à Becca des serviettes en papier pour s'essuyer le ventre.

— Vous pouvez partir et, surtout, continuez d'être vous-même.

— Elle fait un job dangereux, insista Jake. Elle pourrait se blesser, et le bébé en pâtirait. Ne devrait-elle pas au moins passer la nuit en observation ? Et pour la suite, son métier est particulièrement stressant et anxiogène. Ce n'est sûrement pas bon pour son enfant.

— Tant que Rebecca est en bonne santé, n'importe quel médecin l'autorisera à continuer à travailler. La mère et le bébé se portent bien.

Il se tourna vers Becca.

— Du fer, des vitamines. Hydratez-vous, nourrissez-vous et dormez. Compris ?

Elle hocha la tête. Son enthousiasme était retombé.

À cause de Jake.

Le médecin s'en alla.

Becca finit d'essuyer son ventre et se leva.

— Cette séance a été humiliante à plus d'un titre. Cela aurait pu être un moment magique pour nous deux, une avancée majeure. Au lieu de quoi, tu n'as cessé de douter de moi et de mes capacités. Comme d'habitude. Tu remets en question mon jugement. Tu me traites comme...

Les larmes aux yeux, elle arracha le ruban adhésif de son bras et retira la perfusion. Puis elle prit ses vêtements, se précipita dans la salle de bains attenante et en claqua la porte.

Jake prit une profonde inspiration. Il se reprochait de l'avoir bouleversée. Il comprenait qu'elle ait envie de continuer à vivre normalement, mais il s'agissait de Becca. La mère de son enfant.

Enfin, elle sortit de la salle de bains, habillée.

Il se leva et s'approcha d'elle.

— Je suis désolé. J'ai eu tort, mais je me soucie de toi, enceinte ou non. Je n'ai pas envie qu'il t'arrive quoi que ce soit.

Elle soutint son regard.

— Moi non plus. Pour autant, je ne te demanderai jamais de renoncer à ton travail. Parce que je te respecte.

— Becca, protesta-t-il en secouant la tête. Ce que je ressens pour toi dépasse de loin le respect. De très loin.

Il voulait en dire plus. Lui dire à quel point il avait été impressionné par la façon dont elle s'était comportée au cours de ces vingt-deux heures terribles, à quel point il était soulagé qu'elle soit en vie. Et le bébé aussi.

Il la regarda et, au lieu de s'expliquer, il posa les mains sur sa taille et l'attira à lui pour capturer sa bouche.

Elle se raidit pendant une fraction de seconde, puis elle se colla à lui avec passion.

Il approfondit le baiser, en y versant toutes les émotions qu'il n'avait pas exprimées. Un désir impérieux brûlait dans ses veines, mais il ne s'agissait pas uniquement de sexe.

Quelque chose de plus grand faisait battre son cœur. Un sentiment qu'il ne parvenait pas à identifier gonflait en lui.

Il comprit soudain que c'était de l'espoir.

L'espoir qu'une relation amoureuse et une vie de famille étaient possibles pour lui alors qu'il avait toujours été convaincu du contraire.

L'espoir était dangereux. Mais beau aussi.

Becca avait envahi sa vie comme un ouragan qu'il n'avait pas vu venir et maintenant, il ne pouvait pas s'imaginer vivre sans elle.

Il espérait seulement être à la hauteur.

Quelqu'un toussa bruyamment depuis le seuil.

Ils s'écartèrent l'un de l'autre et Brian entra.

— Nous étions inquiets. Cela fait plaisir de te voir debout, Becca.

— Merci, dit-elle en rougissant.

— Je déteste être porteur de mauvaises nouvelles, ajouta-t-il avec une grimace, mais...

— Qu'y a-t-il ? demanda-t-elle.

— Nous avons un problème. Un gros. Les preneurs d'otages ont été arrêtés, mais cette histoire avec Frank Ferguson, McKee et les autres – leur vendetta contre Lund – est loin d'être terminée. Le pire est à venir, j'en suis certain.

15

Serrés comme des sardines dans la salle d'observation du bureau du shérif, ils regardaient grâce à un miroir sans tain la salle d'interrogatoire adjacente.

Tout en grignotant des pistaches, Becca observait Hannah Hayes, filleule de Frank Ferguson et nièce d'Abigail Hayes-Abshire – qui avait réussi à s'enfuir et se cachait quelque part. Les textos d'Hannah attestaient qu'elle avait rédigé intégralement la déclaration à la presse de Frank, son parrain.

La jeune femme avait l'air inoffensive et douce avec son visage parsemé de taches de rousseur, ses traits fins et ses nattes.

— Elle ne craquera pas, dit Brian. Croyez-moi, j'ai essayé.

Tout en réfléchissant, Becca se resservit en pistaches.

— Redis-nous les mots exacts qu'elle a prononcés chez elle, demanda Rocco.

— Euh, quelque chose à propos du fait qu'il était trop tard. Que Lund paierait pour ses crimes et que rien ni personne ne pouvait arrêter le processus.

Ils avaient besoin de savoir de quoi il s'agissait. Et vite.

— Combien de temps restait-il sur le compte à rebours affiché sur l'ordinateur portable ? demanda Jake.

— Je n'en suis pas sûr, c'est bien le problème. Tout s'est passé très vite. Je n'ai fait qu'apercevoir l'écran avant qu'il explose. Je dirais deux heures et un certain nombre de minutes. Ce qui signifie qu'il nous reste moins d'une heure pour comprendre de quoi il s'agit et tenter de le stopper, ajouta-t-il en consultant sa montre.

— Je vais lui parler, dit Nash.

Le shérif Daniel Clark hocha la tête.

— Je vous accompagne. Nous jouerons au gentil et au méchant flic. Cela marchera peut-être.

— Pas avec elle, répliqua Becca en désignant Hannah.

Jake se tourna vers elle.

— Que proposes-tu ?

— Toi et moi allons bien jouer au gentil et au méchant flic, mais avec Frank, son parrain. Où est-il ? demanda-t-elle au shérif.

— Dans la salle d'interrogatoire numéro deux.

— Nous allons nous servir d'Hannah pour le faire craquer, poursuivit-elle. Il n'avait pas prévu qu'elle se fasse arrêter et ait à subir les conséquences de la prise d'otages. Frank a le sens de la famille, de la communauté. Il n'a pas agi pour lui, mais pour les autres victimes. Il doit être proche d'elle.

— Ils sont très liés, c'est sûr, dit Brian. J'ai vu plusieurs photos d'eux chez elle. Il a même assisté à sa remise de diplôme à Cornell.

— Nous utilisons leurs liens pour le briser.

— J'aimerais quand même l'interroger, elle, dit Nash. Elle a travaillé plus de dix-huit mois comme analyste chargée de la sécurité des données chez Plainsman Oil and Gas. Je me demande quel genre de dégâts elle a commis là-bas.

D'instinct, Becca devinait que cet interrogatoire ne donnerait rien et serait une perte de temps.

— Allez-y, dit-elle en haussant les épaules. On ne sait jamais. Elle voudra peut-être se vanter de ses exploits.

— Rocco et moi pourrions interroger Troy Sims à l'hôpital, proposa Brian. Il est sous calmants et ne devrait pas résister longtemps à un tir nourri de questions.

— À condition qu'il sache quelque chose. J'avais l'impression que Craig n'avait pas été tenu au courant de tout. Ils ont peut-être également exclu Troy de cette partie du plan.

— Il n'y a qu'une seule façon de le savoir, dit Rocco.

Les trois équipes se séparèrent pour interroger les suspects.

À l'intérieur de la salle d'interrogatoire, Frank était menotté à la table métallique. Il les regarda entrer et s'asseoir en face d'eux.

— Voulez-vous un peu d'eau ? proposa Becca en posant une bouteille devant lui.

Frank esquissa un demi-sourire.

— Vous m'offrez à boire alors que je vous en ai privée.

— Je ne suis pas rancunière, dit-elle.

Une chance pour Jake. Quelles que soient ses erreurs, elle était capable de pardonner, d'oublier et de tourner la page.

— Mais moi, je le suis, lança Jake avec un regard noir. À cause de vous, plusieurs personnes souffrent d'épuisement à cause de la chaleur et de déshydratation. Des adolescents ont été traumatisés et auront besoin de nombreuses heures de thérapie pour surmonter leurs angoisses. Et notre agent, ajouta-t-il en désignant Becca, aurait pu être gravement blessée ou pire. J'ai bien l'intention de faire payer les responsables.

— Cela ne changera rien, répondit Frank en haussant les épaules. Je suis en sursis, vous vous en souvenez ? Si Lund ne me fait pas tuer pour s'assurer que les médias ne reparleront pas de cette affaire, c'est une crise cardiaque qui m'emportera avant qu'un procès soit ouvert.

Aaron Vance avait découvert que Guidry, le chef de la sécurité de Lund, avait suivi la formation de tireurs d'élite des marines. Leurs compétences dans ce domaine comme leur ténacité physique et mentale étaient légendaires. Le type avait prétendu se trouver chez Lund au moment de la fusillade. Un autre garde du corps avait corroboré ses dires.

Que des salauds s'en tirent sans être inquiétés révoltait Becca. Dale McKee n'était même pas armé lorsqu'il avait été abattu.

— Dans tous les cas de figure, mon avenir est sombre, ajouta Frank avec un soupçon de sourire.

— Alors pourquoi souriez-vous ? demanda Becca.

— Crispin n'a pas versé l'argent dont tant de gens ont besoin pour se soigner et survivre. Mais justice sera pourtant rendue. Il ne s'agira pas de rouvrir une affaire classée, sans preuves, sans témoins, sans rien pour espérer l'emporter. Mais il paiera pour ses crimes et, croyez-moi, la facture sera salée. Il ne l'aura pas volé.

— Qu'avait planifié Hannah ? s'enquit Jake. Elle est en garde à vue. Vous vous moquez peut-être d'une éventuelle condamnation. Mais pas elle. C'est elle qui va payer, ajouta-t-il avant de s'interrompre pour laisser les mots faire leur effet.

Le sourire de Frank s'envola.

— Nous avons vu le compte à rebours, poursuivit Jake. Que se passera-t-il lorsque le temps sera écoulé ? Toutes les bases de données de Plainsman Oil and Gas vont-elles être altérées ? Supprimées ? lança-t-il, un peu au hasard.

Frank restait impassible et Jake poursuivit :

— Avez-vous posé une bombe quelque part ?

Aussitôt Frank se tendit et se mordilla les lèvres. Il s'agissait bien d'un engin explosif.

— Frank, dit Becca, si des gens meurent...

— Personne ne sera tué. Hannah s'en est assurée.

— Comment s'en est-elle assurée ? répliqua-t-elle. Aucun plan n'est infaillible, vous le savez. Parfois, des gens se trouvent au mauvais endroit, au mauvais moment. Certaines choses peuvent avoir échappé au contrôle d'Hannah. Si des innocents sont tués, il ne s'agira pas de justice. Mais de vengeance.

Frank planta les yeux dans les siens.

— Si je ne peux pas obtenir l'une, je me contenterai de l'autre.

— Même au détriment d'Hannah ? De son avenir ?

La tension soudaine sur son visage prouva qu'il n'avait pas pensé à cela.

— Lorsque cette bombe explosera, poursuivit Jake, Hannah sera considérée comme une terroriste. Si des personnes sont tuées, elle sera inculpée pour autant de meurtres qu'il y aura de victimes. Quand vous avez organisé cette prise d'otages, vous vous étiez assurés que tout le monde s'en sortirait. Et pourtant, Dale et Craig sont morts. D'autres personnes, des innocents vont mourir et Hannah finira sa vie en prison.

Tout en mâchonnant sa lèvre inférieure, Frank réfléchissait.

— Ses brillantes études à Cornell n'auront plus aucune valeur, ajouta Becca. Elle n'aura plus ni carrière ni avenir. Elle finira son existence derrière des barreaux. Est-ce vraiment ce que vous souhaitez pour elle ?

Frank fronça les sourcils, le regard torturé.

— Est-ce vraiment ce que Marianne aurait voulu ? Que Hannah sacrifie tout pour vous permettre de vous venger ?

Des larmes brillèrent dans ses yeux.

— A-t-elle l'intention de faire sauter leur siège social ?

Rien dans le langage corporel de Frank n'indiquait que le QG de Plainsman était leur objectif.

Qu'auraient-ils pu cibler d'autre qui paralyserait l'activité et ruinerait financièrement l'entreprise ?

Réfléchis, Becca. Il s'agit d'une compagnie pétrolière et gazière. Ils ont des camions-citernes, des plates-formes, des puits et...

— Leurs réserves de pétrole ? suggéra Jake.

Frank baissa les yeux et s'agita sur son siège.

C'était ça. Mais ils devaient s'en assurer.

— Leurs réserves de pétrole valent quoi ? Des centaines de millions de dollars ? demanda-t-elle.

— Des centaines de milliards plutôt, répliqua Frank. Les détruire mettra Plainsman en faillite.

— Même si vous réussissiez à les faire sauter, l'impact serait dévastateur. Pour Hannah mais aussi pour l'environnement, dit Jake. Si nous arrivons à désamorcer la bombe à temps et à empêcher ce désastre écologique, alors rien ne sera perdu pour Hannah. Elle pourra encore avoir un bel avenir. Une vie merveilleuse. Combien de bombes avez-vous posées ?

— Une seule. Il n'était pas nécessaire d'en mettre d'autres. Tous les carburants stockés là-bas sont inflammables. L'explosion va être gigantesque.

Seigneur.

Jake serra les mâchoires.

— Où se trouve cette bombe exactement ?

— Je n'en sais rien, dit Frank en secouant la tête. C'est Dale qui l'a installée. Lui seul aurait pu vous répondre.

Jake poussa un juron.

— Et le détonateur ? Hannah l'a enclenché, non ?

— Oui. Lorsque le premier compte à rebours arrivera à son terme, il déclenchera le système d'alarme de l'établissement. Les sirènes se mettront toutes à hurler.

— Pour faire évacuer les lieux, devina Becca. Et que personne ne soit blessé.

Frank hocha la tête.

— Vingt minutes après l'alarme, un autre compte à rebours s'enclenchera et aboutira à l'explosion de la bombe.

Pour donner au personnel de l'entreprise le temps de sortir et de s'éloigner avant la catastrophe.

— Parfois, certains salariés restent sur les lieux, dit Jake, pour gérer le problème et essayer de le maîtriser. Des personnes risquent d'être tuées. Hannah peut-elle arrêter le processus ?

— Je n'en sais rien, répondit Frank avec lassitude. Et même si c'était possible, elle n'accepterait jamais de le faire.

— Pourquoi pas ? s'enquit Becca.

— Hannah est têtue. Lorsqu'elle s'engage dans quelque chose, elle va jusqu'au bout. Elle est comme ça depuis qu'elle est toute petite. Les menaces n'ont aucun effet sur elle.

Jake se leva.

— À quelle distance d'ici se trouve l'entrepôt ?

— À une demi-heure en voiture, dit Frank. C'est dans la périphérie de Centennial.

Becca jeta un œil à l'horloge murale.

— Merci, Frank.

Ils quittèrent la pièce et coururent dans le couloir.

— Nous devons nous dépêcher.

Becca calculait avec angoisse le temps qui restait avant déclenchement de l'alarme. Et le début du compte à rebours qui aboutirait à la mise à feu de l'engin explosif.

Les sourcils froncés, Jake ouvrit la bouche.

— Je ne pense pas que tu devrais...

Elle posa les mains sur ses hanches.

— Ne commence pas, Delgado. Tu oublies que je suis plus qualifiée que toi pour participer à cette opération. Je suis loin d'être experte en la matière, mais j'ai suivi un cours à Quantico pour apprendre à neutraliser des explosifs. Peux-tu en dire autant ? Non. Alors, au lieu de te comporter en imbécile, essaie de travailler avec moi. Nous allons régler le problème ensemble. D'accord ?

Il n'avait pas l'air content mais il hocha la tête.

— D'accord. Faisons équipe.

Comme elle s'apprêtait à réunir les autres et à passer à l'action, il posa une main sur son épaule et l'attira à lui. Il glissa une main dans ses cheveux et caressa sa joue.

— Je tiens à ce que tu saches que je te respecte, que je t'ai toujours respectée. Notre histoire ne se résume pas au sexe pour moi. Quand tu étais retenue en otage, j'ai compris qu'elle était bien davantage.

Il pressa les lèvres contre les siennes. Le baiser fut rapide, mais si passionné et tendre à la fois que Becca eut envie de se fondre en lui. Elle vit dans ses yeux qu'il aurait voulu en faire plus, en dire plus. Mais ils avaient du travail.

Elle pria pour qu'ils aient la possibilité d'approfondir leurs sentiments et de découvrir s'ils seraient heureux en couple. Mais dans l'immédiat…

— Allons empêcher cette bombe d'exploser.

Côte à côte, ils se précipitèrent dans le couloir.

— Le cours que tu as suivi était-il avancé ? demanda-t-il.

Elle regrettait que ce ne soit pas le cas.

— Malheureusement, non. Dans l'état actuel des choses, j'en sais juste assez pour ne pas la faire sauter par erreur.

Il sourit.

— Eh bien, c'est déjà beaucoup plus que ce que je sais, moi. Espérons que ce sera suffisant.

16

Jake avait réussi à joindre le commandant du SWAT, Utley, et lui avait demandé l'assistance de leur expert en explosifs. Il aurait préféré une équipe de démineurs accompagnés de chiens spécialisés dans la détection d'engins explosifs. Mais le temps pressait.

En route, ils avaient appelé le dépôt pétrolier et s'étaient entretenus avec le responsable de nuit. Aucune alarme ne s'était encore déclenchée. Nash avait donné l'ordre d'évacuer le site.

Mais en arrivant sur les lieux, ils furent accueillis par les hurlements assourdissants des sirènes. Le compte à rebours de la bombe avait commencé.

Ils garèrent leurs SUV devant le premier des trois énormes hangars où étaient stockées les réserves de pétrole. Il n'avait aucune idée du nombre de cuves à l'intérieur ni du temps qu'il leur faudrait pour les fouiller tous les trois.

Jake sentait des gouttes de sueur perler à son front et devinait que Becca avait les nerfs aussi à vif que les siens.

— Je suis le responsable de nuit ! cria un grand brun pour se faire entendre par-dessus le bruit infernal en s'approchant d'eux.

— Et moi, l'agent spécial Garner, hurla Nash. Que faites-vous encore ici ?

L'homme ajusta son casque blanc sur sa tête.

— Je pensais que vous auriez sans doute besoin de moi.

— Pouvez-vous stopper ce raffut ? beugla Jake.

Le hurlement des sirènes, poussées à fond, était insupportable. Sans doute à dessein. Pour pousser le personnel à évacuer au plus vite. Mais avec un tel vacarme, personne ne parviendrait à réfléchir. Dans ces conditions, comment réussir à désamorcer une bombe ?

Le responsable de la sécurité secoua la tête.

— J'ai déjà essayé ! En vain. Nous ne les contrôlons pas. On dirait que quelqu'un a piraté le système. Très étrange.

— Quand les sirènes se sont-elles déclenchées ? s'enquit Becca.

— Il y a une quinzaine de minutes !

Ce qui leur en laissait moins de cinq pour repérer la bombe et la neutraliser.

Allaient-ils y arriver alors qu'ils avaient trois installations à fouiller ?

— Nous cherchons un engin explosif qui a été mis en place il y a au moins deux jours, dit Stevens, l'expert du SWAT. Dans un endroit forcément discret et peu fréquenté. Avez-vous une idée de la cachette où il pourrait avoir été dissimulé ?

— Certainement pas dans les citernes, cria le responsable. Nous les inspectons tous les jours. Les panneaux de contrôle aussi.

— Cela m'ennuie de vous presser, dit Jake. Mais nous devons nous dépêcher.

— Peut-être dans les groupes électrogènes ? proposa finalement l'autre. Ils sont placés dans de grandes boîtes en acier, il est possible de mettre quelque chose à l'intérieur. Nous ne les inspectons qu'au moment de l'entretien trimestriel. Il y a trois groupes électrogènes pour chaque unité. L'un à l'avant, l'autre au milieu et le troisième à l'arrière.

Les mains en porte-voix, Stevens se tourna vers le groupe.

— Séparons-nous ! cria-t-il. Chaque équipe se charge de la fouille d'un entrepôt. Si vous trouvez la bombe, prévenez-moi. Je viendrai la désamorcer. Soyez vigilants. Restez en vie.

Les hangars étaient tellement immenses qu'il était plus rapide de remonter dans le SUV pour rejoindre les plus éloignés.

Jake prit le volant, Becca sauta sur le siège du passager. Il fonça et pila dans un nuage de poussière devant l'unité de stockage numéro trois. Rocco et Brian, à bord d'un autre SUV, se dirigèrent vers le numéro deux, tandis que le shérif et un adjoint continuaient vers le dernier.

Becca et Jake bondirent à terre et se ruèrent à l'intérieur.

Il y faisait frais mais les sirènes hurlaient toujours, au risque de leur crever les tympans.

— Voilà le premier, dit-elle en désignant le groupe électrogène installé dans un coin.

Ils y coururent. Une trappe sur le côté droit permettait d'accéder à l'intérieur. Jake l'ouvrit et y promena le faisceau de sa lampe de poche. Tout semblait normal mais il ne pouvait pas voir à l'arrière.

— Regarde derrière s'il y a un autre accès, dit-il à Becca.

Elle contourna à la hâte le générateur.

— Il y a bien une ouverture mais elle est fermée par un panneau. As-tu quelque chose pour dévisser ?

Jake fouilla dans sa poche et en sortit son couteau multifonction de l'armée. Il le lui lança.

Elle s'agenouilla et se mit au travail.

Stevens ne leur avait pas précisé quelle taille avait l'engin explosif qu'ils devaient chercher.

Elle retira le panneau. Le faisceau lumineux brillait de l'autre côté, illuminant le coin sombre.

— Il n'y a rien, dit-elle.

Ils se relevèrent et se précipitèrent vers le deuxième groupe électrogène. Passer devant d'énormes cuves couvertes d'étiquettes blanc et rouge indiquant « Combustible », « Interdit de fumer », leur rappela le danger. L'explosion d'une bombe détruirait tout le parc de stockage et tuerait tous ceux qui étaient présents dans le périmètre.

Parvenus au centre de l'installation, ils regardèrent autour d'eux.

— Là-bas.

Jake ouvrit la voie vers le générateur.

Le haut-parleur d'une sirène était placé sur le mur juste au-dessus et rendait infernal le bruit déjà assourdissant.

Tandis qu'il ouvrait la trappe latérale et éclairait l'intérieur, Becca dévissait déjà le panneau arrière.

Quand la plaque d'acier tomba au sol, elle cria :

— La bombe est là ! Je la vois.

Il se leva et courut la rejoindre. Agenouillé près d'elle, il repéra l'objet en métal noir de la taille d'une boîte à pain.

Via son micro, il prévint aussitôt le spécialiste.

— Nous avons localisé l'engin explosif.

Pourraient-ils entendre Stevens par-dessus le vacarme ?

Becca glissa la longue lame du couteau utilitaire sous le rebord du récipient et entreprit de le soulever, lentement.

— Où ? répondit le démineur.

Jake se rendit compte qu'il ne s'était pas identifié.

— Ici, Delgado. Entrepôt trois.

Becca ouvrit le couvercle de la boîte noire.

— Répétez ! Je n'entends pas.

Bon sang.

— Il s'agit d'une bombe artisanale, dit-elle. En principe, elle ne devrait pas être trop sophistiquée. Dieu soit loué.

— Entrepôt trois, répéta Jake. Engin explosif localisé.

— Ils ont probablement trouvé comment la fabriquer sur Internet, ajouta-t-elle. Ou peut-être dans un livre. Tant mieux.

— Partez, éloignez-vous, ordonna Stevens. Ne faites rien.

— Où est le minuteur ? demanda Jake.

— Là.

Becca désigna un écran recouvert de fils, avec des chiffres rouges qui clignotaient. Elle glissa le côté plat de la lame sous les fils rouges, verts et bleus tressés ensemble.

— Tout va sauter dans trente-cinq secondes, dit-elle. Si nous ne faisons rien, nous mourrons.

— Alors, fais quelque chose.

De toute façon, Stevens n'arriverait pas à temps pour agir et Jake faisait confiance à Becca.

— Il reste moins de trente secondes avant l'explosion, dit-il dans son micro. Évacuez !

Si eux ne pouvaient pas être sauvés, les autres avaient peut-être encore une chance de fuir et de se mettre en sécurité.

Accroupi derrière Becca, Jake riva les yeux sur le minuteur.

Vingt-huit secondes. Vingt-sept.

Il la vit détordre les fils et les suivre du bout de sa lame. Son cœur battait la chamade.

Dix-neuf secondes. Dix-huit.

Il ne parvenait plus à respirer.

Dix, neuf.

Le temps imparti était presque écoulé. Il s'efforçait de ne pas céder à la panique.

Sept, six.

Il voulait dire à Becca qu'il l'aimait. Qu'il était désolé pour toutes ses erreurs. Qu'il...

— C'est maintenant ou jamais, dit-elle en s'emparant des ciseaux.

Pétrifié, il la regarda couper un fil vert. Il posa les yeux sur l'écran de la minuterie.

Il restait deux secondes au compteur quand celle-ci s'arrêta.

Envahi par un intense soulagement, il poussa un soupir.

L'alarme se tut enfin.

Il n'entendait plus que le rugissement du sang dans ses oreilles.

Ils étaient vivants. Elle avait réussi.

Cette femme incroyable, cette femme qu'il aimait les avait sauvés.

Il n'aurait su dire quand il avait compris qu'il l'aimait. Mais au moment où ils étaient sur le point de mourir, il en avait eu la certitude.

Il caressa la joue de Becca.

— Pour un coup d'essai, c'était un coup de maître, ma chérie. Tu es vraiment...

Il avait tant à lui dire ! Et à présent qu'ils avaient le temps de parler, il ne savait pas par où commencer.

— Becca, les relations amoureuses sont souvent difficiles et compliquées. Surtout lorsqu'elles impliquent un agent du FBI, et encore plus quand il y en a deux dans l'histoire. Voilà pourquoi je voulais à tout prix les éviter. Pourtant...

Elle plissa le front.

— Que dis-tu ?

La porte du hangar s'ouvrit. Des bruits de pas précipités se firent entendre.

— Je dis que je t'aime. Et que je veux le bébé.

Au-delà de la peur, en entendant battre le cœur de leur enfant, il avait éprouvé un amour profond.

— J'ai envie d'avancer avec toi, de vivre avec toi, avec cet enfant. Je veux qu'il y ait un « nous ». J'espère seulement ne jamais te décevoir.

Elle lui sourit et lui caressa le visage.

— La seule façon de me décevoir serait d'abandonner.

Stevens courait vers eux.

— La bombe n'a pas explosé ?

— Non, Becca l'a neutralisée !

Stevens s'arrêta et prit une profonde inspiration.

Jake riait de la folie qu'était leur vie, qui ne ferait que s'accentuer quand ils vivraient ensemble. Avec un bébé.

Il la regarda.

— Je ne suis pas du genre à abandonner, dit-il. Une fois que je me suis engagé, c'est pour toujours.

Quatre jours plus tard, alors que Becca glissait la clé de son appartement dans la serrure, Jake jeta un coup d'œil à sa montre.

— Le shérif nous a demandé d'être à l'écoute à midi pour entendre sa déclaration à la presse.

Ils revenaient du cabinet du radiologue.

Lorsqu'ils entrèrent, l'air frais lui fit du bien.

— Le médecin nous a pris en retard, nous n'y pouvions rien.

Elle était tout de même contente que Jake l'ait accompagnée à l'échographie.

Il entra dans le salon et alluma la télévision. Tout en laissant tomber son sac sur la table basse, Becca s'assit à côté de lui et posa une main sur sa cuisse.

Elle aimait sentir ses muscles sous ses doigts.

— Crispin Lund a été placé en garde à vue, annonça le shérif à l'écran. Sa femme a fourni aux enquêteurs les preuves de la culpabilité de l'entreprise, lors d'un accident d'hydrofracturation survenu il y a deux ans. À la suite de cette tragédie, de nombreux employés et habitants vivant à proximité du site étaient tombés malades. Certains sont morts. Je rouvre également l'affaire classée sur le meurtre de Jennifer Paulson. Elle était membre du conseil d'administration de la Plainsman Oil and Gas Company. Après avoir accepté d'aider les victimes engagées dans un recours collectif, elle est morte dans des circonstances mystérieuses. Je ferai tout pour que son meurtrier soit traduit en justice. Je laisse à présent la parole à Mme Lund qui a demandé à faire une brève déclaration.

— Quand elle a vu que son mari ne faisait pas tout ce qui était en son pouvoir pour épargner à Cameron d'avoir les os brisés, cela a sans doute été la goutte qui a fait déborder le vase, dit Jake.

— Il préférait protéger son argent plutôt que son fils, renchérit Becca en secouant la tête. C'est écœurant.

Mme Lund apparut à l'écran avec Cameron. Le père O'Neill se tenait à côté d'eux.

— Je suis honteuse et consternée par le comportement de mon mari. Après avoir trouvé les preuves confirmant tout ce que j'avais entendu sur l'accident industriel, j'ai su que mon silence et mon inaction m'auraient rendue complice de ses crimes. Voilà pourquoi je me suis manifestée. Pour aider les victimes dans leur combat pour la justice. J'ai appris que de nombreuses familles avaient signé un accord de non-divulgation qui les empêcherait de se joindre à un nouveau recours collectif. J'ai donc décidé de créer un fonds d'un montant de sept millions de dollars, pour leur permettre de régler leurs factures médicales et leurs frais de subsistance. Cela ne suffit pas à racheter les fautes de notre famille. Mais je prie pour que ce soit un bon début.

Jake éteignit la télévision.

— C'est incroyable.

— J'espère que son geste apportera à Frank un peu de paix.

— Après ce que ces hommes t'ont fait subir, je suis étonné de voir que tu considères leur cause avec sympathie.

— Ils étaient désespérés. Certes, leurs méthodes étaient discutables, mais je comprends ce qu'ils ont dû ressentir, pris entre le marteau et l'enclume. Vouloir obtenir justice sans jamais pouvoir se faire entendre les a rendus fous.

— Si les preuves fournies par Mme Lund sont valables, alors ils obtiendront justice. Et même s'ils ne sont pas en mesure de déposer un recours collectif en raison de l'accord de non-divulgation, les familles de ceux qui sont morts pourront intenter une action pour homicide. Par ailleurs, sais-tu si Abigail Abshire a été retrouvée ?

— Non. Mais nos collègues la cherchent activement.

Becca attrapa son sac et en sortit la photo de l'échographie que le radiologue avait imprimée pour eux. Elle n'arrêtait pas de regarder l'image de leur bébé.

Elle se leva pour la coller au frigo à l'aide d'un aimant.

La deuxième échographie avec Jake s'était passée dix fois mieux que la première. Maintenant qu'il avait décidé de s'engager avec elle et leur enfant, il ne semblait plus avoir peur et paraissait déterminé à régler les problèmes.

Il était ainsi en train d'organiser leur installation à Fort Collins, dans le Colorado, près de la frontière du Wyoming et donc à mi-chemin entre leurs lieux de travail respectifs. Ils auraient tous les deux un trajet gérable, bien que très long, jusqu'à ce que Becca obtienne sa mutation à Denver. Elle regrettait d'abandonner sa collaboration avec le bureau du shérif et de s'éloigner de sa sœur, mais fonder une famille avec Jake était sa priorité. Les parents de Jake vivaient à Fort Collins. Sa mère étant femme au foyer et son père sur le point de prendre sa retraite, ils étaient prêts à déménager pour passer du temps avec leur premier petit-enfant.

Sa sœur ainsi que celle de Jake ne seraient qu'à une heure de route.

Finalement, tout s'arrangeait et elle en était intensément soulagée.

Jake s'approcha d'elle et la prit dans ses bras pour capturer sa bouche.

Son cœur bondit dans sa poitrine à l'instant où leurs lèvres se touchèrent. Les doigts enfouis dans ses cheveux, il l'embrassa. Et aussitôt, elle s'envola, emportée par la passion.

Il planta ses yeux dans les siens.

— Tu es sûre que tu ne veux pas m'épouser ?

Elle voulait surtout plus de baisers, plus de caresses, plus de tendresse, plus de fous rires. Plus de Jake.

— Je n'ai pas dit que je ne le voulais pas. J'ai dit qu'il ne fallait pas se précipiter. D'abord, nous allons emménager ensemble, puis avoir le bébé. Voyons d'abord si le manque de sommeil ne nous pousse pas à nous entretuer.

Ils rirent tous les deux.

Mais très vite, l'expression de Jake redevint sérieuse.

— Tu n'es pas sûre de moi ?

Sans doute se disputeraient-ils encore souvent, surtout lorsqu'ils deviendraient parents d'un nourrisson. Mais elle était également convaincue qu'ils n'arrêteraient jamais de se battre pour faire perdurer leur relation.

— Au contraire. Cela va marcher entre nous, je n'en doute pas. Je crois totalement en toi et en notre histoire.

Depuis leur rencontre à la FBI Academy, à Quantico, elle avait su que, s'ils tombaient amoureux l'un de l'autre, ils formeraient un couple du tonnerre.

— J'ai confiance en nous, ajouta-t-elle.

— Oui, moi aussi. Nous allons bâtir quelque chose de solide ensemble. Puis-je au moins t'offrir une bague ? ajouta-t-il, les yeux brillant d'amour. Rien ne nous interdit d'avoir de longues fiançailles.

Elle lui sourit.

— Je ne dis pas non...

— Heureux d'apprendre que nous allons officialiser notre relation. Je peux bien te l'avouer, maintenant. J'ai un faible pour toi depuis Quantico.

— Moi aussi.

— Vraiment ? Pourquoi ne me l'avais-tu jamais dit ?

Ce n'était pas le bon moment. Pas jusqu'à maintenant.

— Tu n'avais pas besoin de le savoir.

En riant, il jeta un coup d'œil au cliché de l'échographie.

— J'ai hâte de découvrir le sexe de notre bébé.

— Que préférerais-tu ? Un garçon ou une fille ?

— Cela n'a pas d'importance. Du moment qu'il est en bonne santé.

— Pareil pour moi.

— Et j'espère que l'accouchement ne sera pas trop difficile pour toi puisque, d'après le médecin de l'hôpital, tu es une « future mère âgée ».

Contrariée, elle lui envoya un coup de coude dans les côtes.

— Attention à tes expressions, Delgado.

— T'ai-je déjà dit que je déteste quand tu m'appelles Delgado ?

Becca eut un sourire entendu. Elle l'avait déjà compris.

— Non, jamais. Mais je dois te discipliner, ajouta-t-elle.

— Personne d'autre n'a réussi à le faire.

— J'adore les défis !

Il se pencha sur elle et le baiser qu'il lui donna la remplit d'une si douce chaleur qu'elle comprit que leur amour durerait toute la vie.